MARIE NEUSER

Née en 1970 à Marseille, Marie Neuser est enseignante. Son premier roman, *Je tue les enfants français dans les jardins* (L'Écailler, 2011), s'inspire de son expérience de professeur de collège et a été nominé pour plusieurs prix (Grand Prix de la Littérature Policière, 2012 ; prix SNCF du Polar, 2012). *Un petit jouet mécanique* (L'Écailler, 2012) a été récompensé par le Prix littéraire des lycéens et apprentis de la région PACA, et par celui de Corse en 2014. Elle a collaboré au recueil de nouvelles *Marseille Noir* (Asphalte, 2014). *Prendre Lily* (2015), *Prendre Gloria* (2016) et *Délicieuse* (2018) tous les trois parus chez Fleuve Éditions, ont reçu un bel accueil à la fois public et critique. Tous ses ouvrages sont repris chez Pocket.

Joelle Brauwers
Toulouse - Juillet 2020

DÉLICIEUSE

DU MÊME AUTEUR
CHEZ POCKET

JE TUE LES ENFANTS FRANÇAIS DANS LES JARDINS

UN PETIT JOUET MÉCANIQUE

PRENDRE LILY

PRENDRE GLORIA

DÉLICIEUSE

MARIE NEUSER

DÉLICIEUSE

fleuvenoir

Ouvrage publié avec l'accord
de l'Agence littéraire Astier-Pécher

ISBN : 978-2-266-30646-1
Dépôt légal : février 2020

La jalousie n'est pas ignoble le vrai amour a bec et ongles.

Simone de Beauvoir

Suis-je fou ? ou seulement jaloux ? Je n'en sais rien, mais j'ai souffert horriblement. J'ai accompli un acte de folie, de folie furieuse, c'est vrai ; mais la jalousie haletante, mais l'amour exalté, trahi, condamné, mais la douleur abominable que j'endure, tout cela ne suffit-il pas pour nous faire commettre des crimes et des folies sans être vraiment criminel par le cœur ou par le cerveau ?

Oh ! j'ai souffert, souffert, souffert d'une façon continue, aiguë, épouvantable.

Guy de Maupassant

OK.

On y va.

Attends, juste un petit réglage encore, une mise au point de la focale, pour que la caméra me cadre parfaitement et mette en valeur mon plus beau profil. Profil, non. De face. De face c'est mieux, pour se parler. Voilà.

Je suis prête.

Tu me vois.

Tu me vois, bien sûr. Et tu ne comprends rien.

Les yeux grands ouverts, zébrés de crainte, de répulsion ou de curiosité, tu t'apprêtes à m'écouter.

Tu comprendras, à la fin de ce film, que par la suite je me suis faufilée hors de la maison et ai glissé mes clés dans la boîte aux lettres. En le faisant je me suis dit c'est marrant, aujourd'hui les boîtes aux lettres ne servent plus qu'à y laisser des trousseaux de clés.

Avant de partir, je t'ai envoyé ce mail, ça aussi c'est marrant, deux personnes vivant sous le même toit qui communiquent par mail au lieu de laisser un papillon sur le buffet. Dans mon message, il y avait ce lien.

Que tu as ouvert.

Tu l'as ouvert parce qu'à ce moment-là, tu étais fou d'inquiétude.

Le message était un message d'adieu. Ce n'est pas la première fois que nous nous écrivons des messages d'adieu via la poste électronique. Ce sera la dernière.

Alors tu as lu mes mots ; électrisé par une panique qui n'a pas de nom, tu as cliqué sur le lien.

Tu verras, c'est un beau film.

Attends. Je me sers. Pardon, je mange en te parlant, je n'ai pas vraiment le choix, c'est que le temps presse. Les restes, ces beaux restes, il faut que je les liquide dès maintenant, et tant pis si ce n'est pas très poli de parler la bouche pleine ; il y a des moments où la politesse n'est qu'une perte inutile de temps et c'est le cas aujourd'hui. Je te fais peut-être saliver, tu retrouves toute la saveur de ce petit plat que je t'ai proposé hier soir et que tu as dégusté avec contentement. La caméra cadre idéalement mon assiette et la marmite fumante juste derrière. Ce plat, je l'avais mitonné tout exprès pour nous deux, la viande est tendre, la sauce parfumée aux épices, ça fond miraculeusement en bouche – souviens-toi, à jamais, de cette joie pour les papilles. Il le faut.

Une seconde. J'oriente un peu la caméra vers ce qui se trouve sur la table, et que je viens de disposer par ordre de grandeur, vois comme c'est joli. Tous ces petits os si fins, fragiles, des os d'oisillon bien récurés du bout des dents. Tu te souviens d'en avoir suçoté, en ma compagnie. C'est que ces petits os ont une histoire.

Bien. Je n'ai pas fait tout ça pour te parler cuisine. Nous y reviendrons dans un moment, si tu veux bien. Où en étais-je ? Oui. Le film, donc.

Un vrai beau documentaire, dans les règles de l'art. Moi face caméra, sous un éclairage soigné, te parlant comme si nous étions l'un en face de l'autre. Ma relative maîtrise de la vidéo m'a donné la possibilité d'insérer des images fixes, des photos accompagnées de ma voix qui, j'ose l'espérer, ne te semblera pas se perdre en bavardage inutile.

Au moment où tu le visionneras, des milliers d'internautes l'auront déjà vu et partagé. J'aurai donc accompli le tour du monde en Toile. Comment dit-on, déjà ? Faire le buzz ? Voilà. J'aurai fait le buzz. Je serai devenue l'univers. C'est parfaitement enivrant.

Je te parle, et j'éprouve un léger trouble, dû au fait que je ne sais pas à qui je m'adresse. C'est à toi que je vais dire ces choses : mais ce choix pour lequel il m'a fallu trancher, te parler comme à l'oreille et cependant devant une assemblée infinie de personnes, est une gymnastique inédite et ô combien déstabilisante. Tu comprendras plus tard pourquoi j'ai voulu me mettre à nu de la sorte. Pour l'instant, non, tu ne saisis pas. Mais peu à peu, dans ces résidus de mémoire qu'il te reste, des éclats vont revenir. Des souvenirs peu agréables.

Ce sont les derniers mois de notre vie. Ce sont les fulgurances de nos folies et de nos erreurs. C'est la démence quotidienne de nos amours.

Tu te rappelleras. Tu n'en reviendras pas.

Quant à moi, c'est de ce voyage que je ne reviendrai pas.

Mon voyage est lié à ces petits os que tu vois à l'image. Mes mots le sont aussi. Tout comme ta mémoire défaillante.

C'est pour ça que je dois te dire.

J'aurais pu t'écrire une longue lettre, mais ça aurait pris trop de temps. Il aurait fallu que je cherche les mots, que je les grave sur un support qui exige le geste, le voyage du cerveau à la main. Et tout cela serait resté entre toi et moi. Exactement ce que je ne voulais pas.

Je sais. Tu souffriras de ce choix que j'ai fait, de t'embarquer contre ton gré dans cet étalage de notre intimité, de tout déballer sur cette agora de la communication que sont les réseaux sociaux aujourd'hui. Communication… le mot me semble mal choisi. Il paraît qu'on dit *partage*. Si *partage* signifie nombrilisme, exhibition, pour arriver, au bout de la chaîne, au voyeurisme le plus décomplexé, alors je suis preneuse. Car voici le but de cette entreprise : faire partie, moi aussi, de la grande famille, à défaut d'une autre. La grande famille de ceux qui s'en vont vomir leur petitesse ou leur grande mythologie personnelle sur des millions d'écrans, sortent de l'anonymat en devenant enfin un visage concret – bien qu'éphémère, parmi des millions d'autres – hurlant dans des millions de chambres d'ados qu'ils existent, qu'ils existent juste parce qu'ils sont nés un jour, oh, pas pour leur talent, pas pour leur créativité, pas pour leur exceptionnelle beauté ni pour leur fracassante intelligence, pas pour la postérité, juste pour une seconde où ils auront traversé l'espace rectangulaire d'un ordinateur, comme des pollens de printemps qu'on voit voler à contre-jour. Une petite poussière que l'œil attrape dans la multitude, mais dont on se souvient vaguement par la suite, parce qu'elle s'est coincée sous la paupière et vous a démangé un moment. Je te parlerai, en temps voulu, d'un Petit Narcisse qui a désiré être plus qu'une poussière dans l'œil de ses contemporains, parce qu'il n'avait aucun autre moyen d'exister.

Parce que le problème, vois-tu, c'est de ne pas exister.

Aujourd'hui, je veux t'exister.

Et je pense que tu vas vite savoir pourquoi, à la fin de ce film, je serai devenue une de ces existences que l'on n'oublie pas.

Voici donc une première image.

C'est une photo que tu ne connais pas, je l'ai prise secrètement, une nuit, je l'ai glissée dans un dossier avec toutes les autres. À ce moment-là je me contentais d'accumuler les images.

Pas mal, non ? J'ignorais encore, à cette époque-là, que je pouvais avoir un vrai talent de photographe. Je me suis surprise à en admirer le velouté du noir et blanc, la profondeur des contrastes, les transparences et les reflets saisis par le plus grand des hasards, et la mise en abyme qui s'amuse à démultiplier les lignes de ce corps dans un infini jeu de miroirs. Et puis il faut bien l'avouer, la fille sur la photo est d'une beauté à couper le souffle.

Pas parce qu'elle serait calibrée comme ces rôtis jaugés au pied à coulisse auxquels on voudrait réduire le corps des femmes. Mais parce qu'elle n'est qu'un corps, une chair lumineuse à ce point assoiffée d'amour et de regard qu'elle n'inspire qu'un désir trouble et peut-être légèrement sadique.

C'est l'image d'une femme qui s'offre et qui souffre.

Tu m'y reconnais, bien entendu.

Tu connais mon corps, tu en sais la finesse et la grâce, tu reconnais aussi ces pelures qui le couvrent à peine, le subliment et le conforment à l'appétit des hommes.

Tu ne comprends pas comment une femme comme moi, discrète, pudique et mesurée, exhibe ainsi dans un film publié sur YouTube une photo d'elle à moitié nue, même si artistique, même si tellement triste qu'elle ne pourra inspirer que respect et compréhension.

C'est que cette photo a une histoire. Toutes celles qui suivront ont leur histoire, elles en ont une seule en réalité, celle qui fonce à tombeau ouvert vers sa drôle de conclusion.

Je vais te dire l'histoire de cette photo. C'est une nuit de toi et moi.

Il y a une femme.

Elle vient de s'extraire du lit que l'on devine dans le fond. Elle a croisé son reflet dans le miroir et s'est émerveillée. Sublime, et pathétique. Un appareil photo était posé sur la table de nuit. Elle l'a pris, a réglé soigneusement les paramètres, a programmé le retardateur, et laissé la technique faire le reste.

Il y a eu le cliché, puis il y a eu le reste de la nuit.

La femme dans le miroir se croise du regard. On ne pourrait pas vraiment dire qu'elle se contemple, car le reflet a les contours imprécis d'une créature qui s'évanouit. Est-ce réellement un fantôme qui se fond ? La femme se palpe. Une caresse le long de la cuisse déliée, deux mains qui enserrent la taille étranglée par une guêpière en satin. Oui, c'est bien une personne. Non pas ombre, mais être de chair vive.

La nuit a quelque chose de bassement tragique.

Le regard de la femme est plus assuré peu à peu. Elle cherche à reconnaître au fond de l'être du miroir ce qui, quelques jours auparavant, portait encore son nom. L'enveloppe est légèrement familière. C'est ce qu'il y a à l'intérieur qui demeure inconnu.

L'enveloppe a la forme d'une pin-up de calendrier. La jambe est d'une finesse extrême, son galbe enviable rendu plus infini encore par la hauteur du talon d'un escarpin à bride. En haut de la cuisse, le jeu géométrique de la jarretelle et de la lisière du bas fait alterner la profondeur du noir et l'éclat crémeux de la peau. La fesse nue est adolescente. Sous le corset aux liens étroits, on devine un buste flexible aux seins menus que le balconnet offre comme deux plaisanteries. Les épaules sont un peu trop aiguës, certes, mais leur proximité avec le cou, long socle de marbre, rappelle l'ossature déliée d'un cygne. L'enveloppe est donc plaisante. C'est le côté sublime.

Au prix d'un cuisant effort, la femme affronte maintenant le reflet du visage. Les retrouvailles sont impossibles. Comme une fausse tête vissée au si beau cou. En l'espace de quelques jours, une défiguration a eu lieu, rétractant la chair autour des os, dilatant celle des paupières, noircissant la découpe autrefois si pure de l'œil dont les cornées ont rougi au-dessus d'un rimmel fuyant. Le visage n'a pas d'expression particulière. C'est juste un masque figé dans une absence totale d'existence. C'est le côté pathétique.

Un masque mortuaire plaqué sur une silhouette de stripteaseuse.

Cette chose-là n'existe pas.

Sous les dentelles, les satins et les lacets, sous la soie de la peau, le vide sonne comme l'intérieur d'un tambour.

Ce n'est pas moi.
Ce n'est pas moi.

Voilà ce que raconte cette photo, cette femme décorée et vulnérable, cette liane perchée, cette gisante debout au corps entravé de frous-frous. Je pourrais, si je le voulais, faire immédiatement apparaître, à la suite de celle-ci, une autre photo, celle d'une jeune femme lumineuse et mutine, l'œil pétillant sans fard, une créature d'amour et d'eau fraîche, comme éclaboussée d'une joie de nuit des temps. Juste pour goûter la différence. Mais ça ne mènerait pas à grand-chose. Cet être-là n'existant plus, il est désormais inutile de le présenter comme un protagoniste de l'histoire.

Celle qui te parle aujourd'hui, qui a cédé à la tentation de tourner ce film fait d'une alternance d'images fixes et de confession face caméra, c'est l'autre, celle qui erre dans la nuit enfouie sous un corps de *show girl* anorexique. C'est celle qui ne connaît plus le nom des couleurs, dont le palais a oublié jusqu'aux arômes secondaires d'un bon vin, et vers laquelle les sons du monde ne cheminent plus qu'étouffés sous une stridence qui transformerait tout chant d'oiseau en un crincrin de scie à métaux.

Le temps a beau passer, rien ne guérit.

On ne peut accueillir la décrépitude. On ne peut se réjouir du déclin. On ne peut se rasséréner d'une dégringolade. Tout perdre, brutalement, est un accident qui ouvre dans la chair des failles que même les tissus cicatriciels ne parviennent pas à rapiécer. Mais si tout pouvait se réduire à des blessures cutanées, à des lézardes ou à des excroissances, ce serait beau. Ce qu'il faut regarder, ce qui fait peur, c'est l'intérieur. Et à l'intérieur, il n'y a plus rien. C'est un peu comme les corps de Pompéi, tombés en poussière à l'intérieur de leur gangue de lave durcie. On y a injecté du plâtre, ce qui nous permet aujourd'hui d'avoir l'impression de contempler des êtres humains : mais en réalité, ce n'est que ça, du remplissage avec une substance dure. À l'intérieur de la femme qui te parle en ce moment, il y a ce rembourrage solide permettant la station debout ; quant à l'humanité qui y subsisterait, c'est une autre paire de manches.

Martha a cessé de faire partie du monde, entrée fracassante dans le néant, un soir de janvier. Je dois en raviver le souvenir, puisque tu as oublié. Il y a eu cette phrase.

Martha, il faut que je te parle.

Des mots qui se sont imposés avec une étrange gravité. Je n'étais pas habituée à un ton aussi solennel de ta part. Tu as toujours eu la dérision à la bouche, cette bonne humeur placide même dans les moments délicats. Avec toi, jamais de dramatisation, et surtout, jamais de cérémoniaux quand bien même il te fallait annoncer des choses importantes. Tes choix de vie, tes décisions professionnelles que tu avais peur que je n'approuve pas, tu me les servais d'habitude les yeux brillants d'excitation, avide d'entendre mon opinion. Même les deuils, les agonies d'êtres chers, tu les avais traversés avec une sombre dignité, campé sur deux jambes vigoureuses comme se tient un marin contemplant son épave. À peine te refermais-tu, cherchais-tu dans mon regard la certitude que j'étais bien là, et ma main dans le noir. Qu'as-tu donc ce soir de si lourd à me dire ? Tu as prononcé la phrase sibylline – *Martha, il faut que je te parle* – les yeux errants, le geste flou, les coins de la bouche contractés puis relâchés le temps d'une brève et amère grimace.

Je t'ai fait répéter.

Tu as répété, mot pour mot.

Il faut que je te parle.

Dans mon incapacité à concevoir de la laideur dans notre monde, j'ai éprouvé malgré tout un vague choc électrique au creux de mes genoux. Je t'ai regardé prendre place sur le canapé, étrangement raide, le verre à la main, pas comme d'habitude, non, pas avec une langueur gourmande de fin de jour. Il y avait une mauvaise nouvelle, c'était évident. Une foule soudaine de vilaines choses ou d'emmerdements s'est embouteillée brutalement sous mon crâne comme à l'heure de pointe.

Je m'attendais à tout. La vie m'avait faite forte, je pouvais tout encaisser.

Sauf ça.

Je suis amoureux d'une autre femme.

Ou bien : je crois que je suis amoureux d'une autre femme. Oui voilà. Je crois que.

Ton regard dépité. Toi aussi tu venais de plonger, de mettre en marche la mécanique des pourritures.

Je n'avais jamais basculé. C'est un art que la vie vous impose à chaque fois qu'elle cogne, mais la mienne s'était assoupie en l'absence de catastrophes et ne m'avait jamais enseigné la faculté de passer d'un état à un autre en une fraction de seconde, comme une seiche des abysses qui se camoufle.

Vingt ans d'une luminosité de comète. Et tout crevait ce soir.

Pas de parachute, assurément. Précipitation dans un grand trou, puis une main invisible a rabattu le couvercle.

Je ne me souviens plus exactement de ce que j'ai crié. Un cri qui est monté du très profond et qui s'est étouffé à mi-course – il y a l'enfant de l'autre côté du couloir, il ne dort peut-être pas tout à fait. Je pense avoir murmuré un hurlement. Non ! Non ! C'est une blague ? Rapide exploration de tes yeux : aucune malice. Première salve de mots idiots, engendrés par la simultanéité visuelle de plusieurs bobines qui s'emballent. Je vois des femmes, brusquement. Jusqu'à cette minute précise, je n'avais jamais vu les femmes. Je n'avais pas besoin de les voir, elles étaient comme des êtres asexués meublant notre décor. J'en vois une en particulier, mais comment est-ce que ça avait pu m'échapper, Anne, ta galeriste préférée, elle est évidemment à ton goût avec son visage à la Anna Karina, son joli petit corps, cette longueur d'onde partagée…

Je la connais ? J'attends le nom. J'attends l'estocade.

Non. Tu ne la connais pas. Enfin, je ne crois pas. Ce serait vraiment une coïncidence dingue si…

Puis enfin : tu as couché avec elle ? Question idiote s'il en est, mais à ce moment précis, ce dimanche soir de janvier qui dix secondes plus tôt ressemblait encore à tous les autres, je ne pouvais pas savoir quelle étape tu avais déjà franchie. J'ai même eu la naïveté de songer, soudain pétrifiée de froid dans mon pyjama, que tes mots signifiaient au secours Martha, je viens de faire une rencontre bouleversante qui m'a fait perdre mes repères, nous sommes en danger, je te le dis pour qu'on lutte ensemble parce que je veux m'apaiser et nous sauver, il y a bien une chose à sauver en ce bas monde et c'est nous, nos vingt ans de route douce, notre duo jusqu'ici indéfectible, la beauté pure et ensoleillée de notre couple. Sursaut d'optimisme stupide. A-t-on déjà vu des miracles quand l'insupportable nous fond dessus ? Allons, Martha, regarde les choses en face. Regarde la bouche du seul homme de ta vie répondre, très calme et un peu penaude toutefois, non, tu ne la connais pas, et oui, j'ai fait l'amour avec elle, et je vais te dire quelque chose, j'ai adoré ça.

C'est exactement là que, dans les dessins animés, un marteau gigantesque s'abat sur les occiputs pour en faire jaillir une ribambelle d'oiseaux qui chantent ou des manèges de constellations. Je suis hébétée, empêtrée dans mes oiseaux et mes étoiles. Une main me cache les yeux. Le décor a disparu. C'est moi que je vois, et je me vois avec tes yeux. Tes yeux ici et maintenant – ou depuis longtemps déjà ? – alors que, dressée face à toi de l'autre côté de la table basse, j'ai besoin d'un élément solide auquel me raccrocher parce que mes jambes se dérobent. Ce que tu vois de moi, c'est une Martha des dimanches soir d'hiver, enveloppée de molletons dépareillés, le visage déjà démaquillé, les cheveux remontés en un chignon approximatif, et vidée de son sang. Oui je suis laide, là, à l'instant, au moment où tu me parles d'une autre, de ton amour pour une autre, de toi faisant des choses intimes avec une autre, je suis désarmée comme un soldat vaincu. Et si vieille soudain.

Elle est plus jeune que moi ? Bien sûr, elle est plus jeune, c'est évident, ce sont toujours les plus jeunes qui nous prennent nos hommes… Tu ne réponds pas ?

Trente-trois ans.

Elle s'appelle comment ?

Je suspends mon instant. Le nom, c'est primordial. Quelques syllabes qui ne vont pas tarder à résonner et à l'humaniser, la rendre existante alors que quelques secondes plus tôt elle ne faisait pas partie de la multitude des êtres vivants, et là j'attends, j'attends le son de la déchirure.

Aline.

Putain. Aline. C'est moche. C'est moche, c'est ringard, et ça me semble si absurde que ce soient justement ces syllabes-ci que tu murmures dans le noir, que tu savoures, que tu enlumines à mon insu.

Et tu as crié ?

Grimace de crispation de l'autre côté de la table.

Tu la connais depuis octobre. Avant ça, tu ne l'avais jamais croisée. Rencontrée il y a quatre mois, et baisée depuis un peu plus de deux. Un peu plus de deux mois ? Alors que tu travailles quarante heures par semaine, que tu n'as pas été plus absent que d'habitude, pas plus en retard pour rentrer à la maison après le travail, et que tu étais là, avec nous, à préparer Noël, à cuisiner, à pianoter sur ton ordinateur, à bouquiner sur le canapé, pas un emploi du temps de mari infidèle, ça, mais où donc as-tu trouvé le temps ? Les lieux ? La femme ? Vous ne vous êtes pas rencontrés si souvent que ça, finalement. Ça fait quoi… une heure par jour ? Entre midi et deux ? Pendant que soi-disant tu allais faire trois courses, avant d'aller au boulot ? Les quelques fois où tu n'es pas rentré pile à 19 h 05 ? Et comme vous deviez avoir la bouche pleine la plupart du temps, ça laisse peu de temps à la découverte intellectuelle de l'autre, non ?

Je suis méprisante. Les larmes ont fini de couler, je me sens à présent poisseuse de fiel. Il s'écoule, comme le lait d'un cactus qu'on vient de taillader, d'une faille dans ma poitrine, et c'est une lave qui consume.

Même pas une nuit !

Si, deux. Pendant que tu étais à Paris pour ton colloque.

Brusquement la lave du fiel devient conglomérat de glace. Mon absence de la semaine dernière. J'étais malade. Angine carabinée. La veille du départ, tu dansais d'un pied sur l'autre dans la chambre, tu me tenais la main et me caressais les cheveux, tout tendu d'inquiétude, ne sachant pas très bien que faire pour me soulager. Tu voulais me convaincre de ne pas partir : tu peux te faire remplacer, Martha, on a le droit d'être malade. Gavée de médicaments, j'étais partie quand même. Tu m'avais appelée, souvent. Comment tu te sens ? Tu tiens le coup ? J'avais trouvé ça tellement attentionné… Et je comprends soudain qu'à peine m'avais-tu mise dans le train… Me voici saisie de dégoût, comme un enfant idolâtre réalisant soudain que cette mère merveilleuse qui lui souriait était en réalité en train de signer les papiers en vue de l'abandon.

Un sanglot jaillit comme un jet de vomi. C'est pour ça que tu m'appelais ! Pour t'assurer que je ne rentrerais pas plus tôt pour raison de santé ! Une rechute aurait fait foirer tes plans !

Et puis tu me parles. Tu te racontes. Les vannes s'ouvrent pour toi aussi, dans le grand soulagement de la livraison. Tu ne pouvais plus vivre comme ça, dans le mensonge. Non. Tu te reprends. Tu ne m'as jamais menti, tu as simplement omis. Gardé le silence, comme un espion infiltré. C'est différent, alors ? À partir du moment où on ne brode pas, où on n'invente pas de mythologies, où on évite les salades embarrassantes, ce n'est pas du mensonge ? Tu sais où il a résidé, le plus terrible des mensonges ? C'est que tu as continué à me faire croire que. Qu'entre nous rien n'avait changé.

Que tu étais encore et toujours satisfait de ta vie près de moi. Et cette satisfaction, tu me la vendais encore, à coups de risettes, de petits verres partagés, de mains unies, de conversations complices. Bon sang, Raph, j'ai l'impression de courir nue dans la rue, comme dans les cauchemars. Mais je ne rêve pas, je suis nue, avec vos doigts hilares pointés sur moi. Hilares parce que vous m'avez bien entourloupée, et manipulée, et dépouillée, et accusateurs ces doigts aussi, qui me montrent comme celle qui est de trop et qui a le tort d'exister encore.

Mais merde, qu'est-ce qu'elle a de plus que moi ? À part presque dix ans de moins ?

Rien. Elle n'est ni plus jolie, ni plus brillante, ni plus intéressante, et sa vie n'est pas plus palpitante. Tu vois, j'aurais pu la croiser il y a quelques années, elle ne m'aurait même pas fait me retourner. Mais là, le hasard a fait que je me suis retourné. Et il y a eu un miracle… C'est si merveilleux, si exceptionnel, cette harmonie entre nous, c'est… surnaturel. Le même être dans un miroir. Des jumeaux d'âme. C'est la première fois que je suis à ce point connecté avec quelqu'un.

Je ne peux que te renvoyer du silence, parce que mon intérieur tout entier semble enseveli sous une coulée de ciment frais. J'ai le courage de le dire : alors moi, en somme, je n'ai été qu'un pis-aller en attendant qu'elle surgisse sur ta route ? Deux décennies de fusion totale, cette sensation que dès la naissance nous étions déjà aimantés l'un à l'autre jusqu'à ce qu'on finisse par se croiser, et par se reconnaître, et par se fondre, cette évidence de pièces de puzzle, c'était du flan ?

C'est ce qui m'arrive aujourd'hui avec elle.

Tu ne m'avais jamais fait mal. Et cette phrase que je viens d'entendre est faite des mots les plus insoutenables qu'on ne m'ait jamais adressés. Des jumeaux d'âme… Ça fait comme un éblouissement. Le noir, puis les lumières qui reviennent peu à peu dans la rétine, trop vives, blessantes. Langue collée au palais. Je finis par te demander pourquoi. En quoi. Signes ? Symptômes ? Allez vas-y, je t'écoute. Arguments. Qui font d'elle ce diapason que je ne suis pas.

On a exactement les mêmes goûts musicaux. Et la même passion de la peinture. Elle vit par la peinture, respire par la peinture.

Elle est peintre ?

Non, même si elle peint un peu pour elle. Elle est architecte. C'est parce qu'elle a adoré ma dernière expo que nous sommes entrés en contact et que…

Entrés en contact ?

Par mail. Un mail après l'autre… Puis amitié sur Facebook. Jolie plume, esprit plaisant. J'ai été intrigué, puis charmé, puis subjugué. Dans notre correspondance presque anonyme apparaissait déjà… cette osmose… et on a fini par se donner rendez-vous pour un café… et c'est là que…

Que ?

Nous nous sommes rendu compte que…

Donc tu es en train de me dire que toi et moi, après vingt ans d'accord total, c'est fini, on fout tout en l'air parce que la plume d'une inconnue sur Facebook et un aspect agréable t'ont fait songer qu'elle était la femme de ta vie ?

Je suis très calme. Je veux comprendre. Nous nageons en plein délire. Ça ne doit pas être ça, j'ai dû mal entendre. Il ne peut pas désirer se défaire de moi. J'ai toujours été parfaite, merde, un petit rêve. J'ai même omis de vieillir tellement j'étais gorgée d'amour, et portée par ce flot évident, par ce regard toujours comblé sur moi, putain, aimer vingt ans le même homme sans jamais douter, et toujours émerveillée, ce n'est pas donné à tout le monde !

Je respire profondément. Je reprends, je reformule.

Mais en bref, tu me dis quoi, ce soir ? Que nous sommes un couple qui traverse sa première crise, qu'il y a bien eu cette femme à un certain moment de ta vie, que tu es passé à l'acte et que tu le regrettes, que tu voulais m'en faire part pour qu'on prenne toi et moi un nouveau départ, ou… ou bien tu es en train de m'annoncer que tu me quittes ?

Je suis amoureux d'elle, Martha. Je crève d'être loin d'elle. Ça fait deux mois que la seule chose qui me fait me sentir vivant, ce sont nos rendez-vous, pour la dévorer.

Je t'ai donc rendu si malheureux, Raph ? Je te suis donc devenue si insupportable ? Mais quel comédien, c'est incroyable… Il se passait donc ça dans notre maison, dans notre chambre à coucher, devant les yeux de notre enfant, toute cette agonie, cette pluie acide qui faisait tout crever, et pendant tout ce temps tu continuais à nous couver de ton regard tendre, et tout ça avec ta tête habituelle, ta voix habituelle, tes gestes habituels ? Tu avais déjà commencé à appuyer sur le bouton de l'injection létale et tu me parlais comme toujours de littérature, de cinéma, de jazz et de recettes de cuisine ? Pendant tout ce temps tu m'as enfumée ? Bon sang, tu aurais pu au moins me faire un peu mal, me malmener légèrement, faire en sorte qu'un doute s'insinue en moi pour que je me sente en danger, je ne sais pas, moi, un ton plus âpre, une remontrance coupante qui m'aurait flanqué les larmes aux yeux et provoqué une mise au point, mais qui m'aurait empêchée de me prendre le monde sur la gueule ce soir ! Je n'ai rien vu venir, Raph, tu n'as jamais fait allusion à ce mal-être que tu évoques aujourd'hui, en me laissant dans l'illusion que notre vie continuait à rouler avec cette douceur séculaire. Tu sais l'effet que ça me fait ? Qu'à la veille des noces tu viens de te tuer dans un accident de voiture. C'était la plénitude, et d'un coup le néant.

Mais Martha, voyons…

Si on y réfléchit calmement…

Si on fait le bilan des… deux dernières années…

Enfin Martha, tu t'en rends compte… quand même un peu ?

De notre couple, il ne restait plus grand-chose…

À peine une colocation complice et tendre…

Mais le sexe…

Enfin si on fait le compte…

Plus d'érotisme entre nous… Plus de palpitations, plus de jeux, plus de désir…

Tu as la libido au point mort, ne le conteste pas… Tu n'écoutes plus mes besoins… Tu me repousses quand je te touche…

Je ne me sentais plus vivant, Martha. Bien au-delà de l'amour profond que je te porte… Parce que je t'aime et je ne t'aime pas moins aujourd'hui qu'avant de la rencontrer. Mais ton absence de désir a étouffé le mien. Et c'est elle qui me fait brûler à présent. Je la désire. Je pense à elle jour et nuit. Je bande et me soulage dans la salle de bains pendant que tu dors enfouie dans tes pyjamas. Elle, elle me veut. Quand je tends la main vers elle, elle me happe. Quand on se regarde, on s'enflamme. Quand on fait l'amour, on est deux planètes en osmose. Elle me donne l'intensité qui est morte avec toi.

Mon Dieu, Raph, c'est donc bien ça ? C'est une histoire de cul ?

Non. Je suis amoureux comme je ne l'ai jamais été.

Comme tu ne l'as jamais été…

Tu ne réponds pas.

Vous avez déjà fait des projets d'avenir ?

Oui.

Au poteau de torture, je regarde des lambeaux de ma chair tomber à mes pieds à chaque lacération.

Ces mots d'un inconnu.

Vingt ans de vie en miroir avec toi. Et ce soir je me rends compte que tu es un inconnu.

Cet homme qui s'est échauffé comme un adolescent boutonneux devant son écran d'ordinateur, je ne le connais pas.

Cet homme qui a, en toute conscience, provoqué et concrétisé une rencontre, je ne le connais pas.

Cet homme qui est rentré à la maison, bisous mes amours, le caleçon encore humide, en soutenant mon regard comme si de rien n'était, je ne le connais pas.

C'est brutalement un pan entier de ma vie – deux mois et demi – qui semble aspiré à l'intérieur du monde, dilué dans de l'antimatière. C'est la conscience de ma propre dilution. Des concerts de ricanements sur mon corps dépouillé.

La nuit se passe à regarder et écouter cet homme que je vois pour la première fois.

Je suis d'autant plus ébahie que je ne m'étais pas aperçue que je disparaissais.

Hier ressemblait à hier. Comment peut-on ne pas se rendre compte qu'on est mort dans l'autre cœur ? Ça me fait penser à un film. Quelqu'un est en train de vivre sa vie normale, tout en a l'aspect et le goût, et soudain il comprend qu'il est mort depuis longtemps et qu'il ne subsiste de lui qu'un fantôme que personne ne voit. À la différence près que toi tu me voyais ô combien, bien trop, pour ton malheur. Tu désirais que je me dématérialise enfin pour vous laisser le champ libre.

Je t'écoute. Je veux comprendre tout en me bouchant les oreilles pour ne pas entendre certaines choses. Quelque chose de diabolique me dit que te pousser dans les retranchements de l'aveu pourrait faire de moi une femme qui sait, donc moins trahie, moins ridicule. C'est la terreur d'être une cocue pathétique de vaudeville. Autre chose de terriblement masochiste me souffle qu'il faut que je reconstitue, heure par heure, toute la période de ta double vie, pour éclairer ce qui reste dans l'ombre. Pourtant, plus puissant encore, plus raisonnable, s'impose mon refus de représentation. Rester dans l'abstrait, pour ne pas m'écrouler. Je ne te demanderai pas, alors. Votre premier baiser, son lieu et son heure, votre première baise, la façon dont tu l'as déshabillée, ou si c'est elle qui s'est foutue à poil toute seule, si ça s'est passé dans un lit ou dans des chiottes de bar avec le froc sur les chevilles, si elle est du genre à sucer dès la première fois, avec des cabrements de hardeuse, ou si elle est plus traditionnelle, geisha alanguie sous les tendresses. Les restaurants où vous avez mangé ensemble, les cafés de vos rendez-vous. Si vous avez parlé de moi, et en quels termes. Ça me brûle mais je me tais. Il faut que je zappe, tout comme je zappe devant un film d'horreur quand je sens que des images trop pénibles se préparent.

Ça se passait où, la plupart du temps ?

Dans son bureau, au cabinet d'architecte.

Et les vernissages que tu as accumulés les derniers mois, sans même me prévenir à l'avance pour que j'aie le temps de trouver une baby-sitter et qu'on s'y rende ensemble, c'était précisément pour que je ne trouve pas de baby-sitter et que je reste là avec Alex, pendant que tu courais la retrouver ?

Oui.

Le sourire démoniaque qui me grime soudain te fait baisser les yeux pour la première fois. Tu as compris ce qu'il voulait dire, comme depuis vingt ans tu comprends chacune des expressions de mon visage. C'est si pratique de tromper une mère, n'est-ce pas ? Pas de risque qu'elle insiste pour t'accompagner de façon impromptue, ni qu'elle sorte de son côté et que par un hasard malvenu elle surprenne les amants. L'enfant est là... Tu sors ? Ah ? Bon... Alors je me mettrai au lit avec un bon bouquin ou un bon film. C'est une aubaine. Pas besoin d'inventer des salades abracadabrantes, donc. Il suffit juste de ne pas éprouver trop de culpabilité en utilisant son enfant comme geôlier de sa mère. Pendant quelques minutes tu ne soutiens plus mon regard : tu sens qu'il se dilue dans le dégoût, et c'est pour toi le point de bascule, le premier moment de ta vie où je te regarde sans amour.

Oui tu me dégoûtes. Cette bouche qui, il y a quelques heures encore, collait des baisers de convenance sur la mienne était souillée d'une autre salive. La main qui m'effleurait avait exploré le sexe d'une autre, Dieu sait où cette langue avait traîné, notre lit était pollué par des cellules épithéliales qui n'auraient jamais dû se trouver là, et comme une cerise sur le gâteau voici que même le regard du père sur le fils me semble brutalement contaminé par la bassesse des calculs. Et je m'écœure moi-même, pour tout dire : parce que je n'ai pas su, je n'ai plus su, être celle pour qui tu aurais couru dans la nuit, être celle qui aurait tendu ton corps de désir jusqu'à se rompre, celle pour qui tu aurais eu le courage de massacrer la vie d'êtres aimés. Je me hais de ne pas être elle, de ne pas être la toute belle, la toute neuve, la toute en espoirs et en futurs, de n'être que ta vieille chose, ton vieux meuble de famille, un peu attaqué par les vers du temps et de l'habitude, un peu rouillé aux gonds et qui grince quand on tente de l'ouvrir de force, je me hais d'avoir ce visage-ci quand une hallucination en impose un autre devant le mien, je me hais d'avoir gobé l'éternité quand je n'étais que si facilement remplaçable, et pour moi aussi c'est une grande première, parce que depuis l'immémorial ton regard sur moi faisait que, oui c'est fou, j'étais la femme de ma vie.

Dis-moi ce que j'ai raté ?

Tu en redeviendrais presque tendre. Tu es soulagé. Une phrase malheureuse qui te dédouane, parce qu'elle implique en partie ma culpabilité. Mais c'est trop tard, je l'ai dite. Je vais donc bientôt entendre que c'est ma faute, oh pas complètement, c'est la faute au temps qui passe, à notre jeunesse qui bat de l'aile, mais ne me fais pas dire ce que je n'ai pas dit, hein, tu es toujours belle, et plus encore, tu es passée de la jolie fille à la belle femme avec la maturité, tu as tellement d'allure, de classe, de grâce juvénile, ton corps est toujours parfait, tu es mon petit idéal depuis toujours, et tu m'as tout donné, cette indulgence envers mes défauts que tu as aimés sans le moindre reproche, et cette confiance dont je n'ai pas été digne, tu m'as donné des élans, de la force et de l'avenir, je me suis construit dans la coupe de tes mains, tu as accepté sans rien dire ta solitude dans mes périodes de création, et mes amis monomaniaques dont tu subissais les conversations. Tu as tellement cru en moi que l'idée même de jalousie ne t'a jamais effleurée. Et je le sais bien, moi, qu'à aucun moment tu n'as détourné ton regard de moi. C'est juste que… Non, pas *juste*, ce n'est pas un détail, c'est essentiel, c'est *terriblement* que… tu es devenue asexuée, Martha. Tu as rangé le sexe tout en bas de la pile. Plongée dans tes dadas, tes travaux, tes urgences, ton rôle de mère. Quand as-tu éprouvé pour la dernière fois l'envie de me séduire ? De me vamper, de m'attirer à toi, de m'inciter à te dévorer ? Depuis quand, par paresse ou par indifférence, ne m'as-tu plus sorti le grand jeu ? Je t'ai attendue. Je suis venu, tu t'es défilée. Tu as repoussé ma main un nombre incalculable de fois. J'aimais ton corps à la folie et les seules fois, ces dernières années, où j'ai pu le contempler un tant soit peu déshabillé, c'était sur la plage. Je ne me suis plus senti aimé, Martha. Hormis de façon tout à fait intellectuelle.

Tu ne te souviens pas de cet éclat de rire tonitruant que je t'ai vomi à la gueule. Nous y étions enfin : tu étais parvenu, en une pirouette, à me rendre responsable de ta trahison, à en construire la légitimité. Remarque, c'était couru d'avance. On se cherche tous un *autre* et des raisons pour justifier nos veuleries. Je le sais, je les entends à longueur de journée, ceux qui expliquent leur goût du viol et de la strangulation de petites filles par la sévérité de papa ou les fessées de maman, ou par le manque de sévérité de maman et l'absence de fessées de papa, enfin tout, ou pas grand-chose, parce qu'ils ne peuvent pas admettre qu'à un certain moment critique de leur construction ils ont préféré se tourner vers l'abolition de la frustration. C'est tellement plus simple : on n'a plus à lutter contre les tentations. C'est donc ma faute. Fallait pas que je vieillisse, fallait pas que je laisse s'installer, avec mon corps de mère, ce rapport un peu compliqué qui me faisait croire qu'il n'était plus aussi beau qu'avant, et ma faute aussi d'avoir voulu avec toi cet enfant qui s'est imposé dans notre intimité en faisant en sorte que nous ne soyons plus jamais seuls… J'aurais dû aussi, avec un peu plus de bonne volonté, éviter d'avoir à me lever si tôt le matin pour gagner ma croûte, et lutter contre l'épuisement nocturne pour assouvir la soif de ta jolie queue… Et, péché ultime, je suis coupable d'avoir préféré, aux coïts hue-cocotte, une douce main courant sur la joue, un sommeil en cuillère, un fou rire, enlacés. Oui, j'en conviens. Je fais amende honorable. Je me suis peu à peu dégénitalisée dans ma relation avec toi.

Unsex me, souhaite Lady Macbeth. Ôte-moi ma condition de femme pour que je puisse être ton égale. Oui, je m'étais peut-être, moi aussi, *unsexed*, sans m'en rendre compte, sans voir passer le temps à part sur les centimètres galopants d'Alex et sur la virgule d'eye-liner de mes yeux qui, mois après mois, se faisait moins coupante au ras d'une paupière fatiguée.

Pas vu passer le temps. Pas vu passer l'amour. Craint qu'en se réveillant l'enfant nous surprenne.

Pas aimé tes assauts, tes tentatives impolies pour m'entrouvrir, tes mains au panier au milieu de la nuit, tes doigts rêches.

Est-ce que je peux le dire maintenant ? Au moment où tout se cisaille net comme au claquement d'une porte, où tout s'en va parce que ailleurs tu as trouvé la romance, les approches, les troubles de la peau et les chiennes en chaleur, les baisers qu'on implore parce que sans eux on meurt, les rendez-vous secrets, les premières offrandes qui ont le goût d'une désobéissance, est-ce que je peux te toiser avec cynisme et te rappeler qu'il fallait peut-être faire un effort pour me redonner envie, à moi, parce que ça aussi tu savais le faire, avant, avec moi, jouer de tous mes petits instruments, me faire gazouiller de longues heures chaudes avec des baisers étonnants, des mains musicales, des murmures au creux d'une oreille mordue, des genoux qui s'effleurent sous les nappes… Quand ton regard happait et désarmait, me flanquant du rose aux joues et des vibrations entre les cuisses, m'éclaboussait d'un soleil aveuglant, et que le long de la ligne de mon cou tu posais des colliers de petits noms d'une douceur qui montait à la tête, ma fleur, ma souris, mon amour, ma belette, ma chérie… Te souviens-tu comme je me désaltérais à ta peau alors, comme les adhérences faisaient merveille, comme on se fondait jusqu'à plus soif ? Où est-il passé, ce grand jeu, dans quel tiroir l'as-tu rangé, par manque de temps rien qu'à nous ou par paresse ? Pourquoi as-tu décrété, progressivement ou bien un mauvais jour, que parce que je t'étais tout acquise, et épousée, et multipliée, tu ne gaspillerais plus d'énergie à me faire palpiter comme une adolescente, à me draguer, m'allumer, m'embobiner, préférant des assauts de camionneur, une main dans la culotte à deux heures du matin en t'étonnant que je sois sèche, et comment pouvait-il en être autrement, puisque juste avant ton envie pressante, au lieu de ciseler ces regards-là, tu sais, ceux qui rendent le contact des vêtements sur la peau aussi insupportable que la brûlure des orties, tu avais passé des heures interminables vissé à ton ordinateur ou plongé dans un livre, sans même prendre conscience que j'étais là, à t'attendre peut-être ?

Tu l'avais oublié, ton rôle de partenaire équitable dans le petit théâtre de l'érotisme conjugal. Est-ce que ça aurait dû être à moi de tout faire, me tortiller, minauder, me déloquer comme au claque, stripteaser mon désir, tendre une croupe consentante sur un claquement de doigts, Bettie Page sur le retour, entre biberon et Barbapapa, pour attirer le regard du grand indifférent en caleçon affalé sur le canapé en compagnie de ses bouquins, alors que depuis bien longtemps ta bouche ne se promenait plus sur ma nuque, ni n'effleurait mes paupières, ni ne cheminait entre mes omoplates, et qu'à la rigueur, si parfois tu te souvenais que j'avais un cul, tu avais totalement oublié que j'avais bien d'autres périphéries réclamant des caresses, et que surtout, vingt ans plus tard, je restais ton incorrigible, stupide, frémissante amoureuse ? Ton éternelle amante, même privée de peau. Est-ce que j'ai le droit de te dire tout ça aujourd'hui, au moment où, avec ce calme où je lis même de l'impertinence, tu barbouilles la nuit de théories fumeuses sur le désir, les roues qui tournent, les chemins croisés et les passions dévorantes, sur la fin de moi et le début de l'autre, l'autre celle-là là-bas, cet ectoplasme sur lequel je ne peux même pas coller un visage ? Celle à qui tu donnes tout ce que tu viens de m'arracher d'un coup de croc ? Est-ce que je peux te dire, sans que cela semble être la voix du dépit, que tu m'avais punie, depuis bien longtemps déjà, privée de tous ces jeux subtils dont même le dernier connard dans un bar est capable quand il vous voudrait bien, tandis que toi, mon compagnon de vie, te voici en train de philosopher sur le sexe comme réalisation suprême de l'amour pur, comme la fusion ultime de deux planètes s'absorbant l'une l'autre, comme une entre-dévoration fleurant bon l'absolu. Et je regarde ta bouche qui me raconte comment elle et toi, dans mon dos depuis des mois, vous entre-dévorez en planifiant ma chute, en m'amputant, moi, de ce qui me revenait, tout ce que j'attendais de toi et qui ne venait plus. Si tu y tenais tellement, à tes putains de galaxies incorporées, pourquoi as-tu, bien avant moi, renoncé à l'érotisme ? Puisque tu me dis, ce soir, que tu m'aimes toujours même alors que tu bandes à présent pour elle – et il n'y a pas si longtemps encore tu bandais pour moi, cavalièrement, contre l'interstice ensommeillé d'une nuisette et moi, c'est vrai, j'ai repoussé cette ardeur entre deux rêves – pourquoi as-tu abandonné si vite ? Comment peux-tu oser me dire que tu pensais mon amour éteint, si ce n'est pour te trouver une autre justification, ta sale excuse, le bobard enfantin propre à légitimer ton infidélité ? Quelles traductions imprécises as-tu données à ma joie perpétuelle, à mes babils pleins de projets, à ma main qui se glissait dans la tienne quand nous marchions ensemble, incapable d'y lire l'amour pour toi fiché dans mes organes comme un vaccin y fiche un virus éternel ? Non. Toi, il te fallait des pénétrations.

Je ne peux pas te dire tout ça. Ce soir, j'aurais beau te hurler que je t'aime et que je n'en ai jamais douté, que depuis vingt ans c'est toi qui tournes la petite clé qui me fait me mouvoir, et que m'imaginer sans toi sonne comme l'annonce de la peine capitale, tu ne reprendrais pas tes esprits. Elle et toi, c'est à couilles rabattues que vous vous épousez. Moi, je ne suis plus que les restes d'un banquet de noces à présent refroidis.

Je n'ai donc rien dit. Agenouillée à la japonaise sur l'autre rive de la table basse, j'ai pleuré simplement, le visage sous l'écran de mes mains et sous le poids de ton regard.

Mon Dieu, Raph, ça ne peut pas être vrai… Je me croyais toujours immensément aimée, mais en réalité je n'étais plus qu'une petite merde indésirable.

Ne dis pas ça, Martha. Tu es la personne qui compte le plus au monde, avec Alex. C'est de ton corps que je me sépare, pas de ton âme. Ton âme, elle est fondue dans la mienne à jamais.

Qu'est-ce que tu veux que ça me foute, d'être fondue ? Tu me dis quoi, là, estime-toi heureuse, au moins je ne te liquiderai pas totalement ? Mais si ton cœur ne bat plus pour moi, si je ne suis plus celle qui te manque quand elle n'est pas près de toi, si c'est une autre qui a tes yeux et ta bouche, si je sais que je ne m'endormirai plus jamais dans ton odeur, tu peux te la carrer au cul, mon âme. Ta connerie sur l'âme, que tu me jettes comme on jette un os à un chien pour l'empêcher d'aboyer ? Je vais même te dire : surtout ne la garde pas. Parce que tu vois, cette âme dont tu parles, cette âme merveilleuse que tu dis vouloir garder parce que effectivement elle l'était, merveilleuse, eh bien tu viens de la souiller, de tout saloper, de l'imbiber d'immondices, c'est dire combien tu y tiens. Puisque je suis devenue tellement interchangeable aujourd'hui, puisque tu estimes que ces vingt ans auprès de mon âme, ces vingt ans où nous nous sommes regardés grandir et nous épanouir avec cette certitude paranormale que nous étions tricotés l'un pour l'autre, n'étaient qu'un arrangement transitoire en attendant que ta route croise celle de cette créature dont tu ne sais rien, avec qui tout se résume pour l'instant à quelques heures de bavardage, de drague et de giclette, si aujourd'hui ce que tu considères comme de l'amour, en tout cas l'amour que tu préfères, consiste à s'enculer à sec sur des bureaux d'architecte et à se branler dans un bac à douche, eh bien rends-la-moi, mon âme. Mon âme, elle est sublime, et toi tu veux l'emmener chez elle, l'autre, là, pour l'embourber dans un jardin qui sent le cul. Putain, Raph. Je t'ai donné du divin. Tu en as fait de la *telenovela*. Vingt ans de mon âme, et pour deux mois de baise tu fous le camp.

Ce n'est pas une question de temps ou de poids, Martha. C'est une question d'intensité.

Oui, je sais. La sacro-sainte intensité, tu l'as déjà dit. Est-ce que ce sera toujours aussi intense quand vous serez débarrassés des oripeaux de la clandestinité, quand vous partagerez au quotidien les haleines à l'ail et les odeurs de chiottes ? Quand votre union ne sera plus faite de fièvre corporelle et de séduction mais de vaisselles, de lessives et de poils aux pattes ? Et pardonne moi, je me fais un peu l'avocate du diable, mais cette sublime gémellité dont tu me parles aujourd'hui, et qui concrètement n'est étayée par rien, excepté par l'argument *on aime la peinture*, quand tu devras vraiment construire un couple avec elle, est-ce que ça tiendra le coup ? Tu me diras que j'en reviens toujours aux mêmes choses, mais ce ne sont pas quelques heures de gazouillis et trois coups de reins qui ont dû te donner la mesure de qui elle est réellement. Que sais-tu d'elle ? D'elle pour de vrai, au jour le jour, entre les quatre murs d'un appartement, dans ses petites habitudes, en société ? Parce que, si je me fie à ce que tu racontes, votre liaison de deux mois et des poussières, elle s'est faite majoritairement par mail… On est dans la solidité, dans l'expérience et la profondeur des certitudes, ou on est sur du minitel rose ?

Martha, souviens-toi quand on s'est connus, toi et moi. On s'est vus, on s'est attrapés, une semaine plus tard on vivait ensemble. On ne se connaissait pas plus.

Mais on n'avait même pas vingt ans, Raph ! On sortait de l'œuf, on ne savait même pas ce qu'on allait faire de nos vies ! On avait tout à construire, devant nous il n'y avait que de l'insouciance et de la liberté, on était deux ados plongés ensemble dans l'émerveillement ! Et pour se prendre, pour s'attraper comme tu dis, nous n'avons rien massacré, nous n'avons pas laissé de ruines fumantes derrière nous ! Tu ne penses pas que c'est un contexte bien différent aujourd'hui ? Tu as de sacrées valises accrochées à tes basques. Un parcours de vie avec moi, pas n'importe lequel, pas un concentré d'échecs, non, mais vingt années qui t'ont plu. Un enfant. Une personnalité fixée, des exigences, des habitudes. Tu en arrives même à me dire que tu veux quand même me garder pas trop loin de toi parce que je suis le trésor de ton existence… Est-ce qu'elle sera d'accord, elle, pour ce partage ? Parce que tu fais le conquistador, ce soir, mais tu sais aussi bien que moi que tu te retrouveras pétri de regrets dès qu'elle te décevra un tant soit peu – car elle finira bien par te décevoir, bien sûr – et que tu repenseras à mon rire, à ma voix, à mon regard, à mon esprit, à notre petite tribu enlacée quand le matin Alex vient nous rejoindre dans notre lit, elles sont là tes valises, et elles sont lourdes. Et Alex ? Est-ce que ta nouvelle chérie sera prête à le prendre en même temps qu'elle te prend ? C'est dans ses projets de vie, à elle, de se retrouver avec un gosse à temps partiel qu'il lui faudra aimer même si ce n'est pas le sien ? Je vois rien qu'à ta tête que vous n'avez même pas évoqué le problème… C'est difficile de parler la bouche pleine… Alors, je te le redemande : est-ce que tu sais ce qu'elle a réellement dans le bide ? Est-ce que c'est quelqu'un qui s'effondre à la moindre contrariété ou qui sait tenir tête à la vie ? Est-ce qu'elle monte sur ses grands chevaux, hurle ou fait la gueule pour des broutilles ? Quelle amie est-elle ? Fidèle ? Papillonnante ? Sincère ? Superficielle ? Mesquine ? Est-ce qu'elle a déjà trahi des confiances ? Est-ce qu'elle est adepte des coups bas ou droite comme un I ? Est-ce qu'elle sera aussi conciliante que moi quand tu sortiras de ton côté pour retrouver tes amis ou que tu t'isoleras pour créer ? Est-ce qu'elle saura aimer tes petits travers ? Et tout le reste ? Équilibrée ? Possessive ? Paranoïaque ? Infantile ? Revancharde ? Mythomane ? Fainéante ? Frustrée ? Traînant des traumatismes ? Des penchants inavouables ou compulsifs ? Que fera ton intransigeance légendaire le jour où, peut-être, tu te rendras compte que sa manière d'interagir avec le monde ne correspond pas du tout à la tienne ? Est-ce que tu t'es posé toutes ces questions ? Non, bien sûr que non. Parce que tu es aveuglé par tes frétillements érotico-philosophiques, tu n'as absolument pas envisagé qu'on puisse ne pas être la même personne en situation de séduction, d'embobinage, de baisouille concoctée dans le mensonge, de belles phrases pondues sur écran dans l'intimité d'un bureau, de premier dévoilement à autrui – celui qu'on met en scène – que dans la vraie vie.

Le vide intersidéral de ton regard me donne raison. J'aime avoir raison, ce soir. Même en sachant que ce n'est pas pour autant que tu reculeras. Nous n'en sommes plus là. J'ai juste envie d'être celle de nous deux qui, au cœur du chaos, est capable de conserver un tant soit peu de clairvoyance.

Je n'ai pas haussé le ton. J'ai dit tout ça très calmement, comme on murmure une chanson à un enfant pour lui faire ouvrir les yeux. Parce qu'il n'y a rien que tu hais plus que l'hystérie et que je ne voudrais pas un jour t'entendre me dire que cette nuit-là je n'avais pas su me contrôler.

Tu me dis : tu ne connais rien d'elle, moi si. C'est une fille bien.

De nouveau je ris. Je ne sais pas quel son sort de ma gorge, quelque chose qui a le goût de la sincérité ou un misérable croassement de pie-grièche.

Oui, je pense que pour que tu aies tourné les yeux vers elle il fallait bien qu'elle ne soit ni trop conne ni trop pute. Mais j'ai une autre conception des filles bien. Des gens bien en général. Oui oui, je dis ça pour toi aussi. Pendant vingt ans ce n'est pas un salaud que j'ai aimé. C'est justement parce que tu n'en étais pas un, que tu irradiais d'honnêteté et de droiture en tout, que tu ne m'as jamais mise en situation de t'aimer moins. Mais ce soir je te découvre futile et égoïste, fragile et opaque. Tu étais propre : à présent tu me sembles rongé de vermine.

Tomber amoureux n'est pas une faute, Martha. Ni de ma part ni de la sienne.

Ce n'est pas l'amour que je vous reproche, Raph. C'est de ne pas avoir su y résister.

Mais dis-moi pourquoi j'aurais dû y résister ? Notre chemin mêlé, comme tu l'appelais tout à l'heure, ça fait bien longtemps qu'il ne l'est plus. Depuis la naissance d'Alex il a dévié. Il faut regarder les choses en face, à partir de là nous n'avons plus été deux amants. Juste papa et maman. Et parfois même des baby-sitters en alternance. On a passé des années à se confier Alex l'un à l'autre pour trouver quelques heures de liberté. Avant que je parte au travail, tu t'éclipsais. À ton retour le soir, je filais. Je cherchais de mon côté du temps pour peindre, rencontrer des artistes, voir des expos. Toi, pour écrire tes articles, compléter tes recherches. C'est là que ça a bifurqué. Quand chacun d'entre nous a suivi sa route seul, sans plus la partager, l'œil rivé sur la montre. Et le soir, une fois Alex endormi, au lieu de nous retrouver l'un avec l'autre, à boire un verre en écoutant des disques, à parler de la vie, à faire l'amour, on se retrouvait – ou plutôt, on ne se retrouvait pas – dans deux pièces différentes, comme deux vieux potes dénués de corps.

Je vois très bien où tu veux en venir. J'entends déjà ce que tu t'apprêtes à me dire, tu vas employer les mots de routine, d'assoupissement, de laisser-aller. Tu vas comparer cet ennui conjugal avec toutes les opportunités de retrouver tes flammes juvéniles, avec cette passion promise et consommée que t'offre l'autre, là, l'Alien. Et je suis même certaine que dans quelques minutes, tu vas me tenir le discours stéréotypé sur les amours qui ne durent guère, tout au plus quoi, une quinzaine d'années ; il faudrait même s'étonner que nous ayons dépassé les vingt ans avant d'être saisis par la lassitude, et s'estimer heureux qu'on ait été si beaux pendant tout ce temps… Martha a bien fait son travail, elle t'a offert sa jeunesse, sa beauté et sa fougue, son inconditionnel amour pour forger ta confiance en toi pendant que tant d'autres, au même âge, errent dans les souffrances des échecs répétés et des cœurs rapetassés, elle t'a donné un héritier, mais à présent son ère s'achève, son cul s'est refroidi, et Aline est arrivée, nouveau printemps, cycle naturel de la vie. Tu vois ? J'ai deviné toute seule. Surtout ne me le chante pas.

Tomber amoureux n'est pas une faute. Je ne l'ai pas cherché. Ça s'est présenté à moi et ça m'a emporté.

Ce que je te reproche, Raph, ce n'est pas d'être tombé amoureux. C'est d'avoir permis que ton cœur se vide et de l'avoir rempli avec quelqu'un d'autre que moi. C'est ma décadence que je ne te pardonne pas. Ta répugnance à te battre pour moi. Je t'en veux de ne pas m'avoir secouée, dès les premiers signes de ton insatisfaction, de ne pas m'avoir dit Martha je t'aime et je veux t'aimer encore, je ne veux pas me contenter des échos de notre intensité d'avant, je veux la retrouver parce que nous avons encore tant de temps avant de vieillir ensemble, parce que je ne veux surtout pas en arriver un jour à ne plus avoir besoin de toi, besoin désir envie tout ça c'est la même chose, je nous veux nous deux comme avant. Parce que tout remettre sur le feu avec ta vieille compagne dont tu connais chaque grain de peau, c'est moins romanesque que d'aller désenvelopper un nouvel être et un nouveau corps tout en mystères. Ce que tu as préféré à ma reconquête, qui aurait nécessité une bonne dose d'organisation, de discussions, de sacrifices, et tout ça pour retrouver une saveur trop familière, c'est le lâcher prise du choc amoureux. C'est ce que tu vis en plein aujourd'hui, les titillements au bout de la queue, l'arrachement de l'absence, la hâte douloureuse des retrouvailles clandestines, la baise sauvage qu'on ne peut refréner, l'excitation de l'interdit, et surtout, oh mon Dieu, ce que par essence tu ne pourras plus jamais avoir avec moi, ce moment où on se dépouille, mot après mot, pour se faire connaître, se raconter, devenir une personne aux yeux d'une autre personne dont quelques semaines auparavant on ignorait l'existence, c'est se dévoiler par petites touches, ou bien goulûment pourquoi pas, parfois même mentir un peu pour s'embellir, la grande manipulation de l'amourachement, tester le pouvoir de son regard et de ses mots sur une personne de moins en moins rétive et de plus en plus consentante jusqu'à l'offrande fatale, expérimenter sur un être encore vague le frisson d'une caresse inattendue, et le regarder tomber.

Je te le dis encore, mauvaise, déchiquetée : ce n'est pas elle que tu aimes. Je veux dire, elle Aline ou bien Monique ou bien Poupoune, ce n'est pas la fille, c'est l'amour. C'est le pouvoir. Ce sont les doigts qui claquent et qui font glisser les robes. Ce que tu aimes, c'est la putain de conscience que de l'autre côté de la ville elle mouille en pensant à toi. C'est une femme aux yeux qui tremblent et qui vit sa journée de travail avec le sexe qui convulse d'impatience que tu le combles. Merde, Raph. Je t'envie presque d'être en train de vivre ça. Ce qui, précisément, ne dure pas. Si c'est pas un coup de poker, ça, mon amour ? Perdre tout ce que je t'ai offert pour ce que tu nommes intensité et qui n'est que fugacité ? Et quand ça aura vécu, et que tu retrouveras une nouvelle routine, et une nouvelle histoire de chemins mêlés puis désemmêlés, que te restera-t-il ?

C'est mon problème et j'en prends le risque, Martha. Je fais peut-être une énorme connerie, et crois-moi, ça m'a traversé l'esprit. Mais je dois le faire. J'ai besoin d'elle.

Tu ne la quitteras pas, donc.

Non.

Elle a donc tout ce que je n'ai pas.

Aujourd'hui, oui. Tu essaies de te rassurer, de te dire que ce n'est que ma queue qui parle, mais ce n'est pas ça, notre amour est très pur. Je sais que ça t'est insupportable, que tu as du mal à le concevoir, que c'est un énorme coup pour ton ego, mais c'est ainsi.

C'est un guet-apens, Raph. Une attaque éclair. Tu me laisses me vider de mon sang au bord de la route.

Tes yeux semblent anesthésiés par une détermination d'automate. Tu as fait ton devoir, ça y est, tu as parlé, tu as soulagé ta conscience de l'inconfort du mensonge. Ton *pater* récité, te voici absous. Cette nuit aura été ta station d'épuration, et les eaux usées de tes fautes sont à présent nettoyées, désinfectées, régurgitées pures et cristallines. J'ai envie de te haïr pour ça. J'en ai besoin. Je n'y arrive pas. Je voudrais me jeter sur toi, te mordre, faire entrer ta chair dans ma bouche et mes ongles dans ta peau, je voudrais que tout ça ne soit qu'une vaste plaisanterie, que soudain tu t'exclames que tu as été bien fou, et aveuglé par tes appétits, que tes impressions d'amour n'étaient que des mirages dus à la peur de vieillir et à un trop long séjour dans le désert, et que non, non c'est impossible, l'idée même d'aimer quelqu'un d'autre que moi est une épouvantable absurdité. Je voudrais que tu pleures. Comment peux-tu supporter ma détresse sans pleurer ?

C'est là, maintenant, que je comprends.

Tout en toi est sec. Tout en toi qui me concerne. C'est elle qui a volé ta substance. Tu sais que cet instant est la fin de nous, la fin de ta vie dans cette maison, la fin de ta constance auprès de ton fils, ce sont vingt ans de construction appliquée et on plante là le chantier, c'est une taille nette de scalpel qui sépare deux siamois, et rien ne saigne en toi. Pas même un sanglot retenu, pas même les cornées humides. Je me serais même contentée d'une voix qui chevrote. Mais rien. Je ne te suis plus rien.

Tu regardes mes décombres et tu t'en laves les mains.

Que lui diras-tu, demain ? Car demain, j'en suis sûre, ou peut-être même cette nuit, tu ne manqueras pas de voler vers elle, à travers un écran ou par chair triomphante, pour lui signifier que ça y est, mission accomplie, tu as parlé à ta femme. Mais non, bien sûr que non, tu n'auras pas à le lui annoncer : elle le sait. Vous vous étiez mis d'accord pour que ce soit ce soir. Elle doit piaffer devant son téléphone ou se ronger les griffes au sang. Non. Elle sait qu'elle n'a rien à craindre. Elle est en train d'épousseter ses étagères pour faire place nette à tes chaussettes. Demain vous vous sauterez au cou. Tu lui rapporteras mon désespoir et elle éclatera de rire. Elle trouvera formidable que tu ne te sois pas laissé attendrir, que des détails insignifiants comme vingt ans de bonheur partagé ne t'aient pas rendu les choses difficiles.

Tu vois, en reformulant les événements de cette soirée, je peux déclarer que c'est exactement à ce moment-là, en prenant conscience de ton absence absolue de désolation face à la mienne, que j'ai trouvé le bon endroit. Je ne sais pas si tu comprends ce que je veux dire… Le bon endroit, la ligne à suivre. Tant de possibilités s'ouvrent à nous quand on se trouve confrontés à la dévastation, on peut se laisser couler mais on peut aussi choisir de donner le coup de cul qui fait remonter à la surface, on peut se résigner à l'apnée, ou bander tous ses muscles pour nager plus loin, ou encore hurler son agonie en cherchant à l'aveugle un bois flotté. Il m'aurait été si facile de m'écrouler tout de suite en acceptant mon sort, ou de laisser surgir une mégère inconnue qui t'aurait envoyé valises et caleçons à la gueule en braillant des imprécations – disparais de ma vue, va crever loin de mes yeux avec ta connasse – ou mieux encore, j'aurais pu grincer, comme une porte rouillée, d'ignobles chantages – quitte-moi, et tu ne reverras plus jamais ton fils – ou feuler des suppliques en rampant à tes pieds, mais la découverte de ta froideur m'a placée, comme je viens de le dire, au bon endroit.

Vous n'alliez pas vous en tirer comme ça. Ni elle, la cambrioleuse de vie, ni toi, le lotophage robotisé par les appas de ta roulure. Que je lâche tout, que je cesse de me maîtriser, et je perdais la bataille. Mais armer l'arbalète, chercher au fond de moi, dans cette bouillie de larmes et de bile, la férocité de l'amazone alliée au sucre de l'intrigante, l'intelligence de la joueuse d'échecs unie à la dignité de la déesse bafouée mais pas déboulonnée pour autant, c'était un défi que je pouvais relever. Je n'avais peut-être même pas réfléchi à tout ça, peut-être était-ce simplement l'instinct de survie qui venait de me dicter sa loi. Ce que je sais, c'est que l'avion se crashait et qu'il fallait d'urgence trouver une solution pour s'éjecter sans trop de dégâts.

Je n'avais pas le choix, puisque tu semblais déjà avoir fait le tien. Et si tu attendais de moi que je fasse la révérence, que je me retire sur la pointe des pieds pour que quelques heures plus tard Aline exulte, eh bien tu allais être déçu.

Tout. Tout pour qu'elle n'ait pas le sourire aux lèvres.

Tu me connais – puisque c'est toi qui m'as faite –, l'art de la guerre m'est totalement étranger. Une existence sans conflits ni litiges, ça ne vous forge pas un tempérament de fine stratège. Je suis quelqu'un qui apaise, qui rassure par un sens de l'impartialité prenant souvent la forme d'une neutralité bonhomme. Dans la vie normale. Mais le monde vient de tomber en miettes. On se forme sur le tas, on s'adapte. On sent brutalement monter depuis les circonvolutions de ses viscères un cri de révolte, et on sait que celle qu'on a été tout au long d'une vie, être mesuré et bienveillant, vient d'être défigurée en une fraction de seconde.

Je ne permettrai pas votre union. Il est là, le cri de ma rébellion.

Qu'attendais-tu que je fasse, réellement ? Que je te dise va, vis et deviens, je ne pense qu'à ton bonheur et pour ton bonheur je me soumets à ton choix, j'accepte d'être foutue à la poubelle avec ce que j'ai de plus précieux, pour les beaux yeux d'une fille sortie de nulle part ? Il n'y a que dans les romans d'il y a deux siècles qu'on voit ça, des bonnes âmes, des masochistes qu'on confond avec des saintes, des naufragées sans estomac. Je ne suis pas de celles-là.

Il est hors de question que tout soit réglé comme ça, une conversation d'un soir comme une bombe atomique, et le lendemain on commence une nouvelle petite vie avec quelqu'un d'autre, autre maison, autre chair, en abandonnant l'amour, le vrai amour, en train de crever de chagrin au milieu du carnage.

Je me sens sèche à mon tour. C'est le reflux de toute l'humidité de mon corps, tuyau des yeux enfin fermé, il n'y a plus que la colère. Ça y est, je me redresse. J'ai trouvé mes prothèses, elles sont faites d'un subtil alliage de manipulation feutrée et de haine nourricière.

Pas envers toi, la haine. Toi, je t'aime.

Tu es encore assis et moi debout. Tu me quitteras peut-être, mais tu quitteras une femme droite.

Il est tard, très tard.

Tu as cette phrase absurde : il faut se lever demain pour aller bosser, et pour Alex, allons nous coucher.

Nous coucher ? Tu as envie d'aller ronfler sous cette couette désormais indésirable, parce que tes petits yeux se ferment et que tu as accompli ta mission envers Aline, que tu as sûrement envie de couper court à ce moment désagréable, alors que pour moi il n'y aura plus de jours, plus de nuits ? Tu imagines que je vais pouvoir m'endormir et être fraîche comme une rose demain devant mes patients, poursuivre mon quotidien dans une illusion de vie normale ? Je sens que j'implose, je voudrais hurler qu'il est hors de question que je te laisse te défiler, les heures sont comptées et je ne veux pas en perdre une seule, je ne veux pas que tu te réfugies dans des rêves où je ne suis pas.

Je hoquette.

Tu penses que nous avons dit tout ce qu'il y avait à dire ?

Non, Martha. Mais nous en avons dit beaucoup. Je ne vois pas ce qu'il y aurait à ajouter qui ne soit pas de la torture inutile. On a peut-être besoin de réfléchir à tout ce qu'on s'est dit, dans le silence, et reprendre des forces pour demain.

Pour le deuxième round ?

Pour se parler encore l'esprit clair.

C'est moi qui vais parler, Raph, ici et maintenant. Tu m'as mise devant le fait accompli, devant des choses auxquelles tu voudrais me contraindre. Tu me demandes depuis des heures de te laisser partir. C'est à mon tour, à présent, d'exprimer mes exigences. Je te l'annonce officiellement, je ne vais pas permettre à cette étrangère de me prendre tout ce que j'ai, et tout ce que j'ai fait grandir avec toi. J'accepterai la défaite, je saurai l'accepter, seulement quand je me serai battue jusqu'à mon dernier souffle. Tu penses que je vais t'enrubanner dans un joli carton et livrer le colis à cette autre en lui disant ta-ta-ta-taaaa, cadeau ! Je te donne ma vie, prends-en bien soin ! Et toi, mon amour, sois heureux avec ton incertaine, tâchez simplement de ne pas trop croître et multiplier, mais quant au reste, vous avez ma bénédiction ! Ôte-moi d'un doute… Vous ne vous imaginiez quand même pas que ça se passerait comme ça ? Si ?

Martha, tu ne pourras pas me retenir. Je ne t'appartiens pas.

Ne me cherche pas sur ce terrain-là, Raph ! Personne ne parle d'appartenance ! On parle de couple ! D'une vie entière qui est en train de se casser la gueule ! Bien sûr, je ne te mettrai pas des chaînes, bien sûr je ne te ligoterai pas à un lit au fond d'une cave, ce n'est pas ça que je voulais dire, je voulais dire… je voulais dire…

Et je me demande bien ce que je voulais dire qui ne se résumât pas à quelques idées brouillées dans une phrase exténuée de fin de nuit. Comment une existence entière pourrait tenir en quelques mots, comment sélectionner ce que je voulais dire encore et qui ne nécessiterait pas toute une vie ? Ce que je voudrais à cet instant précis, c'est retrouver nos premiers mots échangés, il y a vingt ans, et ensuite les retrouver, tous jusqu'à aujourd'hui, les égrainer un par un, dans l'ordre, sans se tromper, tous les mots de notre miracle, tous ces mots essentiels et même les plus futiles, ces épousailles de mots qui cimentaient notre route, mais le temps presse, tu me demandes une conclusion, vite vite, avant de nous coucher – une position allongée sans espoir de sommeil – pour couper court, une phrase qui serait comme le couperet qui démembre, alors il faut bien les choisir, ces mots, il faut qu'ils soient justes, et précis, et sincères, et pesés comme des biens de première nécessité, ceux qui sont indispensables à la survie. On se dévore du regard. On sent tous les deux la peur et le chagrin qui suintent, il faut que je me lance, et c'est sans filet cette fois.

Je voulais dire que je vais me bagarrer pour toi. Pas contre elle, je ne suis pas une chienne galeuse qui en attrapera une autre à la gorge pour un os, mais pour te revenir. J'ai bien dit pour te revenir, pas pour que tu me reviennes. Je ferai en sorte que progressivement tu sortes de ta torpeur, que tu me voies de nouveau, moi, celle que tu as toujours aimée et qu'aujourd'hui tu as oubliée parce que tu as eu la tentation de toucher à une drogue qui a complètement déglingué ta perception. Je vais y aller en douceur, et peu à peu tu réaliseras que tu t'es trompé, ça arrive à tout le monde de se tromper, tu te rendras compte que, quoi qu'elle soit, elle ne m'arrive pas à la cheville, et que tu as été ébloui par des chimères. Je te demande juste de différer ton départ dans le cas où tu l'aurais programmé, et de te bagarrer toi aussi près de moi. Te battre, c'est t'ouvrir de nouveau à moi, ne pas refuser ce que je vais t'offrir, me laisser entrer en toi sans me repousser. Peut-être bien que, maintenant que tout est clair, que tu m'as parlé d'elle et que du coup c'en est fini de l'excitation de l'adultère, eh bien, peut-être que tout va t'apparaître si simple que tu sauras refaire la différence entre la bévue et les évidences. Je te demande de ne plus la voir… enfin, dans la mesure de ta résistance… physiologique… ou sentimentale, qu'importe… en tout cas de faire un effort, tu peux faire ce petit sacrifice, non, de suspendre un peu vos… intensités, le temps d'être certain de ton choix, de ton cœur, du sens que tu veux donner à ta vie ? Tu n'es pas seul dans l'affaire, il y a non seulement moi mais aussi Alex, je ne veux pas qu'il soit la victime d'une inconséquence regrettable. Je donnerai tout pour toi, Raph. Je suis en train de mettre la suite de mon existence entre tes mains, alors donne-moi un peu, même si ce peu te paraît trop pour toi aujourd'hui.

Je murmurais. J'étais douce. Je sais que je t'ai touché, profondément.

Et tu m'as dit : d'accord.

C'est là, enfin, que je me suis accordé la permission de pleurer contre toi.

J'imagine que tu te dis qu'il m'en a fallu, du temps à perdre, de l'entêtement, pour parvenir à retracer les mots d'une nuit entière et les sensations qui les ont accompagnés. C'est que contrairement à toi je n'ai jamais oublié, vois-tu, rien. C'est que ces mots se sont inscrits dans mon ADN, comme une substance apte à faire muter sa structure, et ont été l'immuable chanson de chacun de mes jours, de ces nouveaux jours, ceux de la décadence amorcée depuis le fameux *Martha, il faut que je te parle* jusqu'à aujourd'hui. Tout est une question de mémoire. La mienne est plus affûtée que jamais. La tienne est un disque dur et vierge, semblable à celle d'un nouveau-né. Tu t'étonnes. Tu tentes peut-être de te persuader que je mens. L'image qui est donnée de toi dans cette évocation n'est pas particulièrement reluisante et n'importe qui dans cette situation se sentirait obligé de ruer. Mais au fond de toi, tu découvres une douleur folle. Oui, c'est arrivé. Oui, tu l'as fait. Tu te sens mal à l'aise ? Un peu honteux, peut-être, à l'idée que je dévoile ainsi devant tant d'anonymes un instant tellement intime de notre existence qu'il en est devenu pornographique ? Justement, c'était le but.

Je t'incite à regarder, sous le rectangle de mon image, le compteur indiquant le nombre de fois où mes mots ont résonné dans le salon, la chambre, le bureau, le portable, la tablette de tant de quidams. À l'heure qu'il est, on a sûrement dépassé le million. Plus personne n'ignore toi et moi, toi et elle, ma blessure, mon amour. Toi, tu ne peux pas zapper. Parce que enfin tu sais, parce que enfin nous sommes dans la vérité.

Attends.

Je souffle une minute, je me ressers une louche. Le bavardage assèche la bouche et file les crocs. C'est pratique, les chauffe-plats. Je parle, je parle, et mon ragoût – mais est-ce un ragoût, finalement ? ma blanquette ? mon goulash ? – est toujours à température idéale. Quelques bouchées supplémentaires, puis je vais avaler une gorgée de cet excellent vin, griller une cigarette et reprendre là où j'en étais.

La nuit n'est pas finie. Les premières lueurs de l'aube sont encore loin, nous sommes en janvier et les ténèbres s'éternisent.

Je te dis, en m'étonnant moi-même que de telles syllabes puissent être en train de résonner dans ma réalité : c'est comme si ta mémoire avait été effacée… comme si nos vingt ans de vie l'un contre l'autre s'étaient fondus dans le néant, et qu'on réalise soudain que tout n'était qu'illusion, qu'en réalité ils n'ont jamais eu lieu. Tu vois, comme un rêve.

Tu me réponds : non. Ils sont toujours là. Ils n'ont pas bougé. Ils ne sont même pas abîmés. Moi, quand je me retourne vers eux, je les vois toujours aussi lumineux. Ce ne sont pas nos vingt ans qui s'arrêtent. C'est juste toi et moi.

Je te dis : mais si tu ne veux plus de moi et toi, c'est que nous ne les avons pas vécues de la même façon, nos longues années. C'est donc que ce temps-là a été une immense tromperie. Une femme fardée. Ce que je croyais être une vérité absolue n'était pour toi qu'une opportunité périssable.

Tu me dis : tu as tort. Tout était aussi une vérité absolue. Jusqu'à ce que le cœur s'enraye en même temps que le corps. Jusqu'à ce que je sente que le mécanisme était grippé. Jusqu'à ce que je la rencontre, elle.

Et elle est devenue, en un claquement de doigts, comme un rideau qui se déchire, ta vérité absolue toute neuve.

Si on veut.

C'est bien pour ça que je voudrais qu'elle soit morte. Pour m'avoir réduite à une vérité qu'on oublie.

Tendrement, tu as réitéré : allons nous coucher.

Et le plus fou, c'est que tu y es allé, me laissant là, ébahie. Muette d'incompréhension, je t'ai regardé te dévêtir, mettre ton petit linge dans le panier de la salle de bains, te laver les dents, régler ton réveil. Les mêmes gestes que d'habitude. Toi, au cœur d'une explosion atomique, tu n'oublierais pas de rouler tes chaussettes sales et de jouer du fil dentaire. Toutefois je t'ai suivi. Pour habiter notre chambre avec toi, tant que tu y étais encore. Et puis c'est vrai, demain il nous faudra commencer la comédie des faux-semblants, devant Alex, ensuite au travail. Est-ce que je vais être capable de feindre ? Est-ce que je saurai avoir l'air calme ? Que vais-je faire de mon cœur ? De mon cerveau ? Comment écouter les autres, faire ce qu'on attend de moi – réfléchir, analyser, synthétiser – alors qu'à présent il y a cette gigantesque flaque de pétrole à l'intérieur de moi, et mon univers en équilibre sur un fil d'araignée, et un seul mot hurlé par-dessus chacune de mes pensées – Raph, Raph, Raph – dans un torrent que je ne vais pas pouvoir éternellement endiguer ?

Mon boulot, depuis tant d'années, c'est m'occuper des autres. Les aider à débrouiller l'écheveau inextricable de leur esprit, davantage pour montrer qu'on se soucie d'eux et qu'on cherche à les comprendre que dans le but d'un soulagement réel. Ils sont flingués, ces mecs-là, personne n'est dupe. On cherche seulement à saisir pourquoi ils ont basculé.

Demain, je devrai avoir l'air à l'écoute, concernée, professionnelle. Projet illusoire : la seule chose qui m'intéresse désormais, c'est moi. Moi, toi, tous ces *pourquoi* qui font un mal de chien – les *parce que* sont encore pires – tout ce sang en nappe froide.

Demain, tu passeras quelques heures avec elle. Ne serait-ce que pour lui rapporter la teneur de notre confrontation. Tu lui parleras de ton engagement. Elle se mettra en colère, tu lui diras que tu t'es résigné simplement pour me contenter quelques jours, le temps que je digère la nouvelle et tu seras libre comme l'air. Tu la baiseras peut-être.

Non, bien sûr que non. Demain, après cette bonne nuit de sommeil portant conseil, tu te sentiras comme sous l'effet de la dissipation d'une grosse cuite. Elle prendra à son tour le ciel sur la tête. Aline, tu m'as bien sucé la pine mais toi et moi c'est fini, je me suis rendu compte que Martha était un être supérieur que je n'ai jamais cessé d'aimer et toi tu n'as été que le révélateur de cette vérité dans une chambre noire. Il me fallait ça pour me soumettre à un électrochoc, merci merci, sans notre regrettable connerie j'aurais oublié à quel point j'aime ma femme.

Je me coule dans les draps. Ce n'est pas l'appel du sommeil, c'est celui de la peau. Je me love, je me presse. Les spasmes de mon corps dérangent ton assoupissement. J'enfouis mon visage à la naissance de tes cheveux, sur ta nuque où demeure un parfum que j'ai toujours aimé. C'est encore le tien, seulement le tien. Je voudrais parcourir le reste de ta peau mais l'idée qu'il pourrait y avoir son odeur à elle, persistant quelque part, me donne envie de vomir et me décourage.

Entre mes omoplates, comme la vitre brisée d'une fenêtre, un trou béant s'est ouvert. Un vent glacé s'y engouffre. Je n'avais jamais éprouvé cela, me sentir transpercée de part en part, sans espoir de réparation. Il est si présent, ce trou, que j'arrive à le visualiser. Un de mes patients m'a dit un jour que ses tourments avaient une forme précise, bien qu'imaginaire ; si je me souviens bien c'était une pieuvre enroulée autour de son cou, et pour pouvoir lutter avec elle en un vrai corps-à-corps il l'avait fait tatouer. Chacun se figure sa douleur et se la crée sur une partie de son corps. Ou bien n'est-ce pas seulement symbolique, elle attaque réellement, comme une gangrène. La mienne, c'est cette ouverture dans mon dos, ronde et nette, comme le résultat d'un boulet de canon sur un personnage de dessin animé. Pourquoi mon dos ? Mais oui, bien sûr, *dans mon dos*, c'est si évident…

Quelques heures se passent dans un va-et-vient permanent entre la proximité de ton corps et la vacuité du reste de l'appartement. Notre nid… Je suis tellement vidée de ma substance que des pensées matérielles m'assaillent. Il est pratique de s'accrocher aux objets quand l'âme s'évente… Je pense aux cadeaux de Noël. D'où venait ce sourire enfantin quand, noyés sous les carillons stridents du magasin de jouets, nous repérions ensemble les désirs d'Alex ? Tu étais alors celui que j'avais toujours connu, rieur, plaisantin, alors que déjà tu avais organisé ta nouvelle vie où Alex ne serait plus qu'à moitié. Est-ce que c'était un étrange embarras qui te rendait si léger, comme incapable de prendre tout cela au sérieux ? Et le mien, de cadeau ? Cette superbe bague en argent, l'avais-tu cherchée et choisie avec attention comme tu l'avais toujours fait, sûr de mon goût, te pourléchant déjà de ma mine extasiée au moment où je la découvrirais, ou bien avais-tu raflé dans un flottement désinvolte, le premier truc qui se présentait – un peu comme une inconnue de passage… – pour faire bonne figure ? Et elle ? Lui as-tu offert quelque chose ? La perle rare infiniment traquée ? Le subtil symbole de votre union ? Une bague, à elle aussi ? La même ? Un simulacre d'alliance ?

J'ai beau songer aux objets, le trou entre mes omoplates continue à faire ululer ses courants d'air. De toute façon, même les objets font mal, cette nuit.

J'erre encore et encore. Je tourne en rond, griffant l'air autour de moi. Le miroir du salon est mon escale favorite. Je m'y scrute. Oui, pourquoi aurais-tu résisté ? Celle qui me fait face a subitement quarante ans. Je dis bien subitement. Pourquoi ne reconnais-je pas celle sur qui quatre décennies, il y a si peu de temps encore, s'étaient contentées de n'en graver que trois ? Où est-elle, celle qui se félicitait de paraître si jeune, avec ses taches de rousseur de collégienne ? Est-ce que cette peau fatiguée, ces rides installées sous les yeux, cette flétrissure de la lèvre supérieure, existaient déjà depuis longtemps, ou se sont-elles plaquées sur mon visage ce soir, sous la surprise de la douleur, comme la tarte à la crème d'un clown ? C'est que je me regardais si peu dans le détail, que dans ma conviction de ton cœur inchangé j'avais baigné dans une jeunesse attardée. C'est un choc. J'étais donc aveugle. Ou lissée par le bonheur.

De tout mon temps sur Terre, je n'ai jamais eu autant envie que quelqu'un meure.

Vos saloperies m'ont incarcérée.

J'y passe des heures, devant le trumeau du salon. Mes pas parfois m'embarquent dans une errance éperdue à travers les pièces, mais m'y ramènent sans cesse pour m'ébahir encore. Où sont mes yeux ? Ces chaudes amandes au cœur doré, le franc sillon de la paupière ? Je ne vois plus que deux fentes rougeâtres. La moindre de mes imperfections me saute à la figure, parce que je sais que tu as trouvé dans d'autres traits tes sources d'émerveillement. Je me croyais belle, parce que le regard que tu posais sur ce nez à l'arête selon moi un peu trop longue, sur cette bouche aux lèvres que j'estimais trop fines, sur mes seins trop menus à mon goût, les avait transformés en délicieux atouts. Elle, je ne sais toujours pas à quoi elle ressemble : mais au moment où je me regarde avec cette avidité plaintive, je sais qu'elle a rétrogradé chacun de mes dessins au rang de défauts. Sur ce plan-ci aussi, celui des considérations physiques, bassement femelles, elle me catapulte au bas de l'échelle.

L'exploration de mon visage est un dérivatif amer pour ne pas m'obliger à songer au reste. Mais ça ne dure pas.

Tout est foutu. Ma famille s'amenuise, je n'ai pas su garder ton amour, tu partiras – bien sûr, tu partiras –, tu brûles pour une autre. Tu m'as menti, tu m'as trahie, la transparence de nos jours s'est opacifiée comme l'eau croupie d'un aquarium, je ne te connais plus, tu m'as coupée en deux.

Me battre. C'est très joli, ça, me battre, oui, pourquoi pas, pour que tu m'aimes encore ? Mais même si je gagnais, même si tu jetais l'autre aussi brutalement que tu m'as jetée ce soir – ou aura-t-elle droit à plus de compassion ? – et même si tu me revenais, que ferions-nous de nos eaux polluées ? Comment te réaccepter après ça ? Sauver quoi, en fin de compte ? On n'hésite pas à renvoyer une femme de ménage qui a piqué trois bricoles, à rompre radicalement avec un ami qui vous a offensé, on ne retournera jamais plus dans ce restaurant où on vous a arnaqués, et on voudrait, toutes serres dehors, reconquérir cet amour d'une vie, ce seul amour d'une seule vie, après qu'il vous a transpercé – sale traître – de part en part ?

Il n'y a plus rien à sauver. Un tombereau de fumier s'est déversé sur la soie vive.

C'est ce que je me murmure lors de cette promenade infinie entre le miroir, le couloir, le mouroir où tu ronfles. Tout est devenu laid. On ne peut pas tenir encore aux choses laides. Alors parfois je me pose, je ferme les yeux bien fort pour espérer faire taire le marteau-piqueur de mon cœur, et comme celle qui devant sa glace se persuade d'être la plus belle je répète des phrases auxquelles je tente de croire : il a raison. Nous sommes peut-être arrivés au bout. Si nous n'étions pas arrivés au bout il n'aurait jamais osé me faire ça. Lâche, Martha. Ne t'acharne pas à retenir ce qui ne peut plus l'être, ou à faire revenir des choses irrémédiablement corrompues. Regarde-le : il dort comme un bébé, il n'a même pas eu l'idée de renoncer à son sommeil pour passer la nuit à te serrer contre lui, à lécher tes larmes. N'use pas toutes tes forces pour un homme qui est capable de ça.

Et la stupidité de ces pensées meurt dans un sanglot. Je me mens pour l'illusion d'avoir moins mal, alors qu'au fond je n'ai qu'une vérité, c'est que tu es mon amour fou, mon unique amour, mon origine et mon but, celui pour et par qui le monde a un sens, et je serai capable de pardonner, oui, de pardonner et de maquiller ma blessure pourvu que tout recommence à tes côtés.

Si elle disparaissait. Si elle disparaissait.

Elle.

Elle n'est rien. Elle n'est rien puisqu'elle n'existe pas, puisqu'elle n'a jamais fait partie de notre paysage, puisqu'elle n'est que mots et jambes en l'air mais que c'est moi qui ai tout le reste. Elle saura dégager comme elle est arrivée, telle une infatuation malvenue. Ton ancre, c'est moi.

Je le crie, je l'étouffe. Les mains fourrées dans ma bouche, les doigts mordus au sang, j'imprime ma malédiction. Ce sera un feu de paille. Tu es amoureux ? Soit. Combien de gens amoureux, autour de moi ? Des wagons. Tous amoureux, poussés par des instincts primaires vers des enveloppes jolies à regarder et musicales à l'oreille, amoureux d'hiver pour se tenir chaud, amoureux de printemps quand les peaux deviennent appétissantes, amoureux balnéaires, et puis quoi, un flirt brûlant, parfois même une tentative de vivre ensemble, et très vite les incompréhensions et les incompatibilités prennent le dessus, quand ce ne sont pas les déceptions muettes, et l'affaire s'arrête. D'autant plus à nos âges. Combien de nos amis ont essuyé les plâtres de ces additions bancales, parce qu'il est tellement difficile de s'insérer dans des vies trop entamées pour être légères ? Elle veut un enfant, j'en ai déjà trois d'un autre lit et je n'en veux pas d'autre. Il était déjà porté sur la boisson et je ne m'en étais pas rendu compte. Il ne vit que pour son boulot. Elle séduit tout ce qui passe. Il ne veut pas quitter sa ville pour venir s'installer avec moi. Elle a été tellement blessée par son histoire précédente que quoi que je dise, elle pète les plombs. Il est accro aux jeux vidéo et préfère la vie virtuelle à celle que je lui offre. Il ne supporte pas mes gosses. Elle ne veut pas comprendre que j'ai de la tendresse pour la mère de mes enfants. Nos gosses respectifs se détestent, c'est l'enfer dans cette nouvelle maison. C'est quotidiennement que je les entends, les histoires des gens avec les claudications des amours tardives.

Elle et toi, ça ne marchera jamais. Dans ta valise, il y a moi, et Alex. Je songe à Alex endormi dans son lit, sous une avalanche d'animaux à fourrure, et une mâchoire inédite se referme sur mon utérus. Après avoir haché menu mes organes de femme amoureuse, voilà que la douleur se met à mâcher mes organes reproducteurs, et c'est insoutenable, l'image de cette personne sortie de nulle part, cette nullipare qui, à tes dires, n'a connu jusqu'à présent que des relations foireuses et éphémères, comme en vivent des étudiants à la colle allant et venant au rythme de leurs échecs, cette non-mère, donc, s'engageant auprès de mon fils, se résignant à lui concéder un semblant de tendresse pour te faire plaisir, pour respecter des obligations, parce qu'en te prenant il faut bien qu'elle embarque ta descendance, mais à contrecœur bien sûr, parce qu'elle n'en a évidemment rien à foutre de ton fils, elle s'en passerait volontiers, c'est ton corps qu'elle veut prendre et pas la merde qui va avec.

Je vous donne six mois, pas plus. Ensuite, ce sera le grand badaboum des illusions, le tango des espoirs déçus, les ressentiments de celui qui se demandera pourquoi il a voulu décrocher la lune alors qu'il avait les étoiles et de celle qui croyait avoir déniché le prince charmant avec qui fonder un doux foyer, tous deux comprenant progressivement que les emballements impulsifs n'ont engendré que destructions, pertes humaines et stérilité.

C'est ma supériorité sur elle. Alex est le fil qui ficelle nos deux cœurs.

Je l'ai si souvent regardé, Alex, avec ce sentiment qu'il était à lui seul la chaîne qui te reliait à moi, notre éternité, songeant que si par malheur la vie venait à nous séparer ce ne serait jamais une rupture, il subsisterait toujours quelque chose, il n'y aurait jamais un néant froid comme une place vide dans un lit d'hiver.

Je pleure pour Alex. Je ne peux que faire mienne la dévastation qui l'attend, l'inévitable incompréhension, la haine peut-être quand lui aussi aura pesé la violence de ta trahison. Tu minimiseras en arguant qu'il n'y a rien de plus banal qu'un enfant qu'on se partage comme une pizza en lui imposant « une part » qu'on espère lui faire avaler de force sans qu'il vomisse.

Les yeux épouvantés d'Alex. Son menton qui tremblera un moment sous la pression de ses mâchoires parce que je le connais, il essaiera de retenir son désespoir pour nous montrer qu'il est costaud mais il finira par lâcher prise. Et celle qui devra éponger tout ça, évidemment, c'est moi. Si tu pars, je l'ai bien compris, tu partiras sans lui.

Je pleure pour Alex, pour moi, pour nos familles, pour notre appartement qui était notre petit rêve, pour mes quarante ans surgis, pour l'amour qui ne tient pas ses promesses, pour la banalité sordide d'une séparation qui vient piétiner toutes les étoiles du ciel, pour ma solitude annoncée, pour l'homme que tu étais et qui n'existe plus, pour tout l'univers qui était et qui n'existe plus. Je pleure parce que j'aimais tant vivre avec toi, ça m'était aussi naturel que respirer sous l'eau pour un poisson, et qu'il va falloir à présent que je me débatte sur une berge en trouvant un autre moyen de survie que de clignoter des branchies.

Je pleure parce que ma mère est morte, je pleure parce que mon père est mort, je pleure parce qu'il faudra bien qu'un jour mes frères meurent, je pleure parce que Alex rencontrera peut-être un jour sur son chemin quelqu'un qui le supprimera, je pleure parce que je ne vais pas tarder à avoir les seins qui tombent et le ventre mou, je pleure parce qu'un jour des imbéciles couperont les arbres magnifiques du jardin d'à côté, et parce qu'un jour Alex me criera qu'il me déteste, et parce que tu mourras aussi et que toutes nos merveilles se résumeront en un cube blanc, je pleure parce qu'il me faudra mettre ma vie dans des cartons et que tu ne tarderas pas à y mettre la tienne, et parce que d'autres gens habiteront notre endroit et devront composer avec mon fantôme en colère, je pleure parce que la Trinité que nous étions a du plomb dans l'aile, nous ne prendrons plus jamais un train tous les trois, nous ne dormirons plus jamais tous les trois dans la maison de la plage, je n'entendrai plus jamais Alex prononcer « la petite tribu » en se blottissant entre nous deux, voilà pourquoi je pleure, je pleure l'engouffrement soudain de tous les malheurs du monde dans un destin d'où ils étaient bannis, et toutes les misères, et toutes les terreurs, et toutes les promesses insoutenables d'arrachement, et je me rends compte que c'est cela la fin d'un amour, ce n'est pas uniquement celui qu'on aime qui s'en va tringler ailleurs, c'est un bombardement qui vous soustrait les seules choses qui avaient du sens et qui vous balance la mort dans la gueule.

Je pleure, donc, la nuit entière. Tout vider, là, maintenant, pendant que ton sommeil me dissimule encore. Au lever du jour, et au tien, il faudra amorcer la comédie de la femme admirable, celle qui reste digne et belle même quand on l'essore, pour que tu m'aimes encore un petit peu.

Je me roule sur moi-même dans le creux du canapé. Je broie le noir de nos pièces.

Hier encore, le silence était un refuge. Il n'était pas la terreur de la solitude qui vient de fondre sur moi, déjà intolérable, même si tu occupes encore la chambre, même si Alex est profondément endormi dans la sienne. Ce n'est pas simplement la solitude du corps : c'est d'être là, insomniaque dans une obscurité qui palpite, écrasée de deuil, sans personne qui entende ma voix ni me console ni me berce. Je suis comme un enfant, vraiment, enfermé dans le placard des pénitences. Je ne veux pas aller te réveiller pour réclamer tes tendresses, je ne veux pas tes mots, je ne veux pas ton regard que j'espérerai tiède et que je découvrirai sculpté dans la glace. Ton silence est mon répit, ta concession à ma défaite. Je voudrais juste quelqu'un qui accueillerait ma peine sans me renvoyer mes ratages. Il est cinq heures du matin : je n'appellerai personne, je ne suis pas à ce point égocentrée. La nuit me muselle, me tient sous cloche à l'écart du reste du monde qui ronronne sa route avec une sérénité inchangée. Je songe à mes amis qui, hier soir, se sont couchés dans l'illusion des continuités, pendant qu'on m'assassinait, et je leur en veux de poursuivre tandis qu'ici tout s'arrête, d'être encore au complet alors que j'ai volé en éclats, que je voudrais m'insinuer dans leur absence de douleur et les obliger à prendre la mienne en charge. Bon sang, je n'ai jamais été comme ça, j'ai toujours été l'épaule qui soutient, je n'ai jamais appris à me lamenter dans d'autres girons, à m'épancher, à m'étaler, personne ne me connaît brisée ou en colère, et j'en viens à me demander qui est Martha aux yeux des autres finalement, peut-être bien celle qui a irrité tout le monde pendant des années avec sa chance insolente et son fleuve tranquille, et qui aujourd'hui se prend la claque presque méritée qui la précipitera enfin dans la grisaille de la condition humaine.

Un de tes mots, hier soir – mais tu n'en étais pas à une ignominie près, et tu étais si peu toi que je l'avais reçue avec hébétude : *c'est une bonne leçon d'humilité*. On se croyait au-dessus de la foule, on avait juste oublié qu'on était mortels. Pour toi, une leçon d'humilité ? Toi qui passes ainsi d'une vie à l'autre, le cœur en fête, pataugeant dans les crépitements séminaux d'un nouvel amour qui t'emporte, seulement dérangé par la probabilité que je m'y érige en obstacle ? C'était à moi que tu t'adressais : une leçon d'humilité pour toi, Martha, pendant que je m'envole comme un petit Cupidon priapique, une belle leçon d'humilité, oui, pour toi qui croyais que l'amour parlait la langue que tu lui avais imposée, ta langue maternelle, et qu'il suivrait docilement le destin que tu lui avais tracé. Tu t'es posée en déesse, Martha, et tu as songé à tort que tout t'était dû, que rien ne bougerait, malgré le temps qui passe avec ses feuilles mortes et ses pas qui se laissent boire par le sable. Que voulais-tu me dire, par là ? Bien fait pour toi ?

C'est donc cela qu'on pensera… Bien fait pour Martha. Il était temps qu'elle goûte un peu aux souffrances communes des êtres à deux pattes, il y a donc une justice. Personne ne plaint les milliardaires quand ils se retrouvent sur la paille après avoir flambé comme des sagouins.

Je voudrais basculer. Mais cette nuit, il n'y a aucun bras qui me retienne.

Les fenêtres, de l'autre côté des jardins, commencent à s'éclairer l'une après l'autre. C'est l'aube des travailleurs. Bientôt Alex va sauter de son lit et s'engouffrer en trombe dans le nôtre. *Câlins !* Il te réveillera dans un flot de baisers ensommeillés. Il ignorera que ça fait partie des dernières fois. Il ne se demandera pas pourquoi je suis déjà debout, pourquoi j'ai les yeux bouffis et semble me mouvoir dans la coque d'un sarcophage. Il remarquera peut-être que nos sourires, si sourires il y a, sont figés, et que nos regards d'habitude si adressés ont ce matin un je-ne-sais-quoi de flou, de déjà parti.

Voici donc une deuxième image.

Fixe.

J'ai pris cette photo de notre paysage, par-delà le balcon, pour me souvenir de la tête du monde quand il s'est arrêté. On y devine le grand peuplier déplumé, les rectangles vifs des fenêtres derrière lesquelles on peut aisément imaginer les gens bâiller en touillant leur café, et la grande trouée du ciel est comme une laine mal lavée. C'est mon premier matin de merde. Oui, c'est comme ça, j'ai pris une photo. Jusqu'alors je n'avais stocké dans mon appareil que des images heureuses, le sourire édenté d'Alex, toi au travail dans l'atelier, mais aussi bon nombre de *selfies*, parce que j'avais saisi que depuis la naissance d'Alex tu avais fait de moins en moins de portraits de moi. Entre trente-deux et quarante, j'étais passée à la trappe, finalement. Peut-être parce que Alex nous avait bouffé les yeux. Peut-être parce que tu avais déjà noté que ce qu'on appelle le temps, et qui n'est en réalité que notre fuite vers la défiguration, avait déjà commencé à me travailler au corps.

Fut un temps où tu me mitraillais, parce que j'étais ton idéal, et qu'ainsi tu satisfaisais ton voyeurisme d'amoureux fou. J'aimais m'exhiber devant toi, chacun y trouvait donc son compte. Tu me voulais nue et lisse comme un galet de rivière. Tu transformais mon peu de courbes en dunes où chaque grain de peau devenait un grain de sable, où les sillons, les anfractuosités, les renflements et les plaines dessinaient une géographie fantasmée. Tu aimais que j'enfile ces dessous rétros, seins en obus et fesses gainées, guêpière et bas à coutures, et ces hauts talons qui font cambrer l'échine. Je savais y insuffler une petite brise provocante : un regard de dominatrice comblée, sous des paupières encre de Chine, une douceur lasse de captive consentante, un étonnement de cruche surprise au bain, l'agressivité d'une tigresse rétive. Je savais faire saillir un muscle, creuser une conque, allonger ou faire ployer la chair, accentuer les sinuosités, m'offrir ou me retirer par jeu, ondoyer ou me tendre, me faire ondine des étangs ou fille à soldats, et l'appareil cliquetait, cliquetait, tu souriais, je te plaisais toute alors, je te séduisais avec tout ce que j'avais et tout ce que tu me demandais d'avoir, tu me fabriquais, finalement, tu m'ornais de tes désirs, et j'aimais ça. Tu faisais des images de moi à ton image, et c'est vrai, un jour ça s'est arrêté.

Mais je m'éloigne de mon propos.

Regarde encore ce premier tableau du premier matin de merde. Ce panorama auroral dont les lueurs retranscrivent à la perfection le froid qui vient de tomber autour de moi, au propre comme au figuré. Tout est givré. Il neigera peut-être. J'ai donc capté ce moment lugubre puis, juste avant que les bruits familiers ne m'informent de votre réveil, j'ai allumé mon ordinateur, je me suis rendue sur ma page Facebook et j'ai téléchargé la photo. *Commenter cette photo*. J'ai commenté. Un mot au hasard, sans réfléchir. J'ai tapé : Froid. Va savoir pourquoi. *Ceci a été correctement publié sur votre journal*.

J'ai agi machinalement. Face à une machine, en fin de compte, il est aisé de faire les choses machinalement. Moi, machine devant ma machine, hébétée de vide, ne tenant debout que grâce aux impulsions électriques circulant dans mes cellules, j'ai éprouvé la pulsion irraisonnée de faire pénétrer dans le foyer des autres une représentation de ma douleur : cette aube glaciale, les arbres comme des os, la présence humaine évoquée par son absence, simple projection d'une idée de vie qui reprend au matin derrière des fenêtres mais cachée aux yeux extérieurs, et qui n'est qu'une promesse supplémentaire de s'enfoncer dans la nuit.

Froid. Personne ne comprendra. Certains regarderont l'heure de la publication, 6 h 15, et me trouveront bien matinale, ainsi que diablement mystérieuse. On pensera peut-être : drôle de bidule. Ou pas. Ou le message passera comme l'écrasante majorité de ces partages d'image, un truc qu'on fait défiler avec indifférence car chaque matin c'est l'invasion, chacun y est allé de son petit post, mauvais portraits, images Google de couchers de soleil, titres d'articles avec photos d'hommes politiques, vignettes humoristiques, vidéos de chats ou d'humains qui se cassent la gueule. Mon Froid sera donc inévitablement avalé par la multitude et digéré par le trop-plein. Mais il aura fait le tour du monde, comme un cri universellement entendu.

Mon chagrin vient de faire un clin d'œil à cent cinquante-huit amis. Je ne suis donc plus seule dans ma mordante solitude.

Et puis il y a eu le réveil, les petits pas durs et nus d'Alex venant te secouer, et tes yeux qui se sont ouverts, et là je me suis défilée parce que c'était une bataille que je perdais d'avance, te regarder accueillir le matin dans un monde où tu ne voulais plus que je sois.

J'ai toutefois cherché un instant un peu de soutien au fond de tes yeux. Pas longtemps. Juste le temps de me rendre compte de ce mur de glace qui était tombé entre nous, et que ce face-à-face tressait à la douleur des sentiments plutôt désagréables. L'envie de te faire mal. La tentation de t'apitoyer. Le désir de devenir quelqu'un que je n'étais pas. Le ressentiment. L'acceptation de ma disparition. Quelques secondes qui ont empuanti la pièce d'une scandaleuse odeur de faisandé, avant que je ne tourne les talons, le menton pointé pour que mon chemin vers la salle de bains ne ressemble pas à un chemin vers l'abattoir, et là enfin, derrière une porte verrouillée et sous une eau trop chaude, j'ai pu me soustraire à ton jugement.

Je me souviens de ça comme d'une grande première, le moment initial d'un long destin croisé où j'aurais préféré que tu ne sois pas là.

Cela, plus que tout, était un signe de deuil.

Premier matin de merde. Je me rappelle le métro, le bus, des pas suggérés par l'habitude et marqués par cette étrange envie de fuir. Puis des grilles, des couloirs, l'odeur de fumier et de bois pourri, et me voici dans mon bureau. Je travaille en enfer depuis dix ans, et c'est ce matin que je le pèse pour de vrai.

Le surveillant, comme à son ordinaire, échange avec moi quelques plaisanteries. Je dissimule mes yeux derrière mes lunettes de soleil et grimace un sourire. Bonjour, bonjour, et oui, brrr, il fait un temps à entrer en prison... Mon Dieu, faites que je ne me mette pas à pleurer, à m'écrouler sur mes dossiers, à perdre mon sang-froid maintenant, prise en otage dans les blindages de cette taule, ce n'est que le premier jour de merde après tout, il y en aura bien d'autres, il me faut apprendre dès à présent à concilier le grand chambardement de mon intérieur et les obligations qui me permettent de bouffer.

Cette profession pour laquelle je m'étais battue pendant des années, m'imposant dans ce monde qui ne fait envie à personne, voilà que ce matin je la voyais comme une contrainte bassement matérielle.

Je reçois aujourd'hui Monsieur K. Monsieur K. est un violeur multirécidiviste qui a foutu en l'air la vie de quelques collégiennes dans un passage souterrain entre l'arrêt de bus et l'établissement scolaire. Ce n'est pas la première fois que je reçois Monsieur K. et je sais que ces cinq années de suivi psychologique ont eu l'effet d'un emplâtre sur une jambe de bois. Le surveillant de l'autre côté de la porte vitrée n'est pas spécialement nerveux. Avec Monsieur K. je ne risque rien, je suis trop vieille, il n'y a aucun doute sur ma virginité perdue. Monsieur K. n'aime que la chair très fraîche et très intacte. Il a commencé quand il avait quatorze ans sur sa petite voisine de sept. C'est un métier. Cinq ans de suivi n'ont pas déraciné ses fantasmes. Il se branle devant « Famille d'accueil », qui regorge de personnages de teenagers pas encore putassières.

Aujourd'hui il peut me raconter ce qu'il veut, je n'en saisis pas un traître mot. Je suis ailleurs. Quand il sort, je m'accroupis derrière mon bureau et vomis dans la poubelle. C'est un bon endroit pour vomir.

Je n'avais rien écouté parce que d'autres images s'étaient substituées à celles suggérées par les élucubrations nauséabondes de Monsieur K. Pendant qu'il verbalisait, comme une fois par semaine depuis cinq ans, son plaisir de faire mal et de saccager le petit trésor des petites filles, moi, accrochée à ma table pour ne pas basculer, je ne voyais que toi, imaginant chacun de tes actes depuis que je m'étais évadée. Tu t'étais douché. Tu avais préparé le petit déjeuner et les vêtements d'Alex. Puis, après l'avoir déposé à l'école, tu t'étais rendu auprès de l'Alien pour lui faire le compte rendu de notre nuit. Le reste, les différentes options de réactions de sa part et de la tienne, je les avais déjà ruminées. Mais ce qui était le plus dur, tandis que j'étais là à subir les saloperies que Monsieur K. débitait sans émotion, c'était de me dire que pour la toute première fois je vivais mon absence en sachant que tu en retrouvais une autre. Je voyais donc, à travers les paillettes qui dansaient dans cet espace puant entre Monsieur K. et moi, des bras, des langues, des sexes, des cœurs déments, des étreintes désespérées ou gorgées d'espoir, des triomphes ou des petits pieds de gamine impatiente frappant le sol, j'entendais de vos bouches couler ces mots d'amour qui m'enterraient vivante, et le trou entre mes omoplates continuait à s'emplir de tempête alors que je recevais en pleine gueule l'idée que, quand ce soir nous nous rejoindrions au foyer, il n'y aurait en toi que le dépit rageur de me voir là, moi, dans tes pièces, comme une crasse encombrante qui te séparait d'elle.

De là les vomissures.

Pas grand-chose dans mon estomac, donc pas grand-chose dans la poubelle. Le miroir fendu des toilettes, vissé sous un néon clignotant, m'a renvoyé quelque chose de bien pire que ce que m'avait proposé le trumeau du salon. Une face de spectre. Un tue-l'amour. Une figure qui ne pourra jamais te revenir. Un argument implacable pour justifier un départ.

J'ai balancé mon poing dans le miroir. Je crois que j'avais l'intention de le briser, pour décharger sur un objet ce qui ressemblait à un agglomérat de haine sans destinataire précis, et pour me faire mal aussi, comme on incise des phlegmons. Mais c'était compter sans ma puissance musculaire de moineau anémique. Tout ce que j'ai réussi à faire, c'est le désolidariser du mur et le faire tomber de guingois derrière le lavabo où il est resté planté comme une lame de guillotine en s'égratignant aux angles.

J'ai longuement considéré le résultat de ce geste pitoyable.

Même pas foutue de casser du verre. C'est dire si je servais encore à quelque chose.

Ce soir-là, quand ta clé a cliqueté dans la serrure, je ne m'en suis pas réjouie. Voici encore des premières fois saisissantes d'effroi : regretter ta présence… Des moments pénibles s'annonçaient. Il fallait d'urgence les différer en plongeant dans l'amour d'Alex. Instinctivement, après avoir posé ton manteau et lancé un salut à la cantonade, tu l'as rejoint dans sa chambre pour jouer. Tout aussi instinctivement, je t'ai emboîté le pas.

Jouer avec Alex, cela consiste surtout à s'asseoir par terre dans un désordre indescriptible de figurines et de pièces de Lego en faisant semblant d'en ressentir un enthousiasme délirant. Ce soir, ça a du bon. Ainsi, deux regards verrouillés ne se croisent pas. Ainsi, on reste là, amollis d'émotion, à contempler notre œuvre. Les faux-semblants ont commencé. Je souris, je m'extasie. Je me rends compte que je me suis blottie contre Alex, épaule contre épaule, comme pour le soutenir déjà de l'écroulement à venir. Toi, tu es très fort dans la comédie de l'ordinaire. Il y a une puissante palpitation au-dessus de notre trio, elle nous parle de ce petit groupe idéal qu'on avait tant voulu faire exister, du triomphe de mon ventre enfin rond après beaucoup d'espoirs déçus et de tous les baisers que tu y avais déposés, de la longue traversée endolorie mais béatement sereine de la mise au monde. Elle nous parle des rêves à trois qu'on avait gardés au chaud et qui ne verraient sûrement pas le jour, notre belle équipe embarquée dans des voyages et des demeures, et de tous les autres qui étaient bien partis pour ne plus exister, les si simples, les si humbles, juste nous trois légers et ensemble dans le grand concours de bisous et de chatouilles de l'heure du coucher.

Je suis déjà hantée.

Il y a quelqu'un dans le monde, de l'autre côté de la ville, qui m'a arraché tout ça.

Un flot acide me monte aux yeux. Un instant, tu surprends cette eau suspendue à la pointe de mes cils, et nos regards se happent. Ils se comprennent. Tu tentes vers moi une caresse, et je la laisse venir, j'accueille sur ma joue ta paume chaude, je m'y appuie, très fort, comme si ta main était mon socle, et nos deux visages sont si tristes alors, si conscients de ce gâchis qui se prépare, que je me prends à espérer un sursaut de raison de ta part, un renoncement soudain – *non, bien sûr, je ne peux pas massacrer ça*.

Mais je sais aussi qu'il n'y aurait rien de pire pour moi qu'un élan de raison. Ce n'est pas ta raison que je veux être, c'est ton amour fou. Ce n'est pas te retenir par de sages entraves, mais te faire revenir par un embrasement du cœur.

Alex continue à dérouler ses petites histoires en manipulant des bouts de plastique.

Une fois encore, je choisis la fuite. Mon eau déborde, Alex ne doit pas voir ça, du moins pas encore. La salle de bains, seule pièce de la maison qui ferme à clé, est un refuge lâche mais bienvenu.

Un : gant mouillé appliqué sur les yeux. Illusoire. Rien ne dégonfle.

Deux : anticernes en couche épaisse, ça atténue un peu la teinte bleuâtre mais pas la bouffissure.

Trois : un petit revenez-y de fond de teint. Pour cacher les lividités cadavériques.

Quatre : tant qu'à faire, profiter des yeux étrécis comme des lacérations d'arme blanche pour les fendre davantage d'un trait appuyé de khôl, et compter sur le charme des mirettes asiatiques.

Cinq : considérer cette tête réajustée et hésiter entre le découragement et l'acceptation en se forçant à pencher vers la deuxième solution.

Enfin, respirer profondément. Car quand la panique m'envahit, mon cœur s'écrase brutalement, à moins que ce ne soient les poumons, et je ne ventile plus. Je me bloque. J'ai l'impression que ça va lâcher. Pour faire revenir l'air, je suis obligée de haleter comme un chien. Ma poitrine est incontrôlable. J'ai vraiment peur de mourir.

Et toi, tu me dis que c'est le cul qui fait l'amour.

Mais là, moi, ce n'est pas mon cul qui convulse, ce n'est pas ma chatte qui me conduit aux limites du souffle, ce n'est pas mon entrejambe qui se comporte comme une excavatrice dévorante, c'est le cœur et uniquement le cœur.

Quand enfin je sors de ma forteresse, avec l'idée d'être un peu plus présentable, nous nous croisons. Tu m'enlaces. Cela semble inespéré, ce petit truc impalpable comme un retour d'humanité, mais je ne sais pas ce que c'est cependant, de la peine de la pitié ou de l'amour, tu m'enlaces donc, et ça dure si longtemps que ça ne devrait jamais finir.

Viens.

Tu me prends par la main, m'entraînes vers la cuisine où tu nous sers deux verres de vin. Ce geste de la vie d'avant, qui avait toujours été motivé par la gourmandise et le partage, a ce soir l'aspect automatique d'un protocole médical : tu me proposes un calmant comme le ferait un médecin avant d'annoncer une nouvelle peu encourageante. Me soûler ne serait pas une mauvaise chose. Me soûler, en rire, et ensuite m'écrouler sur mon lit pour sombrer dans le rien. Je suis à jeun et la première gorgée me fait déjà tourner la tête. Zut. Il n'y a que la tête qui se résigne à tourner. Le rire et le rien demeurent hors d'atteinte.

Dans la cuisine, le chagrin bourdonne. J'ai peur du verre, j'ai peur d'entendre ta voix. Ta voix, mon miel de la nuit des temps, est devenue mon procès d'assises.

Tu l'as vue ?

Oui.

Ce oui déjà me cisaille. Lèvres, langues, doigts mêlés. Regards emplis d'une folie que je ne t'ai jamais inspirée.

Alors ?

Alors quoi ?

Ta décision… Celle de… rester avec moi tant que… jusqu'à ce que…

Elle ne l'a pas très bien pris, comme tu dois t'en douter. Elle a pleuré.

Ah ? Parce qu'elle a des raisons de pleurer ?

Ça n'a pas été facile.

Un instant, je reste suspendue. Tes yeux battus… Ses larmes… Une rupture ? Tu l'as larguée ? Tu as retrouvé la lumière ? Mais tes explications coupent court à l'idiotie de mon espoir.

On avait prévu que j'emménage aujourd'hui… Alors elle a réagi de façon un peu…

Je déglutis. Capricieuse ? Infantile ?

Martha, arrête. C'est dur pour elle aussi.

Je ne peux pas supporter ça. Je préfère quitter la pièce.

Me voici donc retranchée dans la salle de bains, parce qu'il y a un verrou. Dix ans de travail en prison m'ont dégoûtée des portes fermées ; mais là, dans cette cellule où je me reclus, sous la lumière franche, je peux grimacer et m'enfoncer les ongles dans la peau du visage et gesticuler et me désarticuler, en silence, en secret.

Faire semblant de prendre une douche en laissant l'eau gicler bruyamment, signifiant à celui qui l'entend peut-être que non, je ne suis pas lâche, je ne suis pas une petite chose éplorée qui fuit le dialogue, j'ai juste besoin de m'ébouillanter jusqu'à me sentir lisse et douce et prête pour l'amour, puisque c'est là mon arme de destruction massive.

Ah, tu as pleuré, petite salope. Voici que j'en chanterais presque… Tu as donc senti, sale garce, ton petit cœur de mangeuse d'âme exploser comme s'il venait de passer sous un camion, et le sang refluer vers des jambes qui ne te portent plus, et mille aiguilles vertigineuses perforer ton cerveau de poulette au point de t'en faire oublier jusqu'à ton nom ? Et tout ça pour un léger… contretemps ? Mais je t'en foutrai, moi, de la douleur, et des larmes justifiées, je t'en collerai plus que de raison du désespoir et de l'échec, et de la vie qui s'arrête à l'improviste, et du noir qui s'abat comme si on t'avait crevé les yeux.

Je te dévorerai vivante, puisque c'est le seul pouvoir qui me reste.

Oui satisfaite, satisfaite parce qu'elle a entendu que non, il ne suffit pas d'un minable aveu lors d'une nuit de parlote pour qu'un homme s'arrache à sa famille et à un passé qui ne fut que doux. (*Tu vois ? Tu ne peux pas quitter ta femme ! Tu ne pourras jamais, tu l'aimes toujours !*) J'exulte un instant, me repaissant de son inconfort comme d'un premier tour de garrot, puis le souvenir des mots que nous venons d'échanger me plonge soudain dans une rage telle que ma grandeur éphémère est de courte durée. Si au moins tu avais considéré la larmichette de la demoiselle comme un indice de faiblesse d'esprit, d'hystérie inconséquente, et que tu me l'avais rapportée en levant les yeux au ciel – *Oh, la petite fille exigeante !* – mais non, tu t'en alarmes et me l'assènes sur un ton de reproche larvé. C'est de bonne guerre ! Le chien mord quand on le frappe ! Et d'ailleurs, je ne lui ai rien fait, moi, à la gamine. Je lui ai juste remis les pieds sur terre, lui rappelant qu'en s'emparant d'un homme marié elle devait s'attendre à trouver de l'autre côté une épouse indocile, et que les liens d'une vie ne se défont pas ainsi, comme casse un élastique. Elle avait négligé les évidences, emportée qu'elle était par sa hâte à te prendre, que je suis là, que j'existe, que je ne me soumets pas. Si elle l'avait oublié, c'est qu'elle cumule l'inconscience, la bêtise, l'égoïsme, et surtout, surtout, qu'elle considère le cœur d'autrui comme une boîte vide propre à palpitouiller sous les variations superficielles des vents tournants. J'enrage contre elle, contre toi, contre cette formidable interpénétration planétaire que vous vous êtes inventé en faisant table rase, vous convainquant l'un l'autre que je m'effacerais sans heurts, tandis que pris ensemble dans votre dévoration réciproque vous dressiez des plans d'attaque de despotes seuls au monde : tu parles à ta femme et dès le lendemain tu vis chez moi, nu et cru comme au premier jour, oignon sans pelure, amnésique d'une vie entière, parce que c'est ainsi que nous l'avons décidé, ainsi est-il. Tout semble tellement simple, n'est-ce pas ? On prend, on couche, on exsanguine les innocentes, on exproprie, on décrète, mais si par malheur on trouve une couille dans le potage – et là, je ne parle pas d'une qui t'appartiendrait – on piétine et on se tord les mains, on se la joue victime d'une sorcière qui vous retirerait vos privilèges, mais qu'a-t-elle à craindre de moi, la pleureuse, au bout du compte, je ne suis plus qu'une femme-tronc au cœur écrabouillé qui implore un peu de miséricorde.

Je finis par sortir de mon cachot, sur la pointe des pieds. Je m'étonne moi-même de cette allure furtive, mon Dieu, c'est comme si déjà je m'excusais d'habiter là. Je t'aperçois derrière la porte vitrée du bureau. Serein – ou pas : juste avec ton air habituel, très doux et très intérieur – tu es assis devant l'ordinateur et pianotes avec un sérieux papal, tandis que Lee Hazlewood et Nancy Sinatra s'escriment à donner à l'instant une mélancolie énamourée que je décapiterais volontiers.

Tu vois, la musique… Voilà une chose à laquelle je ne pensais plus depuis longtemps, cette façon qu'elle a de nous trahir en nous traversant sur ses pattes de velours… Depuis deux mois quand résonnait autour de nous ce pour quoi les chansons sont faites, dire l'amour sous toutes ses formes, il y avait d'un côté de ce mur de verre celle qui ne prêtait plus attention aux mots et se contentait de swinguer sur le rythme ou de chantonner, inconsciente, et de l'autre celui qui recevait chaque syllabe prononcée dans un grand maelström d'émotions… mais l'air de rien, hein, au cœur de tous ces gestes dictés par l'habitude ou la nécessité, beurrer sa tartine *your sweet love* faire couler le café *a love like ours could never die* se brosser les dents *I want you I want you so bad* me sourire comme depuis toujours *for I have got another girl* surveiller l'eau des pâtes *I call your name but you're not there* fumer une clope sur le balcon avec les yeux perdus par-delà les toits *amore fai presto, io non resisto, se tu non arrivi io non esisto, non esisto, non esisto*…

Tu ne me vois pas encore, peut-être fais-tu simplement semblant de ne pas me voir pour ne pas avoir à m'affronter. Je suis tapie dans l'ombre comme une discrète bête des bois, hermine à la fourrure douce, belette dorée, biche aux jambes frêles. De l'eau coule toute seule sur mon visage, je te regarde parce que j'en ai encore la possibilité, j'en ai encore le droit, tu es mon mari *I care for nothing else but you* et mes yeux te mangent tendrement *the sun ain't gonna shine anymore* et ce serait peut-être bien que tout s'arrête ainsi avec moi toujours près de toi mais invisible *home without him is not home to me* et je serais même prête à supporter les silences de plomb *can't help lovin' dat man of mine*.

Le cri d'Alex te fait bondir et t'éjecte hors du bureau. Boum, aïe, ouiiiin, bande-son classique de nos soirées. Il a dû se prendre les pieds dans le tapis de la chambre, ou tomber de la chaise en tentant de saisir un jouet rangé un peu trop haut, d'habitude je file, je fonce, arnica et compresses fleurissent par enchantement au bout de mes doigts dans les fractions de seconde qui me catapultent sur les lieux de l'accident, mais cette fois je ne bouge pas. C'est toi qui te précipites, est-ce parce que tu es à fleur de peau ou parce que tu me crois encore dans la salle de bains, tu cries : Ça va bonhomme ? et tu t'engouffres dans sa chambre, et pour moi aussi soudain c'est le déclic, mon corps sur des ressorts de rat d'hôtel, en trois bonds je suis devant ton écran.

Ce n'est pas vraiment la chose à laquelle je m'attendais. Je me demandais juste ce que tu pouvais bien écrire, ou sur quels sites tu étais en train de surfer, placide, dans ces instants de dévastation. Mais ça non, je ne t'en aurais jamais cru capable. Vous êtes en train de chatter. Je suis là, il n'y a que quelques mètres cubes d'air entre toi et moi, et tu es en train de roucouler avec elle.

Oh mon amour ma fée ma vie, je suis si ému de tes paroles, aussi ému que par tes larmes de tout à l'heure, ma langue garde encore le sel de nos larmes mêlées, de tes larmes que j'ai léchées sur ton si beau visage, je ne sais comment consoler ta peine si ce n'est en te répétant encore et encore que JE T'AIME JE T'AIME JE T'AIME JE T'AIME, je souffre tellement moi aussi d'être encore séparé de toi, mais tu es consciente bien sûr de la situation, je ne peux pas laisser Martha comme ça du jour au lendemain, et puis ma priorité comme tu le sais c'est mon fils, patience ma chérie, ça me déchire mais

Et brusquement je me dilue.

Un quarterback m'a plaquée au sol, heurtant de plein fouet, de toute sa masse, ma cage thoracique. C'est bloqué. L'air ne passe plus. Je tombe à genoux, la pièce tournoie, non faut pas que je me dilue ici, pas que je crève là d'asphyxie, faut quitter la pièce, faut pas que tu saches que j'ai vu, que j'ai lu, oh comment pourrais-tu me pardonner d'avoir lu, fureté comme une sale petite voleuse, je viens d'entrer pour la première fois en plus de vingt ans dans une intimité que tu ne m'avais jamais ouverte, tu es sans peau sous mes yeux comme un écorché de laboratoire et me voici honteuse de te dépouiller ainsi, et ce que je viens de dérober ne m'est pas adressé. Pas à moi. Pas à moi.

Les miennes, non. Mes larmes à moi, tu ne les lèches pas. Tu n'y songes même pas, puisqu'elles ne t'émeuvent pas.

J'entends, au bout du couloir, les chouinements s'atténuer, allons mon bonhomme c'est rien c'est fini, ben oui tu auras une jolie bosse allez viens on va mettre de la crème, c'est fini c'est fini

c'est fini fini je rampe hors du bureau pour m'affaler un peu plus loin, la bête retourne dans l'ombre pour haleter en silence et lécher toute seule ses propres blessures.

Ton regard sévère sur moi (*Martha s'il te plaît fais un effort, arrache de ton visage cette mine de victime il faut jouer le jeu pour Alex* ou *Arrête de me renvoyer cette douleur dont je suis responsable*).

Ton regard perplexe sur moi (*Est-ce moi qui ai engendré cette défiguration* ou *Mais c'est donc vrai, c'est donc que tu m'aimes à ce point et je ne savais plus m'en rendre compte*).

Ton regard tendre, à l'improviste (*Allons ma vieille bête, accepte la main que je te tends*).

Mais au fil des heures, ton regard absent (*Pourquoi suis-je là dans ce mouroir alors que ma belle m'attend ailleurs dans un lit parsemé de pétales de roses*).

C'est donc tout ce qui reste entre nous.

Je suis veuve et je n'aurais pas eu le privilège d'entendre de la bouche du mourant qu'il m'aura aimé jusqu'à la fin. Si j'avais su, je me serais débrouillée pour crever en pleine apothéose, te laissant inconsolable et éternellement dévoué au souvenir de mes merveilles.

Un boulet de canon aux dents serrées te rejoint dans le bureau, après le coucher d'Alex. Si je ne parle pas tout de suite je vais pourrir de l'intérieur.

Est-ce que tu as été attiré par elle parce qu'elle a quelque chose qui te fait penser à moi ?

C'est une question dictée par ce furieux désir de happer l'insaisissable. Elle fait si mal qu'elle lamine en surgissant. Instinctive, mais tellement décisive… J'ai peur que tu me dises que non, qu'elle et moi sommes diamétralement opposées et que c'est justement pour ça que tu as pris feu, et qu'alors cela signifie que tu as ainsi trouvé le moyen de te propulser hors de ce que nous avons écrit à quatre mains pendant vingt ans, de refuser le bas de gamme, le mauvais choix que j'étais dans le fond, à tous les niveaux, du plus futile au plus essentiel, physique, psychologique, comportemental, et pourtant je me refuse à y croire, tu peux me dire ce que tu veux finalement, je le sais bien, moi, que tu n'as cessé de boire mes paroles, de m'observer avec les yeux brillants, de rire à mes traits d'esprit, de vénérer mon corps, d'adhérer à ma façon de voir le monde dans ce qu'il a de visible et d'invisible, mais voilà, il y a cette question qui dans sa petitesse englobe toute l'estime que j'ai de moi – ou que je n'ai plus vraiment à présent –, il y a une Martha qui te demande si cette femme toute neuve est l'ersatz d'une Martha adorée, d'une Martha des origines, parce que c'est bien Martha que tu as voulue toute ta vie et que tu veux encore, et alors il y aurait de l'espoir peut-être, je peux te la rendre ta Martha de vingt, de trente ans, elle est toujours là cette Martha, elle s'est recroquevillée fortuitement sous sa peau vieillissante et sous le rythme chronophage du monde du travail, mais il suffirait d'un tout petit rien, oh rien du tout vraiment, une caresse et un mot d'amour, un je t'aime murmuré au creux d'une chair, pour qu'elle revienne de voyage et t'illumine de retrouvailles inespérées.

J'allume une cigarette qui tremble au bout de mes rameaux glacés. Si tu me disais que tu t'apprêtes à lever le pied avec une aventurière inconstante et délurée, ou une blonde écervelée, ou une connasse new-age aux huiles essentielles, ou une bobo consumériste, ou une mangeuse de graines macrobiotiques, le choc n'en serait que décuplé. Une femme choisie comme sur un nuancier pour être sûr de recouvrir dans sa totalité la teinte démodée d'un vieux mur d'existence…

Plus mes questions me déchirent en cheminant jusqu'à l'espace sonore de la pièce, plus tu souris. Tout est donc tellement léger, putain ? Des lames de rasoir me sortent de la gorge, transitant par mon cœur en le hachant comme de la viande, et tu souris, ah la belle complicité, ah comme Martha est une femme à l'écoute… Tu te félicites sûrement : réussir notre rupture comme nous avons réussi notre belle route, c'est une preuve d'harmonie. Pas de cris, pas d'injures, juste la tristesse infinie de ce qui s'arrête, juste l'amère logique de la fin d'un amour, l'une qui reste seule et inconsolée, l'autre qui s'épanouit dans un heureux recommencement, et au centre un enfant qui aura la chance d'être accompagné dans son deuil par deux parents responsables. De quoi sourire, vraiment… Et puis qu'est-ce que c'est que cette question idiote que je viens de poser, *quelque chose qui te fait penser à moi…* Ce *moi* omniprésent dans chacune de mes paroles, ce *moi* qui s'envole dans une seule direction, dis-moi que je suis celle que tu chercheras toute ta vie, tout le reste de ta vie, comme le premier amour bouleversant et perdu, perdu par ma faute, par ta faute, ou par celle de l'ironie du sort, perdu quoi qu'il en soit, et à jamais poursuivi et scruté dans toutes les autres femmes, parce que cet amour-là, ce trésor dont on n'a pas su prendre soin, était l'incarnation de tous les désirs humainement possibles.

C'est tout ce que je peux souhaiter à présent. Être l'Éternelle éternellement voulue, la quête effrénée qui affadira toutes les autres femelles, le spectre qu'on aura envie de laisser hanter chaque pièce future parce que sinon on y errera dans une perpétuelle insatisfaction. C'est bien peu. C'est déjà beaucoup.

Oui, un peu.

Quoi ?

Un peu de toi. Il y a quelque chose. Dans l'ovale du visage, les joues…

C'est tout ? C'est une affaire de joues ?

Je ne vois pas ce que je peux te dire de plus.

Mais le monde ? La manière de l'appréhender ? De le représenter, de l'épuiser ? De t'y accueillir ? Est-ce que ça me ressemble ? Est-ce que c'est une continuité de ce que nous nous sommes donné ?

Ne prends pas mal ce que je vais te dire, mais… s'il y a quelque chose qui m'attriste… c'est que dans un autre contexte, toi et elle, vous auriez pu être amies.

Quel dommage, vraiment… Ne prends pas mal ce que je vais te dire, mais merci, j'ai toutes les amies qu'il me faut. Je n'ai pas besoin de m'encombrer d'une enflure qui saute sur les maris des autres.

Je te rappelle que le mari était éminemment consentant. Arrête avec ça, Martha. C'est une fille bien.

Tu te répètes… Personne n'est à l'abri d'un amour impromptu, Raph, j'en suis consciente. Je ne peux pas la blâmer de t'aimer, je comprends pourquoi on t'aime, je suis bien placée pour ça, tu es de la pâte dont on fait les rêves. Et je n'ai pas envie non plus de glisser une vacherie à propos des hommes mariés, parce que tu serais capable de me servir un discours m'accusant d'être pétrie de considérations judéo-chrétiennes heurtant ton sens des libertés individuelles. Mariés, pas mariés, le problème n'est pas là. C'est le problème des hommes pris. Votre présumé amour, de son côté comme du tien, s'est éperdument foutu que tu sois pris ou pas, que tu aies une famille ou pas, puisqu'il m'a occultée. Mais une fille bien, même si ça se met, par inadvertance, à aimer un homme pris, et si l'homme pris décide en toute conscience de se déprendre, ça ne le pousse pas au cul pour abandonner les siens du jour au lendemain. Je ne sais pas, moi, la moindre des choses, proposer un sas, demander de régler d'abord la séparation avant d'exiger la colle… Temporise ! Tu es sur le point de prendre la résolution la plus importante de ta vie, il y aura des dommages collatéraux qui feront souffrir tout le monde, ne te précipite pas pour moi, considère en premier lieu ta compagne, ton fils, et nous saurons nous attendre puisque nous sommes *ceux-là*. Voilà ce que ça fait, une fille bien. Un homme bien ferait pareil, ne se laisserait pas aveugler par un empressement hormonal. Vos parties de jambes en l'air, vos roucoulades embusquées, vous les aviez. Vos retrouvailles quotidiennes, elles étaient bien là qui vous satisfaisaient, agenda au poil, ça roule ma poule, je peux te prendre entre quinze et seize… Quel besoin de tout bombarder, de consumer notre monde sous une nappe de napalm, si ce n'est par incapacité de résister à la frustration comme un enfant qui se roule par terre pour avoir une sucette ? Rien qu'à la pensée que tu aies accepté de partir à peine la catastrophe annoncée, en me privant du temps nécessaire pour sortir de mon hébétude, amorcer mon deuil, trouver avec toi une solution, j'ai envie de gerber. Tu peux garder pour ta petite mythologie personnelle tes divagations sur la pureté de votre amour et sur la Fille Bien. Tout ce que je vois, ce sont deux animaux, parfaitement dénués d'empathie, prêts à tout pour assouvir leurs instincts. Bouffer, niquer, se mettre au chaud.

Parce qu'on fait l'amour, chose dont tu m'as privé pendant de si longs mois, nous sommes des animaux ? Martha, tu n'es plus la femme que j'ai connue… Bon sang, en vingt ans ce ne sont pas les occasions qui ont manqué, j'en ai eu, des appels du pied que j'ai dignement ignorés parce que j'étais entièrement à toi et que le sexe pour le sexe ne m'a jamais attiré… Aujourd'hui tu me donnes des leçons sur l'absolu, sur la véracité des sentiments, tu te poses en parangon de l'amour, et tu refuses de voir que je suis exactement comme toi, parce que tu es blessée, parce que tu apprends que mon cœur est devenu fou pour une autre que toi… Martha, pourquoi ne peux-tu pas concevoir que je puisse l'aimer ?

Parce que j'en meurs, mon amour. J'en meurs.

J'ai faim. J'ai trop parlé. Je suis assoiffée.

Au nez de nos internautes, je me ressers une pleine louche de ce succulent ragoût et remplis mon verre. Je le lève. À nous. À ce moment inoubliable. Je dois cependant me modérer. Je parle du vin, pas de mes mots. Je ne voudrais pas que le vin m'amollisse la langue et me fasse perdre de vue que je veux parler juste, et dur, et sans voiles.

Mon deuil impossible, mon aimé. Mon refus de me contenter d'une vie sans toi.

Ma voix est posée, sereine. Pourtant, tout au fond, le souvenir me tord : moi hébétée, passée à tabac, toi stoïque dans ta gangue de plâtre, en train de contempler des agonies. Mon agonie. La nôtre. Pas la tienne, non. Toi, tu ne mourais pas, alors. Tu laçais en sifflotant tes bottes de sept lieues. Tu me supportais poliment parce que tes bagages, au fond de tes entrailles, étaient déjà bouclés.

Tu nous-me laissais là, au bord d'une route incendiée, une fleur plantée dans la queue en petite oriflamme conquérante, endurci par l'illusion de ta renaissance.

Toujours des images de routes, à force de t'entendre déblatérer des histoires de chemins. Celui que nous avions parcouru ensemble, sans embûches, et qui malencontreusement t'avait conduit à un croisement. Celui sur lequel tu m'abandonnais. Celui sur lequel tu avais décidé de t'engouffrer – on rencontre toujours le diable à la croisée des chemins. À cause de ces chemins maudits, j'ai eu envie de te faire mal. C'est comme ça. Un appel d'air avait eu lieu, suçant et anéantissant à la fois mon humanité et mon être au monde.

L'embêtant, vois-tu, c'est de ne plus exister.

Au moment où tu me demandais *pourquoi ne peux-tu pas concevoir que je puisse l'aimer ?* j'ai été tentée de tout envoyer aux orties. Mais pour cela il aurait fallu que je trouve quelque part le courage de la renonciation. Cette renonciation dont je ne sais toujours pas si elle est le fruit de la force ou de la mollesse. Est-ce rendre les armes ? Est-ce ouvrir les bras à une douleur dont on ne sait pas encore si – ou quand – elle nous tuera ? C'est, quoi qu'il en soit, un rebord de fenêtre. Plonger ? Ne pas plonger ? Les mots m'attiraient en un vertige sorcier. Arrêtons là. C'est ridicule. Pars. Une catastrophe naturelle s'est abattue sur notre microcosme, semant sans crier gare la laideur, le mensonge et le silence, il faut tourner immédiatement le dos aux belles choses si on veut au moins, au tout petit moins, en garder une image étincelante. Pars. Juste pour que je ne sente plus sur moi ton regard que l'amour n'habite plus. Pars, pour ne pas que le souvenir qu'il te reste de moi soit celui d'une créature griffue, pire encore, d'une fade épluchure. Ouvre la porte de notre maison, coule-toi dehors sans bruit, referme derrière toi, ça ne sera pas plus douloureux que ce mur qui est tombé entre nous. Mais non. Je ne peux pas. Mon regard collé à toi jusqu'à la nuit, mes lèvres remuant parfois silencieusement. Un élan. Un échauffement de gymnaste. Je vais le dire, oh, je suis à deux doigts de le dire, Raph, va la rejoindre, c'est là-bas que tu veux être, là-bas je ne sais où mais dans un lieu dénué de toute douleur, l'endroit où on rit et on s'enlace avec un tout petit cœur, ici c'est le domaine du cœur gros, énorme, sur le point de la rupture, achève-nous et n'en parlons plus. Mais je ne dirai rien.

Salle de bains. Torrents.

Petit rituel du coucher.

Tu me grondes quand j'en sors. Tu n'as encore rien mangé, Martha. Tu vas dépérir.

Je ris pour seule réponse. Manger, à condition que j'y parvienne, pour quoi faire ? Je suis nourrie, gavée, au bord de la gerbe, de chagrin, d'humiliation, de colère et de haine, je n'ai pas besoin de m'emplir encore. Il n'y a que le vin et la fumée de cigarette qui m'allèchent.

Dormir. Mourir. Tiens, je connais ça.

Oui, ça, ce serait bien.

Haïr, encore. C'est bien mieux.

Je le répète. Pas envers toi, la haine. Toi, je t'aime.

Pas envers elle non plus. Pas réellement, je veux dire. Son seul tort est de t'aimer, de te vouloir goulûment. C'est un caprice que je peux comprendre.

Envers vous deux ? Oui, à la rigueur. Vous ensemble, foudre et Blitzkrieg, razzia, massacre d'innocents fleur au fusil. Des traîtres à la peau nue. Je crache sur vos étreintes. Je vous arrache le cœur.

Mais je m'émerveille… C'est donc cela : cette haine, c'est à moi qu'elle s'adresse. À la femme du trumeau. Sa peau antique et ses sillons. Ce relâchement, là, à l'os de la mâchoire. Ce corps un peu malmené par les ans que j'ai gardé pour moi comme un secret peu reluisant. Cette libido qui a foutu le camp sous la maternité et le petit embarras du temps repu. Cette chasteté paresseuse nourrie de tant d'autres choses que je pensais tellement plus essentielles. Que je ne pensais pas, en vérité. Pas de pensées, pas de plans, pas de philosophie autour de ça, même plus la notion du temps. Et puis quoi, faut-il vraiment être gouvernés par nos hormones, n'est-ce que ça, aimer, des coulissages mécaniques n'habitant que des fractions de seconde mises bout à bout ? Non, ce n'est pas pour cela que je me hais, pas pour ces raisons futiles. Je hais celle qui vient de commencer à souffrir et qui ne sait pas comment on fait.

Je me couche, donc. À jeun, la glotte baignant dans des remugles de dégoût et de dépit, je me blottis entre des draps que tu ne tardes pas à rejoindre. Je ne sais pas s'il s'agit de la hâte de dormir ou de l'envie d'être près de moi – mais je ne compte plus trop sur ton envie, celle de moi en tout cas.

Dans notre lit : deux statues dans un sarcophage. Je construis une barrière avec des molletons qui devraient également faire taire ce froid polaire qui me traverse les os, colmater la béance venteuse entre mes omoplates. Je me concentre sur les découvertes du plafond, une fissure, un éclat de peinture sur le point de se détacher, un fil d'araignée, en me promettant d'y remédier un jour prochain, parce qu'il est sûrement plus facile de replâtrer un plafond qu'une existence. Toi, tu essaies de prendre un air dégagé, à quelle heure ton réveil demain, c'est toi qui iras chercher Alex à l'école ? toujours froid, toujours sec, toujours dénué de cette tendresse dont on m'a amputée comme d'un membre nécrosé.

Je ne te veux plus. Je ne veux plus de cet être-là, le dur, le cruel, le sombre, le déjà loin. Tu me manques tellement que je pourrais dès à présent me passer de cette enveloppe animée qui évolue dans mes pièces. Du jour au lendemain on m'a arraché mon éternel, mon drôle, mon brillant, mon serein, mon tendre aux lèvres rieuses, mon amoureux au regard entier, c'est comme s'il était passé sous les roues d'une auto folle. Je n'aime pas ce fantôme encore attaché aux murs de sa demeure, on m'a laissé son contenant mais après l'avoir vidé de ce qu'il était. On me l'a abîmé. Quelqu'un a cassé la plus belle personne de la Création.

Quelqu'un qui paiera un jour pour ce blasphème.

Ça ressemble à une nuit, mais ça n'en est pas une. Je ne me soumets pas à la tentation du temps perdu. Dormir c'est te perdre, c'est écourter nos heures. Tout, sauf dormir. Je n'ai pas besoin de lutter, mon corps est fou, il se vautre dans sa douleur pour la sentir exister, je suis comme ces parturientes qui dédaignent la péridurale parce qu'elles veulent aimer la déchirure pour la vivre pleinement. Mais comme elles, quand le mal est au seuil de l'insupportable, je regrette d'avoir choisi l'extraction à vif, et je commence à geindre pour que quelqu'un ou quelque chose m'assomme. Alors je me recoule près de toi, je tente de t'envelopper mais pas trop fort, pour ne pas te gêner, non, pour ne pas être une gêne, encore, encore, une lourdeur à repousser, je sais que tu ne souriras pas dans ton sommeil en sentant mon souffle dans ton cou, je sais que tu ne te réjouiras pas de ta Martha creusant ton lit, alors j'essaie juste de me faire toute petite et terriblement forte, et toute mangée d'amour en ruminant mes haines. Puis je me dresse encore, vomissant mon apnée, la main sur un cœur brutalement grippé, et ma main traverse le trou qui crève ma poitrine, je dois aspirer l'air à la paille et te laisser là, me réfugier dans une autre pièce pour expectorer ma douleur à grand bruit.

Je parviens à marcher. Je rampe, mais je suis debout.

J'apprends à me disloquer nuitamment. À me défaire dans le noir.

Je n'arrive toujours pas à comprendre pourquoi j'étais là, et soudain je ne suis plus là. Je sais bien que toi, tu as assisté à l'affaiblissement progressif de ma lumière, mais moi, j'ai l'impression d'avoir grillé comme une ampoule. Bzz. Clac. Poubelle. Même pas le recyclage, nom de Dieu.

Si je n'ouvre pas une brèche vers le reste du monde je vais crever.

J'ai l'impulsion d'allumer l'ordinateur du bureau. Sa lumière bleutée se diffuse comme celle d'un petit phare dans l'hiver. Fond d'écran rigolo, par toi cent fois renouvelé, je pense soudain que tes nuits se résumaient à ça depuis quelques mois : préparer mon extinction en te coulant devant la machine à peine étais-je endormie, ou absorbée dans un film, plus prompt à choisir cette putain d'image marrante et à roucouler comme un ado en rut avec ta princesse qu'à ruminer des scrupules me concernant. Ça aussi, ça fait partie de toutes les petites humiliations que l'on découvre soudain et qui s'enfilent, l'une après l'autre, sur le lacet d'un collier à rebours. Toutes tes légèretés, tous tes rires, tous tes moments de futilité depuis le basculement sont des gifles différées, parce qu'ils relèguent à un plan très accessoire la gravité qui sied à un désastre annoncé. Ce museau de chat coiffé d'une tranche de pain de mie me donne envie de pleurer. Il m'offense. Tout ce qui revêtait encore l'apparence de la joie, ces dernières semaines, sont des coups de fouet sur ce qui reste de ma chair. Noël me revient encore, comme un silencieux mensonge. Chapon ou agneau ? Sourires gourmands, épaule contre épaule, penchés sur un livre de cuisine. La bague d'argent, que je porte encore à l'annulaire de la main gauche comme par un hasard inconscient, n'était de ta part qu'un simulacre de tendresse. Une bague, bordel, qui dans mon ignorance était devenue une alliance renouvelée. Je regarde le chat et son pain de mie, je regarde la bague – as-tu choisi la même bague pour elle ? ou plutôt, as-tu fait d'une pierre deux coups, vous m'en mettrez deux siouplaît, pourquoi donc se prendre la tête pour gâter une déjà morte – je repense à ce dîner où nous avions tellement ri, mais d'où te venait donc ce rire de gosse, comment autant d'insouciance pouvait-elle monter du fond de ton ventre, était-ce parce que tu sentais la libération imminente, parce que tu voyais nos beaux murs et ce putain de sapin comme l'enceinte d'une prison que bientôt tu ferais voler en éclats, était-ce parce que tu venais de la baiser en l'inondant de mots tout droit sortis d'un roman de gare, vite vite, avant de rentrer à la maison, et d'oser me contempler dans ma robe de fête, et de me dire à quel point j'étais belle, à quel point la table était belle, à quel point le foie gras était bon, à quel point tu avais hâte, demain, de voir les yeux d'Alex se brider de bonheur en découvrant ses rollers et ses Lego Star Wars, où la trouvais-tu, la bassesse de rire et de m'offrir une bague et de t'empiffrer de foie gras, dans une habile maîtrise du mensonge ou dans une réfrigération irréversible de tout élan vers moi ?

J'ouvre ma boîte mail. Mon regard se pose sur les caractères alignés, ceux-là si sages, si pragmatiques, et mes doigts sur les touches du clavier. Et je ne bouge plus. Est-ce une paralysie, ou bien simplement que je ne sais pas quoi faire de ça, de cet espace virtuel qui se présente en me promettant une liberté totale, il me faut un long moment pour le déterminer. C'est que je voudrais, peut-être, me servir de ça, profiter de ce que les gens que j'aime et qui m'aiment aussi en retour sont là, à portée de clic, pour leur donner mon chagrin. Devenir à mon tour une succession de lettres sages et bien rangées dans des boîtes de réception, entrant par effraction dans l'univers d'autrui pour l'inonder de quelque chose dont il n'a certainement pas besoin. Et puis que dirais-je, finalement ? Résumer en quelques signes ce grand fatras de mots si épuisant, si dilaté qu'il a recouvert deux nuits et un jour de vie ? Et à qui, hein, à qui me donner ainsi tout entière, à qui décrire l'effroyable de la jalousie, du manque, de la terreur, de la disparition de soi ? À Isabelle, qui se remet à peine du deuil de son père ? À Jean, séparé lui aussi de fraîche date, et à peine rapetassé, pour en rajouter une louche ? À tes sœurs, à mes frères, pour soulever dans la famille des remous et des prises de position que personne ne saurait gérer ? À Diane, qui a toujours secrètement envié mon couple mais que j'aime quand même, et qui exulterait peut-être inconsciemment qu'il y ait enfin une justice en ce bas monde ?

Je voudrais pouvoir l'écrire, bombarder la Terre entière, au secours, au secours, au secours, mais je suis Martha, Martha qui n'a jamais pleuré en public sauf devant une œuvre d'art, Martha qui barbotait dans son bonheur obscène depuis la nuit des temps et qui, comme tu l'as si bien dit, vient de se prendre dans la gueule la bonne petite leçon d'humilité qu'elle méritait tant. Non. Je ne veux pas renoncer aussi à mon orgueil. Cela arrivera bien un jour, mais je viens de subir un tel piétinement que je ne pourrais pas en encaisser davantage.

Je ferme ma messagerie. J'ouvre Facebook.

Ce qui fait que je suis revenue au même point que la nuit dernière.

Il y a des commentaires à mon image de la veille. Visiblement mon Froid n'a pas laissé indifférent. Vingt-trois personnes ont liké. Huit ont répondu par les petites phrases habituelles, plaisantant ou pas sur le caractère sinistre de la photo, ou encore louant sa qualité esthétique. Jean a laissé un « ??? », Isa un « C'est une heure pour poster des photos ? ». Elle a dû le trouver étrange, cet envoi de tout petit matin.

Je suis tout à fait dans la dimension qu'il me faut. Au bout des ramifications de ma machine, des gens réagissent. Parmi eux, même ceux qui sont mes amis Facebook à la suite d'une rencontre professionnelle, un colloque, un stage de formation, et dont je ne sais rien de la vie si ce n'est qu'ils en savent aussi peu de la mienne, ont accueilli mon Froid. Voici donc l'exact endroit que je cherchais. Celui où, subrepticement, je peux glisser mon âme et sentir qu'elle a touché quelqu'un.

Quand on n'existe plus, c'est grand, c'est bien. C'est toujours quelque chose.

Nouveau jour de merde.

Je m'éclipse avant ton réveil, par crainte de n'avoir rien à te dire ou de n'avoir à dire que des choses qui me feraient mal. Et puis, je ne veux plus voir la personne qu'Elle a fait de toi, parce que cette personne-là est laide.

Là réside tout le paradoxe. Si j'acceptais de te regarder sous les traits de quelqu'un que je ne peux pas aimer, ce bloc de glace, cet homme terni par les dissimulations, cet homme tombé, j'aurais peut-être le courage de te laisser me quitter, soupirant d'aise de découvrir à quel point tu ne me mérites pas. C'est cela qu'il faudrait : te toiser avec mépris, et relever la tête par la même occasion, renifler sur ta peau l'odeur fétide qu'y a laissée la gangrène, et me détacher comme un bourgeon désolidarisé de sa branche par une rafale de vent.

Mais tout est une question de courage, et de renoncement, et je suis moi aussi cette petite fille capricieuse qui tape du pied pour qu'on lui rende son avant.

C'est le givre qui m'accueille à l'extérieur. Je me transporte en commun vers la prison.

Monsieur S. est là depuis cinq ans, depuis qu'il a troué, d'un coup sûr et prémédité, la peau de son rival. Depuis cinq ans, chaque semaine, j'écoute Monsieur S. me parler de tout et de rien, du soulagement qu'il a éprouvé et éprouve encore à l'idée d'avoir rayé de la surface de la Terre la vermine qui l'a offensé, et de ce drôle d'endroit intérieur où il se trouve aujourd'hui, partagé entre la conviction de la légitimité de son geste et l'ahurissante douleur de la perte de soi. Monsieur S. était un homme tout ce qu'il y a de normal et de bien construit, un être qui n'avait au préalable jamais été effleuré par l'instinct de violence, un mari simple comme bonjour, ni possessif ni dominant, un monsieur Tout-le-Monde des campagnes, un artisan aimable. Et au bout de dix ans, il avait découvert la supercherie. Madame s'en était trouvé un autre avec qui elle batifolait aux heures d'ouverture de l'officine, distordant les heures de la journée pour échafauder ses mensonges et ses rendez-vous galants.

Monsieur S. me livre, depuis cinq ans, la description extrêmement lucide de ce moment où on vole en éclats. Il me parle très peu du passage à l'acte, bien que je tente par des moyens sans cesse renouvelés de l'entraîner sur cette piste. Il ne veut pas en parler, ou s'il le fait, c'est avec des mots qui fouillent davantage le factuel que l'intime. Non. Ce qui dévaste encore Monsieur S., c'est la déflagration. Je me souviens d'une de ses expressions à propos de laquelle je l'avais longuement tourmenté, « l'écartèlement ». En découvrant la trahison, dit-il, il avait eu l'impression que quatre chevaux aux trajectoires contradictoires lui arrachaient bras et jambes : une fraction de seconde, et le corps est pulvérisé. Le problème majeur étant que, après l'impact, on est toujours vivant. On voudrait que tout s'éteigne, mais on est là, encore et toujours, réduit à une bouillie d'humain à cause d'un quidam qui vous a tout pris, en connivence avec un être à qui on avait livré sa vie et qui l'a chiffonnée en boule comme on le ferait d'un brouillon indigent. C'est l'obsession de Monsieur S.

Et ce matin, voilà que je comprends que depuis cinq ans, j'écoutais la douleur de Monsieur S. en ne disant rien mais en n'en pensant pas moins, engluée dans des théories fumeuses, l'accusant secrètement d'être encore – oui, *encore*, c'est ça – un de ces hommes qui considèrent leur femme comme un objet acquis, un être mi-esclave mi-possession de droit divin, et qui ne peuvent concevoir qu'elle puisse un jour leur échapper. Gorgée de théories, j'avais juste oublié – mais n'était-ce, finalement, qu'une sombre ignorance – la torrentielle évidence de l'amour.

J'aurais préféré, aujourd'hui, ne pas avoir à entendre Monsieur S. Il me tombe dessus avec ironie. Obligation d'y retourner, de plonger dans le caca avec lui, alors que mieux aurait valu être en présence d'un pervers manipulateur comme Monsieur K. ou d'un être dénué de toute empathie comme Monsieur L., le tueur de petites vieilles, pour circuler avec indifférence au cœur d'une sociopathie bienvenue. Une petite promenade en compagnie des monstres.

Mais zut, me voici avec Monsieur S. Et Monsieur S., ce matin, ne se différencie de moi que par son âge et son sexe. Il me parle de moi. Et c'est un cataclysme stupéfiant.

Raison pour laquelle je coupe court, au bout de vingt minutes d'entretien. Monsieur S. s'est bien rendu compte que je ne suis pas au mieux de ma forme, il me l'a fait remarquer quand nous nous sommes serré la main, Eh bien, madame, ça n'a pas l'air d'aller bien fort aujourd'hui, Eh oui Monsieur S., les soucis, les soucis, et la grippe, Vous auriez dû rester chez vous madame, ce serait bête de me contaminer, Vous savez

Monsieur S., celui qui contamine l'autre n'est pas toujours celui qu'on croit.

Ont défilé dans mon sordide petit bureau Monsieur L., Monsieur G., Monsieur A. et Monsieur V. J'ai fait ce que j'ai pu. En tête, je n'avais que mon écartèlement.

Tu n'étais pas là quand je suis rentrée après le crochet par l'école pour récupérer Alex, et je m'en suis réjouie. Un moment seule avec lui pour me donner envie d'avancer, et pour m'obliger à endosser un masque de joie qui parvenait presque à me faire envisager l'avenir sans tragédie. Tu risquais fort de nous planter là, et puis quoi ? Il y avait Alex, et notre duo marchait du tonnerre, notre amour nous donnait des ailes, et celui-ci, d'amour, ce n'était pas du flan, il n'était pas, lui, remplaçable comme une ampoule grillée. Je regarde Alex faire sa petite vie de soir d'hiver, les devoirs la télé les Playmobil le bain et le repas, et je l'écoute bavarder comme un oisillon dans le soleil, je m'émerveille de sa beauté qui tire tant de la tienne, et je sais qu'un jour il faudra bien qu'on lui fasse mal. Je pense, crevée d'aiguillons, aux jours où tu l'emmèneras dans l'autre maison si autre maison il y a, et au silence qui retombera autour de mon corps las, tandis que je serai non seulement seule mais esseulée, et que tout bourdonnera de manque. Je songe aux problèmes logistiques qui se poseront si tu prenais la décision que je redoute, qui l'emmènera à l'école le matin, qui m'épaulera lors des inévitables conflits dus à la croissance, qui saura lui redonner une confiance pour l'instant écornée en l'amour, et comment va-t-on trouver les mots pour lui expliquer la situation si hélas elle ne se renverse pas, voilà, je le regarde et me désole de n'avoir plus à lui proposer, à l'avenir, qu'une maman triste.

C'est le moment du sas entre le jour et la nuit, Alex lit dans le cocon de son lit et m'attend pour les câlins et les souhaits de beaux rêves, tu n'es toujours pas rentré. Je ne me demande pas pourquoi, je crois le savoir. Je suis intimement persuadée que tu n'as pas l'intention de respecter notre semblant de pacte, de résister à Ses appels, et je sais que tu es avec Elle. Je sais aussi que je n'ai pas le droit de te le reprocher, je ne te ferai pas de scène quand tu rentreras – si tu rentres – mais je me contenterai peut-être de te regarder d'un air de défi qui ponctuera une foule de non-dits, *je sais très bien où tu étais, pas la peine de me prendre encore pour une idiote, j'espère que c'était une bonne baise qui méritait que ton fils soit privé de ton bonsoir*. Juste ce qu'il faut pour te faire te sentir coupable, chose dont tu as été incapable jusqu'à présent. Car pour cela, bien sûr, il faudrait un minimum de scrupules.

Alex est endormi maintenant. Je m'installe à mon ordinateur avec cette fois-ci une idée très précise derrière la tête, un de ces élans qu'il faut que je soulage dans l'instant pour ne pas qu'il se transforme en obsession. Je l'ai décidé ce soir, je dois savoir. Depuis ma page Facebook, je me rends sur la tienne, et une fois chez toi j'épluche la liste de tes amis. C'est ainsi que vous êtes entrés en contact, je sais qu'elle est là, comme une traînée persistante de parfum à l'intérieur d'une pièce. C'est sa demeure dans la mienne, son pied dans la porte de chez moi, elle s'impose dans ma vie en apparaissant d'un simple clic – comme il est terrifiant de réaliser à quel point les destructions sont liées à de petits contacts de la pulpe du doigt sur des touches… Elle est là : Aline Pélissier. La photo de profil ne m'apprend rien : c'est une image pseudo artistique représentant une architecture quelconque. Je la pointe, me retrouvant sur sa page, du moins ce résumé impersonnel qui indique juste qu'on existe quelque part dans l'univers. Aline Pélissier – Travaille dans Cabinet d'architecte. Pour l'instant elle n'est que ça. La terroriste qui a fait exploser ma vie se résume à ces quelques mots insignifiants. Album photos (42) : je clique.

Il s'agit d'un catalogue de photos de groupes. Soirées diverses et variées, coupettes de champagne brandies, fins de dîners où on s'immortalise têtes collées et sourires un peu forcés, scènes de plage où on pose en brochette, bras dessus bras dessous, vêtus de bermudas mous et de claquettes. Il y a tellement de gens sur ces images que je ne l'identifie pas tout de suite. Je finis par repérer celle qui figure partout. Et là, je retombe dans l'incompréhension.

Je viens de voir une blondinette aux cheveux coupés à la garçonne. Et c'est tout. Je veux dire, je m'attendais à un bouleversement, à un éclat de rire ou à un cri de rage, à une possibilité pour moi de juger en bien ou en mal cette existence en deux dimensions offerte par les images, je m'attendais même à pouvoir poser un regard bassement femelle sur la chose, mais voilà que je n'ai rien à dire. Rien à penser. Jolie, pas jolie – si, certainement –, tranches de vie enviables ou pas, je ne reçois rien. *Ground control to Major Tom ???* Entre mes deux oreilles il n'y a plus qu'un aquarium traversé de poissons incandescents. Une seule sensation dominante, l'étrangeté. Je me rends compte que je ne peux même pas imprimer dans ma réalité cet aspect concret que je découvre. Elle est devant mes yeux mais je n'arrive toujours pas à me la *figurer*. C'est juste bizarre. C'est parce qu'elle est l'Autre, parce qu'elle n'est pas moi. C'est parce qu'elle existe dans le monde et qu'elle est mon assassine.

Mes dents claquent si fort que j'ai l'impression qu'elles vont se casser.

Ça ?

Je la contemple longuement, sans comprendre, toujours agitée de tremblements incoercibles. Quand je pense que, l'espace d'un instant, j'avais imaginé que cette dévoreuse de vie aurait pu être Anne, ou une créature lui ressemblant, une de ces sublimes poupées sur lesquelles même les femmes se retournent, parce qu'elles semblent issues de la grâce à l'état pur et porter ça comme un foulard, l'air de rien, et que tout en elles vous fait vous sentir comme une avortonne bon marché, une allure telle qu'il semblerait que le textile des vêtements soit né de leur intérieur comme la soie des araignées, une façon de parler n'inspirant chez l'interlocuteur que fascination et consensus, bref, une rivale à ma hauteur, une chose qui expliquerait la perte de contrôle et l'onanisme effréné dans le secret d'une salle de bains nocturne, mais non, rien de tout ça. Ma rivale, ma dépouilleuse, est cette petite femme que je ne comprends pas.

Je ne parviens même pas à l'imaginer en situation érotique tant elle ne m'évoque aucune envie.

Je m'explique : je ne peux pas concevoir que tu aies eu l'impulsion d'aller fourrer ton corps dans cet artefact fabriqué en chaîne, ni beau ni laid, à la mesure de ce qu'on croise mille fois au quotidien à des carrefours, et que de surcroît tu me présentes l'objet comme un œuf de Fabergé.

Et brusquement c'est encore pire, voici que je vous imagine. Sur le bureau du cabinet – comme le mot de cabinet glisse soudain, au niveau sémantique, et se met à puer la merde ! –, sur le canapé de son salon, contre un mur de cuisine avec les ustensiles qui brinquebalent au rythme de tes coups de reins, et ta bouche enfouie dans ses muqueuses et la sienne pompant en musique, mais ce n'est rien ça, ce ne seraient que des images dégueulasses dignes de webcams bas de gamme, il y a pire, il y a ce que tu as dit et dont tu es intimement convaincu, que nulle femme au monde ne t'avait autant convenu que celle-là.

C'est alors que j'ai l'impression de prendre un gigantesque coup de pied au derrière.

Mais qu'a-t-elle de plus que moi réellement ? Elle n'est visiblement pas faite du matériau dont on fait le fantasme, elle est aussi renversante qu'une cafetière, une cafetière toute neuve qui ne renâcle pas à couler quand on effleure son petit bouton, soit, mais moi, moi, je suis bien autre chose même si j'ai presque dix ans de plus, je suis fine et flexible comme un roseau, j'ai des cheveux de soie sauvage et je me déplace sur des jambes de mannequin qui savent revêtir avec la même perfection le talon aiguille ou la botte de cuir, et j'ai ces yeux surtout, ces yeux amandés à l'iris incroyablement jaune qui n'ont pas besoin de faux cils pour jouer aux papillons, ma taille est de guêpe et mon cou, de cygne, je suis une belle plante, mon Dieu quelle futilité quand on y pense, quel discours stupidement superficiel, il n'y a donc pas à tortiller, si tu désires lever le pied avec une petite chose transparente qui, photos à l'appui, arbore des tatanes en plastique aux couleurs du Brésil, si tu estimes que c'est pour elle que tu as perdu la tête, c'est que tu l'as perdue pour de vrai, et que plus qu'un homme tombé tu es simplement un homme perdu.

Je la scrute comme on le ferait d'un bouton embarrassant présentant sa pointe blanche une veille de fête. J'en arrive même à chausser mes loupes pour étudier l'image de la demoiselle jusqu'en avoir la nausée, je ne peux pas croire que tu aies fait l'amour à ce truc fade et que pour ce truc fade tu aies l'intention manifeste de me reléguer dans un carton humide.

À ce moment-là j'ai l'impression qu'être là, devant elle, à tenter de trouver des indices dans les maigres pelures de vie que l'on fait apparaître sur les réseaux sociaux, à fouiller dans son intimité et par conséquent dans une grande part de la tienne, constitue de ma part un trouble péché. Je tends l'oreille aux bruits dans la cage d'escalier, craignant ton retour impromptu où tu me trouverais en train de fureter éhontément dans votre vie privée. Et pourtant nous sommes bien loin du bouquet de lettres ou des photos compromettantes dissimulées dans des doubles fonds de tiroirs, nous ne sommes pas dans une violation de coffrets cadenassés ni dans l'espionnage de conversations téléphoniques, nous sommes simplement au cœur de ce réseau d'informations et d'exhibitions permis par nos machines familiales, je n'ai composé aucun code personnel, aucun mot de passe, j'ai simplement navigué, de moi à toi et de toi à elle pour atterrir sur son image, comme on le fait mille fois pour commander des housses de fauteuil ou des cartouches d'imprimante en surfant sur des sites. Qu'aurais-tu le droit de me dire si tu me surprenais à présent, toi qui as si bien su œuvrer derrière mon dos et qui n'en éprouves pas le moindre remords, est-ce que tu te sentirais plus violé que je le suis, moi, ou abusé, ou truandé, parce que je l'ai enfin trouvée, Elle, et que je peux la contempler à loisir, crachant sur l'écran les postillons de mon mépris ?

Toutefois, je n'ai pas envie de prendre le risque. Je me coule hors de ces pages, subrepticement, de la même manière qu'on referme et refourre sous un matelas une revue porno dénichée par hasard, le rouge aux joues et le cœur en chamade, tout en laissant fuser un rire amer, comme c'est triste parfois l'insignifiance, Aline Pélissier, *1 ami en commun*, Raphaël Delombre, *Ajouter*.

Un ami en commun. Je casserais bien l'appareil si j'avais des couilles.

Mais comme tu n'es toujours pas rentré après ma déconnexion, il faut bien que je m'occupe. J'ai pris la décision de ne pas me laisser abattre ce soir, et cette décision, c'est elle qui me l'a insufflée, du fait de son évidente infériorité. Parce qu'elle n'est pas la beauté ravageuse que j'imaginais, et parce qu'elle a un certain goût pour les tatanes brésiliennes, j'ai la force de batailler.

Je me dis ça, soudain bondissante, j'ai la force de me battre, mais je ne sais pas où je vais chercher ça.

Je vais chercher ça dans le tiroir à bricolage.

J'y songeais depuis longtemps, mais la paresse avait rangé l'initiative sous une autre pile de projets. Ça n'avait jamais été un impératif, et voilà que, te trouvant soudain sur la piste de décollage, et farcie depuis deux jours de tes griefs contre l'inertie de mon corps, je ne peux plus attendre une minute de plus. Je n'ai pas besoin de grand-chose, une vrille, quatre vis à bois, et le petit verrou retrouvé là par hasard. En quelques minutes c'est chose faite.

Je souris. C'est de l'autre côté que j'aurais dû le mettre, faisant de la chambre une prison dont tu ne pourrais plus jamais sortir… Mais non. Le verrou, à l'intérieur de la chambre, la transforme enfin en un lieu d'intimité préservée.

Depuis des années, depuis que nous avons dans la maison un petit bonhomme susceptible, à toute heure de la nuit, de se lever et de nous rejoindre, je ne m'étais plus jamais sentie en condition de me livrer avec art. Bien sûr, et si ironiquement à présent que tout est foutu, il n'y avait plus la place ici pour des jeux qui prennent leur temps, pour des nudités alanguies ou de longs effeuillages provocants, il n'y avait plus que du furtif, de l'hygiénique déconnecté du plaisir, et de ma part, une bonne dose de tension, l'esprit sur le qui-vive et le corps réticent, comme celle qui se serait laissé convaincre d'un petit coup en passant sur une plage pas tout à fait déserte.

Pas de verrou à la porte, mais un sur mon vagin.

La dernière fois que tu m'as prise, c'était dans la salle de bains, collée contre le plan du lavabo, les os des hanches écrasés sur des arêtes de faïence qui, à défaut d'orgasme, m'avaient occasionné des bleus jumeaux comme des ocelles de papillon. Je n'avais pas aimé ça. Je n'avais pas envie à la base, tu ne m'avais pas donné plus d'envie en me troussant à la hussarde sans même m'embrasser, les mains dures et pénétrantes comme des lames de couteau et le reste à l'avenant, oui je m'en souviens, on ne peut pas oublier de l'amour qui ne marche pas, et c'était il y a quelques semaines à peine, alors qu'Elle existait déjà dans ta chair, et qu'Elle, oui, Elle la créature en toc, *made in China* moulée en série, bénéficiait de toutes tes petites attentions érotico-cucul la praline, avec des ronrons et de douces propositions et des peaux cajolées.

J'avais alors pour la première fois éprouvé au fond du cœur comme une légère humiliation. M'étais sentie comme un gant de toilette. Ça aurait dû me mettre la puce à l'oreille. Mais j'étais trop aveuglée d'amour ; cet amour toujours teinté d'indulgence, même s'il venait de s'obscurcir légèrement en te découvrant si mécanique, et prompt à entrer sous la douche ensuite pour bien récurer tout ça, sans un regard, sans un sourire, juste soulagé.

La chambre peut se fermer à présent. Je fais jouer le verrou, clic clac, c'est si simple finalement, comment ai-je pu ne pas y penser plus tôt, peut-être bien que si j'avais fait ce petit travail de bricolage avant, il y a deux ans, trois ans, j'aurais pu me détendre et réaccepter les longs cadeaux des peaux froissées l'une contre l'autre sans craindre qu'on nous surprenne, sans développer cette impression que la sensualité était une intruse chez nous, et ne pouvait en aucun cas faire bon ménage avec les monceaux de peluches et les petits soldats jonchant le sol.

Une chambre de nouveau faite pour l'amour, il faut l'habiter à présent. Il faut l'aérer de cette odeur de parents fatigués, de culottes en coton aux élastiques parfois relâchés, et faire en sorte qu'elle évoque le gingembre et le piment doux en accueillant une femme désirable. Le problème étant la désirabilité de la femme qui est là, quarante et des brouettes, déjà pas épaisse au naturel mais amaigrie un peu plus par trois jours de jeûne, le teint cireux du chagrin et les yeux comme des œufs mollets, celle-ci, oui, celle qui n'inspire plus rien.

Il faudra bien qu'elle te revienne. Avec quelques artifices, avec tout ce qui te flattait et te comblait autrefois, elle ne pourra que te revenir.

Dans le dressing, les belles boîtes que je n'avais plus ouvertes depuis des années. Elles se sont encrassées, comme tout le reste, ce qu'il y a dedans a dû sacrément vieillir, mais je suis sûre que je saurai encore m'y couler. Je saurai. Il faudrait juste que le résultat ne soit pas trop ridicule.

Tu n'es toujours pas rentré.

Dans la salle de bains, je me dévêts. Je m'explore. Je m'affole de voir que je peux faire tomber mon jean sans même le déboutonner, de ce que la naissance de mes cuisses ne se touche plus. Mes fesses ont fondu. Mes côtes sont visibles au-dessus d'une taille concave. Mes joues se sont creusées, mes cheveux sont ternes et mes yeux sont noyés sous une pellicule de fièvre. Je me demande comment rendre cette silhouette appétissante, par quel mensonge, sachant que de l'autre côté, sur l'autre plateau de la balance, il y a une autre silhouette jeune et fraîche, ruisselante de ta lumière et pétrie, comme une bonne pâte, de l'adoration que tu lui portes. Je me dis Martha Martha, il va y avoir du boulot. Mais je sais que la Martha des origines est là, dans mon ventre plat, prête à être accouchée d'elle même.

Il faut faire vite, vite, avant que tu rentres. Les gestes anciens reviennent sans peine, il y a des choses qui ne s'oublient pas. La salle de bains se transforme en antre de sorcière, exhalant ses odeurs de cire, de laits, d'huiles et d'eaux, de poudres et de crèmes, c'est comme un tourbillon de fée qui m'enveloppe pour me recracher, une demi-heure plus tard, aussi lisse qu'un ruban de satin, et souple, et repulpée de l'intérieur, le teint uni, la joue à la Marlène Dietrich, la paupière fumée, le cil recourbé, le cheveu sur ressort, tout cela n'est que du trompe-l'œil, mais justement ça trompe, et c'est bien. Je grimace : cela pourrait être un sourire sincère, et cet éclat dans la pupille pourrait passer pour une invite mutine si on ne sait pas ce qu'il y a derrière, un dernier rayon de soleil avant la nuit.

Il est temps à présent d'ouvrir la boîte aux merveilles et d'enfiler ma panoplie de danseuse nue. Je me glisse, je lace, je serre, j'enroule, je crochète et j'accroche, j'étrangle et j'enfile, je pigeonne à bout de souffle, et entre chaque geste retrouvé j'effleure ma peau qui semble avoir réapparu sous une pellicule de poussière enfin balayée, et ma peau se déploie et crépite, elle rit de la bonne blague, mais non, tu vois, tu n'étais pas si vieille finalement, regarde-toi, éprouve-moi, tout cela est sublime, regarde comme tu es fatale et comme je suis comestible, mais comment as-tu pu être bête au point de nous oublier toi et moi sous les cotonnades à fleurettes et les négligés d'intérieur…

J'entends la porte qui claque. Emportée par une vague étrange, j'ouvre la salle de bains comme un rideau de théâtre, et je surgis devant toi, dans la pénombre. Tu restes un instant figé, inexpressif, et c'est alors que j'ai la sensation cuisante d'avoir fait précisément ce qu'il ne fallait pas faire, me rabaisser à ces singeries comme une vieille pute qui espère encore, et par conséquent d'avoir grillé là mes dernières cartes. Et puis je me rends compte que ce n'est pas une absence d'expression de ta part, mais bien une pétrification. Quelque chose dans tes yeux s'est tendu : il y a là de la tendresse, une immense surprise et, si je n'avais pas aussi honte de moi-même, j'irais jusqu'à dire que tu es estomaqué. Alors je te souris, et tu me souris en retour, et je te prends la main, et tu te laisses entraîner jusqu'à la chambre où, ostensiblement, je tourne le verrou sur nos deux corps en retrouvailles.

Ce qui s'est passé ensuite dans cette chambre, il est bien dommage que tu ne t'en souviennes plus. Tu en as peut-être même été plus stupéfait encore que la première fois que tu as mis les mains sur elle, devenir ainsi le jouet d'une femme affamée, une barque emportée, un aliment dévoré, les poignets maintenus fermement contre le matelas pour empêcher tes mains de cheminer sous les soies et les dentelles, de s'emmêler dans les lanières, c'est moi qui la menais, cette danse, allant et venant à ta bouche qui happait d'une faim partagée et du même plaisir d'être mangé, et il y avait ton regard, ton regard qui pour la première fois depuis des jours ne me faisait pas mal, si fervent, si offert, que quand tu as crié, foudroyé, un sanglot déchirant s'est fait ton écho.

Nous n'avons pas dit un seul mot.

Je me suis endormie contre toi sans ôter ma passementerie, sans me démaquiller, endormie brutalement comme une ivrogne sans même songer au lendemain, parce que la vie prenait un autre sens à présent, une succession d'instants ne comptant que pour eux-mêmes.

Encore la nuit me cueille palpitante, glaciale, et me pousse en somnambule devant l'ordinateur.

Que peut-on faire, à travers un ordinateur, pour briser une personne ?

Il a fallu que l'idée me traverse en plein sommeil et me réveille en sursaut, me découvrant non plus perdante, ni résignée au dépouillement, mais étrangement combative.

Certaines choses ne peuvent pas être. Ou, si d'aventure elles se présentent, il faut les faire exploser en vol.

Certaines personnes n'ont jamais eu de propension à la cruauté ou à la bassesse mais quand on marche sur leurs plates-bandes, tout peut changer.

Est-ce Monsieur S. qui est venu, avec sa couperose et ses yeux larmoyants, me visiter pendant mon court assoupissement ? Monsieur S. avait été un homme bon, un homme fabriqué à la chaîne lui aussi, et pourtant il n'avait pas hésité à empoigner sa carabine de chasse pour désintégrer l'agresseur.

Je n'ai pas de carabine, et même si j'en avais une je ne saurais pas m'en servir. M'en servir contre qui, je vous demande bien, je ne sais pas qui elle est (hormis ce que j'ai pu en voir sur sa page), ni où elle se trouve. Il est difficile de viser un courant d'air.

Mais j'ai un ordinateur.

Je sais qu'avec un ordinateur je pourrais la dézinguer, détruire en un pianotis une réputation humaine et professionnelle, diffuser comme une nappe de pétrole ce que je sais de son intimité, son goût à se faire sauter dans son étude et à arracher des pères à leur famille, à l'expulsion d'une autre femme afin de s'emparer de sa vie. Ce serait si facile… J'ai son nom, j'ai sa photo. Je pourrais la demander comme amie sur Facebook, en me choisissant un pseudo et en me présentant comme une artiste peintre, ou une architecte, et travailler dans l'ombre pour la laminer.

Je sens monter une poussée de saloperie. Mes doigts sont déjà là, frissonnants au-dessus de mon clavier, et mes yeux encore sont vrillés à sa page, Aline Pélissier, Aline Pélissier, *1 ami en commun, envoyer une invitation.*

C'est stupide. J'abandonne. Je ne suis pas un être des profondeurs glauques de la lâcheté, je veux rester dans la lumière. Si je faisais quelque chose d'aussi bas, je te perdrais. Je ne peux pas, la même nuit, restaurer mon corps et mon visage pour que ma beauté te coupe le souffle et que le désir pour moi te revienne en pleine chair, et boire ton sang comme un vampire, et t'engloutir vivant, pour aussi sec révéler de moi une puanteur insoupçonnée. Je veux rester Martha, et Martha, c'est une reine, une de ces femmes comme on en voit dans les tableaux des églises, à qui on pourrait arracher les seins ou les yeux mais qui pour autant ne renonceraient pas à leur droiture, et c'est bien la raison pour laquelle elles sont restées dans l'histoire.

Et puis il y a cette autre chose qui me vient. Si je suis là, à farfouiller dans son profil, elle a bien dû faire la même chose de son côté… Elle a certainement cherché à savoir qui était la femme qu'elle dépouillait, contempler mon visage dans mes albums photos, ou simplement sur le Web qui propose certaines de mes publications et bon nombre de portraits de moi, Martha Delombre, psychologue criminelle, elle a peut être pâli de dépit en me trouvant jolie à croquer, ou bien elle s'est frotté les mains en ressassant sa bonne entourloupe, tu vois ma belle, pendant que tu farfouilles dans le cortex des tueurs et que tu statues sur leur niveau de risque de récidive devant les tribunaux, moi, je me glisse dans ta vie et je barbote tout ce qui a de la valeur pour toi, je t'ai dérobé d'abord son intérêt, puis sa petite flamme, puis ses yeux, puis sa bouche, puis son corps, et maintenant je te le prends tout, en attendant d'aller plus loin, de te prendre aussi ton fils une semaine sur deux, pourquoi pas en permanence dans quelques années, quand il aura choisi de vivre avec nous pour une raison ou pour une autre, la raison la plus probable étant qu'au bout d'un moment il ne supportera plus sa mère dépressive et tellement rongée de solitude qu'elle ne lui offre plus qu'une vie plombée.

Me voici alors en train de scruter à la loupe toutes les images de moi, et je soupire de soulagement, ouf, la Martha est largement potable.

C'est cela qu'il me faut. Non pas la détruire, pour ne pas me frelater, mais me mettre à rayonner davantage, pour lui flanquer au cul une trouille du diable. Je veux qu'elle tremble dans ses bottes.

La première photo que je prends, cette nuit-là, est celle d'une paire de jambes infinies au galbe moiré par la fumée d'un bas à couture. Un noir et blanc sensuel mais sage, juste évocateur, parfaitement anonyme. Je la télécharge dans mon album photo. Elle me trouvera – car elle me cherche, c'est sûr – et elle blêmira.

La femme que tu trouves au matin n'est pas la même que celle de la veille. Elle est sereine, badine, du moins au prix d'un époustouflant effort de composition. Elle s'est passé les paupières au glaçon avant que tu te réveilles et s'est déjà décorée. Elle évolue avec légèreté, comme si l'homme présent était toujours celui d'avant, le loyal. Elle chantonne avec son fils, laissant dans son sillage des parfums de soir d'été, et te sert même un café avec une amabilité de femme d'intérieur américaine. Elle n'ignore pas pour autant l'œil étonné posé sur elle, celui qui s'insinue parfois dans une échancrure qui n'est pas tombée là par hasard, petit piège d'absence de tissu qui pourrait bien attirer une main indiscrète. Toutefois la main résiste, mais le regard a tenté une caresse, je l'ai vu, je l'ai vu, et j'ai noté le trouble.

Cela n'empêche pas la femme délicieuse de sentir son cœur tordu par l'irruption de quelque chose d'aussi inédit que désagréable, et sur laquelle elle ne saurait mettre un mot : comédie ? hypocrisie ? fausseté ? Il y a eu plus de vingt ans de transparence entre ces deux êtres-là, jamais rien d'étudié ni de théâtral. Est-ce cela, la fin des choses ? Un effort herculéen pour sembler différent, pour faire croire et tromper, pour s'enduire de tout ce qu'on n'est pas, et devenir une créature en plastique aux gestes dérisoires censés dégager des phéromones aptes à réparer ce qui ne peut plus l'être ?

Ça fait trop mal. Je danse jusqu'à la porte, à plus tard, je sors.

C'est mon jour de congé hebdomadaire. Je m'en vais de ce pas combler mon vide abyssal avec des biens de consommation.

C'est bien la première fois que j'ai droit à un immense sourire reconnaissant de la part d'une vendeuse en quittant une boutique de lingerie fine. Il faut dire qu'elle vient de taper sur la machine un montant qui doit équivaloir à la moitié de son salaire.

La scène précédente aurait sûrement rappelé aux cinéphiles une séquence d'*Autant en emporte le vent*, moi aussi impérieuse que Scarlett se tenant à une patère de cabine d'essayage pendant qu'une jeune fille à la peau d'ébène s'arc-boute dans mon dos pour lacer au plus serré les lanières d'un corset de satin noir. Le résultat final étant que je finis par ressembler à une arachide, deux rotondités unies en leur milieu par un infime reste de matière sur le point de se cisailler, je suis comme le Dahlia Noir en somme, déjà coupée en deux et pourtant si vivante. Mais c'est beau. C'est très beau. Je me demande comment il est possible d'être aussi recouverte de tissu et pourtant de paraître si nue. Ma petite poitrine pigeonne et mon postérieur a révélé sa forme de cœur renversé, gainé dans sa dentelle totalement ajourée, et me voici en train de me désirer, saperlipopette, une belle fille comme moi ça ne se repousse pas. L'unique interrogation qui me traverse alors est où sont passés mes organes, et d'ailleurs peut-on seulement faire l'amour avec ce carcan, et je serre les dents en songeant à toutes les guerrières qui ont fait en sorte que ces colifichets tombent enfin dans l'oubli, résidus du paternalisme triomphant handicapant le corps des femmes, tandis que moi, intellectuelle, surdiplômée, plutôt anticonformiste, je suis en train de me bâtir un retour aux sources magistral en étranglant mes viscères jusqu'à l'évanouissement dans le seul but que tu te remettes à m'aimer.

Il me faut un moment pour faire la somme de mes perplexités, et j'en conclus que si jadis ces choses douces, dures et moirées symbolisaient l'esclavage de mes congénères, eh bien aujourd'hui, puisqu'elles ne sont plus que des artifices superflus destinés à la seule séduction, elles sont devenues des armes redoutables pour la prise en main de nos propres désirs. Elles sont des philtres, des stupéfiants nous rendant stupéfiantes, aptes à vous ramollir le cortex et à vous endurcir le reste, faites pour vous hypnotiser et vous mettre à notre merci, pour vous manipuler le cœur, pour endormir toute résistance. Tu ne résisteras pas.

La femme que j'étais jusqu'à présent, qui se contentait de sa joliesse qu'elle glissait avec satisfaction dans du coton-Lycra bon marché et confortable, et qui s'était persuadée que, si amour il y avait, il n'avait pas besoin de ces broutilles et encore moins d'instruments de torture pour rayonner, vient brusquement de tourner casaque. Je te brûlerai les yeux. Tu seras si drogué de ces apparitions charnelles, de ces splendeurs traîtresses et addictives, que ce foyer que tu voulais t'empresser de quitter deviendra sans crier gare un sulfureux paradis.

Au fond de mon sac, ma carte bleue est incandescente.

L'exaltation retombe lourdement quand je me retrouve entre les murs de la maison. Sombre et silencieux, le foyer en question a pour l'instant une gueule de mouroir. Les beaux sacs estampillés, enrubannés de rose et crissants de papier de soie, sont des boîtes à outils échouées sur un chantier de démolition. Jamais je n'ai autant éprouvé la sensation de vide et la conscience aussi cuisante de la fuite de l'essentiel. J'avais bâti ma vie entière sur la profondeur ; il ne me reste plus que l'accessoire, le fallacieux, l'artificiel. Je me comportais ce matin comme une *housewive* massacrée par le chagrin et sifflotant quand même pour que son bonhomme la trouve malgré tout agréable. J'ai passé le reste de la journée à fomenter des plaisirs pour voyeur et à acheter des vierges de fer dont le seul but est de saucissonner le corps pour ne pas qu'il fuie et se répande dans des torrents de larmes et de fiel. Mais dedans, dedans, sous le satin, sous les baleines, sous la résille et sous ma peau qui semble avoir oublié jusqu'à la possibilité d'un poil, il n'y a plus rien. Juste peut-être quelques éclats de verre qui, quand je bouge, font entendre tout au fond comme un bruit de vase cassé.

Je ne sais pas où est passée celle que j'avais tellement aimé être.

On pourrait me dire, si je consentais à parler de ma situation : Prends soin de toi, Martha. Accepte que les choses soient sur le point de changer du tout au tout et remets-toi en haut de la liste des priorités. Je sais bien que c'est une phrase que j'aurais pu entendre, parce qu'il m'est arrivé de la dire parfois, devant le désarroi de certaines amies. Je me rends compte aujourd'hui que ça ne voulait sans doute rien dire, alors que ça semblait si limpide au moment où je le disais. S'occuper de soi, prendre soin de ce qui reste pour ne pas que ça se dilue, faire en sorte de préserver un peu d'auto-estime pour ne pas sombrer. Voilà ce que je dois faire. Le problème étant que ce n'est pas de moi que j'ai envie de m'occuper, c'est de l'autre. De l'autre moi. La Martha de velours, la Martha de frous-frous. Celle-là, cette inconnue qui vient de faire irruption dans ma peau, je l'aime bien. Du moins, il faut que je m'efforce de l'aimer. Malgré son bruit de cassure, malgré ce cœur qui ne marche plus à l'intérieur, malgré la découverte révolutionnaire de la haine, je dois l'accueillir et la bichonner comme un petit chien attachant.

Je sais que le temps m'est compté. Lui est compté. À elle, la Martha-salope. Ou à moi, l'originelle. Tout est confus. On m'a demandé expressément, me mettant devant le fait accompli d'un échec, de ne plus me satisfaire de la première, qu'on a soudainement jugée trop fade, trop asexuée, trop fatiguée, trop mère, trop paresseuse, trop travailleuse, trop familiale, et donc tout juste bonne à être recalée à l'examen des vingt ans de vie. Et moi, je suis sérieuse, je suis disciplinée, ah ben d'accord si vous le dites, alors en voici une autre qui je l'espère sera à votre goût monsieur, est-elle assez glamour, allumeuse, sinueuse, consentante et entrouverte, avec un rire de gorge et des tiroirs secrets, elle saura certainement vous emmener bien loin sur le radeau des délices, et vous rappeler que celle que vous avez aimée pendant vingt ans sans failles c'est celle-ci en plus de l'autre, c'est une facette qui était restée tapie et qui aujourd'hui, parce qu'un attentat a tout fait exploser à l'intérieur, n'a plus eu d'autre choix que de surgir et d'occuper la totalité de l'espace.

Parce que c'est bien ça. Ce n'est pas une autre Martha. Ce n'est pas un être fabriqué en urgence pour combler les voies d'eau, c'est bien un composant préexistant et endormi que la déflagration a poussé vers la surface comme un zona. Et tant pis si elle est davantage faite d'épiderme que de tripes. L'épiderme, parfois, c'est bien. Ça enveloppe le vide comme un bas de contention.

Il me reste deux heures avant d'aller cueillir Alex à l'école, quatre avant que tu rentres. Pile le temps qu'il me faut pour les choses prohibées.

Je fouille. Péché mortel. J'ai honte et je tremble. Dans la maison tu as ton espace, le bureau, livres et disques jusqu'au plafond, quelques chemises cartonnées, trois boîtes métalliques en tout et pour tout, et un ordinateur. En vingt ans, je ne m'étais jamais souciée de ce que tout ça pouvait bien contenir, non par manque de curiosité mais par inutilité de curiosité. Du boulot, des bouquins, de la nourriture spirituelle. Au contraire de moi, qui empile et qui conserve, accumulant des coffrets, des colifichets et des dizaines de carnets, chacun avec un contenu bien défini, et des vide-poches remplis de petits souvenirs heureux, et des sacs irréparables, et des chaussures qui depuis quinze ans n'ont plus connu mon pied, toi, tu n'as rien.

Tu n'as rien.

Avant, je ne me disais pas les choses avec ces mots-là. Avant, je me disais que le casier de ton cerveau était assez vaste et fluctuant pour y stocker jusqu'au parfum du moindre brin d'herbe croisé sur ta route. Tu n'as jamais eu besoin d'une carte postale pour garder le souvenir de couleurs rencontrées dans une expo, ni de t'attacher à une feuille griffonnée. Un univers spartiate, fait de peu de résidus mais de beaucoup de contenu enregistré dans ta matière grise. En revanche, le nombre de livres, de disques et de films que tu possèdes est ahurissant. Parce que ce sont les supports de choses impalpables, donc essentielles. Je me disais donc, avant, que c'était ça l'important pour toi, l'accumulation de l'impalpable qui nourrit comme le bon grain. Y a-t-il, parmi ces titres sans cesse accumulés, un volume offert par elle, que tu chéris secrètement depuis des semaines, et qui, oui c'est possible, t'éblouis de quelques mots d'amour en exergue, comme un secret dédicacé ? Il faut que j'ouvre chaque livre qui me semblerait nouveau, d'une provenance suspecte, à la recherche de la signature douce. Le trouver, le déchirer. Anéantir par le feu tout ce qui pourrait te parler d'elle. Mon regard parcourt les kilomètres de rayonnages et réalise soudain que je suis incapable de reconnaître les anciens des récents. Que lisais-tu, finalement ? Est-ce la preuve ironique de cette frontière dont tu me parles aujourd'hui et qui s'était installée depuis un bon bout de temps ? Ne pas savoir ce que tu lisais hier encore…

Et moi ? Où suis-je, moi, là-dedans ? Pourquoi ne t'es-tu jamais attaché, en deux décennies, à un petit objet m'appartenant, à un petit mot laissé amoureusement sur la porte avant de filer, à un flacon vide de mon parfum ? Où donc est la bimbeloterie d'une vie ? Tout, dans la pièce, est utilitaire. Classeur de papiers officiels, clés USB, cartes d'organismes de retraite ou de santé, on dirait presque un secrétariat si on fait abstraction des bibliothèques d'où rien ne dépasse, rien n'étouffe, rien n'est vomi. Chaque chose dans sa case. D'où me vient cette impression que j'aie pu être, moi aussi, pendant tout ce temps, une chose rangée dans sa case, sans débordement, sans exagération affectueuse, pas plus ébouriffante qu'une feuille d'impôt, et n'inspirant pas un fétichisme particulier ? Une seule photo de moi, dans un cadre au mur, museau faussement boudeur de ma jeunesse, comme un petit personnage issu d'un film de la Nouvelle Vague. Je ne suis visiblement pas là.

Au fil de ma fouille, je me rends compte qu'elle n'est pas là non plus. Bien sûr, c'est elle que je cherche depuis le début, et qui me fait pénétrer au plus profond des boîtes et des chemises, je cherche son écriture, une photo que tu garderais comme un secret dévorant, les traces de ses messages. Deux mois d'échanges de mails pour amorcer la danse de séduction, plus deux mois de correspondance érotisée par le passage à l'acte, je le sais bien, je l'ai vu pas plus tard qu'hier. Où sont-ils ? Quel amoureux cramé ne désirerait pas conserver, pour les idolâtrer, les trilles et les volutes de ces chansons enflammées, gravées sur papier et non pas simplement virtuellement présentes dans le nuage, j'ai bien gardé, moi, un petit Post-it datant de plus d'une décennie, un cœur à la con au stylo à bille trouvé un beau matin sur le frigo, oui ça, je l'ai gardé, parce qu'à moi, non, à moi tu n'as jamais pris la peine d'écrire la moindre lettre d'amour. À moi, point de lignes de JE T'AIME en lettres capitales comme des exercices d'écolier. J'en étais arrivée à me persuader que, tout simplement, tu n'étais pas un homme de l'écrit.

J'en viens presque à me dire que c'est la preuve que tu ne l'aimes pas autant que tu le dis. Sinon, tu aurais bâti un sanctuaire autour de ses mots. Et j'ai beau chercher, deux heures durant, je ne trouve rien. Ni au fond des boîtes, ni sous le bois des malles, ni même entre les feuillets des dossiers qui, sous des airs prosaïquement administratifs, pourraient être de formidables cachettes à maîtresse.

C'est au moment où je m'apprête à laisser tomber que j'accueille en moi une autre vérité. Quelle idiote. Bien sûr, je ne trouverai rien de sa présence entre mes murs. Tout est dans l'ordinateur. Cette damnée informatique qui a été votre lieu de rencontre, de séduction, de trahison et de rendez-vous – je suis soudain persuadée que vous avez dû faire l'amour par mail – et qui est tellement pratique, quand on est bien protégé derrière un code d'accès plus inviolable et plus sûr que les planques à la papa. Tout est là, tout a été gardé. Si je pouvais aller sur ta messagerie, je trouverais *Aline, moi (1358)*.

Alors je me connecte, et j'essaie de deviner le code. Tout y passe, depuis la date de naissance d'Alex au nom des grands hommes que tu admires, le village des vacances de ton enfance, le nom du chat, de tes peintres préférés, de ton hamster quand tu avais dix ans, j'ai même la naïveté de taper mon nom à moi, et le petit surnom qu'il fut un temps tu me donnais, mais rien.

Tout est verrouillé, et pas seulement ton cœur.

Alors je hurle. Une rage infinie contre ces boîtes aux lettres numériques qui semblent avoir été inventées pour la tromperie, la double vie, l'éjection pure et simple des compagnons de vie qui soudain se retrouvent considérés comme d'éventuels pilleurs d'intimité, mais quel besoin d'avoir des combinaisons secrètes pour lire et envoyer des missives professionnelles ou des petites nouvelles à des copains, ou recevoir ces publicités qui remplacent les prospectus d'antan, quelle invention extraordinaire pour pousser aux cachotteries et au mensonge, pour la schizophrénie du quotidien, ça m'explose à la figure, des années sans prêter attention à des histoires de code mystérieux, parce que rien à foutre, comme je n'ai rien à foutre du mien qui pendant longtemps a même été le nôtre, code commun perpétuellement en libre-service, j'aurais dû me méfier quand tu m'as dit que tu avais une nouvelle boîte, ne pas entendre la chose comme une question pratique – ne pas mélanger les serviettes et les torchons – mais comprendre que tu étais tout simplement en train de sceller la première pierre d'une vie cloisonnée hors de la mienne, un espace privé qui n'avait jamais eu lieu d'être entre nous et qui par essence ouvrait la possibilité à toutes les dissimulations.

Avant, les amants se téléphonaient en tremblant de peur de tomber sur l'époux ou l'épouse. Ils s'envoyaient de dangereuses lettres maquillées. Aujourd'hui, devant monsieur, devant madame, l'œil sur la télé ou sur les devoirs des gosses, on se baise à distance sans sourciller, avec l'air désabusé de celui ou celle qui répond à un message professionnel, et le pire, le pire, c'est que toutes les traces sont là, dans le foyer, comme un tonitruant éclat de rire au nez du pauvre imbécile, comme un défi, derrière des putains de codes.

On a fabriqué un formidable outil de décomplexion.

Je poursuis avec le ventre de ton appareil photo. Rien, à part quelques paysages et des Alex à tomber par terre.

Et ça continue avec les boîtiers des DVD de la vidéothèque. Ils pourraient cacher des surprises. Je les ouvre tous et inspecte les disques. Où donc gardes-tu les copies de votre correspondance ? Ou des photos coquines ? C'est ton truc, ça, les photos : tu as le corps caverneux directement branché sur la rétine. Peut-être, sous une galette officielle, trouverais-je un disque gravé sans aucune inscription, et qui renfermera la littérature que je cherche tant. Non. Rien de louche.

Je prends même la liberté de brancher ton disque dur externe et de m'y promener. Mais là non plus, je ne trouve rien. Rien qui ne vienne de la chair.

Tu es en train, par hystérie amoureuse, de foutre plein de vies en l'air, et ton univers reste propre, sec et ordonné comme celui d'un collectionneur de timbres.

Je ne sais même pas où tu as bien pu ranger ta souffrance.

Quand tu es rentré je tremblais encore que tu te rendes compte de mes indiscrétions. Mais j'avais consacré le temps qu'il fallait à me faire belle, acquisitions du jour, robe ad hoc, talons hauts, cheveux savamment arrangés. Tes yeux se sont promenés sur moi un long moment, avec une expression de chat flatté. Oui, je crois que tu étais séduit, satisfait en tout cas de voir comment la créature en sommeil que j'étais jadis sortait à présent ses griffes laquées et son petit linge suggestif. Je me suis prise à espérer que, une fois Alex couché, tu m'attires à toi. Mais non. À peine l'enfant endormi, tu t'es tapi dans ton bureau pour te coller à l'ordinateur.

Avec elle ? Impossible de le savoir.

J'ai eu envie alors de venir te cracher, assortie à mes griffes : nous sommes en train de vivre nos derniers instants ensemble, nos dernières pelures de famille, et toi tu t'isoles pour surfer ? Il n'y a donc plus rien, plus rien qui te fasse plaisir en moi, en nous, en cette vie qu'il y a quelques mois encore tu aimais ? Mais je n'ai rien fait. Je suis restée un instant désabusée, tentant de te rappeler ma présence en quelques gestes aériens, puis je suis allée m'isoler à mon tour, tapie moi aussi mais dans des plumes d'oie, et très dévêtue.

Que faire à part t'attendre…

Tu n'as pas tardé, une clé USB à la main, content de toi.

J'ai téléchargé un film sur Pollock, ça te dit ?

Rarement restée aussi interdite. La sérénité du collectionneur de timbres n'avait pas bougé d'un poil. Froideur et raison, intellect avant tout. Je ne peux pas y croire, je me dis qu'il s'agit certainement d'une contenance que tu adoptes pour ne pas perdre les pédales, pour tenter de contenir un désarroi que tu ne veux pas faire déborder, c'est toujours préférable aux larmes et aux cris, mais voici qu'une fois de plus je me sens totalement éjectée de ton histoire, je suis la chose qu'on peut tordre et briser dans l'indifférence la plus totale, qu'on peut jeter corps et âme en lui proposant avant un petit documentaire pédagogique.

Tu te fous de ma gueule ?

Quoi ?

Tu sembles sincèrement étonné. Plus encore quand je soulève les pans de la couette et que tu découvres ma silhouette de Vampirella, sinueuse plante satinée, et que je t'invite d'un sourire à me rejoindre. Sous tes doigts, le verrou claque promptement.

Il y a eu ce geste très doux, très recueilli, qui a eu sur moi un effet incendiaire. Il a suffi que tu te glisses hors de la chambre une seconde pour aller prendre ton appareil photo, et quelque chose comme une joie langoureuse est venu couler en moi. Aucun mot n'a été nécessaire : sous l'objectif, comme avant, me voici redevenue une pin-up sulfureuse, happant ombres et lumières comme si j'étais née d'elles, roulant ma chair comme dans une vague, comme une chatte dans le soleil, me proposer pour me reprendre aussitôt, sans réfléchir, juste le corps pris dans une danse instinctive d'appel, de vie et de désir, déconnecté de toute souffrance, c'est ça, juste le corps, juste l'objet. Danser pour toi, tout t'offrir, chauffer tes yeux au fer rouge, électriser tes terminaisons nerveuses, et me faire aimer, me faire graver, numériser, devenir éternelle, n'être plus rien d'autre qu'un paroxysme, qu'un climax, réduisant le reste du monde à un monceau de fadeur. Comme un relent de temps d'avant, une communion entre toi et moi qui serait restée pure, quelques mois auparavant, oh, même pas, simplement la logique du monde, simplement notre microcosme adorable, notre chemin de vingt ans.

Ce soir-là je t'ai bandé les yeux, t'en souviens-tu ? J'y ai songé ensuite, pas sûre que c'était une bonne idée, parce que tu l'as peut-être vue Elle, l'autre, l'Alien, pendant que notre lit tremblait tant d'étonnement, mais l'autre, non, il est impossible qu'elle ait mon potentiel, mon naturel à la sensualité, une qui se balade en tatanes brésiliennes ne peut pas rivaliser de magnétisme avec moi, même si elle écarte facilement les cuisses sur sa table d'architecte, même si elle a les poils de la moquette incrustés dans la peau des genoux la plupart du temps, elle t'a peut-être stupéfait l'épiderme comme un médicament miracle que l'on absorbe ponctuellement, mais une telle vague, une perdition pareille, c'est moi, ce n'est que moi, je suis tout, et je mourrais plutôt que ne pas être ce tout.

Non, je mens. J'avais réussi à me persuader, ce soir-là, que c'était le chant non pas du cygne, mais d'une basse-cour au grand complet. C'est pourquoi il a bien fallu que je me blinde pour ne pas sombrer. Comment continuer à ne pas crever, alors, en se disant que c'étaient là les derniers moments de la seule chose que j'aie aimée au monde…

Mais bon sang, on ne photographie pas comme ça, avec un appareil qui semble déposer un baiser métallique sur chaque zone érogène, une femme qu'on s'apprête à quitter… Je venais de te découvrir opaque et puéril, mais pervers, manipulateur, cruel, non, tu ne l'as jamais été et tu ne peux pas l'être. Il est impossible que tu me fasses cela pour ensuite courir bavouiller des adorations illuminées à une autre. Tu me reviens. Tu me reviens. Si après ça tu ne me revenais pas, ce serait la plus grande arnaque d'une vie.

À l'endormissement, j'étais tournée vers l'avenir.

J'aurais presque envie de te demander, à présent : et à toi, est-ce que ça te revient ? Il y a quelques jours encore, ce lambeau de notre vie était occulté par un rideau solidement arrimé sous tes hématomes. Nos nuits amères, tu jouissais d'une sorte de virginité béate. Je suis désolée, amour. Je suis obligée de raconter les profondeurs de nos corps, leurs humeurs et leurs satisfactions guerrières, pour que tu comprennes, pour que le monde entier comprenne. Ces nuits sont des mères : elles ont engendré toute la suite, et toute la fin, et la présence de ces petits os sur la table, et de mon visage incrusté sur des écrans.

On doit songer dans les chaumières que je suis folle, une exhibitionniste en éruption, mais je le sais bien, moi, qu'en écoutant attentivement, les plus patients, les plus sensibles ont bien saisi que ceci n'est rien d'autre qu'une lettre d'amour telle que la modernité nous autorise à la faire aujourd'hui, en son et en images. Si Pétrarque avait eu à sa disposition, pour beugler son amour à cette péteuse de Laure, quelque chose d'aussi impudique que ce YouTube à travers lequel je parle au monde entier aujourd'hui, il n'aurait pas écrit le *Canzoniere*, il aurait fait comme moi.

Ne parle-t-on pas, en amour courtois, de l'expédient de la Femme Écran ? Je suis la Femme Écran, écran non pas dans le sens de celle qui dissimule, paravent désincarné, mais bien dans ce sens-ci, celle qui apparaît, bouge, parle, vit et meurt en direct ou presque, je suis le plus pur produit de ces dérives informatiques, de l'ego pornographiquement écartelé qu'on appelle le *partage*.

Je partage. Je suis.

J'existe.

Parce que vois-tu, ainsi que je le disais tout à l'heure, le problème, c'est de ne pas exister. Ou plutôt, d'avoir existé si fort et soudain se retrouver comme une larve astrale, si invisible que seules d'éventuelles transes médiumniques seraient susceptibles de se souvenir que je fus.

Ne plus parler de nos nuits, donc. Ni des quelques jours suivants à ne faire que t'attendre, à me parer comme pour une cérémonie nuptiale, à rivaliser avec Dita Von Teese pour ce que je cache sous mes robes, jusqu'à ce que, derrière le verrou, je te déballe délicatement le cadeau, en musique, feuille après feuille – voix de velours de Julie London, regard de velours aux cils étoilés, peau de velours devenue terrain de jeu –, tout est doux et velouté, tout est à la fois tendre et violent parce que l'érotisme n'est que ça en somme, tout est fait pour que le monde, et la nuit, et le temps, se recroquevillent sur nous, dans ton appareil photo je suis déjà la Femme Écran, tu photographies les replis de mon corps sous les transparences des soieries, et mes poses, et mon sexe, et nos pénétrations, et mon visage qui chavire, les voilà nos nuits, je ne sais pas si au point du jour, quand le bus m'emporte vers la prison tes pas t'emportent vers elle, mais nos nuits, mon amour, nos nuits sont ces épousailles intenses derrière le verrou de la porte.

Tu ne me parles pas d'elle. Je ne pose aucune question. Je veux être ton onguent d'oubli, la remettre sur le tapis briserait l'enchantement.

Même si le jour souvent je me décourage, quand je sens le courant d'air s'engouffrer dans le trou entre mes omoplates et une main de robot de fer écraser ce qui me sert de cœur, et que revient me prendre la sainte trouille de l'agonie, quand nous tournons derrière nos impatiences le verrou de la nuit je ne peux que me féliciter d'avoir eu l'intelligence de te proposer ce sas, cette respiration côte à côte, et mon corps qui transfuse le tien au lieu des drames et des cris et des gifles. Je te reviens, je te reviens. Je le sens comme l'air qui tiédit, et sous ma peau aussi, dans cet appétit retrouvé qui m'autorise quelques fruits, un peu de viande, la tête ne me tourne plus autant le soir, mon visage a retrouvé quelques couleurs naturelles. Je parviens à rire, un peu. Je reprends du cœur à l'ouvrage, du moins la faculté d'accueillir les mots des autres. Mon souffle est toujours suspendu, c'est vrai, je te scrute, je guette ton regard, j'y cherche ton lâcher-prise, tout au moins les signes du revirement.

Il suffirait d'un mot, d'un seul, quelque chose de scandaleusement tendre, pour que mon diaphragme enfin se relâche et que l'air passe dans mes poumons sans douleur. Si tu n'as pas rougi, dix jours auparavant, au moment de poser tes couilles sur la table et de verbaliser l'indicible, eh bien tu trouveras le courage, qui sait, aujourd'hui, demain, pour convenir à voix haute que tu t'étais égaré, que tu t'étais laissé entraîner par le miroitement d'un ailleurs qui était autre mais pas meilleur, chimérique mais pas viable, charnel mais pas cardiaque.

Je sais que tu vas le dire. Ou pas ? Tu vas peut-être juste le jouer avec tes gestes, avec une vie qui tout doucement reprend sa place, il est possible que tu aies déjà prononcé un adieu de l'autre côté de la ville et que le silence soit déjà retombé sur cette histoire toxique. Car si tu l'aimais autant que tu l'affirmes, aurais-tu accepté sans mot dire ces dix jours écoulés, à continuer à ranger tes bouquins sur les rayonnages, à remplir le frigo, et surtout – il y a des signes qui ne trompent pas – à te laisser agripper et manger tout cru derrière le verrou, à promener tes péninsules à l'intérieur de mon corps, dans tous mes intérieurs, dans un paroxysme de photos inconvenantes ?

Oh oui, je te reviens peu à peu comme une évidence, je le savais bien, moi, que c'était un coup de folie, le sursaut d'un homme de quarante ans qui s'est laissé submerger par des curiosités qui le dépassent, il me faudra simplement, pour l'avenir, tenter la résilience pour ne pas ruminer, et ranger le ressentiment, et effacer l'ardoise, que de rêves de recommencement, crénom, je me sens comme une ado à son premier baiser.

C'est dimanche, et quinze jours sont passés depuis la première nuit de merde. Un soleil peu téméraire a crevé la grisaille, mais c'est comme s'il boudait l'intérieur de la maison. C'est que le froid est dedans. Même si un petit garçon rit et bavarde sans discontinuer, même si je joue à la poupée Barbie avec moi-même, jolie comme un cœur et gaie comme un pinson, tu sembles détaché.

Je vais aller marcher un peu. Au bord de la mer.

L'ironie a jailli toute seule. Marcher, vraiment ?

Oui, marcher, vraiment. Seul. Sans Martha, sans Alex, sans Aline. OK ?

Ta voix est coupante. Tu me grondes. En vingt ans, tu ne m'as jamais grondée : j'ai presque honte d'avoir utilisé un ton qui t'accusait implicitement de mensonge.

Oui, oui. Bien sûr.

Tu comprends ?

Je comprends. Bonne promenade.

C'était vrai, en plus, tu sais ? Je te comprenais. Moi aussi, si j'avais pu, si j'avais eu le courage d'affronter le regard de la foule sur mon chagrin, si en moi avait coulé une sérénité acceptant la solitude, j'aurais peut-être eu envie de sortir pour réchauffer mes os, et me sentir appartenir à une multitude, pourquoi pas au mouvement sans fin de la mer.

Sais-tu qu'en japonais, le kanji de « mère » et celui de « mer » sont identiques, à deux différences près, dont les trois petits traits comme des gouttes sur la mer pour signifier que nous sommes dans la désignation de l'élément liquide ? L'explication en est très simple, et très poétique. La mer est un éternel recommencement, ses vagues roulent sur le rivage depuis la nuit des temps et continueront bien après notre extinction. De l'idéogramme de « mer », *umi*, nous passons donc à celui de « chaque », *main*. Et comme la mère, *haha*, à l'intérieur du foyer, se livre à des actions répétitives, les mêmes depuis la nuit des temps – attiser le feu, cuire la nourriture, mettre au monde des enfants – on l'écrit de la même façon que l'itération « chaque » et que le substantif « mer ».

La mère que je suis aurait très bien pu, ce jour-là, vous prendre tous les deux, Alex et toi, et vous emmener contempler la mer. Et peut-être qu'en emplissant tes yeux de cet éternel recommencement, de cette immuabilité qui roulera toujours tant bien que mal, pour le meilleur et pour le pire, dans le lisse du grand calme comme dans le chaos des tempêtes, et puis en les ouvrant sur nous, tu aurais éprouvé au fond de toi la douceur de l'ancrage, cette vertigineuse trajectoire qui préférera toujours le retour après avoir tenté l'ailleurs.

Mais tu es parti seul. J'ai espéré que même ainsi, la mer te dise quelque chose. J'ai espéré beaucoup, en réalité. J'ai fantasmé le moment de ton retour, t'imaginant tour à tour enfin penaud, bégayant des suppliques de pardon à mon oreille, enfin brûlant d'une joyeuse envie de moi – celle de nos jours depuis le tout premier, l'envie de moi toute toute et partout – ou bien simplement quotidien, drôle et attendri, je t'ai même rêvé revenant les mains pleines, un galet argenté en guise de bague de fiançailles, une fleur sauvage, un bois flotté, et la bouche en manque de la mienne.

Je ne sais pas ce que t'aura murmuré la mer, mais je n'ai pas été exaucée. Quand tu es rentré en même temps que le crépuscule, j'étais tendue et frissonnante. Alors, c'était bien ? Oh oui, ça m'a fait un bien fou, c'est bon, ce soleil. Tu nous as servi un verre. Je te revois toujours, accoudé au comptoir, avec cet air illisible du commencement de nos mauvais jours, ni maussade ni chaleureux, juste neutre, sans éclat dans le regard ni préoccupation toutefois, comme flou derrière une vitre dépolie, restant silencieux un long moment, puis ouvrant vers moi un sourire de gosse.

J'ai beaucoup pensé à toi, tu sais. Je sens que… tu reviens… peu à peu… dans mon désir.

Et en disant cela, bon sang, tu sembles te féliciter comme un étudiant qui annonce sa réussite aux examens… J'ai bossé comme un fou, putain l'enfer, mais chouette, ça a fini par payer.

Je ne sais pas pourquoi, mais cette petite phrase qui aurait dû faire sauter une petite étincelle vers l'étoupe détrempée de mon cœur m'a donné envie d'éclater en sanglots. Alors comme ça, je reviens peu à peu dans ton désir… Tu passes tes nuits à haleter sous mes hanches, à glisser tes appétits dans les entrelacs de mes filets, à rajouter à tes pupilles celle de ton appareil photo pour me regarder davantage, et m'immortaliser de surcroît, et te voici sirotant un petit bourgogne avec cette phrase qui en moi résonne comme un aveu de la petitesse de tes sentiments, un petit retour de ta petite palpitation en songeant légèrement à mon petit corps et ma petite existence, alors que j'attendais un je t'aime échevelé. Je reste donc impassible, luttant contre les larmes, au bout de mes longues jambes fumées de soie, dans ma jolie robe et tout ce qu'il y a dessous, ensemble balconnet-serre-taille-jarretelles – culotte gainante et froufroutante Black Dalhia de chez Bidule Truc à 350 € sans compter les bas, et finalement je réponds par un sourire forcé : c'est bien, c'est bien.

C'est plus tard, au cœur de la nuit, après que tu m'as attachée et léchée de la tête aux pieds, et que tu as étouffé mes cris et crié sous le plaisir, que j'ai fini par me réjouir enfin, oui, non, tout de même, c'est mieux que rien, ça, vu la situation, vu tes mots qui ressemblaient tellement à un adieu inévitable, vu tes déclarations d'amour fou pour une autre, revenir dans ton désir, c'est un gage précieux, un signe que la guérison est en marche, et que mes pommades aphrodisiaques sont aussi efficaces que des antibiotiques sur les bactéries dégueulasses d'un *lupus rodens*. C'est une victoire annoncée. Je te reviens. Je te reviens.

Je n'ai jamais pensé qu'elle m'appartenait. C'est moi qui lui appartenais, qui lui avais offert tout ce qu'il est possible à l'intérieur, tout déposé à ses pieds, et qui me retrouvais dans le noir dès qu'elle passait la porte.

C'est Monsieur S. qui parle ainsi, sous mon regard indulgent.

Je ne devrais pas être indulgente comme ça.

Quand j'ai pris le fusil, dans tout le rouge autour de moi, je ne savais pas qui j'allais tuer. Elle, lui, les deux, moi peut-être. Mais quand j'ai fait irruption dans la grange, tout était redevenu très clair. C'était lui. Elle, je n'aurais pas pu lui faire de mal, même si elle avait réduit notre monde en bouillie, mais ça encore, je pouvais pardonner. Pour elle, je pouvais pardonner. Pour qu'elle reste près de moi. À ce moment-là j'en suis même arrivé à penser qu'elle allait sourire et me remercier de lui avoir arraché cette épine, et puis reprendre le chemin de la maison comme si de rien n'était. Il fallait juste que je le lui enlève, c'est tout. J'étais tellement paumé que je ne pouvais pas imaginer qu'elle avait pu me faire ça de son plein gré. Il me fallait un responsable, et ça ne pouvait être que lui. Je devais l'éliminer.

Monsieur S. a toujours les yeux qui tremblent pendant nos entretiens. Ce n'est pas son geste qui l'enferme dans une éternelle douleur, c'est tout ce qu'il y a eu avant. Son passage à l'acte, il le décrit comme une libération, une action juste et justifiée. C'est bien pour cela qu'on me l'envoie depuis ces longs mois : afin que je parvienne à extirper de lui cette impression de justice, de punition bien méritée, et que je lui fasse verbaliser au moins un peu de remords. Mais la seule chose qui sorte de lui, c'est le récit de son propre écroulement.

Au moment où j'ai pressé la détente, je me suis dit, mais alors en une seconde, hein, un truc comme un éclair, que c'était vraiment la fin, qu'elle et moi c'était foutu, tous mes rêves, elle vieille auprès de moi vieux, et les petits-enfants, et se tenir la main jusqu'au moment de l'extrême-onction pour l'un ou à l'autre, c'était à cause de ce geste que tout allait s'arrêter. C'est moi, en fait, pas elle, qui ai mis fin à notre vie. Avec un petit effort, j'aurais pu la reconquérir, il y avait bien quelque chose qu'elle aimait dans notre vie sinon au lieu de prendre des amants sans bouger de la maison elle m'aurait quitté, elle serait partie bien avant, les enfants étaient grands donc ce n'était même pas pour ça qu'elle restait, je crois que j'avais réussi à lui faire une bonne vie près de moi. Et quand j'ai vu la tête du type exploser, j'ai pensé voilà, on vient de basculer. Il n'y aura plus jamais de retour à la maison, je ne pourrai plus la toucher, lui parler, la regarder rire, pour moi c'est la case prison et pour un sacré bout de temps, je l'ai définitivement perdue. Mais c'était mieux. C'était mieux, dans ma tête, de me dire que j'allais devoir affronter une nouvelle existence, la taule, l'enfermement, me transformer en une autre personne qui vit une autre vie, comme dans un jeu vidéo, comme dans une réalité parallèle, c'était mieux de penser à ces nouveaux combats qui m'attendaient que de me dire que j'allais devoir continuer une vie normale avec la maison le boulot et tout ce que j'avais construit mais sans elle. Sans elle, c'était vraiment ça le pire. Ici, ça va, je me dis que ce n'est pas moi qui respire.

J'ai quitté la prison le soir, encore emplie de la souffrance de Monsieur S. En organisant le planning des consultations suivantes, j'ai préféré repousser au plus loin les prochains entretiens, arguant qu'il allait plutôt bien, qu'il n'y avait pas urgence, mais bien sûr c'était pour me protéger, pour éviter de me retrouver face à moi-même. Mieux valait pour l'instant me perdre dans les délires de Monsieur T., qui s'estimait maraboutés, raison pour laquelle il avait massacré cinq femmes au hasard de ses errances, ou de Monsieur A., qui croyait dur comme fer être un loup-garou alléché par le foie de ses victimes.

Et si on se faisait un resto, tous les deux ? On demande à Sylvie de nous prendre Alex pour la nuit, et on sort ?

Oui, si tu veux.

Pas de grand enthousiasme en accueillant ma proposition, mais au moins il ne s'agissait pas d'un refus.

Cela n'avait rien d'innocent. Il n'y avait de toute façon plus rien d'innocent dans mes évolutions autour de toi : je passais mon temps à tester mon pouvoir de persuasion amoureuse sur ton comportement. Marcher, parler, m'asseoir, te regarder, me demandait au quotidien une maîtrise de candidate à un concours de beauté. Je m'escrimais à irradier. J'avais pu, lors des quinze jours écoulés, goûter à l'effet que je te faisais derrière le verrou de la chambre. Mais en société, en public, dans des choses aussi simples que d'aller boire un verre et finir la soirée au restaurant, d'arpenter les rues ensemble, l'expérience n'avait pas encore été tentée. Je m'y suis préparée comme pour un premier bal.

C'est le soir où je l'ai senti.

Je mets cette robe noire ou bien la rouge ?

Comme tu veux.

L'écran de ton ordinateur semble t'hypnotiser. Tu lèves à peine la tête vers moi.

Mes bottines à talons aiguilles ou les escarpins à brides ?

Comme tu veux.

Une indifférence que je ne t'avais jamais connue. Quelque chose vient de se déplacer en direction de la glaciation. Pourtant, moins de vingt-quatre heures auparavant, tu dévorais ma bouche, tu mordais dans mon dos jusqu'à y laisser des marques, tu me laissais nouer autour de tes poignets les bas de soie que je venais d'ôter en les faisant rouler lentement, dans une caresse sans fin, lors d'une danse de serpent, tu m'enfermais dans ta boîte noire.

Comme tu veux.

Tentative de venir t'allumer – tiens, tu pourrais monter le zip de ma robe, s'il te plaît ? – pour te laisser découvrir que je ne portais rien dessous… Flop. Tes doigts accompagnent la languette de la fermeture Éclair, un geste bref, et retournent sur le clavier. C'est l'embarras qui me monte aux joues, c'est la solitude qui vient de retomber autour de nos deux corps en présence, et l'impression de n'être qu'une silhouette à peine esquissée sur du papier calque. Une tristesse d'enfant abandonné me saisit. Je ne sais pas ce qui me retient de te dire Écoute, laissons tomber, ne sortons pas si ça ne te va pas, je peux téléphoner à Sylvie pour lui dire que notre soirée est annulée et que je viens reprendre Alex, si ça te fait chier à ce point eh bien que chacun retourne à ses occupations, mais évitons au moins de gaspiller du fric et de la salive pour quelque chose qui ne fait plaisir à personne.

Je ne le dirai pas. Je suis entêtée. Je ne sais pas ce que j'attends, ou plutôt si, je le sais très bien, j'attends que ta main se pose sur moi sans que j'aie besoin de l'attirer, j'attends un regard qui me ferait sentir à quel point je suis belle pour toi ce soir, et à quel point tu approuves mes promesses d'une nuit sans Alex, oui c'est ça, j'attends que tu viennes, que tu montres d'un battement de cils affamé que tu savoures à l'avance le moment où tu écarteras mes cuisses sur la table de la salle à manger, sur le plan de travail de la cuisine, mais il est évident que ce soir tu as fait tomber une cloison d'igloo entre nous, et j'en ai le souffle coupé.

Nous y allons quand même. Je reste douce, lumineuse et appétissante. Tu sors ce soir avec une belle femme au regard clair, au rire cristallin, à l'humour décapant. Des hommes se retournent sur notre passage. On me tient des portes. Nous savons tous les deux que je suis nue sous ma robe, je me sais irrésistible, je me sais celle de tes rêves, et cependant, tragiquement, quelque chose ne fonctionne pas. Tu es poli, tu es distant. Même si nous parlons de ce qui nous nourrit depuis toujours, peinture, littérature, cinéma, création, amis en difficulté, Alex, projets, j'y décèle comme une volonté de ta part de tout confiner à de l'aimable mondanité, de tout contenir entre des digues amicales, dans une complicité et une compréhension réciproque qui ne concerneraient que les façades.

Sur le chemin du retour, je te prends la main. Contre la mienne, ta paume est molle.

Depuis le début je craignais ce moment précis, celui où ton être se ferait inerte et où je ne sentirais plus rien, comme si un voile d'oubli nous avait recouverts. Cela fait quinze jours que nous nous regardons en chiens de faïence, guettant les zébrures et fouillant les fulgurances, moi fichée en toi comme un piolet d'escalade, toi présent bien qu'indéchiffrable, et nous sommes loin soudain, deux insectes dans deux bocaux différents, dans un simulacre d'intimité.

Tout est parti ce soir. Ton regard, le peu de chaleur qui restait, les illusions dans lesquelles je m'acharnais à m'enfermer.

Au moment de me mettre au lit, un peu grise, immensément triste, je me rends compte que j'ai renoncé à tout. Tu ne m'envelopperas pas ce soir. Il n'y a pas que la sensualité qui ait déserté l'instant, il y a tout ce qui m'était familier et que j'aimais, les instants infimes de petite joie, les contentements d'être ce que l'on est, la conviction d'avoir tout fait comme il faut au long d'une première moitié de vie, les raisons pour lesquelles on adorait vivre malgré tout, et c'est seule dans les draps que je dois dire au revoir à tout ça.

Toi, tu t'es remis devant ton écran.

Je voulais cette soirée comme un premier bal, je n'ai eu qu'une veillée funèbre.

Je me souviens avoir pleuré en silence jusqu'au creux de la nuit, le dos tourné, sans me soucier si tu t'en rendais compte ou pas, si ça te touchait ou pas, cela avait si peu d'importance finalement, tout ressemblait à un poisson mort, les yeux du monde étaient vitreux et de ma famille ne subsistait qu'un squelette nauséabond.

J'ai fini par me lever, arpenter encore la maison comme je l'avais fait aux premiers jours de merde pour retenir au fond de mes organes sensoriels les choses aimées que tu m'enlevais, l'odeur de ton blouson de cuir sur la chaise du bureau, le contact de tes vêtements sur les cintres du dressing, les silhouettes élégantes de tes meubles, et j'ai trouvé que tout cela était très beau, très doux et sentait très bon, c'était comme la jeunesse, la jeunesse et l'amour, comme les enfants à naître, comme des fleurs de cerisier.

Ton appareil photo était posé sur un rayonnage, tu ne l'avais pas pris ce soir, puisque tu ne m'avais pas approchée. J'ai eu envie de voir les derniers clichés ; j'ai même songé que j'allais subrepticement les importer dans mon ordinateur, parce que ce seraient sûrement les dernières, et puis zut, ce corps était le mien.

Mais il n'était plus dedans.

Je n'y étais plus.

Plus aucune trace de nous, de nos nuits derrière le verrou.

Une dizaine de photos seulement.

Elle.

Elle te souriant à une table de café. Le café de la Grand-Place, je l'ai reconnu à son décor. Elle sur un rivage, en marinière et bonnet de laine. Elle sur les rochers, elle sur le sable. Elle et toi, selfie minable, en train de vous bécoter. Gros plan sur les lèvres emmêlées.

Je regarde la date.

Je vais marcher. Seul. Sans Alex, sans Martha, sans Aline.

Les photos de ta salutaire promenade en solitaire.

Je sens que tu reviens peu à peu dans mon désir.

Brusquement, j'ai touché le fond.

Au matin, je t'ai regardé. Je t'ai parcouru du bout des doigts. Tiré de ton sommeil, tu as posé les yeux sur moi avec une sorte de tendresse abîmée pendant que, consciencieusement, j'effleurais chacun de tes grains de beauté, chacune de tes courbes, la ligne de ton ventre, les creux et les renflements de ton torse, l'attache de ton oreille, l'ébénisterie compliquée de tes os sous ta peau. Tu as compris ce que j'étais en train de faire. Tu t'es livré sans rechigner à ce drôle d'adieu. Immobile. Moi, je suis restée silencieuse, les gestes très mesurés, comme un robot programmé à l'avance pour ne pas déborder, parce que je sentais qu'un mot inadéquat, un regard trop chargé, un mouvement inconsidéré aurait fait voler le monde en éclats. L'impression que nous étions en équilibre sur une passerelle en verre, là où il faut contrôler sa respiration pour ne pas qu'un millimètre cube excédentaire d'oxygène nous alourdisse et provoque la catastrophe.

Et puis Alex s'est levé.

Je me souviens que c'était samedi.

Par conséquent, me voici en train de me livrer aux activités ordinaires du samedi, toujours funambule sur ma passerelle, allumer le chauffage et la radio, ouvrir les rideaux, emplir la gamelle du chat et de l'enfant, vérifier si le kimono du second est prêt pour le cours de judo, écouter le son de la douche sur ton corps, y passer à mon tour, regarder dans le miroir ce visage que j'ai, là, pris dans la glace, m'habiller chaudement parce qu'il fait très froid aujourd'hui, et puis je prends la décision, parce qu'il est hors de question que ce soit toi qui parles en premier, parce que j'en ai assez qu'on me tue à petit feu.

Je ne peux pas parler. Ma gorge est obstruée par mon cœur qui a pris toute la place.

Écrivez votre message.

J'écris.

Un lièvre qui se ronge la patte.

Vingt ans de vie côte à côte, d'échanges fervents et nus, et c'est par mail que je trouve le courage de te dire de partir.

Message envoyé.

Avant de sortir de la maison avec Alex, j'écoute encore le bruit de ton rasoir électrique dans la salle de bains, et je refoule tellement mes larmes que ma tête tourne, tourne, tourne, transformant la ville grise en une nuée de papillons phosphorescents.

Je n'ai plus aucun souvenir d'où je suis allée. D'ordinaire, j'attends la fin du cours d'Alex sous la tonnelle chauffée d'un café, avec un livre. Ce jour-là j'ai marché. Comme en apesanteur, j'ai regardé les rues, les gens, que je traversais et qui me traversaient à leur tour comme des fantômes, j'ai scruté tant de visages, cherchant le tien, le mien, ceux d'avant, tentant de me refigurer à quoi pouvait bien ressembler le monde quand nous étions heureux, quand tout était léger, et sûr, et enveloppant. Quand j'étais encore quelqu'un, si solide dans ma condition de personne aimée, quand j'étais encore la femme de ma vie et de la tienne, une belle personne aux talons claquant avec assurance. Je n'ai rien trouvé, si ce n'est des nuages gonflés de neige, et la fièvre collant à la peau.

Midi, fin de la leçon, Alex content comme tout, maman j'ai gagné mon combat, Formidable mon doux, et il glisse sa petite patte dans ma main et gambade à son rythme, et ça ne parvient pas à me remettre dans la vie.

La maison bat comme une aile d'oiseau agonisant quand nous rentrons. Tu es au travail depuis une heure. Tu as dû ouvrir tes mails, lire les siens, ou bien est-ce que tu as fait passer le mien avant les autres, ou bien n'as-tu pas eu le temps encore, oh mon Dieu, il y a une réponse, *Vous avez un nouveau message*, je sais qu'il y a là toute ma suite, tout ce que je ne voulais pas et à quoi on m'a contrainte, il y a mon point final, je dois trouver le courage de l'ouvrir, allez, allez, vas-y, Martha c'est toi qui as choisi le biais de l'écriture parce que tu n'avais pas les couilles de parler, maintenant assume.

Clic.

Ton message est aussi long que le mien. Je me force à le relire plusieurs fois pour m'assurer que je l'ai bien compris, que ce n'est pas un mauvais rêve, que je ne me suis pas trompée d'histoire.

Je le sais toujours par cœur aujourd'hui, tu t'en doutes.

J'ai essayé, Martha. Je suis si touché par ce que tu as fait, par ta guerre, mais c'est comme ça : plus je suis loin d'elle plus je suis obsédé par elle, je suis malheureux, ce n'est pas ma faute, ni la sienne, encore moins la tienne, c'est juste quelque chose en moi, je ne m'y retrouve plus.

En gros, en très gros. Juste le nombre de mots nécessaires pour décrire le grand aspirateur de l'ordre du monde qui nous a aspirés en sens opposé, déchirant l'étreinte de nos mains, éloignant les unes des autres les pulsations de nos cœurs, laissant le mien battre tout seul, follement, sans plus que son écho ne te bouleverse. Et moi, idiote patentée, qui a tenté vainement de souffler sur les braises d'un amour déjà éteint en comptant sur un syndrome de Stockholm agrémenté de dentelles, en t'offrant la Martha-Salope qui aura égayé nos derniers instants, en faisant la pute, alors je ferme le clapet de mon ordinateur et je rêve d'être très loin.

Il faudrait que je sois très loin pour supporter ce que je viens de réaliser, que tu n'étais pas resté pour me laisser la possibilité de me refaire aimer.

Tu t'étais ouvert une parenthèse, un sas. Une petite période de transition, histoire de ne pas avoir l'air de détaler comme un lapin.

Tu ne voulais pas être, dans le jugement d'autrui, le sagouin qui plaque sa femme du jour au lendemain. Tu préférais apparaître comme celui qui pose et pèse avant d'emballer sereinement ses petites affaires. L'homme moderne, responsable et maître incontesté de ses choix.

Même ton départ, mon amour, aura été une comédie assumée avec les yeux clairs.

Je rêve, un moment : tu pars parce que je te fais peur. Parce que ces charmes râpés, ce désir famélique que je te vomis à la gueule depuis quinze jours est tout de même diablement tentant. Parce que cette pin-up aux côtes saillantes qui envahit ton espace incertain est un être que tu veux garder. Mais tu t'es engagé. Tu ne peux pas te dédire. La rétractation te ferait passer pour un monstre sans cœur, à tes propres yeux plus qu'aux siens, à l'Elle, là-bas. Tu as déjà détruit une femme aimée : tu ne voudrais pas casser une autre poupée à cause d'une pirouette imprévue.

Ces mensonges pommadent mes nécroses. Tendrement, au détour d'un songe.

Et puis l'âcreté de la réalité revient m'électrocuter.

Tu m'as regardée me tortiller en souffrant de me voir si pathétique, la main déjà sur le pommeau de la porte, le cul s'impatientant de chauffer une autre chaise, juste le temps qu'il faut pour se donner des airs preux.

Alors, voilà.

C'est avec ces mots que je vous ai accueillis au soir, toi et ton regard de chien battu.

Alors, voilà. C'est comme ça que ça se termine.

Mes yeux secs, vides. Mon intérieur à l'arrêt. Ce n'est pas pour rien que les courts-circuits font sauter les plombs, interposant l'inertie au risque d'explosion.

J'ai pris la décision de m'en aller lundi. Avant qu'Alex ne rentre de l'école, comme ça, il ne me verra pas sortir avec mes valises.

Ce n'est pas toi qui as pris la décision, bien sûr. C'est vous deux ensemble. Le fameux jour de ta promenade en solitaire. Tu sais, celle qui t'a permis de te rendre compte que tu me désirais toujours.

Je le pensais, Martha. Je le pense toujours.

Ce n'est pas le problème. Je pensais que depuis la grande nuit des révélations tu avais enfin cessé de me mentir. Tu m'as regardée droit dans les yeux en me disant que tu avais besoin d'être seul, tu m'as même engueulée d'en avoir douté une seconde. Et tu as foncé lui chatouiller le minou pendant que je crevais de tristesse ici en tentant de sourire à Alex.

Comment tu as su ?

Tes photos, gros con. Vos chabada-bada sur la plage. Tu n'as même pas été foutu de protéger tes arrières. Et surtout je ne veux rien entendre sur le fait que je suis allée fureter dans ton appareil. J'ai droit, moi aussi, aux choses vilaines. Ça a été le déclic. Tu as dépassé les bornes de l'irréparable. J'étais prête à recommencer avec toi et à te pardonner, parce que je me suis fait tout un film sur tes faiblesses, des conneries sur la rédemption, mais là, tu as fait entrer trop de laideur entre nous.

Tu as raison. Je n'ai même pas été foutu de respecter notre pacte.

Je sais. C'est ma faute. J'ai essayé de t'arracher à elle et je n'ai fait que te la rendre encore plus fantasmée qu'elle ne l'était. J'ai perdu. Et toi, au lieu de repenser à moi autrement, au lieu de te laisser aller à m'aimer de nouveau, tu as sans sourciller profité de deux culs chauds hystériquement offerts, sans montrer le moindre courage pour te mettre en danger, tout en continuant à préparer avec elle ton petit déménagement. C'est de la merde. Tu as installé la merde entre nous. Je ne mérite pas la merde, moi.

Je rêve, tu baisses la tête, si tu la relevais ce serait peut-être pour me proposer une petite larme de circonstance, tu es sûrement en train de mesurer le gâchis, ces vies autour de la tienne qui s'effritent, et tu voudrais peut-être me demander d'être tendre, mais c'est fini ça aussi, je ne le serai plus jamais.

Une dernière chose, Raph. C'est toi qui parleras à Alex. Moi, je n'y arriverai pas.

Ton grand corps dans la pénombre, les bras ballants, pour la première fois vaincu.

Je suis perdu, Martha.

Pas du tout. Il n'y a pas plus clair que ton choix.

Comment l'exprimer ? Je crois que je me suis sentie soulagée. Quinze jours que je vivais avec la terreur de l'estocade, voilà, c'était fait, ça ne faisait pas si mal que ça finalement, juste un silence de plus. Tu l'avais senti aussi bien que moi, le sas n'était plus possible, une très mauvaise idée peut-être, une représentation miteuse, un jeu du chat et de la souris que personne ne voulait vraiment, et, de ma part, une manière de grimacer l'amour à mille lieues de mes conceptions. S'épier, se défier, se mentir, ne plus jamais avoir le regard franc, n'être plus jamais soi, et puis se déguiser pour niquer, une tristesse de fin du monde. Quelqu'un avait mis un terme à notre joie, m'avait privée de notre profondeur et de notre infini, il aurait fallu que je reconstruise par-dessus des suspicions éternelles, des plaies suintantes, des cuisses ouvertes comme unique demande de preuve d'amour, alors que pour moi l'amour c'est tellement autre chose, c'est vivre avec, vivre contre, vivre pour, c'est emmêler ses racines et ses branches, c'est boire l'être ensemble dans le moindre bruit de pas, c'est aimer la nuit parce qu'elle ne fait pas peur, c'est être capable de braver les déserts et les montagnes parce qu'un regard pur est tourné vers nous, c'est trouver bon un boui-boui infâme parce qu'on y a entremêlé nos doigts, c'est rire comme un gosse devant un navet parce qu'on a entendu l'autre rire, c'est tout ça, qu'on m'a enlevé, qu'Elle m'a enlevé. Cela, c'est l'amour qui le permet, le vrai, alors que la baise, la baise bon sang, on en est tous capables sans amour.

Je finis par te demander, lourde comme la tourbe, Mais alors, ce feu, ton appétit, ton envie de moi, c'était du flan ? Ça ne voulait rien dire ? C'était juste du divertissement sans conséquence ?

C'était formidable, Martha, ça m'a immensément touché, ta guerre, tes offrandes, mais disons que pour moi ça n'a eu que… qu'un effet physiologique.

Et moi qui ai eu la faiblesse d'esprit de penser que c'était parce que tu m'adorais de nouveau… Quand tu bandais à peine tu me voyais dans mes dessous… Quand tu léchais mes chaussures tant ça te rendait fou… Et toutes ces photos cochonnes, que j'ai confondues avec une cérémonie nuptiale… J'ai cru que c'était une renaissance, ce n'était rien d'autre qu'une putréfaction. C'était juste pour se quitter en beauté, alors.

C'est un peu ça.

Tu le lui as dit, à elle, en lui donnant rendez-vous pour ton emménagement de lundi, que tu as passé les quinze derniers jours à baiser ta femme ? À te laisser attacher avec des bas de soie ? Et que tu viens poser tes valises chez elle juste après m'avoir dit que tu me désirais toujours ?

Ne sois pas idiote.

C'est bien. Vous commencez votre histoire sur un tas de fumier. Et tu sais quoi ? Je jouis d'avance rien qu'à l'idée de sa tronche quand elle l'apprendra. Je te laisse partir, Raph, parce que je ne peux pas faire autrement. Mais pars avec une certitude : vous deux, c'est voué à l'échec. Parce que depuis le début ça ne tient pas debout, que c'est construit sur du sable. Et puis parce que je vous maudis. Tu te souviendras bien de ça lundi, quand tu passeras la porte : je te laisse partir parce que je n'ai pas le choix. Mais dès lors que tu m'auras rendu ces putains de clés, vous aurez mon anathème collé à vos ombres.

Je m'attendais à ce que tu me gifles. Ne serait-ce que pour finir sur l'irréparable. Mais tu m'as prise dans tes bras, comme pour faire taire ces tremblements de petite fille nue dans la neige, et j'ai senti que toi aussi tu tremblais, et que nos deux cœurs, en rythme primitif, suivaient la même folie.

Notre dernier jour.

Je le dis, à voix haute. Nous sommes assis sur le canapé, un peu raides, les mains entrelacées. Tu me dis : Arrête.

Tu n'aimes pas quand j'emploie ce mot de « dernier ». Et pourtant, c'est le seul qui rythme ma journée, adjectif envahissant que je savoure avec cynisme. C'est moi qui te gronde, avec cet air déjà de femme seule. C'est bien ce que tu voulais, n'est-ce pas, Raph ? Chaque acte accompli ici est le dernier, pour te laisser tout loisir d'aller en accomplir des premiers ailleurs. Nous sommes englués dans ta logique. Ce n'est pas le moment de faire une tête de chien qui chie.

C'est dimanche. Je hais les dimanches. Nous sommes une famille pour la dernière fois, et tant pis si ça te fait mal quand je le dis, tant pis si ça te fait te sentir comme un bâton merdeux, pour un peu tu différerais la chose, mais pas pour nous, pas pour moi, juste pour affronter encore un peu ton reflet dans le miroir sans vomir.

Je sais que tu as mal. Je sais que ce n'est pas facile. Je sais aussi que tu as peur. J'aurais voulu que tu l'exprimes un peu, au lieu de t'enkyster dans une feinte et indifférente détermination. Je ne comprends pas pourquoi tu veux me donner cette impression que tout te coule dessus comme une douche tiède. Je saurai plus tard que c'était pour ne pas te laisser submerger.

C'est peut-être pour ça que tu n'aimes pas l'adjectif. Et moi, cruelle légèrement, j'enfonce le clou. Je m'en délecte. J'ai envie que ça te déchire. Je ne supporte plus d'être la seule à me déchirer.

Notre dernière grasse matinée. Notre dernier repas. Notre dernier après-midi tous les trois, avec un enfant insouciant. À chaque fois tu tiques. Je meurs d'envie de te dire : C'est ton choix. Tout est ton choix. Tu aurais pu l'éviter. En me parlant plus tôt, en me faisant partager tes doutes, bien en amont, on aurait pu réparer. Si tu m'avais dit que tu prenais mon tendre alanguissement dans un quotidien platonique pour du désamour, et que tu sentais venir la rupture de notre ruban, j'aurais su te rassurer et te réembarquer. Et elle te serait passée à côté, elle aurait même pu t'effleurer, tu ne t'en serais même pas rendu compte.

Je ne peux même pas me laisser le loisir de pleurer : Alex est là. Quelques incursions à la salle de bains me permettent toutefois de crever un peu l'abcès qui infecte le chemin entre mon cœur et mes yeux.

Ce matin-là, inconsciemment – non, je mens : toujours tactiquement, pour t'enflammer encore – je me suis parée. Sous une courte robe rouge, les baleines me mordent la peau, le satin bruisse, la taille s'étrangle, la peau libre entre la lisière du bas et le pli de la fesse se couvre d'une chair de poule dont je ne saurai dire si elle est due à l'émotion ou à février. Tu y as passé la main. Tu y as pénétré plus intimement encore. C'est un reste de victoire qui rappelle fort un reste de repas. Celui qui ne tarde pas à disparaître au fond d'une poubelle.

Je me suis donc parée, enduite d'une sinistre beauté. Et je me suis assise là, dans notre semblant de monde, notre dernier monde, à te regarder.

Tu es si beau mon amour si tu savais. Tu as pris de la maturité, toutes ces merveilles qui siéent aux mâles, les mêmes qui sur nous ne sont que des déliquescences. Les sillons des rides autour de tes yeux, le front un peu plus nu, les quelques poils blancs parsemant ta barbe et saupoudrant discrètement tes tempes, tout est beau, tout est un résumé de notre temps royal, je te contemple et je me demande pourquoi tu es si fort, si vivant, et moi si vieille et fragile, pourquoi il t'est venu l'idée de vouloir faire revenir en toi le jeune homme insatiable et animal alors que la sagesse t'allait si bien, donc voilà, mon regard ne te quitte pas et tu l'acceptes comme un cadeau – un dernier cadeau – même s'il te met mal à l'aise. Tu me souris. C'est déjà plus que je ne pouvais espérer.

Tu évolues. Je veux dire : dans nos pièces. Dans une tentative pudique de me convaincre que tu fais autre chose, tu rassembles tes affaires, je le sais bien, moi, je les entends les tiroirs qui s'ouvrent et se ferment subrepticement, les couvercles des boîtes qui chuchotent, l'escabeau du dressing qui se déplie et grince sous ton poids. C'est le catimini de l'envol imminent, comme un ado qui prépare sa fugue. Et moi, comme une mère qui ne s'en laisse pas conter, j'ai parfaitement compris ce qui se trame. Et je ne peux même pas m'y opposer.

Alors moi aussi dans mon coin je traficote. J'ai pris des feuilles blanches, empoigné un stylo, et me voici en train de coucher sur le papier mes dernières volontés. Une rupture, ça s'organise. Il faut penser à cette nouvelle vie de pendulaire qui nous attend, Alex, école, accompagnement du matin et cueillette du soir, vacances, week-end. Puisque je serai seule dorénavant, puisque tu vivras très loin, de l'autre côté de la ville – je n'ai encore qu'une vague idée de ta nouvelle demeure, sous forme de nom de quartier – il faut dès à présent dresser un emploi du temps solide. Qui ne souffrira aucune contradiction. Je subis, je me plie à ton caprice, tu devras donc te plier aux miens. Oh mon Dieu, il nous faudra même parler d'argent. Mêlée à l'encre de mon stylo, c'est toute ma rage qui s'écoule. J'établis mes petits tableaux en grinçant des dents, mais ils me ramènent à quelque chose de si tangible, de si prosaïque, que j'en oublierais presque les formes abstraites, volutes, vagues et arabesques, dont la douleur a barbouillé mon corps.

J'imposerai. Une façon de reprendre la main, de tenir en laisse votre aspiration à la liberté et de foutre en l'air vos petits projets minables.

Je te coupe dans un de tes trajets de rat furtif.

Tu comptes parler quand à Alex ?

Je ne sais pas. Pas tout de suite.

Que ce soit aujourd'hui ou dans un mois, la brutalité sera la même.

Tu te sens d'affronter sa douleur alors que la nôtre n'est pas encore digérée ?

La *nôtre* ?

Tu ne réponds pas à mon ricanement d'ébahissement.

Quoi qu'il en soit, si tu pars dès demain, il finira bien par se rendre compte que quelque chose ne va pas.

On en a déjà parlé, tu le sais, je serai là chaque matin à son réveil, et chaque soir après le boulot. On attendra ensemble qu'il soit endormi, et puis je rentrerai. Et je serai avec vous le dimanche.

On jouera à la jolie famille ?

C'est pour le protéger, Martha.

Et ça durera combien de temps, cette comédie ?

Nous sentirons bien quand le moment sera venu.

Tu as enroulé ta main autour de ma nuque, tu la caresses. Nos deux corps se proposent l'un à l'autre dans une bulle tendre, comme dans une cachette de mousse. Je lutte. Il y a en moi une méchanceté bien-venue qui cherche à s'échapper, j'en ai assez de ployer l'échine sous des injonctions que d'autres m'imposent. Mais il n'y a pas que ça. Depuis deux semaines j'ai dû apprendre, le couteau sous la gorge, à intriguer, planifier et distiller un venin savamment dosé pour empoisonner l'histoire d'amour qui me tue. Je veux ton nouveau couple aussi fragile que, paradoxalement, tu le crois imputrescible. Et je pense que c'est le moment de lancer ma première flèche. Pour foutre en l'air votre tête-à-tête, diabolique intrusion, il faut y injecter une tierce personne.

Raph, il y a une chose à laquelle je ne dérogerai pas. Dès que tu auras mis Alex au courant, je dis bien immédiatement après, dès la première semaine, tu seras – pardon, vous serez – dans l'obligation de le prendre chez vous en alternance.

Martha, je vais vivre chez elle, il n'y a qu'une chambre.

Je m'en fous. Vous lui laisserez votre petit radeau d'amour et vous vous démerderez avec le canapé. Il est hors de question que tu me laisses avec toute la merde et une vie de prisonnière pendant que vous gambadez tranquillement dans une liberté adolescente en me coupant sous le pied toute possibilité d'aller moi aussi refaire ma vie. Si tu t'imagines que ta nouvelle vie va être faite de restos, cinés, sorties et mamours pendant que je reste à la maison à gérer ton fils comme une otage, tu te goures. Et puis si c'est vraiment la femme de ta vie, il faudra bien vite qu'elle s'habitue à l'accueillir tout entière, ta vie. Et ça comprend Alex. Elle a voulu tout me prendre, tout te prendre, elle devra assumer la totalité du paquet.

Il faut que je te dise quelque chose à propos d'Aline… Elle n'aime pas… Je veux dire… Les enfants la rendent… nerveuse.

Je reste estomaquée. Si le moment n'était pas aussi grave, je pourrais même éclater de rire.

Tu te fous de moi ?

Enfin, je crois qu'il faudra y aller mollo et…

Est-ce que quelqu'un y est allé mollo avec moi ? Est-ce que l'un de vous s'est demandé si moi, la douleur, la rupture, l'écroulement de tout *me* rendaient *nerveuse* ? Moi, on me brise sans prendre de gants, et il faudrait que j'épargne les petites humeurs de la demoiselle ? Elle se complaît à embarquer des pères de famille, elle en supportera les conséquences jusqu'au bout.

Je tourne les talons. Sur le sol, leurs aiguilles crépitent comme des feux d'artifice. Je fuis. Il faut que j'aille claquer une porte, vite, quelque part. Puis je reviens sur mes pas, mauvaise.

Tu lui feras passer un message de ma part. Si jamais elle s'avise de faire la tronche à Alex, de le rendre malheureux, de ne pas lui apporter la chaleur dont il a besoin, je viendrai en personne lui expliquer ma vision des choses.

Sortie théâtrale. J'ai trouvé la porte à claquer, c'est celle du bureau, où je me retrouve comme une conne à fixer des rayonnages. Non, ça ne me suffit pas. Je reviens.

Tu te souviens, j'ai lancé un anathème sur vous. Mais je crois que ça ne sert strictement à rien : vous n'aurez besoin ni de moi ni de la sorcellerie pour vous planter. Droit dans le mur, Raph. Et tu le sais aussi bien que moi.

Maigre, endeuillée, le corps pesant comme si déjà le parpaing autour de mon cou m'entraînait vers le fond, je me blottis dans notre lit. Tu n'y es pas. Tu pianotes.

Il me faut bien un peu d'intimité pour pleurer tout mon soûl.

Je sais que, de l'autre côté du couloir, tu n'exultes pas. Je sais ta tristesse, tu n'es pas un monstre, du moins pas ce soir. Tu m'évites pour ne pas te voir dans le miroir que je te tends. Tu n'as pas envie de voir Martha, ta Martha, ta souris de la nuit des temps, griffée par ce chagrin que tu lui imposes. Presque, je te prendrais dans mes bras pour te consoler. Il y a des choses inexplicables.

Au cœur de la nuit, tu te glisses.

Tu veux faire l'amour ?

C'est si insultant, cette phrase administrative, que je grince, mauvaise.

Non, vraiment pas, non.

Nous sommes enlacés à présent, si silencieux. Je reconnais bien là le souffle écrasant des dernières fois. Voici le moment où la vie défile, où, si on trouvait le courage de se concentrer davantage sur les pulsations de son propre sang, on la sentirait s'incarner comme si elle était encore là, la vie. Et puis on s'étonne – mon Dieu, a-t-on été si heureux, autrefois ? – à l'instant où on se voit, car ça y est, l'ectoplasme de l'être qu'on était jadis lévite déjà au-dessus de notre couche et contemple, atterré, les deux dépouilles évidées.

Oui, je veux.

Nous ne sommes plus à un paradoxe près. C'est la douleur qui fait ça.

Tout m'aura fait mal, cette nuit-là.

Je quitte la chambre, déséquilibrée comme une soûlarde. Le vide a contaminé le reste de l'appartement empli de choses qui n'existent pas. Les murs me semblent mous. Les ombres : des coussins de plume où je voudrais me blottir. Je cherche à tâtons une surface solide à laquelle je pourrais me retenir pour ne pas me laisser avaler par cette guimauve asphyxiante qu'est devenu le monde, mais plus rien n'est. Plus rien ne se ressemble. Plus rien ne palpite. Le seul son qui parvient à mes oreilles cotonneuses est d'une trivialité à pleurer. Tu ronfles.

Cela fait vingt ans que je t'entends ronfler chaque nuit, mais depuis le fameux soir ça me donne envie de hurler. La vague obsédante et modulée m'enveloppe, me déglutit et me digère, musique adorée, haïe, agonisante. Demain je ne l'entendrai plus. Il m'a été annoncé que dans quelques heures un silence véritable s'installera entre mes murs. Par la suite, comble du ridicule, je resongerai à ton horripilante chanson de gorge comme à la douce mélodie du bonheur, bande originale du temps où j'étais encore vivante. Elle sera le souvenir ému du trésor qu'on m'a dérobé. Ou bien, si j'ai si mal en t'entendant, est-ce parce que je ne supporte pas que tu dormes ? Je n'ai pas dormi depuis deux semaines, agitée de chagrin et de terreur. Cette nuit encore je ne dormirai pas, je me regarderai disparaître et m'emplirai des dernières fois. Je me transformerai en réservoir à images qui prendront ma place à l'intérieur de moi. Je travaillerai encore : à te prendre toi, tes odeurs, tes sons. Saisir et verrouiller la vision des zones de ta chair endormie, celles que les draps ne dissimulent pas et que lèche la lueur des réverbères filtrant à travers les stores.

Je ne sais pas très bien encore s'il faut que je garde, que je verrouille, ou que j'accepte de tout laisser s'envoler comme quand on souffle sur des cheveux d'ange. Pour l'instant je ne peux rien faire d'autre que m'accrocher et t'arrimer le plus solidement possible à mon vide.

Je ne veux pas que tu partes. Ça me tue.

Et toi, tu dors. Les pieds à quelques centimètres du précipice, à la lisière du grand saut, sur le point de tourner le dos à nos vingt ans d'amour, tu dors. Et tu ronfles. Pas même un sommeil agité, pas même les grognements qui accompagnent les mauvais rêves. Un sommeil de nourrisson qui a fait son rot et sombre.

Il y a certaines nuits où j'ai essayé de dormir moi aussi, de ne pas lutter, de faire le compte de ce temps dangereux passé avec les yeux ouverts. Dors, Martha, sinon tu vas tomber malade. Dors, tu t'enlaidis. Repose-toi un peu afin de garder tes forces pour la lutte. Même toi, tu y es allé de ton petit conseil : Dors, Martha. Essaie, au moins. Ça ne sert à rien de ruminer, tu dois te protéger. Je t'ai regardé comme si tu t'étais exprimé dans une langue inventée. Mais oui, j'ai tenté de dormir, pour oublier un tant soit peu la douleur, juste le temps d'un petit séjour dans le rien. Ça a marché parfois, quelques pauvres heures d'anesthésie ; mais à chaque fois le retour à la conscience a été trop douloureux. On s'habitue à la souffrance quand elle est une longue vague sans fin, mais elle est insupportable quand elle mord par traîtrise après vous avoir fait croire à une paix retrouvée. Et puis dormir, finalement, que de temps perdu ! Puisque bientôt tu ne seras plus là, il faut que je te boive jusqu'à la dernière goutte. Me dire que, jusqu'au bout, je n'aurai pas gaspillé la moindre miette de toi. Enfoncer ma langue jusqu'au fond du bocal, comme une chienne, en laper le plus petit résidu, savourer mes dernières heures de vraie vie.

Je veille les bientôt morts.

Voilà pourquoi je ne supporte pas que tu dormes. Ton sommeil est une muflerie indifférente à ma dévastation. Je voudrais te secouer, souffre avec moi, bon sang ! Bois-moi jusqu'à la lie, moi aussi, si comme tu le dis si bien tu ne les jettes pas à la poubelle, nos vingt ans d'amour, non non, Martha, je ne t'abandonne pas, je veux juste continuer ailleurs, dans d'autres bras plus appétissants, en te gardant dans mes parages comme une mère dont on s'éloigne pour aller grandir un peu plus loin.

Et finalement je ne te réveille pas. Je te laisse vulnérable à mon regard, encore tout à moi. Je te contemple au foyer, dans ces volumes auxquels tu vas comme un gant, dans notre lit qui t'épouse si parfaitement, et je te respire, comme on le ferait des fantômes d'un parfum épuisé dans un flacon, tentant de retenir tout au fond ces bribes volatiles qui s'évanouiront bientôt.

Oh mon Dieu, je ne veux pas que tu me quittes. Je ne sais pas faire, toute seule. Je n'ai jamais appris à vivre sans toi. Je ne sais plus où trouver de l'air. Mon cœur va lâcher.

Je bois ta présence dans la pénombre. Et je sais qu'il faudra vite que je puise quelque part un courage qui n'est pas à ma portée, plonger tête en avant, les doigts pinçant les narines pour me protéger de la puanteur, dans un état inconnu qui n'est autre qu'un monstre sous un lit.

Moi sans ton amour : c'est m'enlever ma peau.

Et l'attente épouvantable du noir.

Alors voilà, ce n'est pas plus difficile que ça.

Une vie entière d'évidences, ça peut aussi s'arrêter comme ça, avec un homme qui franchit le seuil, le corps un peu raide mais le visage neutre comme si tout ça n'avait pas une importance particulière, un petit salut de deux doigts qui frétillent, un sourire imprécis – il n'y a dans l'instant aucune férocité, ça fait juste le bruit d'un train qui vient de vous croiser à grande vitesse. Ça peut être comme ça. Ça peut être deux corps qui simplement mettent une porte entre eux deux, une porte qui devient liquide comme le Styx, frontière entre ceux qui restent et ceux qui partent.

Et maintenant nous nous trouvons de part et d'autre de cette frontière. Toi droit comme un I avec ton baluchon sur l'épaule – neuf caleçons, dix paires de chaussettes, sept T-shirts, cinq sweat-shirts, trois chandails, quatre chemises, trois jeans, trousse de toilette et étui à lunettes : le premier chargement – moi les bras le long du corps, luttant contre une étrange loi de la gravité, soudaine et inconfortable, qui, si je la laissais faire, n'hésiterait pas à me courber comme elle courbe l'échine des vieilles femmes. Il n'y a pas de mots.

Nous nous regardons dans ce silence qui ne ressemble à aucun autre.

Vingt ans de folle osmose comme deux soleils précis et sereins, ça peut donc s'arrêter comme ça. En franchissant un seuil avec un sac à dos rempli de chaussettes. Avec des mots qui n'existent plus, ou plutôt sans eux, ce qui contribue à résonner en creux comme une mélodie jadis harmonieuse, aujourd'hui désaccordée. Silence de fausset, mais dont nous nous contenterons, parce que nous ne parlons plus la même langue et qu'il serait à présent inutile de remettre une couche en malentendus.

Je me demande si je ne préférerais pas que volent les assiettes, que pointent les couteaux, pour que tout ait l'air d'avoir du sens. Mais ça n'en a aucun.

Il m'est impossible d'y reconnaître nos destins. Ce n'était pas écrit comme ça. Te regarder franchir une dernière fois cette porte en me grimaçant une gêne pitoyable que je ne pense même pas sincère. Tu t'en fous de me planter là, de me tordre, de m'abattre comme on le ferait d'un arbre qui vous fait de l'ombre. Tu te fiches éperdument de ce qu'il adviendra de moi après la fermeture de la porte, est-ce que je m'effondrerai, est-ce que je me ferai du mal pour soulager la douleur qui me mord, est-ce que je renoncerai à toute résolution de force pour sombrer dans quelque chose d'indéfini… Et ce faisant, tu as l'air à peine un peu embarrassé, comme si tu avais juste marché sur une merde. Pour donner le change, sûrement. Pour ne pas laisser traîner entre tes anciens murs l'image du parfait salaud. Mais au fond de toi ça swingue du croupion. Voilà. À partir de maintenant, tu peux aller la baiser en toute légitimité. Cette porte ouverte, mon silence anesthésié, sont bien le signe que j'ai déverrouillé le cadenas. Non non, ce n'est pas un rêve, je l'ai vraiment fait. Bordel, nous y sommes. C'est la fin. Elle doit t'attendre, savourant sa victoire. Et tu salives. D'ici peu, quand tu franchiras triomphant une autre porte, quelque part dans la ville, elle te demandera sûrement, moue boudeuse et œil brillant, comment *ça s'est passé*. Si j'ai pleuré, si j'ai supplié, si je me suis tordu les mains, si ma bouche a laissé fuser des injures, à ton encontre ou à la sienne. Tu n'auras rien à lui dire. Tu lui rapporteras simplement notre silence, et tu concluras, avec un hochement de tête rassurant, que *ça s'est bien passé*.

Tu oseras employer le mot *bien*. Tu oseras employer le mot *ça*.

Voilà. Voilà à quoi ça tient, la fin d'une vie, l'achèvement d'une femme, le morcellement d'une famille, la déliquescence de ce qui avait une sacrée jolie gueule d'éternité.

On se regarde, donc, moi intensément pour te graver jusqu'à la fin, toi vaguement, déjà ailleurs, puis je me résigne à m'appuyer sur le battant pour le pousser doucement, lui imprimant le mouvement vers la fermeture. Il faut arrêter. J'ai envie de vomir. Je ne comprends pas pourquoi tu ne me serres pas dans tes bras, je me contenterais bien de ça, juste d'une étreinte où se concentrerait notre vie, notre chemin vénérable, notre jeunesse et notre enfant, nos deuils, nos amis, nos rires incessants, nos projets accomplis ou encore suspendus, nos épanouissements et nos sommeils immémoriaux, juste ça, tout le grondement de notre sang bouillonnant dans nos enveloppes blotties, tout le goût inimitable de nos larmes respectives, toute la chanson écorchée de nos deux cœurs que n'oublieraient jamais nos poitrines, oui, je pourrais me contenter de la force tragique d'un dernier enlacement, même dénué de mots. Les mots, je les rêve. Je rêve de belles syllabes lumineuses qui me parleraient de tout l'amour de la Terre même si on doit à présent le quitter. Ou pourquoi pas un merci. Je viens de m'ouvrir le ventre pour que tu puisses continuer à ta guise, mais toi, tu trouves ça normal. Tout le monde trouve ça normal. Aimer, c'est savoir laisser partir. Il me faudra me reconstruire, replâtrant ce que je peux avec des substances visqueuses, comblant les trous avec des pelletées de bouillies qui ne sécheront jamais, en ingurgitant à l'entonnoir ces conneries de comptoir, aimer c'est laisser partir, c'est accepter de disparaître, c'est sourire de s'envoyer à soi-même des coups de marteau sur la tête, c'est s'amputer petit bout par petit bout en s'en félicitant, allez tous vous faire foutre, aurait-on seulement inventé la notion d'amour si ce devait être pour le renoncement et le don à quelqu'un d'autre de tout ce qui coule en vous, qu'est-ce que ce serait ce putain d'amour s'il n'avait pas la puissance et la folie de vous faire vous y accrocher comme à un trapèze oscillant au-dessus du vide, ce serait une paire de chaussures qu'on range au fond d'une boîte parce que la saison est passée, parce que la mode tourne, ce serait une simple histoire de portes qui s'ouvrent et se ferment sur des indifférences, alors non, aimer vraiment, aimer comme je t'aime, ce n'est pas savoir te laisser partir, c'est savoir qu'à partir du moment où tu ne veux plus de moi il n'y a plus rien à attendre du monde, il n'y a plus que la poix bouillante de l'Enfer.

Me mettre à t'aimer, il y a vingt ans et leurs poussières scintillantes, n'avait pas été te choisir, te goûter pour apprécier l'équilibre de la sauce, mais te reconnaître au milieu de l'univers, et m'émerveiller d'avoir enfin retrouvé le rouage manquant qui allait imprimer un mouvement logique à mon existence, le mouvement le plus logique qui soit, bon sang, avancer. Ne plus avoir peur de marcher inéluctablement vers les ténèbres. Celui qui osera me dire qu'aimer, c'est permettre à cela d'aller gambader vers une inconnue de passage parce qu'elle suce plus souvent que vous ne le faites, qu'elle lit Descartes différemment de vous, qu'elle préfère les Stones aux Beatles ou vice versa, ou parce que ses pommettes ont une autre forme que les vôtres, mérite qu'on l'enchaîne devant sa maison où on aurait préalablement enfermé tous les êtres qu'il chérit, mère père sœurs amour enfants, et qu'on y foute le feu, et qu'on l'oblige à ne pas perdre une miette de l'anéantissement de tout, avant de lui demander Alors, tu en es encore sûr ? Aimer, c'est laisser partir ?

Est-ce pour cela que j'attendais, au moins, juste par politesse, un baiser ? Ou bien non, tiens, pourquoi pas un regard enluminé d'admiration et de respect envers ma dignité en ce moment de coup de grâce, mais il a bien fallu que je m'assoie dessus. Je sais, je sais, un postérieur lubrifié t'attend, il faut hâter l'instant, ne pas trop tarder pour éviter les embouteillages, il y a des priorités sur mon assassinat.

Ça y est. Tu tournes le dos, tu commences à descendre les marches. Il ne me reste plus qu'à écouter une dernière fois le son de tes pas et le dernier claquement de la porte cochère.

Je t'ai perdu.

Derrière notre porte à présent close, je me retrouve au sol.

C'est bien le sol qui est venu à moi. Mes jambes se sont dérobées. Amputées, mes longues jambes douces, me voici femme-tronc collée contre le meuble de l'entrée, la gorge et les yeux secs. J'ai été contaminée par ta froideur, rien en moi ne pense à se lamenter. J'ignore pourquoi la première chose qui me vient à l'esprit est que je vais enfin pouvoir me reposer. Une promesse sous forme de prémonition : cette nuit, je dormirai. Soulagée de ne plus avoir à m'agiter, à me grimer, à lutter contre le silence, à me plastifier pour te plaire. Cette porte fermée, ces caleçons envolés, c'est la réappropriation de mon être sans artifices. Plus besoin de te montrer ce visage propre de femme consentant à la douleur, ni de me mettre en scène avec application, calibrant chaque geste, chaque bon profil, orientant au micron près chaque cil, choisissant le mot qu'il faut au moment qu'il faut – étouffement de mes reproches et de mes cris de bête – c'est le terme de ces jours infinis à tenter de te rattraper au vol dans un air raréfié, à surveiller à la loupe le moindre centimètre de ma peau, à mesurer mon port de tête, moi en photo Harcourt, tartinée de lumières flatteuses, moi en amazone qui peut tout encaisser – va, je ne te hais point, même sous les carreaux de ton arbalète – ouf, ouf, enfin, toutes ces Martha que tu as peut-être appréciées mais que j'ai détestées rangées dans les tiroirs sous les culottes en dentelle, ouf, ouf, au revoir Martha-Salope, Martha-Chienne en jarretelles jappant pour son susucre, Martha-Remailleuse sans talent de cœurs bien trop filés.

Ce soir, je vais pouvoir être moche, et bouffie, et revancharde, oublier mes crèmes et mes épilateurs, je vais pouvoir me réfugier dans l'informité de mes molletons protecteurs et abrutir ma souffrance devant une merde télévisée quelconque, en un mot, je vais enfin pouvoir lâcher.

Je lâche prise. Je te lâche. Je perds ma bataille.

Ça repose, de perdre un peu.

Je voudrais tant être sereine alors que je ne suis que fatiguée. Je voudrais tant qu'un cri, une gesticulation, un accès de panique ou d'automutilation pourquoi pas, parvienne à émietter l'enclume qui pèse au fond de mon corps. Mais je suis encore cette femme-tronc collée au bois d'un meuble, hébétée, émerveillée peut-être, ou incrédule, sûrement les trois à la fois, d'avoir vécu ce qu'elle vient de vivre, voilà, c'est fini, tu es parti, tu marches dans la ville vers une destination inconnue et éternelle, tout vient de basculer sauf toi, tout ce qui depuis vingt ans m'apparaissait comme un cauchemar indigne de nous vient d'avoir lieu, dans un envol silencieux de chaussettes et de chemises, j'ai quarante ans, je t'aime, je suis seule, tu m'as foutue à la poubelle, je suis en train de me demander si ça vaut même le coup de continuer, mais c'est comme ça, je ne peux plus rien y faire.

Dieu du ciel ce que je parle ce que je parle. C'est qu'il y a tant de choses… Si on veut mettre les mots sur les choses il y a par conséquent un nombre incalculable de mots.

Ça fait du bien, des mots sans compter. Aujourd'hui on veut nous obliger à tout résumer en un nombre indigent de signes, regarde cette connerie de Twitter : tu parles d'un art de réduire à l'os, s'il n'y a plus assez de mots pour dire le monde c'est le monde qui disparaît.

Dès le collège on nous formate pour faire des résumés. Tu te souviens ? Des heures et des heures à compter les mots, l' et n' compris, et à se désespérer parce qu'il y en a toujours dix en trop. Le rétrécissement comme quintessence du savoir-faire. Dilater, en revanche, jamais. On ne nous demande jamais d'amplifier, de préciser, de prendre en compte le côté malléable et protéiforme des mouvements intérieurs. On veut tout endiguer par l'économie de termes, va savoir pourquoi, peut-être parce que chacun de nous est angoissé par la complexité et se rassure en appauvrissant.

Si vous voulez de l'amour en peu de mots, eh bien contentez-vous d'écouter des chansons. Moi, je veux dire. Je veux que chaque infime bruissement des feuilles mortes de ma vie soit distingué au cœur des bruits du monde. C'est bien cela qui est suspect, n'est-ce pas ? Pourquoi une femme se mettrait-elle ainsi à disséquer son histoire intime, la cacophonie qui a accompagné sa chute, le processus d'autolyse, le même que sur les cadavres, qui l'ont rendue méconnaissable ?

Eh bien, c'est simple : c'est un tribunal. Devant un tribunal, on ne demande à personne, et surtout pas à l'accusé, d'être succinct. Il n'y est jamais question de synthèse. C'est dans la multitude des mots que se dessine la vérité de l'auteur d'un délit et de ses actes, ce n'est pas dans ses silences, ni dans ses raccourcis taiseux. C'est le lieu où se saisit l'indicible, où les fautes s'avouent, où une partie de l'assemblée travaille à mettre de côté ses instincts primaires de vengeance au profit de la quête de circonstances atténuantes appelant à la clémence. C'est l'endroit où on cherche à comprendre. Quant à l'instant, c'est celui qui a priori ne sert à rien. Parce qu'il est déjà trop tard.

Quand tout à l'heure j'ai commencé à tourner mon film, mon biopic sans complaisance, il était déjà trop tard. Quand je cadrais mon visage sous des éclairages séducteurs, quand je faisais le tri entre les différentes images que j'acceptais de livrer au tout-venant, il était déjà trop tard. Au moment précis où je parle, regardant refroidir devant moi cette cocotte de bonne viande, je sais que non seulement il est trop tard, mais que tout retour en arrière est impossible. Irréparable. J'ai commis l'irréparable, mon bel amour, et tu sais, il faut que je le dise, je ne regrette rien.

Ici, juste ici, il n'y a que plénitude.

C'est la suite qui est incertaine.

Dormir.

Souvent le sommeil me permet de passer du temps avec mes morts.

J'y retrouve mon père, le jeune père rieur, maigre comme un chat du Colisée – pas le vieillard diminué auquel l'avait réduit son Alzheimer précoce qui me l'avait enlevé trop tôt – et ma mère, avec ses cheveux à la Brigitte Bardot piqués de fleurs blanches dans l'herbe de l'été, si belle qu'on aurait parié que la mort la laisserait tranquille pour l'éternité.

J'ai toujours été trahie par les promesses d'éternité. Le sommeil me permet de pérenniser l'éphémère.

Avant de me glisser dans mon lit – mais glisser est-il le mot juste, je m'y suis plantée comme des racines dans la terre meuble – il a fallu me faire violence pour éviter le piège des observations douloureuses. Surtout ne pas regarder ton espace vide dans le dressing. Résister à la tentation masochiste d'entrouvrir tes tiroirs et de transformer des choses aussi triviales que des caleçons et des chaussettes en objets regrettés. J'aurai bien le temps, dans les jours qui viennent, de mesurer la nouvelle légèreté de ton panier sous le lavabo de la salle de bains.

Tu as laissé ton linge sale. Rageusement, je le fourre dans un sac. Demain, avec un grand sourire, je te le collerai dans les bras en te signifiant que si le rôle de lavandière énamourée est celui de la légitime, ce ne sera plus, par conséquent, ma tâche. Je dérobe tout de même un T-shirt roulé en boule ; il exhale toujours l'odeur de ta peau, ce parfum des étreintes envolées, il est élimé au col mais me semble d'une beauté extraordinaire, alors j'en habille mon oreiller, j'ai bien le droit de rêver encore un peu, de m'endormir dans l'illusion de ton sillage.

Je perds conscience.

J'ai réglé mon réveil sur l'aube. Tu dois venir ce matin jouer au couple intact devant Alex, nous nous sommes mis d'accord sur sept heures. Alors moi, je sors du lit à six, il me reste une heure pour me réparer.

Je me sens au petit jour d'une combativité qui confine à la stupidité. Tu viens de passer ta première nuit chez ta nouvelle amoureuse, heureux, heureux à en mourir, j'ai assisté hier soir à la scène la plus difficile qu'il m'ait été donné d'affronter, ta dernière descente de l'escalier sac sur l'épaule et cœur en bandoulière, cet éloignement vertical comme une chute lente, comme si ton corps était encore accroché à un élastique qui se tend, se tend avant de casser brusquement et de t'expédier dans un gouffre, et je ne m'avoue pas vaincue pour autant.

Pendant deux semaines, j'ai travaillé en vain à te retenir ; mon échec ne m'a pas abattue. À présent, je travaillerai à tes regrets. C'est une punition préméditée.

Je chauffe la maison. Je veux te présenter une peau nue. Dans la salle de bains, je m'agite de nouveau dans les nuages sucrés de mes trucages. Je bois mon café en aveugle, les yeux bandés sous une poche de glace. J'arrange mes cheveux pour qu'ils aient l'air de ne pas avoir été arrangés. J'enserre mes fesses et mes seins dans un ensemble en satin noir, obus et taille haute, que dissimule à peine un kimono de soie rouge. Je me maquille insoupçonnablement : juste le teint, pour te faire croire que je viens de sortir des draps avec la fraîcheur des héroïnes de films, celles qui n'ont jamais la peau brouillée ni les yeux bouffis même sous les bombardements nocturnes.

Et comme prévu, à sept heures, j'entends ta clé cliqueter dans la serrure.

En piste.

C'est quand tu es parti, après deux heures dans du coton, et pendant que je roule vers la prison pour femmes, que je fais le bilan de ces premières retrouvailles du jour d'après.

Je me félicite d'être restée très calme, de ne pas avoir pleuré, de ne pas même avoir éprouvé à ton égard quoi que ce soit de désagréable.

Je m'étonne de ce baiser d'amoureux, lèvres douces, dont tu m'as gratifiée en attirant mon visage d'une main ferme enroulée à ma nuque.

Je voudrais pouvoir déchiffrer cette drôle de fatigue autour de tes yeux – une ride plus creusée par là, un froissage d'insomnie – qui te donnait l'air triste. Je me dis qu'un homme comblé par sa nouvelle vie tant attendue, happé par l'émerveillement du désir assouvi, devrait pétiller ou planer béatement, et non pas sembler contracté comme une huître sous le citron.

Je resonge à ma façon d'évoluer dans l'espace, incapable de frétiller comme les autres jours, juste lente et tendre, pendant qu'entre nous des étincelles générées par le frottement bipolaire de cette situation absurde, du désarroi et de la puissante charge sensuelle exsudée par nos corps rendaient l'instant électrique.

Je suis encore frustrée de ne pas avoir eu le courage de poser les questions qui m'ébouillantaient la bouche, *Comment s'est donc passée cette première nuit dans ton nouveau foyer, as-tu été entièrement englouti par votre duo triomphant ou bien as-tu repoussé son enthousiasme parce que la fin de nous a été plus difficile à affronter que tu ne pouvais le penser ?* La grisaille de ton visage répondait partiellement à ma curiosité.

Je savoure encore le son de ta clé dans la serrure. Bruit de l'avant, bruit retrouvé du retour. Pourtant il faudra bien que tu me les rendes, ces clés : ce n'est plus ton foyer, le foyer c'est l'endroit où résident les caleçons et les chaussettes et où on a envie de construire tout et n'importe quoi, même des choses impalpables, en emboîtant dans l'air comme des briques invisibles de Lego.

J'entends encore ton rire quand je t'ai tendu le sac empli de ton linge sale en t'annonçant d'une voix ironique qu'à présent c'était Alien qui devait s'y coller.

Je suis encore sous le choc de ton odeur, sur la peau de ta figure, c'est une odeur que je ne connais pas. J'ai eu comme l'impression que tu puais.

Je me revois vous suivre du regard par la fenêtre, toi et Alex, mains unies, ton visage baissé vers le sien pour écouter ses mots. Vous êtes ma vie.

À ce soir ?

À ce soir.

Je coucherai Alex, et puis je partirai.

D'accord.

Madame M. fait partie du peuple rom. Si on fait exception des deux dents en or qui métallisent son sourire et du vieillissement prématuré offert en bonus par une vie de précarité, c'est une belle femme. Elle a confiance en moi. Elle me parle. La parole quotidienne lui manque, car dans nos prisons, on ne peut pas mêler à l'autre peuple, celui des détenues lambda, une mère infanticide. Doublement infanticide.

Premier matin de vie sans toi, j'ai rendez-vous avec Madame M.

Madame M. va bien. Elle n'est ni terrorisée par son acte, ni murée dans la douleur. Elle me parle du destin. C'était écrit. La mauvaise étoile, le nuage noir au-dessus de ses pas, elle les avait toujours sentis. Elle ne fait jamais allusion à ses petits. Ils étaient, aujourd'hui ils ne sont plus, c'est comme ça. Ce qui reste problématique avec Madame M., c'est que depuis deux ans, elle ne s'est jamais dépouillée de son triomphe.

Elle a tué ses enfants par vengeance contre le mari qui l'avait plantée là pour s'unir à une autre femme. Une autre, plus jeune, plus riche, fille du chef de clan, lui assurant, outre de la chair plus fraîche et un toit plus reluisant, une place de choix dans le tissu social.

Dans la famille de Madame M., on a la lame facile.

Elle avait songé tout d'abord à les planter tous les deux, les nouveaux époux arrogants. Elle avait tout prémédité, faire irruption le jour des noces, arroser la belle d'essence avant de lui flanquer le feu. Mais elle avait estimé que cela ne suffirait pas : volage et indifférent, dénué d'amour pour cette femme qui n'était qu'un tremplin vers davantage d'espèces sonnantes et trébuchantes, il n'aurait pas porté le deuil longtemps. Par conséquent, elle avait décidé de lui ôter à tout jamais les seules personnes qu'il aimait sincèrement, et dont la perte serait l'entrée fracassante dans la douleur éternelle. Ses fils.

Et pourtant, Madame M. n'avait jamais ouvert un livre de sa vie. À quoi bon, elle ne savait pas lire. L'autre histoire, celle de la magicienne d'Argos, elle n'en avait jamais entendu parler. Madame M. s'est grandement étonnée quand je la lui ai racontée. Elle en a conclu, une fois encore, que c'était là une preuve que tout était écrit.

Elle ne pleure jamais quand elle évoque ses enfants. Mais pour lui, oui, elle pleure. Elle se tord les mains. Quand je tente de la faire parler de son sentiment amoureux, elle ressasse toujours les mêmes choses, la façon dont elle avait suivi cet homme au-delà des frontières, trahissant son propre clan, provoquant de surcroît la mort de son frère qui voulait s'y opposer, acceptant une vie d'apatride parmi les apatrides et le regard méprisant qu'on jetait à l'étrangère qu'elle était devenue, parce qu'un serpent incandescent avait pénétré son cœur dès qu'elle l'avait vu, lui, et que ce serpent ne rechignait pas à se repaître de sang. Pour lui elle avait tout perdu et tout enduré. Elle lui avait fait des enfants. Elle avait eu faim et froid. Et un beau jour, lisse et détendu comme une joue d'adolescente, il l'avait mise face au fait accompli. Une alliance pouvait l'unir à un dominant. Oh, il ne la plaquait pas complètement, non, il était même d'accord pour la garder au chaud en souvenir de leurs belles années, pour lui assigner un rôle de dame de compagnie veillant sur la recomposition d'une famille, mais de gré ou de force elle allait devoir se résigner. La roue tournant, l'âge venant, les dents tombant progressivement et se muant en or, il fallait regarder les choses en face : une femme se délustre. Une autre flamboie de jeunesse prometteuse. Les sacrifices et les trahisons, les mises au monde, les mots éternels, les traînées d'hémoglobine parsemant les odyssées, tout cela n'a plus aucune importance quand dans l'autre plateau pèsent une chevelure encore luisante et un trône plaqué or.

Que valait alors la vie de deux créatures face à la déflagration de la haine…

Et lui ?

Elle pleure encore.

Je rentre à la maison en me disant que jamais je n'avais été plus à même de comprendre. Dans mon incarcération quotidienne, c'est comme si quelque chose s'était ouvert, une case de mon cerveau jusqu'alors hermétique comme un Tupperware bourré de morale et de valeurs inconsciemment chrétiennes, et dont la nouvelle porosité me permettait désormais d'éprouver une empathie à la fois salutaire et dérangeante. C'est bien cela : je commençais à comprendre le crime.

Je soupire en pénétrant dans l'appartement : c'est la première fois qu'il me faut affronter le vide après une journée de travail. Rentrer, savoir que tu ne rentreras pas. Pourtant rien ne semble avoir changé encore, tes meubles, tes livres, tes disques, tes classeurs sont toujours là, comme dans un service de soins palliatifs, aujourd'hui ils vivent encore près de moi mais je sais qu'un jour je rentrerai et ils ne seront plus.

Dans un coin du bureau, tu as déposé un sac à dos. Je suppose que c'est celui qui tu emporteras ce soir, après y avoir fourré des denrées de première nécessité. Je ne peux résister à la tentation de l'ouvrir et de regarder ce qui me quittera tout à l'heure. Il y a là ton disque dur externe, un carnet de croquis, une boîte de fusains, l'écharpe en tweed que je t'avais offerte à ton dernier anniversaire, tes lunettes de soleil, un portefeuille garni de cartes essentielles, mutuelle, Vitale, Fnac. Ton appareil photo. Je le viole encore : il est vide. J'hésite un instant puis je me lance. En un clin d'œil je me dépouille de mes lainages, exhibant à l'objectif le petit ensemble coquin du jour, la moire du satin d'ébène qui me couvre à peine, la naissance de la cuisse, le pli de la fesse, le sillon de la poitrine. Quatre ou cinq clichés qui dormiront incognito avant que toi – ou elle – ne les découvres. Toi ou elle, évidemment, car je les connais bien les petites chattes, les vilaines, quand elles se retrouvent seules en compagnie des effets personnels de leur bonhomme elles ne peuvent s'empêcher d'y fourrer la truffe, pour s'assurer qu'il n'a rien importé de sa vie d'avant, qu'il arrive vierge de tout souvenir, de toute tendresse pour l'autre, l'ancienne, de tout lambeau d'un autre amour. Bien sûr, à la première occasion, elle regardera ce qui figure dans ton appareil, s'attendant peut-être à s'y trouver, mais c'est moi qu'elle trouvera, moi et seulement moi, mes fesses en cœur et ma taille fine, mon attirail d'effeuilleuse consentante, et elle se demandera à quelle occasion tu as bien pu prendre ces images, et la jalousie s'insinuera en elle d'une façon aussi stupéfiante qu'elle m'a soufflé au visage en onde de choc, mais plus douloureusement encore, car le doute du mensonge l'accompagnera.

Et puis ce n'est pas que cela. C'est aussi un petit bout de moi, plan rapproché de cette peau qui n'était pas destinée à ne plus être aimée, que tu feras vivre encore près de toi, quelques jours ou quelques heures à peine, peut-être, le temps de le découvrir et de l'effacer fébrilement, si près de toi, dans ce sac qui pèsera sur tes épaules, dans une poche intérieure de blouson, contre ton cœur, ou sur le bout de meuble spécialement dégagé pour tes affaires, un tiroir pourquoi pas, c'est moi qui pars avec toi aussi sûrement qu'un médaillon contenant une mèche de cheveux autour du cou d'un soldat lointain.

Papaaaaa !

Il te saute au cou, t'accapare tout de suite. Tu as juste le temps de poser ton casque, de m'adresser un sourire, d'effleurer ma joue – comme Martha est douce et belle, comme elle me pardonne, quelle force surhumaine nom d'une pipe, sa beauté s'est décuplée avec son courage, ces lèvres rouges qui me sourient, ces yeux fendus qui battent des ailes, la pointe rose de ses joues et celle de ses seins qui dessinent des bourgeons sous cette robe arachnéenne, ses jambes si bien faites qui n'en finissent pas, et comme cette maison est accueillante, et chaleureuse, et élégante, comme ici chaque chose est plus belle qu'ailleurs, un bel endroit pour mourir oui, alors que là-bas, là-bas, mon adorée déjà fait sa tête de cochon parce que je suis ici, parce que je n'ai pas volé vers elle déjà déboutonné, je m'attarderai sûrement, me remplirai des beaux endroits, des beaux moments, de ma belle famille et tant pis si en rentrant ce soir vers mon lieu nouveau-né je me prends une volée de bois vert et découvre la réalité de la cohabitation avec une chieuse – que déjà tu es père.

Alex flotte dans les jours inchangés.

Il faut faire un concours de toupie, superviser les devoirs, regarder blotti contre toi un bêtisier de chats qui se cassent la gueule en riant aux éclats.

J'ai préparé le dîner. L'idée de te laisser faire, notre tradition, ne m'a même pas effleurée. Je ne veux rien attendre de toi.

Comme à son ordinaire Alex engloutit son assiette d'un trait et retourne à ses jeux. Nous voilà donc de nouveau seuls, face à face, baignant dans une drôle de tension. Tu me regardes et me submerges. Je retiens mes larmes, mais elles humidifient chacun de mes gestes.

Tout est absurde.

Alex couché, tu prends congé. Aussi tendrement et naturellement que quand tu es arrivé.

Que dois-je faire ? Faut-il se comporter comme un début de phrase après un point final, déprogrammer plus de vingt ans de gestes amoureux et s'adapter aux codes de la simple amitié, smack smack sur les pommettes, ou ne rien faire du tout, juste se regarder, toi partir et moi rester, se sourire, s'effleurer, ou ai-je le droit de me coller contre toi, de chercher tes lèvres et de frémir à leur réponse, suis-je autorisée à enfouir mes mains dans tes cheveux et à coller ma bouche à ton cou, n'est-ce plus à moi de le faire ou bien ai-je le privilège historique, reine de droit divin, de nous emporter encore vers des tendresses déplacées, mais soudain c'est toi qui embrouilles tout, tu m'écrases, tu m'enveloppes, tes mains fourragent et atteignent les endroits nus, forcent les quelques endroits couverts, ils cheminent, ils s'attardent, caresses ciblées et si efficaces que je jouis en quelques secondes, salaud, salaud, c'est le soleil qui explose pour me laisser dans la nuit, et la porte se ferme sur tes pas qui m'abandonnent, sur mon corps qui reprend son souffle.

Un peu plus tard, lovée contre ton T-shirt-oreiller, j'enrage et je jubile.

À mon tour, je suis ta maîtresse.

La douleur me réveille encore. Je ne pourrai jamais sembler ripolinée de frais si ce trou dans mon dos ne me laisse pas tranquille. Il y a cette stupéfaction de me trouver seule. La télé est encore allumée, le son réglé au plus bas. Je me souviens. Hier soir j'ai laissé ses lueurs éclairer la chambre pour ne pas avoir peur du noir.

J'ai régressé. J'ai dix-sept ans. Je ne pense qu'à l'amour et j'ai peur dans les ténèbres. Je dors la lumière allumée. Je me demande ce que je fous sur cette Terre. Je ne t'ai pas encore croisé.

C'est absurde. Je me répète.

Je me mets à songer que tout pourrait dépendre de moi désormais, que c'est peut-être toi qui attends un geste, une décision, une action folle, pour te tirer de là, pour t'arracher à Circé, la salope, la marmonneuse d'enchantements. Si cette conne de Pénélope avait enfilé ses spartiates pour aller chercher et ramener Ulysse par la peau du cul au lieu de rester dans ses pantoufles à se taper des travaux d'aiguille, c'est un époux fringant qu'elle aurait retrouvé, pas un héros fatigué. Je dois te libérer.

Je me lève. Il faut que j'y aille. Si je m'aide, le ciel m'aidera peut-être.

Mais je ne sais pas où tu es.

Voilà qui me fait brutalement fondre en larmes. Le vide est décuplé par cette conscience soudaine, nous avons pensé à tout, nous avons évité les cris et les ressentiments, nous avons protégé Alex, nous avons mis au point un emploi du temps découpant respectueusement nos responsabilités, mais l'essentiel avait été oublié.

Depuis deux jours, tu habites quelque part dans la ville, mais je ne sais pas où. Je n'ai rien d'autre en tête qu'un nom de quartier. Un quartier lointain, un quartier que je n'ai jamais aimé, de ces quartiers près de la mer et c'est peut-être là son seul intérêt, un quartier qui ne te va pas, au travers duquel tu n'aurais même pas eu la tentation de te promener, parce que dénué de tout ce qui t'attire dans les villes : pas de librairies, pas de cinémas, pas de théâtres, pas de salles de concert, pas de cafés chaleureux, juste des entrelacs de rues résidentielles et de bagnoles qui tournent pour trouver une place, et les snacks criards de bord de plage.

Il faut que je te tire de là. Circé est parvenue même à te contraindre à ce que tu détestes.

Je tape, fébrile, le nom d'Alien sur le site de l'annuaire en ligne. J'y suis, j'y suis. Google Maps. Je visualise. Un petit coup de Street View. Me voici virtuellement en train de passer devant sa porte. L'immeuble est moche, une boîte d'allumettes à balcons insignifiants. Vue imprenable sur d'autres immeubles tout aussi moches et sur d'autres balcons à géraniums fanés. Une résidence à la con parmi d'autres résidences à la con. Le mot résidence qui t'avait toujours fait gerber.

Je m'habille, assez chaudement pour affronter la nuit glaciale. Je sauterai dans un taxi. Ça ne prendra pas longtemps : le temps de sonner – il faudra que j'insiste un peu sûrement, vous réveiller, vous tirer du lit, vous obliger à ouvrir pour faire taire le tintamarre de la sonnette – le temps que tu me regardes avec soulagement, avec tendresse, avec admiration, le temps que tu remplisses ton sac à dos pour lui faire faire en sens contraire son travail de transvasement, le temps que tu l'écartes de ton chemin et que tu saisisses la main que je te tends. Viens. On rentre à la maison.

Alex dort à poings fermés. Ça fait bien longtemps qu'il ne se réveille plus la nuit, il ne se rendra même pas compte de mon absence. Il est en sécurité ici, il y a les murs du foyer, et la chaleur et la solidité des certitudes, je m'éclipse sur la pointe des pieds.

Quelques flocons me mouillent le visage, mais ils ne me refroidissent pas, j'ai à l'intérieur de moi un grand feu qui m'enflamme les joues et me fait l'effet d'un vin chaud un peu grisant, je cours vers la station de taxis, je vole je vole, il y en a un, là, qui attend, je fais un signe, le chauffeur ouvre la portière, il a une tête patibulaire, où est-ce qu'on va mademoiselle, et.

Et je reste muette.

Non. Je dis juste : euh.

Je suis ridicule. Je suis une folle exaltée par ses illusions. Je suis l'idiote qui court vers son râteau. Je ne suis pas une héroïne de film. Je n'apparaîtrai pas au seuil de ta nouvelle porte nimbée d'une lumière d'or et d'une guirlande de roses. Tu ne me regarderas jamais avec soulagement, tendresse et admiration. Tu te mettras très en colère contre moi. Ou pas. Ce qui est sûr, c'est que tu ne saisiras pas la main que je te tends.

La très belle scène de film s'évanouit dans le dégonflement de sa bulle. Ça fait le bruit d'un vieux pet.

Non pardon, excusez-moi. Le chauffeur de taxi hausse les épaules et retourne à la lecture de son journal.

Je rentre à Ithaque, sous les flocons. Cette fois, ils me donnent froid.

Tu ne l'as jamais su ; je ne m'en suis jamais vantée. Je me suis abritée derrière un non-dit rougissant, oh, ne te fâche pas, il y a tellement d'autres choses que je t'ai cachées, je n'ai été dénuée ni de bassesses ni d'idioties, mais j'ai gardé, heureusement, assez de conscience pour me rendre compte que c'en était et pour ne pas en être fière.

Tu n'as jamais su, par exemple, que je suis allée errer, lunettes noires sur le nez, devant son cabinet, dans l'espoir de la voir en sortir, parce qu'il fallait que je sache ce que les quelques photos dénichées sur son profil ne me disaient pas, la réalité de sa silhouette et de sa démarche, la façon dont peut-être elle passait sa main dans ses cheveux, dont elle portait son sac, dont elle regardait autour d'elle pour traverser. Tu n'as jamais su que je me suis embusquée de l'autre côté de la rue, devant ton travail, pour savoir si elle venait te chercher à l'heure de la pause déjeuner et si vous vous enlaciez dans les lieux publics – mais en réalité ce n'était que pour soulager mon manque, me rincer l'œil, regarder l'homme que j'aime, le regarder apparaître, le regarder ne pas me voir, marcher dans la rue vers un boui-boui, seul dans la rue comme un sans-domicile alors que son vrai foyer n'était qu'à une centaine de mètres, et j'en ai même éprouvé de la peine. Je n'ai jamais osé t'avouer, non plus, qu'au fur et à mesure que tes affaires quittaient notre maison, dans une incessante et discrète fuite, j'en subtilisais quelques-unes et les dissimulais dans une boîte à chaussures, un petit autel consacré à ta mémoire que j'ouvrais le soir, et je contemplais, et je touchais, ces babioles qui pour toi avaient été insignifiantes mais qui pour moi revêtaient une force symbolique, une photo d'identité, une petite sculpture en os, un foulard, une boucle de ceinture, un très vieux carnet de croquis, un cendrier, un stylo, un briquet, un livre au hasard, mon Dieu j'en ai honte, un peu mais pas trop, je t'ai même volé ton peigne. Tu ne t'es rendu compte de rien. Tu avais d'autres préoccupations. Mais moi, comme une marmotte constituant son garde-manger, je sauvegardais des objets pour qu'ils m'aident à te sentir près de moi. Je ne t'ai jamais dit non plus que brutalement je me suis retrouvée incapable de soutenir, à la télévision, la vue d'une scène d'amour, d'un simple baiser, et que comme le faisait ma grand-mère devant de tels spectacles je détournais les yeux, fixant un point indéfini de la chambre, pour ne pas avoir à me demander si ça avait été la même chose pour vous, si vos premiers baisers avaient ressemblé à ceux-ci, ou si à ce moment précis, pendant que la solitude et l'abandon me congelaient, vous étiez en train de faire la même chose.

Et surtout, tu n'as jamais su la naissance de Sakura.

Puisque Martha n'était plus qu'une larve astrale, confite dans le deuil de tout ce qu'elle avait aimé, comme un spectre hululant coincé dans le mur d'une maison vide, il fallait lui créer un avatar resplendissant.

Sakura est fille de la douleur. Il a fallu la dessiner avant de la faire exister.

Le dessin était prêt en moi depuis tant d'années qu'il n'a pas été difficile de me décider. La seule décision délicate a été d'oser pousser la porte du salon et de se dire que tant le processus que le résultat étaient irréversibles. Rendez-vous pris, je ne pouvais plus reculer. Enfin si bien sûr, je pouvais encore reculer, annuler, me réfugier derrière mes craintes, mais à ce moment là je n'aurais laissé à rien ni à personne le droit de me dicter ce que je devais faire ou pas. Depuis presque un mois, on m'avait trop violentée, tenu la tête sous l'eau, forcée sous l'entonnoir à ingurgiter des décisions prises pour moi, et il n'y avait qu'en poussant cette porte, en entamant avec le jeune homme une longue conversation explicative, en le laissant observer ma peau et en versant des arrhes que je reprenais la main sur mes propres volontés.

Décider, agir, se dessiner à son image rêvée et non pas à celle des autres, je savais que je m'apprêtais à vivre un événement fondateur, un autre, un inédit, un tout nouveau, qui allait me changer à jamais.

Dans le bon sens. Pas en direction de l'inexistence comme celui dans lequel tu m'avais entraînée.

Le jeune homme s'appelle Kyôshi, je le trouve très beau. Cela faisait des jours et des jours que je n'avais plus trouvé quelqu'un, quelque chose, très beau. À ce moment-là, je considère Kyôshi comme une divinité de la beauté : non seulement il l'irradie, mais en plus il la crée du bout de ses aiguilles.

Il a hoché gravement la tête quand je lui ai exposé mon projet. Ça lui plaisait. Bien sûr, c'était dans ses cordes. C'était même sa spécialité. Il m'a parlé de la douleur.

Je lui ai décoché un sourire lumineux, heureuse d'être sur le point d'en rencontrer une enfin nommable, enfin superficielle, enfin physiologique. Une bonne saignée. Pour désengorger l'autoroute de l'insupportable, pour ponctionner la congestion et la rivière de pus qui gargouille en moi.

J'ai attendu le premier rendez-vous comme on attend une cérémonie. Un lever au corps lent, cimenté dans la conscience de sa disparition prochaine. Je me suis longuement regardée nue dans le miroir de la salle de bains. Il fallait que je me dise au revoir. Ça n'a pas été très difficile. Je mutais du vieux au neuf, du banal à l'exceptionnel, du rien au tout, du muet au volubile, de la résignation au libre arbitre.

Kyôshi m'a accueillie, ce jour-là, avec l'inclination respectueuse que l'on réserve aux reines. J'étais une toile vierge, j'étais l'espace, une matière vivante et malléable qu'il allait réinventer. J'ai clairement senti en lui le frisson de l'excitation qui m'a fait penser à celui que tu éprouvais quand, après avoir tout élaboré dans ton esprit, et passé des jours et des jours rencogné dans une rêverie fébrile, tu empoignais tes pinceaux et tes encres pour donner vie à l'impalpable. À la grande différence qu'à présent j'étais le support, et que je m'apprêtais à le vivre on ne peut plus cruellement.

Tu avais donné ton corps à une autre, mais tu n'avais donné que de la surface, de la peau effleurée. Moi, je donnais à ce jeune homme que je ne connaissais pas un dedans insoupçonné, je lui confiais jusqu'à l'intérieur de mon épiderme, et il était question d'éternité.

Même toi, tu n'as pas eu ce privilège.

En ce qui concerne le frisson de l'intime, je venais de te damer le pion.

Dans la petite pièce tapissée de feuillets et d'esquisses, la température est agréable. Ce qui me fait légèrement trembler, c'est la peur. Bien sûr j'ai peur, je n'ai aucune idée de ce dans quoi je viens de me jeter à corps réinventé. J'ai entendu dans un petit brouillard les mots de Kyôshi, il m'a parlé des sensations que j'allais éprouver, tout d'abord celle du subtil découpage, puis celle de la brûlure cuisante. Il m'a assuré qu'après une heure ou deux, les endorphines s'agitent au fond du bocal et font leur office anesthésiant. Un sourire, une main rassurante sur mon épaule, le parfum musqué de l'encens me plongent dans une sérénité bienfaisante. Il me demande si je veux de la musique, il y a là un appareil futuriste qui propose toutes les chansons de la création, je dis oui, je veux Bowie. Tout Bowie. Il y a de quoi occuper une journée entière.

Premières notes de « *Cygnet Committee* », au moment où l'aiguille attaque ses premiers centimètres. C'est donc ça ? Je m'attendais à tellement pire que je souris, je commence à me détendre tout à fait. Ce n'est pas douloureux, ce serait presque agréable, comme la pression insistante d'une pointe de Bic qu'on ferait courir sur la peau. Il y a le contact plastifié des gants de chirurgien sur mon dos, ces bouts de doigts légers comme des plumes qui impriment leur pizzicato, centimètre par centimètre, la caresse délicate de l'essuyé qui éponge mon sang mais que j'éprouve presque comme un petit repentir de mon joli bourreau, pardon de vous déchirer demoiselle, et le bourdonnement entêtant du pistolet me donne envie de dormir. D'ailleurs je crois me rappeler qu'à un certain moment je me suis effectivement assoupie, et quand j'ai ouvert les yeux j'ai réalisé avec stupéfaction que je n'étais déjà plus la même.

Il avait fallu que je décide de me faire tatouer la totalité du dos pour enfin flotter dans une anesthésie apaisante et oublier un instant ma douleur.

Quand, après avoir tracé les contours, il faut commencer à poser les couleurs et les ombres portées, l'aiguille mord ma chair de façon inattendue. Je serre les dents. L'appareil me fait penser à un tournevis, et c'est ce tournevis qui s'insinue sous ma peau pour y cracher ses substances.

Le premier contact m'a arraché un rire de surprise. Désormais, je ne m'alanguirai plus sous la chatouille du trait, on joue dans la cour des grands, et je sais que la torture sera longue.

Je me concentre sur cette atmosphère cérémoniale, feutrée et concentrée, qui aurait un aspect presque religieux si on faisait abstraction de l'attirail chirurgical et des crissements du plastique. Des relents heureux de salle d'accouchement. Ici aussi, c'est un laboratoire de vie.

Une main amie sur mon épaule, un encouragement filtrant sous ces paupières fendues. Kyôshi me trouble. Il est maître de ma peau. Il se crée entre le tatoueur et le tatoué une intimité que seuls des amants peuvent connaître. C'est parce qu'on est si dénudé, si vulnérable et pénétré au cœur, si abandonné à des mains qui vous façonnent. Et la douleur y est certainement pour quelque chose.

J'essaie de me souvenir de tous les trucs antidouleur de la mise au monde. La respiration profonde ; l'expulsion de l'air, en fin faisceau, comme à travers une paille ; m'accrocher aux montants de la banquette en bandant mes muscles, ou au contraire me faire toute molle, comme indifférente ; visualiser une image sereine – sous mes yeux ce sera la mer. Puis il ne me reste plus qu'à espérer qu'on ne m'ait pas menti, que les endorphines finissent par faire leur travail anesthésiant. La seule chose que je parviens à me figurer est une patte de chat furieux qu'on retiendrait de force sur la peau, et qui labourerait cet espace pris en otage jusqu'au sang, avant d'être reposée un peu plus loin et de recommencer.

Respirer, relâcher. Respirer, relâcher.

Penser à toi, à ce que la vie près de toi m'a donné, à ce qui ne sera plus.

Penser que tu es fou, penser que tu es malheureux, me demander s'il faut que je te punisse ou que je te console.

Penser que Martha est enfin en train de disparaître sous ces scarifications, et que lui arracher la peau pour lui en coudre une autre n'est qu'un processus de mue, au même titre que celui qui remplace une bestiole rampante et légèrement moite en une joliesse virevoltante et multicolore.

Penser à Sakura. Sakura, quel joli nom pour cette autre femme qui portera à jamais sur son dos, dans sa chair griffée, un cerisier en fleurs et un printemps éternel.

C'est fini.

Les mots de Kyôshi me soulagent. Huit heures se sont donc écoulées, j'ai dû lâcher prise à un certain moment, et quand la douleur s'arrête c'est comme un océan de bien-être.

Regarde.

Il me tend un miroir pour que je contemple le travail, en un habile jeu de reflet, à travers l'autre où je me vois enfin en pied et de dos.

Je suis coupée en deux.

Des épaules aux reins, me voici déesse.

Un paysage, une floraison de jardin fou occupent à présent ce qui n'était plus qu'un squame moribond. Dégringolant de mes épaules, le sakura en apothéose entremêle branches, rameaux, bourgeons, fleurs à peine écloses, puis en pleine maturité, puis froissées par le vent qui emporte dans son mouvement quelques pétales voyageurs, tend son bois aux pattes d'oiseaux farceurs, dont un qui, la tête en bas, semble rire de son acrobatie irrésistible, et cet autre, là, fuyant, un papillon dans le bec, un autre encore lorgnant sur le sommeil d'un lézard se croyant à l'abri entre deux rejetons, c'est un foisonnement de terre et d'air qui progressivement rejoint l'eau au creux de mes reins, sous l'œil attentif de deux poissons aux écailles minutieuses, prêts à bondir vers la libellule qui se dore la pilule sous un baldaquin de fleurs, il y en a un qui saute déjà, il y est presque, et sa queue éclabousse, et je ne peux pas y croire, mon corps est devenu le monde, c'est toute la beauté de l'éphémère qui se pérennise ici, c'est un pied de nez à ce que la vie a voulu me faire gober, que rien ne dure, que l'éternité c'est du flan, mais c'est faux, je porte à jamais sur moi, gravé dans mes écailles à moi, ce qui par essence est condamné à filer entre les doigts.

Quand le soir je rentre, la peau enflammée sous sa couche de crème grasse, et que je t'attends pour la petite comédie du bonheur intact, je me dissimule chastement. Je n'ai encore aucune idée de ce qui se passera entre nous, si des tendresses désormais illicites nous emporteront, mais je saurai garder mon secret.

C'est étrange, de te parler avec du mensonge gravé dans le dos. Tellement étrange… Je n'avais jamais connu cette sensation, le non-dit comme une aura aux couleurs cochonnes frétillant autour de ma silhouette, désintégrant encore un peu la vieille complicité, c'est quelque chose qui m'amuse et m'embarrasse, j'essaie de me mettre à ta place au temps de la trahison, est-ce que ça avait ce petit quelque chose de drôle et de légèrement enfantin, ou bien n'y avait-il que du tragique quand tu me parlais comme si de rien n'était alors que tu sortais de ses bras et que vous aviez programmé le meurtre dans vos agendas ?

D'ailleurs, est-ce que je te parle seulement, ce soir ? Je bavarde. Je ne fais allusion à rien. Ce n'est pas le manque de courage, ce n'est pas la difficulté de laisser simplement fuser ce mot – *Alors... ?* – qui me contraindrait à entendre des réponses que je ne veux pas entendre, c'est juste qu'il y a des choses qui n'existent pas et qu'il faut continuer à taire pour les empêcher d'exister, c'est juste que les absurdités doivent demeurer innommables, si je veux te convaincre qu'Alien n'est qu'un hologramme bon marché issu de tes faibles tentations de mâle il ne faut surtout pas que je la verbalise.

Je comprends brusquement pourquoi, depuis ton départ, je ne t'ai pas encore demandé ta nouvelle adresse. Tu dois trouver bizarre que je ne l'aie pas encore exigée. Mais il semble que tu sois entré dans mon jeu. Les jours passent, tu ne sais pas que je suis allée vous traquer sur Google Maps et que tu as échappé de peu à une stupide irruption nocturne, et ton nouveau lieu reste une énigme tacite.

Oh oui, les jours passent. Des nuits et des nuits ont parcouru le temps depuis notre dernier sommeil, et tant de petits objets ont déserté la maison. J'ai découvert que tu rentrais entre midi et deux pendant que j'étais à la prison, comme un cambrioleur, essayant de laisser le moins de traces possible de ton passage mais tu finissais toujours par te trahir, une table bien débarrassée de ses miettes, un courrier ayant monté les deux étages sur ses petites pattes. Ce soir, mon dos-monde picotant encore comme s'il avait séjourné sur un nid de fourmis rouges, il me vient une envie folle de te dire que je t'ai démasqué, et d'être féroce, de t'envoyer à la gueule que tu n'as plus rien à faire ici quand nous n'y sommes pas, parce que ce n'est plus ta maison, ce n'est plus un endroit dont tu peux disposer quand il fait trop froid dehors ou que tu as une petite faim ou que tu as envie d'écouter un disque en admirant notre belle vue, ni même l'éventuelle tentation de pousser des soupirs à fendre l'âme en regrettant ta vie à présent salopée, me voici donc sur le point de te grincer qu'ici ce n'est pas une cantine ni une pissotière, ici c'était l'écrin de nous, c'était notre petit rêve, c'était l'endroit où j'ai mordu un oreiller pendant vingt-deux heures avant que mon corps ne démoule ton fils, c'était ce que tu as expulsé hors de ton existence à coups de reins pourris, non, tu n'as plus rien à faire ici. Parce que c'était, et il faut te rendre à l'évidence, ce n'est plus.

Et pourtant, je ne dirai rien. Parce que je me suis émue chaque fois que j'ai pressenti ton incursion, j'ai souri comme la plus conne d'entre les connes, comme c'est mignon, il revient sur nos traces, c'est peut-être parce qu'il a saisi que c'était là son être au monde, sa crique naturelle. Il est venu prendre une bouffée de bonnes choses. C'est cela que j'ai songé ; une, deux fois. Puis, je me suis rendu compte que tu venais prosaïquement vider les placards de certaines denrées alimentaires que tu savais que je n'aimais pas, pour les emmener chez elle. Je les ai vus disparaître, les uns après les autres : le curry en poudre, le mélange italien, le curcuma, le thé noir de Chine, la moutarde anglaise. Se volatiliser, le gingembre frais, les acras de mangue, les graines de tournesol. Et moi j'ouvrais le garde-manger et mes larmes se mettaient à couler en observant la place laissée vide par un bocal envolé, j'avais si mal alors que ça ne me semblait même pas ridicule. Tu as peut-être oublié, et il vaut mieux en rire aujourd'hui, mais c'est là la raison pour laquelle un jour j'ai fourré dans ton sac à dos, celui qui attendait le soir, vide, pour repartir plein, les bocaux de tomates vertes au vinaigre, comme une façon muette de te hurler d'aller bouffer avec TA connasse les conserves faites par MOI histoire de peut-être éprouver au fond du palais un petit pincement désagréable de remords.

La comédie des faux-semblants se transformait peu à peu en théâtre d'objets.

Et tu ne parlais toujours pas à Alex.

Est arrivé le premier dimanche.

Alex s'est levé, un peu tôt à mon goût, pour venir se blottir dans ma chaleur. Il est où, papa ? Ma réponse était préparée d'un commun accord avec toi. Il a dormi à l'atelier, il avait beaucoup de travail à finir. Depuis une semaine, l'atelier a bon dos. Alex ne s'en alarme pas plus que ça, il est habitué à tes disparitions de fin de journée. Il s'en est plaint parfois, nous lui avions fait comprendre que travailler à plein-temps est une contrainte qui oblige à trouver du temps là où il y en a si on veut mener une activité artistique.

Tu es arrivé dans la matinée, guilleret. Tu avais des projets pour nous : un resto, un ciné. C'est toi qui t'occuperais du bain et des devoirs, en fin d'après-midi, avant de te retirer poliment en invoquant un verre avec des amis. Le jeu de la famille parfaite, qui semblait te mettre en joie. Alex jubilait avec toi. Moi, sur mes gardes et mon trente et un, je n'aurais su mettre des mots sur ce grand maelström au creux de mon ventre, déchirée que j'étais entre l'envie de profiter jusqu'à l'os de ce moment qui m'était offert, nous trois, toi près de moi, toi loin d'elle pour quelques heures et avec le sourire de surcroît, et la conscience brûlante que, tout compte fait, ça ne voulait plus rien dire.

Tu voletais dans notre maison avec une légèreté époustouflante. Je m'attendais même à ce que tu t'installes devant l'ordinateur ou que tu arroses les plantes. Tu étais décidément un homme taillé pour la double vie. Illusion parfaite de la normalité, si on faisait exception du maudit sac à dos que tu avais posé dans le bureau à ton arrivée et qui repartirait plein à la tombée de la nuit.

Impossible de savoir s'il ne s'agissait que de grimaces adressées à Alex ou d'une réelle pesée de ce que tu aimais le plus au monde. Est-ce que ça sentait le retour ? Je n'aurais su le dire, et je préférais m'interdire les interprétations. Mais une chose était sûre : ce dimanche-là, avec nous, tes deux trésors polis à l'amour véritable, tu étais heureux. Et j'essayais de l'être aussi, parce que ces petites miettes-là, ce petit « nous trois » que tu nous concéderais chaque dimanche, était une raison suffisante pour ne pas crever tout de suite.

La langue au fond du pot, encore.

Je n'ai cependant pas résisté à une petite pique mutine, glissée à ton oreille.

Elle accepte sans problème d'être abandonnée pour nous ?

Tu as souri.

Non, bien sûr que non.

Je me suis réjouie en imaginant une dispute.

Dans la rue, de retour du cinéma, tu m'as pris la main. Ce n'était pas simplement une saisie, c'était une étreinte, des caresses de phalanges, un nœud reconstitué. Une légère tiédeur s'est diffusée dans mon hiver, jusqu'à la maison, jusqu'à ce qu'il retombe, l'hiver, parce qu'à présent Alex barbotait dans son bain derrière la porte et qu'il était l'heure de décoller nos épidermes.

À demain matin.

Mon petit bonheur s'arrêtait là.

Je serai là à sept heures.

Je t'attendrai.

C'est bien.

Oui, c'est bien.

Tu m'as embrassée, pizzicato moelleux sur mes lèvres. Dieu sait ce qu'il y avait dans ton sac, racines arrachées à leur terreau.

Je t'ai encore regardé descendre l'escalier. Il n'y avait aucun entrain dans ta démarche.

Et puis, le lendemain, Sakura est née.

J'en ai aujourd'hui encore un souvenir ému, de cette présentation. Martha, Sakura. Sakura, Martha. Enchantée. Enchantées. Martha pour les intimes, Sakura pour la multitude. Sakura, ma vitrine, mon avatar, mon nouveau profil. Sakura, femme-arbre, femme-fleuve, femme-insecte des beaux jours, femme-vie qui ondule, cette créature née de l'encre comme l'autre, là, née de la vague, capable d'endurer toutes les brûlures, capable de serrer les dents quand on l'écorche vive, une belle plante Sakura, une soldatesse qui résiste.

Sakura, la belle espionne, la pénétreuse des couples imbéciles.

Elle n'aura pas de visage. Elle ne sera qu'une inexistence fabriquée de toutes pièces, qu'un fantasme d'identité. C'est une remplaçante délectable à un être qui a fondu.

Sakura. Photo de profil : une cheville résillée, bridée de cuir.

Ville : une parmi tant d'autres.

Activité : artiste.

Naissance : aujourd'hui.

Je devais ensuite aller à la pêche aux amis. J'ai pioché au hasard, parmi des inconnus gravitant dans le milieu artistique, celui de l'architecture, de la peinture, et même du tatouage et du body art. En quelques heures j'avais déjà un nombre conséquent de réponses à mes invitations.

Aline Pélissier est tombée dans le panneau avec brio.

Le soir, j'étais son amie.

Je dois dire que la facilité avec laquelle je suis parvenue à me constituer ce réseau m'a laissée pantoise. Moi qui avais toujours été attentive, sur ma page Facebook, à ne solliciter et n'accepter que des gens que j'avais déjà rencontrés, ou d'autres dont je connaissais le travail, pour ne pas me laisser envahir de quidams ou pour m'assurer de partager quelques atomes crochus avec cette communauté, je me suis étonnée de voir qu'il suffisait d'exhiber une photo sensuelle, un bout de corps incandescent, pour que les mouches se précipitent. Qu'attendaient-ils de moi, je n'aurais su le dire. Il m'appartenait à présent de me créer une mythologie.

Le fils d'Isa m'avait raconté un jour, content de lui, qu'il se régalait du personnage qu'il s'était créé sur son réseau social : plus grand, plus âgé, plus costaud, plus sportif, plus exotique, plus actif, représenté par une fausse photographie, il inventait monts et merveilles et se délectait du succès rencontré auprès de filles pâmées et de garçons envieux. Il avait ri à ma réaction. Mais pourquoi as-tu besoin de ça, Valentin, tu es beau comme un dieu, tu es un garçon adorable, quel intérêt de te réaliser dans le mensonge ? Mais enfin, Martha, justement, à quoi serviraient ces machines si on ne pouvait pas les détourner à notre avantage ? On nous donne un formidable outil pour nous réinventer, pour devenir ce qu'on a toujours rêvé d'être, pour apparaître enfin différemment… À travers mon avatar, personne ne me juge. On passe notre vie à être jugés sur notre apparence, sur notre statut social, sur la forme de nos dents ou la frisure de nos cheveux, là au moins je peux être qui je veux. Quelqu'un de mieux.

Ce n'est pas quelqu'un de mieux, Valentin. C'est une personne qu'on t'a imposée à ton insu. Ton personnage n'est pas un petit gros à lunettes qui aime les livres. C'est une enveloppe publicitaire. Un canon stéréotypé.

Et ce soir je regarde mon avatar, cette femme sans visage, cette liane décorée, Sakura artiste, c'est formidable, il n'y a là encore aucune allusion à quelque travail que ce soit, juste une enveloppe merveilleuse, une pelure appétissante, et tout le monde déjà veut être mon ami.

Aline Pélissier.

Je l'ai.

Petite fenêtre de vie, Facebook me la dévoile entièrement, ou presque, bien sûr, je ne suis pas naïve. Patiemment, installée dans ma solitude, satisfaite qu'aucun regard extérieur ne risque de surprendre mon indiscrétion, je remonte le fil jusqu'au jour de son inscription. Au fur et à mesure que je molette, j'en apprends plus que ce que j'espérais. Dans le cartouche de gauche, le souvenir des posts échangés avec toute une foule d'individus dont un certain Raphaël Delombre, en 2012. Ce sont vos premières communications. Tu la remercies pour cet article écrit sur un blog de décoration – un blog, nom de Dieu, c'est fou, si tout n'était pas pollué par les bassesses je jurerais que ce n'est qu'hypocrisie de ta part –, elle répond en jouant la carte de la modestie, tu réitères – non non, vraiment, merci beaucoup –, alors elle se fait plus hardie, ce ne sont que des enchaînements de consonnes et de voyelles mais voilà que ça commence à sentir le clin d'œil, le rire de gorge, l'invite, les phéromones. Je regarde ces petites lettres qui s'emboîtent et je te vois tomber comme un bleu, j'examine les dates et les heures et je suis capable peu à peu de cinématographier l'instant, je me souviens brusquement, cette petite conversation constituée d'une dizaine de répliques, c'était pendant que j'accompagnais Alex à sa compétition de judo, et celle-ci, mon agenda à l'appui, c'était pendant que je comparaissais en tant qu'experte au procès d'un violeur en série, et celle-là encore, c'était un soir normal, un soir où je m'étais couchée tôt, lunettes sur le nez et roman sur le ventre, absolument inconsciente de ce qui commençait à se tramer dans le bureau à trois mètres de là. Toi aussi, jour après jour, tu t'enhardis. Tu commences à la nommer par un petit surnom – le sien officiel, ou un que tu viens de lui inventer en toute intimité, Fée Clochette – puis à faire allusion à des rencontres, à des choses faites à deux, des arguments lors d'une conversation, des opinions concernant une exposition. Les émoticônes fleurissent progressivement, la ponctuation se fait smileys complices ou malicieux, les phrases deviennent sibyllines. Les dates me le confirment : ça y est, vous avez sauté le pas. C'est à peu près là que les échanges s'arrêtent sur sa page : il est évident que vous êtes passés à autre chose, exit Facebook, c'est la boîte mail qui a pris le relais. Tu continues tout de même à liker consciencieusement tout ce qu'elle publie, des chansons – elle aime le folk sirupeux qui parle d'amour –, des photos raflées sur Google qui sont, si je comprends bien, une manière de pirater la créativité des autres pour faire croire que son esprit est à la hauteur, en fait tu likes tout, je revois encore et encore ces heures où tu t'enterrais devant ton petit écran pendant que je jouais aux Playmobil ou que je pansais les bobos. Voilà ce que tu faisais, tu faisais défiler les mots de ta nouvelle éternelle pour les gratifier, comme on dépose un baiser sur une épaule, de ta tendresse en forme de pouce dressé.

Je la dépouille.

J'ai accès à sa vie comme si je l'épiais depuis ma fenêtre au téléobjectif. Je songe avec amertume à ces gens qui hurlent quand on propose l'installation de caméras de surveillance dans leur quartier pour tenter d'enrayer la montée de la délinquance. La vie privée, qu'ils disent. Ils disent, ils secouent la tête avec des mines catastrophées et bien pensantes, puis ils filent publier sur leur ruban numérique les images de leur couple, de leur intérieur (et là je ne parle pas que de leur maison), de leurs enfants, du contenu de la cuvette de leurs chiottes. Le ruban de la Fée Clochette me renseigne sur ses déplacements, ses affections et ses menus, ses humeurs et ses échanges, ses larmes et ses éclats de rire. Je peux même contempler à loisir ses photos de famille, elle enfant, elle adolescente, elle dans les bras d'une grand-mère aujourd'hui décédée – *RIP Mamie*, a-t-elle commenté : je suis si allergique à cette connerie de « RIP » que j'en grince de rire –, elle à dix ans posant avec son chien dans des prairies verdoyantes – *RIP Médor* – bon sang, il y a même elle dans un supermarché avec un bonnet sur la tête, elle à chaque jour de l'an avec le verre brandi et les copines, elle tout le temps et partout, envahissant l'espace de son autosatisfaction, elle s'imposant physiquement dans chaque foyer ami à travers les clichés d'une histoire personnelle dont tout le monde – Raphaël Delombre excepté – se contrefout certainement mais fait semblant de vénérer par politesse.

Prolixe jusqu'à l'écœurement, la Fée Clochette. Il ne se passe pas un jour sans qu'elle inonde son profil de considérations sur son quotidien, postant des clips vidéo, des photos de ses chaussures – *oh, il a plu, elles sont mouillées* –, de plats de lasagnes – *yummy* – ou de vagues opinions sur une chanson, un groupe, une expo, un bâtiment. Je comprends peu à peu qu'elle a elle aussi des velléités de barbouilleuse en herbe et aime se présenter comme une peintre accomplie et torturée, à en juger par le nombre de photos représentant quelques cacas sur une toile, caca bleu, caca rouge, croûtes qui à mon avis ne doivent pas dépasser les trois heures de travail et sont inspirées par un manque d'inspiration manifeste.

Et je pense au grand con qui trouve cela admirable.

S'il n'y avait que le grand con.

Mais ça réagit. La demoiselle a sa cour de vils flatteurs qui répondent aussi sec pour s'extasier. Des ribambelles de mains d'empereur au Colisée pour remplacer toute tentation d'analyse et de critique, comme c'est simple, cette petite merde de gant de Mickey qui réduit aujourd'hui toute réflexion à la dichotomie préhistorique – j'aime, ou je m'en fous – des petits *Wow*, des petits *Yes*, des petits *J'adoooooore*. Il y a donc des pelletées de connards qui adoooooorent les petits cacas rouges d'Aline Pélissier, le grand mien en tête – *Raphaël Delombre aime ça* – mais comment

Raphaël Delombre peut-il aimer ça, Raphaël Delombre qui passe six mois à chercher, à essayer le geste de sa main, à le répéter comme un danseur avant de le jeter sur la toile ou sur le bois comme on se jette le jour de la grande première sur un plateau de l'Opéra, en apnée, Raphaël Delombre pour qui la peinture est un spectacle vivant qui ne souffrirait aucune mollesse, mais c'est comme ça, Raphaël Delombre *aime ça*. Il n'aime pas que ça, d'ailleurs, il postouille des compliments amourachés au sujet de toutes les basses exhibitions de sa petite chatte, le plat de lasagnes et les chaussures mouillées, les trois accords d'un rocker quelconque, la photo d'un coucher de soleil prise du balcon bétonné de la *résidence* ou d'un graffiti sur un mur merdeux, les griffonnages géométriques qui semblent être des brouillons de travaux d'architecte et les si profondes humeurs du jour – « *La culture c'est comme la confiture...* ».

Je me rends compte que je tremble de tous mes membres en explorant. Mais ce n'est plus par honte de ma propre indiscrétion, puisque maintenant je fouille en toute légitimité – je suis *amie* – c'est à cause d'une colère noire devant tant de bêtise, non pas la bêtise affichée de la fille, mais celle des réactions de l'homme que j'avais toujours considéré d'une vénérable et enviable intelligence. Mon Dieu, dites-moi que je rêve... Il ponctue toutes ses phrases par des émoticônes... Mon Raph, celui qui essayait patiemment de m'expliquer la physique quantique ou la théorie du chaos, devant les cacas bleus, les phrasounettes philosophiques au sujet de la sérénité ou de l'amitié, envoie des faces de crêpe tirant la langue ou plissant un œil complice. Pire encore : il écrit *Huhuhuha ! ;)))*.

Je sens en moi comme une révolutionnaire résignation.

À quoi ? Je cherche un moment. D'où vient cette drôle d'impression, à la fois amère et libératrice, qu'il est temps à présent de cesser de lutter, d'envoyer au diable chimères et regrets, et de préférer en rire ?

Je comprends peu à peu.

Elle t'a rendu con.

Avant, je te méritais. Nous nous méritions l'un l'autre. Plus de vingt ans de longueur d'onde partagée m'en avaient donné la preuve. Nous nous nourrissions, nous nous élevions. On exigeait la qualité, comme pour de la bonne viande. Tu aurais roulé des yeux goguenards si j'avais plébiscité un caca vert ou osé m'extasier sur une citation de magazine féminin. Et je me serais moquée gentiment de toi si tu en avais fait de même.

Ce que je découvrais là, cette médiocrité, cette facilité dictée par les érections, me convainquait désormais que tu n'avais plus rien à faire dans ma vie.

Aline Pélissier a modifié son profil.

En couple.

Devant mon écran, je dresse bien haut un majeur à l'ongle laqué.

Tu as trouvé ce soir, en venant jouer au papa, un carton déjà ficelé en attente dans le bureau. Un sourcil s'est étonné, découvrant en réponse une paisible indifférence.

Tu me pousses dehors ?

As-tu besoin de moi pour ça ?

Tu as l'air attristé. Mieux vaut que je l'ignore.

Il faudra quand même que tu trouves un moyen de récupérer tes étagères et tes bouquins. J'ai l'intention de rénover le bureau.

Attends, Martha… C'est encore trop tôt.

Tes atermoiements m'emprisonnent. Tant que tu envahis mon espace, je ne peux pas refaire ma vie.

Tu es si pressée ?

Il y a de l'agressivité dans tes derniers mots, jaillis involontairement. Tu t'en rends compte et t'embarrasses un peu. Face à toi, mon regard de défi te ferait presque baisser la tête.

Tu as quelque chose à dire sur les empressements, Raph ? Tu viens de prendre conscience que maintenant, on ne joue plus ?

Alex déboule de sa chambre et se jette dans tes bras. Il est l'heure de dîner et de se consacrer aux tendresses du soir. C'est ainsi que nous nous retrouvons tous les trois sur le lit, l'un enivré, les deux autres résignés face à un dessin animé idiot, mais il y a la vie entière dans cet instant, c'est un fragile écho des bruits d'un bonheur confisqué.

Sous un plaid remonté à point nommé, des membres s'effleurent.

Tous les membres sont raidis.

Il y aurait de quoi éclater de rire, ou en sanglots.

Tu me regardes intensément. La tête haute, je te provoque. Je te laisse trouver les ouvertures. Alex, enveloppé un peu plus loin, ne se doute de rien et commente les galopades de bestioles bavardes qui s'agitent sur l'écran. Ta main explore, chemine, s'attarde aux points névralgiques. La mienne se saisit des perches tendues. Bientôt des soupirs tentent de se déguiser en rires de téléspectateurs pour tromper l'enfant qui ne voit rien. Tu m'embrasses, goulûment. Je te laisse faire un moment, intensifiant la cadence de ma main, puis je décide qu'on a assez joué et je quitte la scène.

Juste le temps de me dire qu'il y en a une autre, là-bas, de l'autre côté de la ville, qui elle aussi aura eu son lot de cachotteries.

Alex livré à la nuit, tu me rejoins dans le salon.

Je ne te donne même pas la parole.

Tu appartiens à une autre femme, maintenant, Raph. Je ne te laisserai plus faire. J'ai des principes, moi. Je ne touche pas aux hommes des autres.

Tu es parti penaud, ton carton dans les bras, après une longue étreinte.

Si j'étais encore capable d'un peu de lucidité, je songerais que tu viens de te rendre compte que je suis en train de t'échapper, et qu'enfin tu mesures ce qu'est la douleur d'amour.

La première chose que je fais quand je rentre à la maison est de vérifier si ta malle est toujours là.

Ta malle est là.

On se regarde en chiennes de faïence, toutes les deux. Je ne saurais dire si le regard que je pose sur elle est empli de tendresse ou d'animosité. Elle n'a rien à faire là, dans le bureau ; sa place est dans le dressing, sous tes chemises. Sa migration suffit, petit symbole dérisoire, à me mettre face à ma nouvelle condition de femme quittée. Elle s'offre à moi avec un je-ne-sais-quoi d'ironique. Elle a voyagé, cette malle. Elle nous a suivis à travers quatre appartements, changeant de pelure à chaque nouvelle demeure pour s'harmoniser avec son décor. Elle a contenu des dossiers, puis des boîtes regorgeant de babioles, puis des vêtements et divers accessoires. Aujourd'hui, quand je l'ouvre, je n'y trouve plus ni tes pulls, ni tes ceintures, ni tes gants, ni tes écharpes. Ils sont déjà là-bas. À la place, rangés avec cette maniaquerie que je n'avais jamais vraiment remarquée, il y a des porte-vues consacrés aux relevés de sécurité sociale, mutuelle, fiches de paye, factures, téléphonie, banque, assurance. Rien que des choses banales et tristes sentant le rond-de-cuir, des choses qui peuvent attendre mais qui finiront bien par partir aussi, parce qu'il faut bien s'en encombrer quand même dans une nouvelle vie. Je ne peux pas m'empêcher de l'ouvrir chaque jour, pour voir ce que tu y as ajouté entre deux va-et-vient furtifs, ces trucs dont je n'avais jamais remarqué en tant d'années qu'ils étaient seulement à toi et pas à nous deux. Je me rends compte, au bout d'une semaine, que tu as commencé à y mettre des objets plus personnels. Il y a le couteau de ton père, quelques souvenirs d'enfance, deux ou trois livres de poche. Et un jour, comme une flèche qui me transperce, j'y découvre le petit cadre à photos qu'Alex t'avait fait à l'école pour la fête des pères, enluminé de cœurs, et au centre duquel son beau museau te sourit. Épouvantée, je m'effondre, mesurant le poids de ce geste que tu as fait, ce matin peut-être, après mon départ, de décrocher de son clou le petit cadre si débordant d'amour, et de le fourrer là dans ce bagage en attente, dans le but de lui trouver une place là où Alex ne serait jamais, pour emporter un bout de lui, un bout du monde quand il était encore beau, comme on emporte le souvenir d'un défunt. Certaines choses dans une vie sont moins supportables que d'autres.

Et moi ? Moi bien sûr, tu ne m'emportes pas.

Il ne manquerait plus que ça.

J'imagine la tête qu'elle ferait, l'autre, si elle te voyait installer dans les espaces laissés à la disposition de ton barda un vestige de l'encombrante Martha. Ce serait drôle… Merde ! Je me rebiffe. Je ne veux pas que tu partes sans moi. Je dois me faufiler dans chaque brèche, imposer mon spectre dans le moindre appel d'air, à présent fruit défendu ou simple piqûre de rappel, il faut que je sois là, il faut que je te hante.

Comme Catherine hantant Heathcliff là-bas sur la lande, cognant aux vitres avec les branches d'hiver, exhalant son haleine avec le vent. Mais en plus doux. En joli regret. En na-na-na-na-nère, regarde ce que tu as perdu. Je me fabrique alors un adorable fantôme. Sous un dossier je glisse, jeu sans duperie, un petit cliché en noir et blanc me montrant, à vingt ans, très corsetée et un peu nue, visage mélancolique à la jeunesse scandaleuse. Dans le coffret à souvenirs, me voici rayonnante, serrant un Alex tout bébé contre ma poitrine. Entre les pages des livres, j'insère : un portrait joue contre joue de notre insolent passé ; une Martha plutôt bien roulée lézardant sur le sable en imperceptible bikini ; une autre Martha ébouriffée éclatant de rire après l'amour ; une autre Martha encore, pétillante, pomponnée, en chignon et fume-cigarette, comme une Audrey Hepburn au visage moins anguleux mais aux yeux plus veloutés. Je pisse sur les pierres. Je marque mon territoire. Je me pourlèche de mes stratagèmes. Je me dis que tu tomberas dessus sans t'y attendre, et que ton cœur prendra la décharge électrique que tu mérites. Je me dis qu'elle fouillera peut-être – après tout, tu n'es qu'un inconnu pour elle – et que cela vaudra bien une petite dispute. Luttons à armes égales : vous vous êtes harcelés l'un l'autre avec votre libido nocturne, je vous harcèlerai avec mon statut de valeur sûre. Je suis la veuve, l'inconsolée, mais la souveraine incontestée de toutes les grandeurs de la vie.

Sakura écrit.

Elle n'a pas besoin de se forcer beaucoup pour exprimer le monde avec profondeur : d'énigmatiques aphorismes feront très bien l'affaire. Et d'ailleurs, a-t-elle vraiment besoin d'exprimer le monde avec profondeur ? Tout le monde s'en contrefout, de la profondeur du monde. C'est une posture qu'il faut trouver. Qui est Sakura, en fin de compte ? Quelqu'un qui existe. Un corps. Une chute de reins, une peau en apothéose, une page sur Facebook.

Sakura existe parce qu'elle est sur l'écran.

Elle pourrait elle aussi poster des photos de plats de nouilles, elle serait ainsi tout à fait dans l'air du temps, mais je décide de mettre la barre un peu plus haut.

Elle, ou moi.

Cette schizophrénie numérique est salutaire.

Sakura remplit son devoir à la perfection : œil de Moscou sur un autre foyer, elle constate qu'Alien passe de longues heures, dès le matin, connectée sur sa page. Les quelques moments silencieux correspondent grosso modo au temps de déplacement pour se rendre à son travail.

Ce qui donne une idée supplémentaire à Sakura.

Ordinateur familial, connexion sur le profil de Martha. Les amis sont en ligne, parmi lesquels Raphaël Delombre, sur *mobile*. Les deux écrans installés côte à côte, celui de mon e-book et celui du mastodonte du bureau, permettent une édifiante simultanéité. Dès le matin, vous êtes branchés tous les deux : toi sur ton portable, elle sur son ordinateur. Puis, par intermittence, ça continue tout au long de la journée. Le soir, après ton départ, je retourne à ma fenêtre virtuelle et m'aperçois que tu te connectes de nouveau, et qu'elle aussi.

Sakura en conclut : le temps des corps-à-corps est-il déjà révolu ? L'ébouriffante gémellité, cette apothéose de propos et d'échanges si harmonieux, connaît-elle déjà son automne, après seulement quinze jours de cohabitation ? Elle est devant son écran ; elle partage sans arrêt ses conneries. Toi, de ton côté, certainement sur le canapé, tu tapotes dans ton coin. Elle, amie avec Sakura, toi, seulement avec Martha.

Pendant ce temps, vous ne baisez pas. Vous ne vous parlez pas d'amour. J'en obtiens la démonstration sans même pénétrer chez vous. Je veux dire, en chair et en os. Mes écrans sont mon Big Brother.

Et voici que soudain Martha carillonne : nouveau message de Raphaël Delombre.

Tu me manques.

Je ne résiste pas à la tentation.

Ahahahaha ! ;))))

Ce n'est pas qu'un effet de style. Tout rit en moi, avec une acidité qui ronge jusqu'à l'os. Elle est sur le Web avec Sakura, et pendant ce temps tu envoies des mots tendres à Martha, en secret, en douce, en très douce. Je m'enquiers :

Tu es où ?

Salon.

Tu fais quoi ?

Rien de spécial. Alex ?

Il regarde Superman.

Coucher dans un quart d'heure ?

Bien sûr.

Le silence retombe quelques minutes. Elle est toujours sur le Web. Elle vient d'envoyer un article sur Cézanne. Je souris : rien ne t'a jamais fait autant horreur que Cézanne.

Tu portes quoi ?

Comme tout à l'heure. Ma robe bleue.

Mais encore ?

Tu veux dire, sous ma robe ?

Oui. Des bas ?

Quelque chose de très beau.

Dis-moi encore ?

Je sens la douceur du fauteuil en velours sur ma peau, entre la lisière du bas et le slip.

C'est agréable ?

Bonne soirée.

Sakura envoie une chanson. Juliette Greco. « Si tu t'imagines, fillette, fillette… » Aline Pélissier répond aussi sec par une petite moufle enthousiaste.

Martha envoie à Raph une photo encore toute chaude, le haut sensuel d'une cuisse entravée par le galon sombre d'une jarretelle.

Monsieur G. purge vingt-cinq ans pour assassinat.

Après maintes tentatives, il a fini par y arriver. Un guet-apens, un passage à tabac, une mise à mort, un incendie volontaire de l'auto de la victime pour que le corps supplicié s'y consume. Mais on peut difficilement maîtriser le feu, quand on a deux mains gauches et une intelligence toute relative.

Monsieur G. avait cru dur comme fer, pendant des mois, que le mari de la femme de sa vie était un rustre qui la violentait. De ses propres yeux non, il n'avait rien remarqué. Ni dans le comportement du pauvre homme, qui en dépit du portrait qu'on lui en faisait semblait doux comme un nounours et nimbé de cet appel à l'apitoiement qui auréole toujours les cocus à leur insu. Ni sur la femme en question, à la peau jamais bleuie. Mais elle savait pleurer, ça oui. Elle pleurait et racontait. Elle était au bout du rouleau. Deux compagnons dans sa vie, et à chaque fois elle avait été battue.

Monsieur G. s'était étonné. Il y a donc des monstres à tous les coins de rues ? Il y a donc des femmes maudites par le destin ? Il comprenait que la faute-à-pas-de-chance pouvait mettre sur la route d'une personne un mauvais homme. Mais deux ? Avec le même vice ?

Le premier mari était un commerçant tout à fait convenable, le deuxième un employé des postes non moins respectable. Pas d'alcool dans l'entourage, pas d'enfants apeurés, et une épouse qui, paradoxalement, ne semblait pas se méfier des hommes.

Elle l'avait trouvé sur Internet. Sur Facebook, une acceptation d'amitié – *Tiens ? On habite la même ville !* –, une conversation charmante, une photo appétissante. Des propos qui avaient glissé de la camaraderie à l'allusion séductrice à peine voilée. Un rendez-vous – *On se prend un café un de ces jours ?* – et le début d'une liaison.

Si Monsieur G. avait eu un peu plus de jugeote, il aurait pu se dire qu'une femme fragilisée par les violences ne se serait pas jetée au cou du premier concitoyen croisé sur un réseau social. Il n'est pas particulièrement au fait de la psychologie humaine mais aujourd'hui il déplore sa crédulité : une femme qui se fait frapper par tous les hommes qu'elle fréquente, ça ne se fie pas au premier venu, ça étudie, ça prend son temps avant d'en embarquer un autre… ça ne propose pas une vie commune dès les premières semaines de liaison… ça n'insiste pas comme une adolescente capricieuse pour mettre un nouveau bonhomme dans son salon… qu'est-ce que vous en pensez, madame ?

Bof.

Vous auriez fait quoi, vous ?

Mais on ne parle pas de moi.

Mais en toute amitié ?

En toute amitié ? Je vais vous dire ce que j'en pense. Non, je n'aurais pas agi ainsi. Je me serais rencognée loin des hommes pour respirer un peu. Et en cas de nouvel amour, j'aurais été très circonspecte. Chacun chez soi, et on fait confiance au temps avant de se lancer.

Exactement.

Mais sur le coup, vous n'y avez pas pensé.

Eh bien au début, elle disait juste qu'elle voulait quitter son mari parce qu'elle ne l'aimait plus. Et puis, le temps est passé. Elle ne le quittait pas. Elle m'a même fait entrer dans son foyer en me présentant comme un cousin. J'allais passer les soirées avec eux. Progressivement, elle a commencé à parler, à me dire qu'il était un monstre, qu'il la violait et la harcelait, qu'il lui tapait dessus chaque jour que Dieu faisait, qu'elle était prisonnière. Si tu me quittes, je te tue. Toi et les enfants. Peu à peu, elle a armé ma main. Je me devais de la protéger, de la libérer. J'ai cru bien agir.

Et aujourd'hui ?

Vingt-cinq ans pour un mensonge, pour avoir été manipulé comme un bleu, c'est dur.

Mais vous avez tué. À mains nues.

J'étais alors un ange exterminateur, madame. J'en avais même les ailes qui pointaient.

Sakura poste des bouts de corps. Chaque matin un petit bout.

Elle est devenue un as du recadrage, du rognage et du travail des lumières sur Photoshop. Il faut dire qu'elle a investi dans un très bon appareil photo et un pied qui lui permet de se livrer librement à l'objectif.

Les amis sont affamés. Ils en demandent toujours plus.

Mais Sakura est sage. Elle allèche avec un orteil à l'ongle cerise, l'ossature délicate d'un poignet, un lobe d'oreille.

Martha considère les progrès de la fabrication de Sakura et l'envie beaucoup d'être voulue.

Le beau dimanche est arrivé. Le troisième, depuis.

Tu me fais mille tendresses qui m'ébahissent de renouveau. Combien d'années à attendre que reviennent ces petites attentions d'amoureux tout neufs, un pouce qui caresse la fossette de mon menton, la pulpe d'un doigt courant sur la ligne de mon sourcil, une paume enveloppant totalement mon épaule…

Dehors il pleut à verse. Nous ne sortirons pas. La foule et l'asphalte ne seront pas le divertissement qui jusqu'ici nous ont permis de ne pas affronter un face-à-face embarrassant.

C'est à l'autre que je vole ces instants. Cela suffit pour me réjouir.

Tu as fini par me parler librement.

On s'est pris la tête, aujourd'hui. Elle refuse de comprendre que malgré tout, Alex demeure ma priorité. Et surtout elle ne supporte pas que je passe du temps avec toi. Elle accepterait Alex seul, mais l'idée que je sois en ta présence la met très en colère.

Pour quelqu'un qui t'a arraché à moi en quelques semaines de battements de cils, c'est gonflé. Est-ce que tu veux que j'aille en personne lui expliquer ce qu'est la jalousie ? Je ne parle pas de jalousie fantasmée, mais de jalousie effective.

Elle a bien conscience que je t'aimerai toujours.

Remballe tes conneries. C'est à elle que tu as bramé des *je t'aime* jour et nuit sur le Web, pas à moi. Tu vois, moi, ces mots, je ne les mérite plus. Et puis, on n'abandonne pas ceux qu'on aime, Raph.

Je ne t'abandonne pas.

Ne joue pas sur les mots. Tu voudrais te rassurer, te dire que non, tu ne m'as pas virée comme une malpropre parce que tu viens boire le café le matin et me tripoter le clito de temps en temps. Il n'en demeure pas moins que le résultat est là. Tes tiroirs sont vides, la maison est vide, je suis vide, tu as tout désincarné, même mes souvenirs sont vides de sens. Nous ne sommes même plus capables de nous sourire sincèrement.

Encore ta main me cherche.

Parfois vous me manquez tellement tous les deux que j'étouffe.

Tiens ? Je croyais que c'était avec moi que tu étouffais, d'où ta bonne excuse du pauvre mari négligé pour aller butiner ailleurs.

Pourquoi tu es devenue aussi dure ?

Je ne suis pas dure, Raph. Je suis transfigurée.

Alex se rend-il compte que quelque chose a changé entre nous, qu'il y a moins de musique qu'avant à la maison, que je suis plus silencieuse et plus fébrile ? A-t-il noté que le linge étendu n'est plus le tien, qu'il ne te trouve plus en caleçon le matin, encore ensommeillé devant tes tartines, mais habillé de pied en cap avec encore le froid du dehors au coin des joues ?

Je tends une oreille reconnaissante à ses gazouillis car c'est grâce à lui qu'entre mes murs ne s'est pas installé un silence sépulcral. En regardant notre fils, je me dis que tout en vaut sacrément la chandelle, ne pas sombrer, ne pas mourir. Chaque jour je me cache de lui pour pleurer, un bain chaud ça a bon dos, on peut ensuite expliquer les yeux rougis – une giclure de shampooing. Puis nous nous retrouvons blottis dans mon lit et je l'écoute soliloquer sur ses projets pharaoniques de constructions en Lego en laissant de temps à autre échapper un petit grognement poli.

Quand papa sera là… Alors je lui montrerai… Alors il m'aidera à… papa il m'a dit que…

Et puis bien sûr, la question fatidique.

Il est où, papa ?

La réponse est préparée de longue date. À l'atelier, mon chat.

Quoi, tous les soirs ?

Ben oui, tu sais, pour sa prochaine expo, il faut qu'il travaille beaucoup. Il dort là-bas, c'est plus pratique pour lui, comme ça il perd moins de temps.

Ah. Mais elle sera bientôt finie, cette expo ?

Je ne sais pas, chéri.

Cette putain de phrase que je sers à toutes les sauces depuis trop longtemps. Alex doit trouver que je sais bien peu de choses.

Je crois qu'Alex ne voit rien. Alex ne voit que toi, comme il t'a toujours vu, ce papa rassurant et confortable qui fait l'andouille pour le faire rire et qui sait hausser le ton en cas de petit conflit. Il te voit grand, et fort, et bien campé dans tes bottes. Il te voit droit et immuable. Il ne te voit pas comme un homme déjà parti.

Il ne prête certainement aucune attention à la grisaille qui a contaminé ton visage, ces yeux qui se creusent, ces traits tirés qui ne cessent de me signifier que tu prends peu à peu conscience de ton erreur.

Je ne peux résister à te le faire remarquer. Avec méchanceté. Je n'ai plus vraiment goût aux diplomaties.

Tu n'as pas l'air de flotter dans une lune de miel, mon amour. D'habitude on a les yeux plus vifs.

Je ne dors pas beaucoup.

Ah oui, c'est vrai, j'oubliais. Les nuits doivent être chaudes.

Je te rappelle que je suis ici chaque soir ou presque jusqu'à vingt et une heures, et que je me lève à six pour être là à sept.

C'est là tout l'inconvénient d'avoir deux foyers.

Tu me scrutes. Tu es en train de chercher en moi des résidus de Martha la douce, la rieuse, pourquoi pas la crépitante d'amour qui il y a quelques semaines encore se vidait de son sang en te suppliant de ne pas la quitter. Tu peux bien la chercher, va. Il n'y a plus que dans son aspect physique que tu la retrouves un peu. Sakura a pris sa place et tu l'ignores encore.

Les vacances scolaires se rapprochent, Raph. Nous sommes au pied du mur. Il n'y aura bientôt plus l'école comme alibi. Il faut que tu te décides à parler.

J'y songe.

D'autant plus que j'ai programmé un voyage. Dans quinze jours, tu auras Alex à temps plein et tu ne pourras plus l'abuser.

Un voyage ? Tu aurais pu m'avertir.

C'est une décision récente. Je pense que j'ai bien le droit de m'évader.

Oui. Oui.

Je vais à Rome.

Ah.

La peau de Sakura se glisse dans le mensonge comme une main dans un gant.

Donc, ou bien tu viens te réinstaller ici pour quelques jours, ou bien tu prends tes dispositions pour qu'Alex ait un lit chez vous. Mais je doute que ta compagne se réjouisse de devoir transbahuter la moitié d'une chambre d'enfant dans votre petit nid pour qu'il puisse s'occuper pendant une semaine.

Oui. Oui.

Tu comprends qu'après avoir passé une vie à t'attendre, je veuille un peu en profiter histoire de me retaper.

Oui.

Tu devras donc poser quelques jours de congé toi aussi.

Je m'en occupe.

Tu es docile comme un petit chien. Ce qui te courbe est peut-être un amas de scrupules, un sentiment de culpabilité tout neuf qui te fera accepter le moindre de mes caprices pour te dédouaner d'être celui qui nous a mis dans cette situation. Je pousse le vice jusqu'à te montrer que je t'ai percé à jour.

Eh oui. Il est temps de prendre ses responsabilités.

Je sais, je sais.

Je suppose qu'Alien a bien conscience aussi que la moitié des vacances elle supportera mon fils… Vous n'aviez pas programmé d'escapade en amoureux, j'espère ?

Tu ne réponds pas.

Et puisque j'y suis… Il faudra quand même qu'un jour on évoque le divorce.

Martha, je…

Oui, tu as raison, ne parlons pas des choses qui fâchent. Tu veux un café ?

Mes dents sont blanches et mes yeux charbonneux, mes jambes sont longues et hypnotiques sous la soie, mes cheveux étincellent de cuivre dans les rayons du matin. Je sens ton regard lourd couler sur mon dos et plus encore alors que je serpente jusqu'à la cuisine.

Je n'ai aucune envie de divorcer, je n'ai aucune envie d'aller à Rome. Je n'ai aucune envie de vous/lui laisser Alex, je n'ai aucune envie de te faire mal, je ne veux pas te cajoler non plus, je ne veux pas que tu partes, je ne veux pas que tu reviennes, je ne veux pas que tu restes. Je ne veux pas que la vie nous éloigne l'un de l'autre, mais je ne veux pas que tu continues à me fréquenter par obligation. Je ne veux pas que tu me voies comme une extension d'Alex, et pourtant j'aime qu'il soit là comme un trait d'union immuable entre nous. Je compte les secondes qui annoncent ton arrivée quotidienne mais je voudrais que tu ne sois plus jamais là. Je ne veux plus du crétin aux émoticônes dans mon entourage, je ne veux plus du traître aux mensonges feutrés, et pourtant si tu te laissais reprendre c'est avec des griffes de sorcière que je t'arrimerais à moi. Il y a deux êtres en moi qui se disputent jour et nuit ta carcasse, comme deux chiens qui luttent. Je voudrais tout, sauf cet avatar d'existence auquel tu m'as contrainte. Je voudrais qu'elle soit morte, pour lui apprendre ce que c'est que de mourir un soir d'hiver.

J'aimerais que le sexe n'ait pas cette importance surdimensionnée qu'on lui donne. Je voudrais qu'il ne soit pas honteux de ne pas avoir fait l'amour depuis longtemps, ou de ne pas avoir apprécié la dernière fois, ou de ne pas avoir le temps de le faire, ou de ne pas avoir envie d'être touchée ce soir, ou d'avoir trop froid ou trop chaud tout simplement – laisse mon corps tranquille, il voudrait juste, cette nuit, éprouver sa lourdeur et sa lassitude, ou se sentir tout léger comme une plume qui s'est enfin posée, il n'a pas besoin de convulsions. Tout le monde est capable de glisser des mains dans des culottes. Mais combien sont capables de regarder un homme, une femme, en songeant que le monde entier porte son nom, que le temps, depuis son commencement jusqu'à sa fin prochaine, porte son nom, que chaque souffle de vie porte son nom, et même, mais faut-il être stupide pour penser de telles choses, que la mort en personne porte son nom.

Qu'as-tu dégoisé à ta salope ? Que notre foyer était un monastère ? Oh oui, je suis sûre que tu lui as dit quelque chose de cet acabit. Tu l'as même peut-être dit avec un sourire ironique, et elle aura ri à mes dépens. Ainsi, elle se sera sentie comme une superhéroïne volant au secours d'une pauvre queue négligée, une infirmière de la couille pas assez malaxée, une travailleuse du sexe prompte à réparer l'affront fait à ton petit bas-ventre en souffrance, ça lui fera les pieds à l'autre, à l'épouse paresseuse, quand on a un bloc comme toi dans son plumard et qu'on ne s'y tortille pas chaque nuit que Dieu fait on s'expose à tous les dangers, et plus encore, on mérite une bonne correction.

Ainsi tout est clair : la responsable est formellement désignée. Quant à toute cette littérature, le temps et le monde et la mort qui portent ton nom, tout ça, là, ce fatras de sang et d'yeux et de pulsations et de vie et d'envie de se coudre à toi pour te respirer jusqu'à en crever, c'est tellement inconsistant que ça peut se balayer comme une miette sur une nappe.

Ce soir la douleur est telle, prise entre ton dédain et mon humiliation, le vitriol qui me ronge à vif et la sensation que vous vous êtes mis à deux pour me violer, que je voudrais tout noyer dans l'hémoglobine. Elle, toi, moi. Et je ne comprends pas si ce qui m'en décourage est ce reste d'humanité qui en moi s'acharne, ou ce petit astre qui s'appelle Alex et qui n'est là que pour le meilleur, projet d'amour, fruit d'amour, petit corps d'amour, et qui, lui, aura assez de ressources pour savoir te pardonner.

Je voudrais pouvoir te dire que tout serait encore possible si tu le voulais bien, qu'au prix d'un effort surhumain on pourrait accueillir le pardon et se réaccepter avec le rose aux joues, mais Sakura ricane en roulant des yeux effarés. Sakura t'a congédié alors que Martha bat des paupières pour te faire fondre.

Mais Martha a bien entendu ce que tu as dit, que le temps qui vous est imparti est fin comme une feuille de papier bible, à peine une miette le matin puisque tu files vers nous, très peu le soir puisque tu rentres tard, rien le week end ou presque parce que tu es avec nous. En fin de compte, vous ne vivez pas ensemble. Vous cohabitez. C'est la raison pour laquelle Martha a inventé cette histoire de vacances romaines. En te poussant à revenir planter ta tente à la maison, car il faut bien que tu sois avec Alex en son absence, elle vous éloigne davantage l'un de l'autre. Martha sait bien que vous ne choisirez pas l'autre solution, Alex au milieu de votre colocation, car d'un côté tu ne céderais pas à l'indécence d'imposer du jour au lendemain cette inconnue à ton fils, et de l'autre elle y opposerait sans aucun doute un refus catégorique. Martha a trouvé un moyen pour vous saboter de l'intérieur, veloutement.

Sakura, elle, travaille à la torture. Elle te ramène à la maison pour que tu en goûtes la douceur regrettée, feu le bonheur d'une vie entière, pour que les souvenirs d'un temps qui ne fut jamais autre que bon te rongent. Une piqûre de rappel, un défi au regard dur, un petit tour vers Tantale, et hop, maintenant que tu t'es bien gorgé de soupirs il faut partir, rentrer chez ta Bobonne nouvelle pour te repétrifier dans la médiocrité. Sakura te punit.

Bien sûr que Martha n'ira pas à Rome. Pourquoi a-t-elle choisi précisément cette ville ? Parce qu'elle est notre seul et unique séjour depuis Alex, nous deux seuls et ensemble, nous deux infatigables et affamés, des gloutons aux yeux fous, des adolescents enfin libres, oh, juste quelques jours, juste pour aller pleurer devant des Caravage, boire du valpolicella sur le Campo dei Fiori à la tombée de la nuit, errer dans le Forum en contemplant les coquelicots surgis de sous les pierres, sans horaires, sans autre préoccupation que d'être là et seulement là. Faire allusion à Rome, c'est remettre tes pas dans les miens, te rappeler nos réveils dans cet hôtel de luxe aux prix cassés en basse saison, derrière Sant'Andrea della Valle, te pousser à me revoir alors, un peu plus jeune et un peu moins fatiguée, une fleur volée près du temple de Vénus piquée dans mes cheveux, un coup de soleil sur l'épaule, accrochée à ta main douce. Si je m'emmène à Rome, j'y emmène aussi ton fantôme, tandis que tu resteras là, englué dans le quotidien incommode entre tes deux mondes.

C'est pour fouiller une plaie, donc, que Rome s'est présentée. Mais alors, ce n'est pas Martha qui a parlé, c'est Sakura… Martha, elle, ne voudrait s'éloigner de toi pour tout l'or du monde… Martha ne te rencontre plus la nuit, mais chaque jour tu es avec elle, et tu l'effleures encore de tes mains embarrassées, et c'est ce qu'elle voudrait garder à jamais, Martha, c'est toi chaque jour, même s'il faut surmonter l'épreuve du lit vide. Martha tient tête à Sakura. Je mentirai. Je ne partirai pas. Je déserterai l'appartement, soit, je trouverai bien une autre demeure pour quelques jours, un hôtel pourquoi pas, pour mettre en place le machiavélique plan de sabotage, de la geôle entre tes vieux murs, mais je resterai dans les parages à guetter comme un hibou.

Un beau jour, je me retrouve face à ma dilution. C'est une drôle de chose.

Ça me paraît évident tout à coup, et c'est ma page Facebook qui me l'apprend. Pourquoi ne l'avais-je pas remarqué plus tôt ? Depuis plusieurs jours, pas une seule notification. Pas une seule moufle. Tout ce que Martha a publié ces derniers temps est resté sans réponse. Pourtant Martha n'a pas été à la traîne, elle y est allée de bon cœur avec ses photos énigmatiques – un tiroir vide, un verre de vin esseulé sur une table –, ses chansons de Piaf – *Mon Dieu, mon Dieu, mon Dieu, laissez-le-moi encore un peu mon amoureux*… – et ses humeurs mauvaises, mais c'est comme si le monde s'était arrêté, était devenu sourd, aveugle et muet, un légume de monde, un monde en mort cérébrale, il fallait bien s'en rendre compte alors, Martha n'existait plus.

Pourtant tout fonctionne, il y a bien là les posts habituels de Marie, Thierry, Annette, Jean-Luc, Vanessa, les chats sur les lits et les gâteaux réussis, les photos de repas en comité d'entreprise, et le sourire du petit dernier, et plein de like, *38 personnes aiment votre publication*, Cyril avec son chien dans les bois,

14 personnes aiment votre publication, le bouquet d'anniversaire de Salima, *41 personnes aiment votre publication*, l'avis de Pierre-André sur le dernier livre d'Untel, *25 personnes aiment votre publication*, mais Martha a partagé Lee Hazlewood, « *Your sweet love* », c'est beau pourtant, ça ferait sangloter les statues, et rien, pas un seul gant de Mickey.

Plus rien de ce qui émane de Martha ne touche la moindre cible.

L'aiguille à coudre que je me suis enfoncée dans la main m'a rassurée. J'ai mal, je suis. Je saigne, je suis.

Un peu plus tard, ce sont les tendresses d'Alex qui m'ont ramenée à la vie.

Je ne viendrai pas ce soir. J'ai un truc à régler sur la moto, il y a un bruit.

Comme tu veux.

Tu diras à Alex que je suis à l'atelier.

Il le gobera. Comme toujours.

Vous me manquez.

Parole, parole, parole...

Arrête. À demain matin, sept heures.

Ciao.

Cela devait arriver un jour ou l'autre. Ma dématérialisation en marche, le temps et la lassitude aidant, il fallait bien que tu commences à nous lâcher progressivement. Bientôt tes visites s'espaceront, le fil entre nous se cisaillera, et tu oublieras jusqu'à l'enivrement de mon parfum, jusqu'à la courbe de mon sein, tu trouveras ma voix étrangement étrangère au téléphone, et un beau matin tu auras l'impression de remarquer cette ride sous mes yeux pour la première fois, et tu t'émerveilleras de ce que ce T-shirt d'Alex encore si long il y a peu lui découvre désormais le nombril, et le pire, c'est que ce laps de temps t'aura semblé si court, et tu t'étonneras que nous ne t'ayons pas manqué.

Qui sait. Ce sera peut-être la même chose pour moi, je me féliciterai de ne pas avoir compté les heures, et quand tu passeras la porte je n'aurai plus le cœur en marmelade.

En ton absence, ce soir-là, je me suis reposée. Mes pieds extraits de leurs instruments de torture ont repris leur forme initiale. Décompressé mon ventre, relâché mon mollet, raplatie ma poitrine. Une fois chaussées mes lunettes de néo-presbyte, je me suis connectée. Double écran, Martha-Hari toutes antennes dehors, je vous ai suivis à la trace.

Page de Sakura, Aline Pélissier en folie. Petit voyant vert à droite de la page, elle est bien là, et elle partage à toute berzingue. Raphaël Delombre répond sporadiquement à ses appels. *Hahahahaha ;)))*. Page de Martha, Raphaël est là bien sûr, petit voyant vert, je vois ce qu'il publie. Saillies humoristiques en direct ou presque avec Thierry au sujet d'un vieux clip tout droit sorti de notre adolescence, promotion pour une expo prochaine d'un de nos amis communs, étonnantes photos d'un artiste anglais. Je reste muette. Tu dois bien voir que je suis là, mon petit voyant vert doit ponctuer ton écran, mais je me tais. Et puis ce morceau, étrange ce morceau que tu envoies soudain, comme un appel du pied, tu me chopes en traître, c'est la chanson de notre premier baiser, The Beatles, « *Ticket to ride* », et toutes mes rides s'estompent, et mes cheveux cuivrés n'ont plus besoin d'un coup de pouce cosmétique pour rougeoyer dans le soleil, et mon utérus redevient intact, j'ai vingt ans, je t'ai croisé dans la foule et j'ai su, tu as attrapé mon regard de biche et tu as su, nous venons de bavarder une nuit entière dans les crépitements de l'évidence et à présent nous savons tous les deux, c'est la vraie vie qui s'apprête à commencer sur ces accords malicieux, tu ne peux pas savoir à quel point ça me blesse, alors rageusement, cruellement, mais est-ce moi qui suis cruelle finalement, je glisse sur YouTube et je le trouve tout de suite, voilà, un clic et je te réponds, The Beatles

Some day you'll know
I was the one
But tomorrow may rain so
I'll follow the sun

Et bordel de Dieu, tu m'envoies un émoticône. Un smiley qui tire la langue.

Je ne peux pas venir ce soir. On va au resto.

Vous avez raison. Profitez de votre absence de famille.

Elle aime beaucoup sortir.

C'est une flèche empoisonnée que tu m'envoies… Ou une muflerie involontaire envers celle que tu as laissée toute seule avec un enfant de huit ans et qui, par conséquent, ne voit le bleu du ciel qu'en battant le pavé devant les grilles de l'école ou en arrosant les plantes du balcon.

Je ne te dis pas que cela fait une bonne semaine que, par l'œilleton de mon écran, je sais que tout ça c'est du flan, que vos soirées se résument beaucoup à une présence acharnée sur les réseaux sociaux. Elle plus que toi.

Elle est très enthousiaste à propos de Sakura. Elle ne laisse jamais ses publications sans réponse. Depuis quelques jours je sens qu'elle tente d'entrer en contact, d'approfondir les échanges. Elle ne se contente plus d'envoyer un *j'aime*, elle parle, louant les textes de Sakura, ces éclats poétiques souvent issus d'une écriture automatique mue par la colère et une furieuse envie d'attirer des yeux perplexes.

J'ai eu le temps d'affiner mon avatar. Sakura est une appétissante pâtisserie faite pour la sensualité, objet érotique subtil mais toujours légèrement trouble, dévoilant son épiderme sans jamais trop en faire, une peau fétichisée mais toujours avec classe, dotée d'une plume intéressante.

Sakura écrit la passion, la mort, la haine.

Chaque jour, Sakura résume en quelques vers libres ce que Martha entend entre les murs de la prison. Elle fait du meurtre d'amour, ou du meurtre de semblant d'amour, une matière d'écriture sulfureuse. Et les gens likent intensément, Alien Pélissier en tête.

Alien Pélissier perd la tête pour ces histoires d'amoureux bafoués qui lavent dans le sang l'offense consommée.

Elle s'est même, un soir (mais n'étiez-vous pas au restaurant, selon tes dires ?), permis de me laisser un message privé.

Où vis-tu, Sakura ?

Toute première réplique d'un dialogue entre elle et moi. J'ai longuement regardé la phrase insérée dans sa bulle, une chaleur inédite, comme une injection d'iode, coulant le long de mes cervicales. Elle ose créer un lien. Elle est celle qui m'a tout pris et elle a le front de m'adresser la parole. En me tutoyant d'emblée, de surcroît. Elle a mangé la chair et l'âme de l'homme de ma vie et ses mots pénètrent chez moi, c'est comme s'ils m'étaient articulés de vive voix, il faut que je me calme, elle ne sait pas qui est Sakura, elle ne fera jamais le rapprochement avec Martha, elle a dépossédé Martha sans le moindre remords puisque pour elle Martha n'est qu'un prénom en l'air, une inexistence, mais Sakura titille son intérêt.

Je me lance.

Quelque part dans le monde.

J'aime beaucoup ton travail. Tu exposes ? Tu publies ?

Oh oui, j'expose et je publie. Beaucoup.

Tu as un vrai nom ?

Tout ce que tu vois est vrai.

Je me déconnecte.

La déchirure qui a permis à Alien de s'insinuer chez nous a laissé Martha pantelante, mais Sakura en sautillait de contentement. L'approcher, l'appâter, c'était une possibilité de la tordre. De la garder sous contrôle.

Ni Sakura ni Martha alors ne comprenaient vraiment ce que cela pouvait signifier.

Finalement, on a des rapports plus intenses aujourd'hui que lors de nos derniers mois de vie commune.

Hein ?

Oui, quand on est ensemble, on est ensemble. On n'est plus chacun dans sa pièce avec ses occupations.

Je n'arrive pas à croire que tu puisses avoir un regard aussi satisfait en disant cela. Nous sommes au café, au soleil. C'est toi qui m'as proposé ce petit moment dehors, après le crochet pour déposer Alex à l'école. Tes yeux sont aussi doux que l'air, et les amandiers sont fleuris. Je suis un peu plus silencieuse que toi, je te regarde, je sens que Sakura s'est endormie et que Martha a très envie d'être tendre.

On se sourit. Il y a de la tristesse sous les lèvres mais ce sont quand même des sourires. Tout indique que nous partageons la même impression. C'est un rendez-vous d'amour, ce sont les deux bonnes personnes qui se retrouvent et qui mesurent le formidable gâchis de leur destin et à quel point elles étaient faites l'une pour l'autre.

Raph… Tu tentes de trouver des brèches, de t'insinuer. Évite de faire ça, s'il te plaît. C'est trop douloureux.

Non, j'avais envie de le dire, c'est tout. Je suis heureux de voir que nous n'avons rien abîmé, que notre complicité est intacte. C'est bien pour nous, c'est bien pour Alex.

Nous n'avons rien abîmé… Nous ? Moi ? Mais qu'aurais-je pu abîmer, moi, que restait-il de susceptible d'être abîmé encore après le cataclysme ? Je préfère ne pas répondre, il faut que je me contrôle, je ne veux plus être celle qui pleure devant toi. Tout ce que tu vois de moi doit rester éclatant, si je veux demeurer ton bonbon interdit.

Tu vois, ce qui est formidable, c'est que même dans des moments aussi difficiles tu as su m'écouter. On a su dialoguer.

T'écouter ? Oui. Qu'est-ce que je pouvais faire d'autre ? Tu as dit, tu as décrété, tu as décidé, tu as imposé. Je n'avais pas mon mot à dire, bien sûr que non. Quand j'ai essayé de parler, moi, de te faire des propositions, de te mettre face à ce que je voulais vraiment, une seconde chance, tu y as répondu par des mensonges et des dissimulations supplémentaires, par une froideur plus éloquente encore que des injonctions. Mais je ne pense pas que nous ayons dialogué. Ou alors, c'était un dialogue dans deux langues étrangères qui ne parvenaient pas à se comprendre.

Pourquoi dis-tu ça ?

Je te disais amour, tu me disais sexe. Quand enfin je t'ai dit sexe, tu m'as dit mécanique. Je te disais immensité, tu me disais routine. Je te disais fusion, tu me répondais instinct. Je te disais piliers d'une existence, tu me répondais érection. Je te disais correspondance unique et évidente, tu m'as opposé séduction hasardeuse. Je t'ai parlé d'éternité, tu as rétorqué interchangeabilité. Il y a eu erreur de traduction, et hélas je crois que c'était implanté depuis longtemps.

Et si aujourd'hui je te parle de manque ?

Je te répondrais adaptation. Ou bien fait pour toi.

Si je te dis que tu es dans ma tête toute la journée, que je n'arrive pas à me sentir chez moi là-bas, que tout m'est étranger ?

Je te dirais que c'est à mon corps que tu penses.

Martha, je ne veux pas te perdre.

C'est déjà fait, mon amour.

Front contre front, les yeux fermés, chacune de nos mains errant sur le visage de l'autre, nous sommes restés longtemps dans un silence qui n'en était pas un tant résonnaient les percussions de nos cœurs, sous les fleurs encore fragiles.

Nous sommes donc tous soumis au hasard d'une paume qui s'ouvre, négligence ou acte inconsidéré, et qui libère le vase Ming qu'elle serrait. C'est l'inestimable qui heurte la dureté d'un sol et qui se fragmente en un millier de petits éclats désormais inutiles. Aujourd'hui tu sembles vouloir me dire que ça pourrait être si simple, se jeter le nez au ras du sol pour récolter tous ces morceaux, les refaire tenir ensemble à grand renfort de Super-Glue ou de résine, et de nouveau contempler ce chef-d'œuvre en s'émerveillant. Tu as juste oublié que les miracles hors de prix comme celui-ci, quand ils ont subi ne serait-ce qu'une ébréchure, alors d'autant plus quand ils ont été brisés, ne valent plus un rond.

178 personnes aiment ça.

Je lui parlerai après ton retour de Rome.

Je vois… Tu ne veux pas gâcher ta petite semaine en tête à tête avec lui.

Tu ne penses pas que c'est préférable ? Tu trouves louche que je veuille passer quelques jours insouciants avec Alex…

… Surtout si ça doit être les derniers…

Non Martha, surtout si tu n'es pas là, si on n'est pas tous les deux pour lui montrer qu'on fait bloc autour de lui !

Bon sang, Raph ! Il n'est pas idiot, il doit se douter de quelque chose, ça fait plus d'un mois qu'on l'enfume dans nos mensonges, il a remarqué que je ne vais pas bien, que tu es là seulement de passage, il a bien vu qu'il n'y a plus rien de lumineux dans sa maison. S'il se tait, c'est pour se protéger, c'est pour éviter de faire éclater sa bulle, c'est par conjuration…

Justement. Il va avoir besoin de nous deux pour encaisser.

Est-ce que vraiment on a raison de s'en faire tout un monde… Il est entouré d'enfants de parents séparés, ce sont des choses intégrées depuis toujours dans le quotidien des gosses d'aujourd'hui, Alex est presque une exception avec ses parents ensemble depuis vingt ans. Et nous, on est là, avec nos pincettes…

Martha, c'est vraiment toi qui parles, là ?

Je vais te dire un truc, Raph. Tu as connu une inconnue, en quelques jours c'était plié. Tu as amorcé ta liaison, en quelques jours tu as su tourner le dos à vingt ans de vie commune. Tu t'es installé chez elle, en quelques jours tu as transféré là-bas tes petites affaires sans même te demander si ça collerait entre vous. Tout dans la précipitation, le coup de tête individualiste et indifférent aux conséquences. Tu as eu le front de me dire, en face, que personne ne t'avait mieux convenu dans le monde que cette petite personne dont finalement tu ne connaissais que le goût de la chatte. Ta jumelle d'âme, bordel, un truc digne d'une secte. Et quand je te demande de précipiter autre chose, pas le grand n'importe quoi mais les responsabilités d'adultes qui vont conditionner le reste de notre vie et de la sienne, tu temporises, tu nous englues dans la comédie que tu as choisie. Parce que tu te sens comme une merde vis-à-vis d'Alex. Devant moi, tu as fait le coq, tu te l'es jouée « je fais le choix de ma vie, personne n'appartient à personne et on a le droit de fuir à la première montée de sève », mais là, parce que tu es réellement face à ta trahison, parce que tu vas écorner ton image, tu hésites. Tu l'as voulue, cette séparation. Tu me l'as même présentée comme une question de vie ou de mort. Alors consomme-la, une bonne fois pour toutes. Moi, je me suis battue pour que tu m'aimes encore, tu m'as claqué la porte au nez. Je me suis résignée, mais je ne veux plus être prisonnière. Laisse-moi refaire ma vie. Je ne pourrai pas la refaire tant que tes meubles et tes bouquins seront là, tant que les placards renfermeront encore tes intimités, tant que tu viendras encore jouer à la petite famille parfaite les soirs et les dimanches.

Sakura fulmine devant tes yeux perdus. Tu devais trouver tellement plus confortable quand tu avais face à toi Martha qui couinait, quand ses larmes te rappelaient que tu étais l'unique, l'irremplaçable, la marque au fer rouge du maître. Tu es en train de goûter la morsure du rejet, la douleur des mots d'une aimée qui t'écartent du chemin, pousse-toi de là, désencombre, disparais pour de bon.

Martha, dans un coin, renâcle mais personne ne l'entend. Martha se tord les mains, que va-t-elle faire de tout cet espace quand il n'y aura plus tes meubles, que va-t-elle faire du cœur d'Alex quand il se brisera, et comment remplira-t-elle le silence, il n'y aura plus que les souvenirs pour se tenir compagnie, et il faudra bien parler aux fantômes heureux pour avoir l'impression d'avoir été un jour celle vers qui on courait, celle sur qui on se reposait comme un oiseau sur une branche, d'avoir été un jour une précision, un prénom murmuré, une veilleuse dans la nuit.

Martha qui, il y a quelques semaines encore, accrochée à ce reste de toi et vomissant ses crapauds empoisonnés, te disait Mais pourquoi, pourquoi à moi ne m'as-tu jamais écrit de lettres d'amour, alors qu'elle, elle, elle a un annuaire de mails enflammés, pourquoi pour moi n'as-tu jamais traversé la ville, même pour une heure, juste pour me serrer dans tes bras, pour respirer mon parfum au creux de mon cou et y déposer des je t'aime alors que pour elle tu as été foutu de courir comme un lapin de garenne, pourquoi n'as-tu jamais léché mes larmes même quand j'étais encore la toute parfaite de ta vie alors que tu t'es ému de ses pleurnicheries ? Pourquoi n'ai-je inspiré que du tiède, du quotidien, au point de me persuader que tu étais comme ça finalement, un chat satisfait sur un canapé, une incarnation de la mesure tandis que d'autres étaient capables de toutes les folies, et moi aveugle trouvant ça formidable, cette sérénité de poussah, ignorant que tu pouvais aussi être un tourbillon incandescent, mourir d'amour jusqu'au sacrifice de tout, courir et pleurer et t'arracher les cheveux sous la lame du désir, c'est donc moi, c'est donc moi qui n'inspire rien, qui ne donne pas envie de franchir les limites, voilà, moi j'ai été le petit bateau qui vogue, la petite constance rassurante, l'utérus loué pour ta descendance, l'épouse, quoi, celle des livres et des vaudevilles, celle des drames sentimentaux, ce personnage toujours un peu ridicule, toujours un peu chiant, toujours un peu quelconque qui ne fait jamais le poids face à la luminosité vénéneuse de la maîtresse, celle-là même pour qui on ferait couler le sang. Et toi, sec comme un rocher, Vingt ans de vie commune Martha, ça ne te suffit pas comme preuve d'amour ? Avoir eu envie de faire un enfant avec toi, ça ne vaut pas toutes les littératures ? Arrête de te victimiser, arrête de te dévaloriser, mon amour pour toi a été flamboyant, oui, il y a longtemps, puis il s'est apaisé mais il était toujours profond, ce que j'éprouve pour elle aujourd'hui je l'ai éprouvé pour toi, tu as eu ta part.

Tu as eu ta part.

Martha est celle qui a eu sa part.

Alors Sakura fouaille, enfonce un doigt à l'extrémité rouge sang dans le fourreau d'une blessure fraîche, il est temps maintenant Raph, dans trois jours je suis à Rome, tu vas venir camper ici de gré ou de force, qu'elle l'accepte ou pas : ses petites humeurs je n'en ai strictement rien à foutre, et quand je reviendrai, au moment même où j'aurai posé mes valises dans le couloir, nous ferons asseoir Alex entre nous deux et nous lui apprendrons l'existence d'Aline Pélissier. Et le soir même, tu embarqueras tes livres, tes disques, ta malle, la console de l'entrée, tes tableaux, tes cartons de photos et de souvenirs d'enfance, et tu t'en iras dégueuler tout ça chez elle, et peu importe si elle a la place ou pas, si ça encombre sa petite déco intérieure, je me fous royalement de votre confort, il fallait bien vous y attendre quand vous avez convenu que vous empapaouter sur une table d'architecte ne vous suffisait plus et que vous vouliez jouer aux jeunes mariés, ne fais pas cette tête, finalement c'est formidable comme je vous facilite la tâche.

Je vous ai mise dans une case avec de l'amour.

C'est Monsieur A. qui parle ainsi. Monsieur A., lors d'un premier séjour en prison pour meurtre, a dévoré le foie de son compagnon de cellule – par erreur : il pensait que c'était le cœur. N'imaginons pas une scène d'anthropophagie faite de bruit et de fureur : ce foie, il l'a délicatement prélevé et l'a cuisiné avec des carottes.

Passer une demi-heure avec Monsieur A. permet de revaloriser ses propres marasmes intimes.

Il reprend : vous, je ne vous mangerai pas.

Merci.

Parce que vous êtes dans ma boîte avec l'amour.

Alors vous ne mangez pas ceux que vous aimez ?

Non. Je mange ceux que je hais pour pouvoir les chier. Je les considère comme de la merde, j'en fais de la vraie merde. Je transforme l'abstrait en concret.

Monsieur A. est mon énigme.

Je te mange. Je te dévore. Je fais entrer ta chair dans ma bouche et offre la mienne à ton palais. Dents, langues et lèvres voraces dans des phénomènes de succion, aspiration, mordillements qui dérivent parfois en morsures franches, l'amour est un repas. Mais manger l'autre par mépris, tordre le cou à toutes les théories anthropologistes qui nous apprennent qu'éventuellement on mange l'autre par admiration, pour absorber sa puissance ou son courage, ça, je n'y avais jamais pensé.

Bidule a commenté votre publication : *Sakura, mange-moi !*

Machin a commenté votre publication : *Bon appétit !*

Trucmuche : *J'adoooore !*

Untel : *;)))*

Aline Pélissier : *D'ailleurs ne partage-t-on pas un repas pour séduire ?*

Sakura : *Et toi, comment as-tu séduit le tien ?*

Aline Pélissier : *Avec un resto indien. Son ex détestait les plats indiens.*

Sakura : *Épices ? Parfums ?*

Aline Pélissier : *Curry, gingembre et eau de rose.*

Sakura : *Attention aux philtres aphrodisiaques, mademoiselle Aline... Leur effet n'est pas éternel.*

Je suis seul ce soir. Elle est partie en week-end chez ses parents.

Tiens ? Elle ne t'emmène pas avec elle pour l'intronisation officielle ?

Nous pensons tous les deux que c'est un peu trop tôt.

Sakura te décoche un grand sourire.

Ah… Comme pour annoncer les grossesses, alors, on attend au moins le troisième mois, on ne sait jamais, s'il devait y avoir fausse couche…

Tu me scrutes. Tu travailles à prendre un air détaché et légèrement narquois.

Elle ne veut pas se précipiter.

Au moins quelque chose qu'elle ne fait pas dans la précipitation… Pourtant vous partagez le même appartement depuis plus d'un mois à présent, et l'évidente gémellité de vos petites personnes devrait rassurer une maman inquiète… Et ses amis ?

Mouais.

Pas convaincu, on dirait.

Disons que ce n'est pas le genre de gens que j'ai l'habitude de fréquenter.

C'est le lot des nouvelles vies… Que vas-tu faire alors, ce soir ?

Je pensais que… comme tu pars demain… pour Alex… je pourrais manger avec vous…

Cette fois Sakura ne sourit plus avec grâce : elle retrousse les babines.

Bon… Pourquoi pas… D'accord. On t'invite. Ça tombe bien, j'avais l'intention de mitonner un bon petit plat. Poulet au curry.

Tu aimes le curry, toi, maintenant ?

C'est le lot des nouvelles vies.

J'apporterai quelques affaires pour la semaine.

Tu n'as pas l'intention de dormir ici, j'espère ?

Je ne sais pas. À toi de me dire.

Ne compte pas là-dessus. Tu bouffes, tu joues à la vie normale, tu prends un dernier verre et tu rentres chez toi. Tu rentres chez toi.

Les deux personnes en moi se sont accordées exceptionnellement, ce soir-là, pour métamorphoser leurs beautés respectives en piège de velours. Même si leurs motivations étaient en conflit, l'une œuvrant à la machination du supplice, l'autre à celle de la merveilleuse épouse enfin retrouvée, elles ont uni leurs efforts et leur savoir-faire pour libérer la femme fatale de sous leur peau. Une robe chinoise noire, longuement fendue sur la cuisse, glissée sur de subtils instruments de torture froufroutants, les cheveux remontés en un chignon faussement indolent, les yeux allongés d'un trait de khôl d'enchanteresse, les joues fraîches, la bouche pulpée.

Un dessert proposé cruellement à un diabétique.

Le curry mijote avec des bruits de muqueuses, chassant les senteurs neutres des pièces pour y imposer un parfum écœurant de lupanar des bords du Gange.

Je suis d'avance étourdie et endolorie à l'idée de devoir ingurgiter cela sous peu, il est fort possible que je me contente de picorer ou de faire semblant, mais c'est une épreuve à laquelle je ne peux me soustraire. Si Aline Pélissier t'a eu avec ses poudres asiatiques, avec des mets ressemblant davantage à des étals de parfumerie qu'à de la nourriture, je saurai faire mieux.

Tout ce qu'Aline Pélissier fait, je sais le faire mieux.

Séduire, embobiner, inspirer des soupirs et des beuglements d'amour, devenir celle qui fait courir dans la nuit, briser des femmes, cambrioler des vies jusqu'à n'en laisser que de molles arêtes, choper des hommes purs par la queue du corps autant que par celle de la poêle, tout ça, je sais le faire mieux.

Sakura et Martha ce soir entremêlent leurs doigts. S'épousent une main douce et une main griffue. Battent un cœur meurtri et un autre dur et blanc comme une pierre de lune. Aujourd'hui, on ne joue plus. Les deux beautés ne l'ignorent pas.

Tu as discrètement posé dans le bureau ton sac à dos, le maudit, le baladeur, qui ce soir rapatrie ton minimum vital. Je m'amuse de ce que les grandes tragédies se résument parfois à un va-et-vient de chaussettes, c'est la platitude d'une prose triviale qui s'insinue dans le drame romantique pour le ramener à ce qu'il est vraiment, une simple histoire de créatures à deux pattes qui mettent entre elles des rues, des phrases et des lessives, d'existences qui se massacrent pour des messages électroniques, des épilations pubiennes et des épices dans des plats.

Tu feras en sorte qu'Alex ne s'aperçoive pas que tu fais du camping…

Ne t'inquiète pas.

Tu seras content de retrouver tes marques... Tu écouteras tes disques... Ils doivent te manquer, tes disques.

Mmmm.

Tu m'écoutes à peine. Tu me regardes avec ravissement.

Ça sent bon.

Elle sait que tu es là ?

Non.

Mais elle sait que tu passes la semaine ici.

Bien sûr.

Et elle est consentante, je suppose...

On ne peut pas dire les choses comme ça.

Ah ? Une bonne engueulade... Ça doit te changer du long fleuve tranquille...

Tu as le rire à la bouche. Je ne te comprends pas. Tout a l'air d'être redevenu léger comme une bulle, les mensonges, les conflits, le pont tendu entre les deux femmes – là, je parle d'elle et moi –, tes désirs du temps près de nous – là, je parle de Sakura et Martha. Je ne retrouve plus en toi cette gravité d'homme au pied du mur, si tordu de souffrance amoureuse que seule comptait la mise à mort de l'une pour pouvoir s'approprier l'autre. Si tout n'était pas si douloureux, je penserais même que tu t'amuses. Ton corps est souple ; il se coule dans les habitudes, les gestes de l'autre vie, mais vingt ans de demeure avec quelqu'un bien sûr c'est comme le vélo, ça ne s'oublie pas. À ce moment précis j'aimerais tant être dans ta tête, éprouver ce que tu éprouves, savoir l'effet que te fait la perspective de ce retour au foyer, même s'il ne doit être que provisoire, j'aimerais savoir décrypter cette aisance et ce plaisir non dissimulé émanant de chacun de tes actes, poser le bras de la platine sur les sillons du vinyle, tourner la molette du son jusqu'à ce que ce soit parfait, te caser dans les coussins du canapé, déboucher la bouteille que tu as apportée comme un invité délicat, humer cette odeur d'orgie orientale suintant de la cuisine, et caresser le chat qui, heureux de ces retrouvailles, accapare tes genoux comme un enfant collant.

Si, si, il y a quelque chose qui t'amuse. Le regard que tu poses sur moi est goguenard, c'est celui qui précède l'éclat de rire clôturant une bonne blague, à moins que ce soit tout simplement l'enchantement que nous te procurons. Nous sommes belles et nous le savons. Nous sommes ce que tu as toujours aimé et désiré chez les femmes, une plastique irréprochable, une sophistication hitchcockienne, une promesse vicelarde sous les tissus, et à l'intérieur de cette enveloppe la crème tendre de la complicité, du partage infini, des âmes qui s'aimantent.

Si je ne faisais pas le choix de rester très loin de toi, de l'autre côté de la table basse qui fait office de ceinture de chasteté, je dirais que je pourrais entendre ton cœur épouser le rythme du mien en oubliant les mélodies frelatées proposées à la hâte à des passagères de bas étage.

Alex fait la gueule. Il n'aime pas mon départ. Maman, emmène-moi à Rome avec toi ! C'est un élan de dernière minute. Toute la semaine précédente, il s'est pourléché à l'idée de passer plusieurs jours en tête à tête avec toi, excité par vos projets : un ciné, pourquoi pas deux, un tour au skatepark, des pizzas livrées à la maison, des plateaux télé devant *Star Wars*, une partie de foot sur la plage, une orgie de bonbons. Mais Alex est ainsi : il s'obscurcit quand nous ne sommes pas tous les trois. S'il savait ce qui l'attend… Je lui ai expliqué que j'avais besoin de partir seule, que le travail m'avait épuisée plus que d'ordinaire et que, pour retrouver une maman fraîche et dispose, il devait comprendre qu'il me fallait de la solitude, de longues nuits, de l'errance, et personne à protéger. Je lui ai promis un petit Colisée en plâtre : prévoyante, je l'ai déjà commandé sur Internet, il est arrivé aujourd'hui et attend son exhumation au fond de mon tiroir à culottes. J'espère que tu ne le trouveras pas : mais il n'y a bien sûr aucune raison que tu ailles fourrager dans mes dessous. Ou pas ? Finalement, à quoi dois-je m'attendre, en te laissant ici, dans ces pièces qui, une fois la puanteur du curry dissipée, retrouveront comme mille chemins tant de fois empruntés le sillage subtil de mon parfum et vrilleront au fond de tes atermoiements la certitude de mon ombre, la renaissance d'un désir que tu pensais évanoui. Peut-être ressentiras-tu le besoin pressant de t'enivrer en allant toucher, faire glisser entre le pouce et l'index ou le long de ta joue les soieries qui, comme des mains amoureuses, ont été en contact avec mes intimités, peut-être respireras-tu, comme avant, mes pots de crème et le bout sanglant de mes tubes de rouge, peut-être auras-tu l'indiscrétion – mais comment t'en vouloir ? – de fouiller dans mes écrits… Subrepticement, avant que nous nous mettions à table, je déplace les objets. Le Colisée miniature s'enfouit au fond de mon sac de voyage – il partira avec moi, anticipant le moment où il faudra que je le brandisse sous les yeux d'un Alex transporté – mes carnets plongent à l'intérieur d'une paire de bottes, sous les boules de papier faisant office d'embauchoirs.

Pas énormément de choses révolutionnaires dans ces carnets : rien que tu ne saches déjà. Des mots de douleur comme des éclaboussures, des cris de haine et de mise à mort, des numéros de téléphone. Les siens (son 06, son fixe, celui de son lieu de travail, infiniment traqués sur les factures), relevés à toutes fins utiles, on ne sait jamais, peut-être un jour éprouverais-je moi aussi un besoin impulsif de l'appeler pour lui cracher ma rage, ou pour la supplier de te laisser partir, ou pour élaborer un stratagème de serpent. Encore une chose que je t'ai cachée… Si tu savais le temps, depuis tes aveux, passé à recouper ces numéros avec des dates et des heures, travail de fourmi masochiste, pour réécrire l'histoire dans une lumière qui m'était refusée, découvrir que tu l'appelais dix, quinze fois par jour même quand nous étions ensemble à la maison, quand j'étais sous la douche ou occupée à baigner Alex, ou à lui lire un chapitre sous la couette, ou même en ma présence dans la même pièce, ces conversations téléphoniques allant d'interminables minutes (les ronrons) à quelques secondes volées (les prises de rendez-vous), et que tu devais par moments ennuager d'expressions consacrées sonnant comme des codes d'état-major, Très bien madame c'est noté je passerai à l'agence demain entre midi et deux, pourquoi pas Oui j'avais justement prévu de changer d'abonnement celui que j'ai depuis longtemps ne me convient plus, Les carottes sont cuites, Les carottes sont cuites, mais non voyons, les carottes sont fraîches et bien dures et bien dressées et turgescentes dans leur belle robe écarlate et dansottent d'envie de s'insérer entre deux lèvres qui pour une fois cesseront d'être bavardes.

Si tu savais comme, au fil de mes découvertes, je t'ai haï pour ça, lisant et relisant les factures et faisant redéfiler le film de ces prises de risques verbales qui, autant que le reste, faisaient de moi un être ridicule, naïve petite chose aveugle et sourde, infoutue au possible d'imaginer que ces mots qui résonnaient dans sa maison étaient les éclats de rire précédant l'estocade.

Tout ça pour dire quoi… Ah oui. Que le souvenir de ces mensonges de bout de fil, de cette giclée de merde fixe ou mobile, pouvait ce soir excuser ma petite imprécision, ma petite… comment disais-tu, déjà… omission, te dire qu'en réalité je n'allais pas du tout à Rome mais dans une chambre d'hôtel plutôt cosy, connexion wifi comprise, dans un de ces quartiers boisés de la ville, pas trop loin, pas trop près, histoire de me faire oublier un petit moment mais d'être toujours là, aux aguets, Martha-Hari de votre destin minable, après avoir fait les frais d'un manteau d'une couleur inhabituelle, d'une perruque brune et d'une paire de lunettes de soleil bien trop grandes pour mon petit visage de souris curieuse.

Est-ce que tu te plais, là-bas ?

Mmm.

L'appartement est joli ?

Ça va. Ce n'est pas mon style a priori, mais ça va.

Et votre projet de déménager ?

Tu ne réponds pas.

Vous avez certainement une cave… Tu pourras y laisser tes cartons en attendant.

Tu ne réponds pas.

Je te demande juste une chose. Que ce ne soit pas elle qui, avec sa petite auto, vienne charger tes affaires. Il y a des limites à l'infamie.

Je n'y songeais même pas.

Je peux te poser une question indiscrète ? Les premiers temps, est-ce que tu as mis des préservatifs ?

Quoi ?

Oui, des capotes. Après tout, ce n'était qu'une inconnue, et Dieu sait où elle avait laissé traîner son joli petit cul avant de te l'offrir.

Tu ne réponds pas.

Je prends ton silence comme un « non » ?

Elle est en parfaite santé.

Ah, tu lui as demandé son pedigree et son dernier test de dépistage avant votre première baise ?

Pas de Sida, pas d'hépatite, pas de chtouille.

Et tu lui as accordé une confiance aveugle, bien sûr. Ou tu étais bien trop pressé pour prendre les précautions d'usage. Sans penser à moi. Tu le sais que c'est à cause de crétins comme vous que ça continue à se répandre ?

Tu ne réponds pas.

Et pour le reste ?

Quoi le reste ?

Les grossesses.

Elle prend la pilule.

Tu la vois faire ?

Hein ?

Elle la prend devant toi ? Tu peux en être certain ?

Je ne vois pas où tu veux en venir.

Je veux en venir qu'un bébé est vite arrivé et que c'est un super truc pour garder un homme.

Pourquoi aurait-elle besoin de stratagèmes pour me garder ?

Parce que sur l'autre plateau de la balance il y a moi avec Alex. Parce qu'elle sait que par conséquent j'ai une longueur d'avance sur elle. Et parce qu'une minette de trente-cinq ans, qui soi-disant n'a pas encore connu le bonheur d'un couple stable et qui vient de rencontrer la perle rare, se pose des questions sur son horloge biologique et se grouille de se faire faire un enfant. Parfois même dans le dos.

Elle n'est pas comme ça.

C'est une femme. Elle connaît le pouvoir des utérus.

Elle sait que je ne veux pas d'autres enfants.

Ah ! Tu vois... Vous avez abordé le sujet... Au bout de trois mois, formidable. C'est très responsable. Je te le dis : garde un œil sur ses organes. Je me suis laissé dire que tu savais très bien le faire...

Et quand bien même ça arriverait ?

Ça te détruirait. Tu serais lié à jamais, contre ton gré. Et comme tu serais capable d'assumer, tu te retrouverais à la tête d'une famille que tu n'as jamais désirée. Et pour Alex, ce serait un coup de couteau. Dans le dos, lui aussi.

Tu me contemples et finis par éclater de rire.

C'est pas évident, tu sais, de vivre avec quelqu'un qui passe son temps à tout décortiquer...

Tu as de la chance, c'est fini.

Qui sait...

Ces mots planent comme une énigme. Nous nous lions. Nous nous caressons. Nous nous goûtons. Nous nous mordons. Nous nous dévorons. Le plateau d'une table entre nous. Les regards des vieux amants savent faire tout cela.

Tu dis.

Parce que moi, je ne sais pas.

Je vais coucher Alex.

Je te laisse seul.

J'ai pris le temps avec Alex. Nous nous quittons pour quelques jours qui nous sembleront, à lui et moi, aussi longs qu'une année entière. Les étreintes au cœur gros ont été infinies.

J'ai aimé respirer son odeur de shampooing encore humide sur sa nuque.

De retour au salon, je t'ai trouvé endormi.

Une musique hypnotique résonnait dans la pièce, diffusant à la fois l'inquiétude et la sensualité, engendrant des images proches d'un rêve éveillé.

Tu avais mis le disque et t'étais laissé hypnotiser, ou bien était-ce ce rythme infernal dans lequel ta double vie t'avait enfermé, les levers à l'aube pour traverser la ville, les retours tardifs, et un couple incertain à nourrir tout de même de plats, de conversations et d'interpénétrations de planètes. À moins que… le bien-être, le lâcher-prise, le berceau que constituait ta maison retrouvée… Je t'ai regardé, longtemps. Savourant ta défaite. Un homme sans défense sous les yeux de celle qui l'aime est un spectacle bouleversant.

Puis je me suis décidée à te secouer tendrement.

Il faut partir.

Tu t'es étiré, chat qui se réveille, puis ébroué comme un chiot.

Il me faut un café.

Je t'ai fait un café.

J'en fume une dernière.

J'ai fumé avec toi.

Il ne reste pas un peu de whisky ?

J'ai siroté avec toi.

Vulnérable sur le canapé, souviens-toi, comme un soldat étonné, tu m'engloutissais d'un regard presque suppliant.

J'ai remis le disque.

J'ai commencé à danser.

Plus tard, bien plus tard, dans la cage d'escalier, les mouvements de ton corps étaient ceux d'un homme qui se fait congédier, jeter dans la nuit froide, et qui ne sait pas très bien où aller.

C'est un serpent qui danse.

Sa peau est une gangue de satin noir qui ondule lentement, tel le reptile qui par instinct sait comment ensorceler sa proie.

Tout est sorcier dans cette vague. Elle ne s'abandonne pas : c'est elle qui appelle, c'est lui qui vacille.

La musique ne fait pas vibrer que les enceintes. L'air qu'elle frôle est fait d'ondes liquides et suspendues, répliques de celles qui dépolissent l'eau d'un lac quand une feuille a le front de s'y déposer. Ce sont des émissions rondes et douces parlant un langage que seuls les deux êtres en présence, la prédatrice et l'insecte lucide, peuvent traduire.

Peu à peu la mue se déboutonne, glisse sur la chair à vif. D'abord le cou, puis les épaules, hors-d'œuvre de miel. Dérisoire, elle y reste en équilibre quelques secondes, retenue par d'autres sinuosités, elle oscille comme une fleur indécise, tomber ne pas tomber, puis, dans un bruissement de pétales elle reprend sa chute lente, découvrant le derme, noir de soie celui-ci, fait de laçages compliqués.

Le tube de satin tombe aux pieds de la créature qui danse.

Assise à l'extrémité de la pièce, la proie déglutit.

Il se pourrait bien que cette créature soit une femme. Elle en a les attributs, l'érudition de ce qui désarme. Elle connaît le pouvoir d'être nue sans l'être vraiment, car la nudité est l'apanage des bêtes innocentes et l'artifice celui des enchanteresses, elle sait qu'une deuxième peau soyeuse enrubannant la jambe jusqu'en haut de la cuisse appelle davantage la caresse, elle sait que l'aiguille d'un escarpin frappe et transperce plus efficacement que le dard d'un scorpion, et qu'une taille corsetée, juste au-dessus d'un lisse, doux et blanc fruit empoisonné, est un jeu dont on sort toujours vainqueur. Elle a la connaissance et ce soir elle triomphe.

La proie, les yeux liquides, rêve de rut.

La chevelure de la femme serpent coule en moire entre ses seins. Ses mains, comme celles des divinités indoues, insèrent leurs doigts dans le fleuve de la musique, saisissent les notes, les relâchent, les rattrapent, les posent sur la peau. Le corps donne et reprend, accélère le rythme de ses palpitations, propose ses frontières, dévoile ce qu'il a de plus secret puis le refuse aussitôt.

Sous les aiguillons de la faim, la proie est pétrifiée. La femme avance, fière, conquérante ; l'homme vaincu respire à peine. Puis, elle pivote lentement, lui dévoilant son dos. C'est à ce moment-là, découvrant ce verger ciselé dans une peau qu'il croyait connaître, qu'il crie.

Il tend la main. Il touche, suit d'une caresse frissonnante les branches du cerisier en fleur, les pétales tourbillonnants, les oiseaux turbulents. Il est possible que lui-même ne sache pas d'où vient cette douleur qui mord, est-ce l'étonnement, est-ce la conscience d'une vie qui a continué sans lui et à son insu, est-ce l'envie de plonger dans ce printemps qui bat comme un cœur, et d'y tomber en amour, il gémit, il effleure, il y pose la bouche, il a mal.

La femme accepte les lèvres qui se fraient un chemin humide le long des rameaux, le bout d'une langue intimidée goûtant les pistils nus et tentant l'exploration d'autres sillons adjacents ; elle triomphe de cette idolâtrie attendue. Puis, elle repousse le corps qui la veut, s'éloigne, se coule dans le cercle noir laissé sur le sol par sa mue, la saisit et d'un lent mouvement ascendant la remet en place. Elle s'assoit, hiératique, de l'autre côté de la pièce.

Il ne s'est rien passé, alors.

Non, il ne s'est rien passé.

Je t'aime.

Rentre chez toi.

Bidule a commenté votre statut : *Arrrrgh !*

Trucmuche a commenté votre statut : moufle.

Machin a commenté votre statut : *Sakura, continue à nous écrire des trucs excitants comme ça !*

Une Telle a commenté votre statut : *J'en veux encore !*

Doudou le Poisson a commenté votre statut : *Il fait chaud !*

Dédé a commenté votre statut : *Sakura, épouse-moi !*

Poupoune a commenté votre statut : *Et il est rentré ? Pour de vrai ?*

Jack the Ripper a commenté votre statut : *On veut la suite !*

Luc Delamare a commenté votre statut : *Je veux la femme serpent dans mon salon* TOUT DE SUITE *!*

Toto le Tatoué a commenté votre statut : *Faut pas me chauffer comme ça avant d'aller au lit !*

124 personnes aiment votre publication.

Aline Pélissier a commenté votre statut : *Pourquoi le chasser ?*

Sakura a commenté sa propre publication : *C'est peut-être l'homme d'une autre femme...*

Aline Pélissier a commenté votre statut : *Je n'aimerais pas être cette autre femme.*

Sakura a commenté sa propre publication : *On est toujours un jour ou l'autre celle chez qui il ne veut pas rentrer. Mais on ne le sait qu'après.*

Jouer à celle qui s'en va n'est pas d'une difficulté particulière. Ce qui n'est pas confortable, c'est de le jouer devant le regard attristé d'un petit garçon et l'autre regard, à la fois tendu et voilé, de celui dans les bras duquel on voudrait se jeter éperdument.

Te souviens-tu comme tu m'as serrée, au moment où je passais la porte, ton souffle incendiant mon cou, tes mains emprisonnant ma tête, ta poitrine offerte à la mienne comme si nos cages thoraciques avaient la faculté de se fondre et se souder l'une à l'autre en une monstrueuse structure siamoise ? Il faut dire que mon petit numéro de la veille n'avait toujours pas quitté ton esprit et t'avait poursuivi de l'autre côté de la ville.

J'ai fait de beaux rêves, cette nuit.

C'est ce que tu m'avais dit en arrivant, d'un murmure dans la conque de mon oreille.

Martha aurait voulu prendre ces mots comme les préliminaires d'un retour, une lettre d'amour écrite sur les ondes du silence. Sakura s'est contentée d'un rictus promettant, pour ton tourment, d'autres rêves inaccessibles.

Les deux femmes se sont accordées pour lâcher prise et ouvrir les vannes du chagrin une fois installées dans la chambre d'hôtel. Puis leurs dissensions se sont enflammées de nouveau, l'une se fustigeant de cette décision stupide, s'arracher au quotidien et à la tendresse consolatrice de son enfant comme si les amputations antérieures ne suffisaient pas, l'autre entêtée à dresser sur-le-champ son camp de retranchement.

La chambre disposait d'une terrasse donnant sur un jardin lumineux et d'un minibar bien garni. Nous apprécions toutes les deux le confort discret et impersonnel des hôtels, ce sas qui nous pose absurdement quelque part dans le monde, loin de ce que nous avons construit, et nous donne l'impression de devoir composer avec un strict minimum d'apatride. Au bout de quelques heures, Martha ne se désolait plus du choix de Sakura : il n'était pas si désagréable, en fin de compte, d'évoluer dans un lieu où chaque objet, chaque odeur, chaque éclat de mur ne ramenait pas, décharge électrique, à tout ce qui était perdu.

Une semaine de dénuement, avec comme seules armes un appareil photo, un ordinateur, une connexion wifi efficace et du bon vin.

Et une détermination mordante de savoir ce que vous combiniez quand vous étiez séparés.

Page Facebook ouverte, j'attends.

Nous ne sommes pas naïves. Nous savons bien que tu ne te résigneras pas à laisser s'écouler la semaine sans tenter de la retrouver quelque part. Même si Alex est ton geôlier, tu maîtrises comme moi les lignes de fuite. Il est facile de la faire venir le soir, quand le sommeil profond imprègne la chambre d'enfant ; il y a toujours la possibilité de faire inviter Alex chez un copain, le temps d'un après-midi, pour avoir les mains libres. Tu as su pendant des mois tordre les heures et les lieux pour tes étincelles intimes, ce n'est pas mon absence qui se posera en obstacle.

Et si, au contraire, tu en profitais pour te soustraire ? Si cette grande parenthèse père-fils, Alex et toi ensemble comme deux vieux copains, cet éclat de temps accepté sans rechigner, était un moment que tu voulais traverser seul à seul avec toi-même, dans un monde dénué de l'encombrement des femmes ?

Je ne cesse de me demander si les quatre semaines de cohabitation avec elle ont attiédi tes ardeurs. La légitimité a des effets ronronnants et émousse les fantasmes.

Baver de manque, s'astiquer, masturber les écrans des messageries, non, je pense que ça a fait son temps.

Nous songeons toutes deux que, à présent que tu seras boomerangué au sein de nos pièces, dans le subtil vestige d'un parfum de femme enfuie, c'est Sakura et son échine sertie de flore qui flanquera ton cœur sur les braises, Sakura et ses jambes de sylphide, Sakura qui invente pour toi des rêves inconvenants et tellement plus exaltants qu'une perspective de petits jours coincés dans une *résidence* à balcons de béton, flanqué d'une minette fade quoique marie-salope quand il s'agit de mouiller devant un ordinateur, entouré de nouveaux amis indésirés et de conversations architecturales, bref, nous savons toutes deux que tu l'as compris aujourd'hui, quelle illusion de croire à ces recommencements formidables, rien n'est recommencement mais tout est perte, le recommencement c'est fait pour les vies foutues, pas pour les merveilles à peine écaillées par inadvertance, et comme il résonne encore, ce « je t'aime » étranglé adressé à Sakura, comme il saigne de toute sa victoire, bien sûr que tu m'aimes, Sakura peut-être plus que Martha mais tu nous aimes, c'est précisément ce que nous voulions entendre et savourer, c'est notre vengeance, c'est notre revanche aux cuisses dévêtues.

Votre punition est en marche. Ton embrasement pour elle mourra avec des petits bruits mouillés de pets, charbons ardents arrosés de mon eau. Elle te quittera quand elle découvrira que tes promesses n'auront été qu'une publicité mensongère, quand son exultation de favorite proclamée roulera sous les roues d'un tank inattendu parce qu'elle aura compris que dès le début elle n'avait jamais fait le poids, se croyant déesse providentielle alors qu'elle n'était en réalité qu'une pouliche boute-en-train juste bonne à te ramener vers moi dans toutes tes turgescences, et que tous ses espoirs lui seront arrachés à vif comme des chicots, et comme eux, balancés dans un sac puant de déchets anatomiques.

C'est le sort que je réserve à mes bourreaux.

Je suis là sans être là.

Les yeux rivés à mon écran, profil de Sakura où tu ne peux pas pénétrer, j'épie. Si Alien écrit, c'est qu'elle n'est pas dans tes bras. Si tu ne lui réponds pas, c'est que tu n'es pas en connexion avec elle. Comme un chien, je vous piste en reniflant vos émanations de phéromones. J'ai conscience, quoi qu'il en soit, que les indices ne sont pas entièrement fiables, l'espace ayant été aboli par ces foutues machines. Preuve en est ce que j'ai préparé à l'avance, une série de vues de Rome triées sur le volet, pas de la photo de carte postale, mais des angles plus personnels, des petites choses semblant prises sur le vif, à poster le soir sur ma page. Vous m'y croirez. Le mensonge est manufacturable à loisir. Je me suis même renseignée sur la météo pour ne pas envoyer des images de grand soleil s'il flotte ou vice versa. Donc, dans cet espace flou qui fossilise et archéologise nos appareils à fils, n'importe qui peut être n'importe où s'il bénéficie d'un bon réseau ; par bonheur, il reste ce petit résidu de Big Brother sur l'écran, l'indication *Web* ou *mobile* à côté du nom du connecté, et l'horaire de l'envoi. Seul le facteur temps n'est pas manipulable : on sait à quel moment l'utilisateur a quitté sa page. Y a-t-il traçabilité plus efficace ?

Je suis donc. J'apprends que la demoiselle utilise beaucoup de ses heures de travail à naviguer – Aline Pélissier, point vert, Web – pour faire bénéficier l'humanité de ses traits d'intelligence ou pour partager les intelligences d'autrui. *Pour savoir aimer, il faut se connaître soi-même. Si tu veux que la vie te sourie, souris à la vie ! L'amitié, c'est un phare dans la nuit.* Cette connasse se prend pour Mary Poppins, j'en grince des dents. Je me moque, j'envoie en réponse des sentences lycéennes que j'invente sur l'instant, *Les yeux d'un enfant sont le lac du bonheur*, *Les rivières de l'amour puisent leur source dans les plus hautes montagnes – proverbe chinois*.

Toi, pendant ce temps, où es-tu ? Rien ne peut m'indiquer si tu es branché sur la page d'Aline, mais ton silence sur cet espace est éloquent. En deux jours, tu n'as pas laissé un seul commentaire. En revanche, le soir, quand Martha ouvre sa page – la wifi de mon prétendu hôtel romain me permet une connexion de fin de jour – tu es là. Nouveau message de Raphaël Delombre.

Tu te régales ?

Bien sûr.

Chouette, l'hôtel ?

Génial. Encore mieux que le nôtre. Alex va bien ?

On s'éclate. Entre le skate et les Lego, on n'a pas le temps de s'ennuyer. Qu'est-ce que tu as fait aujourd'hui ?

Le Forum. Demain la Villa Borghese.

Il fait beau ?

Froid, mais le ciel est bleu. Tu as vu la photo que j'ai postée tout à l'heure ?

Oui. Tu vas faire quoi, ce soir ?

Je suis déjà douchée et prête à me mettre au lit. Je vais lire. Je suis crevée, j'ai tellement marché.

Je pense à toi. C'est drôle quand tu es si loin.

C'est le propre des séparations.

Tu n'as jamais aimé voyager seule.

Je n'ai jamais aimé être seule tout court. C'est une habitude à prendre.

Tu nous manques.

Bonne nuit.

Madame D. n'a plus rien de la mésange lumineuse qu'elle fut. Aujourd'hui elle voudrait mourir car la suite de la vie l'épouvante.

C'est le cœur qui ne va plus. Ce cœur qui auparavant faisait son œuvre avec discrétion, son petit bonhomme de chemin au fond de sa boîte, boum, boum, boum, avec une humilité de bon ouvrier sans vagues, est aujourd'hui une tumeur gigantesque qui a colonisé le reste de son corps, repoussant vers des angles inutiles le reste de ses organes, chargeant chaque seconde du bruit assourdissant de ses pulsations.

Madame D. sent qu'elle n'est plus qu'un cœur hypertrophié, c'est cela qu'elle est devenue, ce tambour cauchemardesque qui ne tait jamais sa chanson, et qui chaque jour s'épand encore en grignotant davantage, BOUM BOUM BOUM BOUM BOUM BOUM BOUM, la masse de l'air et la lumière et les ténèbres et le silence et le sommeil et les objets dansent au rythme de ce fracas comme au passage d'une fanfare infatigable

BOUM

l'amour

BOUM

qui a

BOUM
mangé Madame D.
BOUM
pas celui qui donne envie de faire des enfants
BOUM
pas celui qui arrive avec ce culot insensé
BOUM
mais celui qui tourne le dos et abandonne
BOUM
celui qui crève
BOUM
celui qui vous fait crever
BOUM
qui vous pique des chrysanthèmes au fond des yeux
BOUM

chaque percussion est un prénom, un visage, un temps merveilleux, toujours le même, le tout parfait, le tout de toujours, TOI, il prend toute la place, TOI, il écorche vive, TOI, petit bout de peau après petit bout de peau, TOI, il vous précipite dans des lieux terrifiants, TOI, et déchiquette vos tissages patients, TOI, vous saigne à blanc, TOI, vous laisse seule la peau sur les os, TOI, vous coule du ciment dans les artères, TOI, vous met le crime au bout des doigts, TOI, vous met le crime au bout des doigts, TOI, vous met le crime au bout des doigts, TOI, si ça pouvait aider, TOI, à s'arrêter, TOI, à faire taire cette terreur du maintenant, TOI, cette terreur de l'après, TOI, moi sans toi, TOI, moi avec mes souvenirs menteurs, TOI, moi avec ma vie devenue un super-8 d'images de choses mortes, TOI, tellement aimées et tellement mortes, TOI, je n'y arriverai pas, TOI, je n'y arriverai pas tout ça parce qu'un autre visage a traversé l'espace, c'est tout, parce que quelques mots ont dessiné des routes alléchantes, c'est tout, parce qu'il n'y a plus rien de sacré, c'est tout, parce qu'elle est de bon ton la consommation hasardeuse, c'est tout, parce que du jour au lendemain on peut vous signifier que vous êtes tout juste bonne pour la casse car un moteur plus neuf dans les parages ronronne ses illusions, c'est tout, ronronne ses excitations, c'est tout, ses promesses, c'est tout, même si ce n'est que du chrome fallacieux, de l'étincelle ripolinée, de la carrosserie profilée, cette belle pelisse lisse polie au chiffon doux pour lui donner l'apparence d'un bijou alors que dedans, dedans, il n'y a qu'huile visqueuse aux doigts, que lubrifiant qui finira bien par se corroder comme le reste

mais tu ne vois pas
tu veux et tu exiges
tu t'entêtes et t'encaprices
ce n'est pas grave de semer le désespoir
ce n'est pas grave la répudiation
ce n'est pas grave
on s'en remet
la vie continue
on s'en remet
l'avenir nous le dira
on s'en remet
la vie ça se refait
l'amour ça se trouve sur des touches de clavier
la preuve
sur des messages en phonétique
des connexions nocturnes
des désœuvrements computérisés
l'amour ça se trouve par correspondance

dans des complicités typographiques
des mamours émoticônés
des cases prévues à cet effet
des épousailles notifiées en un clic
c'est ça la modernité
je suis navré mais c'est comme ça
j'ai signé
je me suis engagé
c'est réglé c'est paraphé c'est emballé
je te descends au container
mais on le sait très bien ce qu'il advient des coups de tête
des robes non essayées
des chaussures raflées sur des marchés
merde ça bâille ça bouloche ça serre trop cette camelote
ça ne tient pas au lavage
ça bave ça déteint ça fait mal aux entournures
tu regretteras ton achat compulsif, ton argent jeté par les fenêtres, quel gâchis, songeras-tu, quel gâchis, et tu auras l'impulsion de fouiller dans la poubelle pour retrouver ta vieille bique, ta Madame D. qui faisait si bien l'affaire finalement, cette belle mécanique faite pour durer, fidèle comme une chienne et comme elle énamourée, imputrescible, inoxydable, indéformable
tu la retrouveras
rongée
cœur-carcinome accroché à un reste de peau
déglinguée
défigurée
suintante d'une haine qui ne dit pas son nom
et ce sera ton tour de goûter l'épouvante
l'éternel regret de ta légèreté

ELLE
regarde ce que tu as adoré
ELLE
regarde ce que tu as brûlé
ELLE
regarde ce que tu as perdu
ELLE
ton amour
ELLE
ton amour
ELLE
assassiné.

152 personnes aiment ça.

La liste des commentaires est infinie.

Waouh j'aime j'adore c'est fabuleux chat en forme de sac qui se gratte la tête magnifique putain c'est dur c'est féroce c'est désespéré smiley qui pleure petit cœur brisé moufle moufle moufle un peu d'optimisme bordel quelle écriture ma belle j'ai rien compris pourquoi tant de haine ah l'amour sniff Sakura détends-toi fume un joint tous des salauds les mecs c'est quoi ce truc c'est de la poésie merde alors j'en ai pleuré

notifications 27

Rémi Leboeuf a commenté votre statut
Lili la Panthère a commenté votre statut
Gilles Montreil a commenté votre statut
Tattoo Goddess a commenté votre statut
Pépé le Moko a commenté votre statut
Kiki a commenté votre statut
Aline Pélissier a commenté votre statut

Pauvre Madame D. Il n'y a pas pire que la souffrance d'amour.

Sakura a commenté son statut

Parles-tu en connaissance de cause, Aline Pélissier ?

Aline Pélissier a commenté votre statut

Non mais j'imagine.

Sakura a commenté son statut

Tu n'as jamais été bafouée ?

Aline Pélissier a commenté votre statut

Non, je ne suis pas de celles qui se laissent bafouer. (smiley smiley smiley)

Sakura a commenté son statut

Ça viendra, Aline Pélissier. (smiley smiley smiley)

Insoupçonnable derrière mes lunettes noires, perruquée d'une tignasse aile de corbeau et emmitouflée dans un manteau jaune paille, je bats le pavé devant son cabinet.

Je connais bien sûr ses heures de pause, ayant vérifié les horaires d'ouverture sur Internet et recoupé la chose avec tes aveux d'antiques rendez-vous.

Quand vous vous retranchiez derrière la porte close de l'intérieur, pour pique-niquer mais sans capotes, et que ça limait sec au milieu des plans.

Qu'elle écartait les cuisses, le fion sur les maquettes.

Que ça bavait sur les dossiers.

Que tu lui disais les mots que tu me refusais depuis toujours.

Tu n'es pas là aujourd'hui, évidemment, puisque je t'ai emprisonné dans ton vieux monde. Tu es en train de faire cuire des coquillettes dans les effluves de Martha.

La voici. Elle sort en compagnie de deux filles et un type, même acabit, la trentaine vibrionnante, le derrière haut moi-je-fais-un-métier-prestigieux, le rire de jeune entrepreneur.

Je leur emboîte le pas, planquée sous mes dix ans de plus gagnés avec mon brushing « Feux de l'Amour ». Je m'attendais à me sentir emportée par une énergie rageuse qui aurait ressemblé à un ricanement : je m'étonne d'éprouver une telle faiblesse dans mes membres que d'incoercibles tremblements rendent ma démarche maladive. C'est la toute première fois que je la vois en trois dimensions, et j'en suis défigurée.

Je la regarde bouger. Elle bouge comme tout le monde, ni mieux ni moins bien. La nuque, dégagée par cette coiffure à la Jean Seberg, n'est qu'une nuque. Quand elle tourne la tête, j'aperçois la péninsule hautaine d'un nez très en trompette. Les dents sont grandes, découvertes, un peu en avant. Je flotte dans l'ébahissement.

Jamais aucune femme ne m'a autant convenu qu'elle.

Me reviennent vingt ans de sottise à me méfier des pin-up, alors que tu me quittes pour une fillette qui aurait bien besoin d'un appareil dentaire.

Je marche.

Je la suis. C'est bien cela, elle est devant et moi derrière, ça pourrait ressembler au grand chaos quotidien des trajectoires individuelles et aléatoires qu'on nomme la foule, ou l'humanité, ou les anonymes, à une mise en présence inoffensive comme un hasard, au grand ballet des coïncidences géographiques, et pourtant ça a l'odeur lourde de la traque. Je suis un chien d'arrêt la truffe enfouie dans les émanations musquées des glandes anales d'un gibier, et j'ai un drôle de goût dans la bouche, du métal et du sel, je sais ce que c'est que ce goût, s'il n'y avait pas autant de gens autour de nous je pourrais même frapper là, maintenant, d'un coup sûr et fatal, et peut-être bien qu'ainsi le voyage temporel à rebours, vers la vie que j'aimais, exempte de toute douleur, pourrait avoir lieu…

Doux soleil de faux printemps, tout ce petit monde s'installe en terrasse d'un snack boboïque proposant des nems d'épeautre aux lentilles et rutabagas accompagnés de leur purée de topinambour aux graines de sésame. Ça les allèche.

Je m'installe à la table voisine, le dos tourné. Mes épaules touchent presque les siennes, je peux sentir son odeur, c'est bien la même que celle qui rampe sur toi quand tu me rejoins, une lessive au parfum inconnu, le cheveu à la camomille. Haut-le-cœur.

Il me faut commander un ramequin de lasagnes d'aubergines au safran bio. Putain, bio, le safran. Je ne sais même pas si j'y toucherai. J'ai les oreilles en parabole.

Le début de la conversation m'échappe ; c'est professionnel, emmerdant comme la pluie, émaillé de sigles et d'acronymes. Puis, au bout de quelques minutes, voici que ça devient intime, et je m'y ventouse comme un bulot.

Elle n'a pas une voix désagréable, quoique trop fille, trop haut perchée et un peu traînante, je n'ai jamais aimé ce genre de voix, enfin je crois, ou est-ce que ça m'horripile justement parce que c'est la sienne, avec ces nasales parisiennes qui s'attardent en fin de phrase, je ne saurais dire si tout ce qu'elle est me fout les nerfs en pelote parce que j'y suis conditionnée par la haine ou si je vais de découverte ébahie en découverte ébahie, je ne comprends toujours pas, elle t'est assortie comme un clou à un pinceau, un stylo à un manchot, une catcheuse à un couturier. Je me souviens du nombre de fois où, observant des couples, je m'étais fait la réflexion de leur évidence, m'émerveillant que deux êtres nés et grandis si loin l'un de l'autre puissent finir par se ressembler autant, et c'est ainsi que je nous regardais, nous, deux ingrédients chimiques si parfaitement épousés, mais voilà, je m'étais plantée sur toute la ligne, mon analyse de tes composants était donc foireuse dès le départ, ce que j'avais pris pour une alchimie de métaux précieux n'était que de la poudre de perlimpinpin, ce n'était pas d'or pur dont tu avais besoin, mais de Formica.

Mémoire en roue libre, fameuse nuit du *Martha, il faut que je te parle*, toute première et très stupéfiante fois où j'avais appris son existence... Comment oublier ces interrogations hébétées, mais quelle voix, quelle démarche, quelle façon de tourner la tête ou de coincer une mèche de cheveux derrière son oreille, quel rire, quelle manière d'appréhender le monde, de se gratter le nez ou de faire bouger ses mains pour accompagner ses paroles, quel sens de la repartie apte à flatter ton intellect, quelle musicalité de l'expression ont bien pu t'éblouir au point que je ne te suis plus rien, toutes ces questions qu'on se pose pour ne pas avoir à concevoir la plus douloureuse – quel ébranlement a donc signifié au fond de toi qu'elle était plus digne que moi de vieillir à tes côtés – ou pour ne pas avoir à vous imaginer en acte d'amour – illusoire et fragile aveuglement, les images inventées s'imposeront quand même... Et à présent me voici collée à son dos, les narines palpitantes de ses odeurs diverses, des plus naturelles aux plus chimiques, les tympans caressés par son bruit dans le monde, je sens même sur mon épaule l'air qu'elle déplace en bougeant, et c'est très étrange vraiment cette promiscuité, il y a parmi des milliards de gens sur Terre deux femmes accrochées au même homme, deux femmes qui ne se connaissent pas et qui sont là, comme cousues l'une à l'autre tel un monstre biface à une terrasse de restaurant, l'un des versants, vampire goulu, buvant l'autre, l'inconscient, pour trouver des réponses à son anéantissement, c'est très étrange, et ce serait un amusement plaisant s'il n'y avait pas autant de mort en suspens dans la règle du jeu.

Les réponses s'insinuent, progressivement. Peu à peu sa voix ne me semble plus si désagréable ; une tessiture loin de mes notes bluesy, soit, quelque chose de plus proche de la limonade que du whisky, mais il y a de la jeunesse et de la féminité là-dedans, et certaines modulations engendrées par de l'esprit. Voici que je m'étonne de sourire, à certains moments, de ses propos. Serait-elle drôle ? En s'aventurant hors des sentiers professionnels, sa conversation m'a agrippée. Convaincante, fine, illustrée, merde. Cette fille est intéressante. Elle vient d'embarquer son auditoire sur des souvenirs de voyage et des considérations architecturales qui ne manquent pas de pertinence. Puis je sursaute : ce qu'elle vient de dire, là, j'aurais donc pu le dire aussi… M'aurait-elle ôté les mots de la bouche, si cette conversation nous l'avions eue ensemble ? Après le sursaut, un soudain dépit : c'est même bien mieux que ce que j'aurais pu dire, moi. Le rire est superbe. C'est encore pire que ce que j'aurais pu imaginer. Je m'enhardis parfois à glisser un regard vers son profil : le dessous du menton n'est pas encore relâché – l'apanage de ses presque dix ans de moins que moi – et la ligne de la mâchoire révèle un os charmant. Un hâle de randonneuse enjolive l'ensemble. Je suis juste un peu plus critique sur les yeux : la paupière est légèrement tombante, et l'iris, que je saisis en une périlleuse fraction de seconde, est plus verdâtre que lumineux. Le sourcil est sombre et épais : je me mets à douter de l'authenticité de cette blondeur enfantine. Je ne peux m'empêcher de me demander ce que tu as bien pu trouver à ces yeux, quand pendant plus de vingt ans tu as fondu pour les miens.

Le bilan est catastrophique. Exception faite des yeux, la joliesse de cette fille est indiscutable. Je la trouvais fade et banale jusqu'à présent, et soudain ça m'apparaît dans un grand flot de fiel : elle est aimable. Tout se met à vibrer à l'intérieur de mon corps, cette voix est celle qui a résonné si longtemps dans tes rêves, cette joue veloutée est celle qui se presse contre ta bouche, c'est bien cette nuque qui se ploie sous vos ébats, et ce rire, cette putain de cascade fraîche, est le courant qui t'a emporté.

Je n'aurais pas dû. Me voici, brutalement, précipitée en bas de l'échelle. Vieille, flétrie, grisâtre et inconsistante, je me sens comme recouverte d'une couche de poussière, aussi éblouissante qu'un juin pluvieux, et c'est affreux, affreux, je ne peux que te donner raison.

Sakura ricane. Qu'imaginais-tu, enveloppe ? Découvrir une grue, une collégienne décérébrée ? Une midinette ignare ? Bien sûr, c'est cela que tu attendais, pour te sentir lourde dans la balance, pour te flatouiller l'ego. Croyais-tu vraiment que Raph aurait bradé ses exigences, raflé la première pute à routier ? Elle te dame le pion, il faut en convenir. Cette nana est délicieuse. On en mangerait.

Ma perruque me gratte le crâne insupportablement. Sous la perruque, il y a un fleuve de lave en fusion. J'ai entendu ce que je voulais entendre, c'est le moment pour moi de m'éclipser, chancelante. Mon itinéraire me fait repasser devant le studio fermé, et je souris, comme la vie est bien faite, il y a une famille entière d'étrons de chien encore fumants pile sur le pas de la porte. Je ne pense pas qu'ils porteront chance.

Avez-vous remarqué

[me dit Monsieur U.]

Avez-vous remarqué que l'écrasante majorité des étrons de chiens que nous croisons sur les trottoirs ont déjà été piétinés ?

Vraiment ?

Il est effectivement très rare d'apercevoir une belle crotte intacte, parfaitement moulée. Comme si la merde, par essence, était destinée à embourber l'humain. Vous avez vu, je n'ai pas dit « emmerder ».

Et donc.

J'y ai beaucoup réfléchi, vous savez. J'en ai conclu qu'il existait un sens caché dans ce rapport de l'Homme avec la merde. Oui. Je crois que c'est une parabole

[dit Monsieur U. Monsieur U. a pris trente ans pour assassinat et dissimulation de cadavre, après avoir étranglé sa femme dans le lit conjugal, enterré le corps en forêt et feint une disparition volontaire]

J'ai eu le temps d'analyser la chose. J'ai découvert que ce n'était pas le problème de la destinée de la merde, mais du déterminisme de l'Homme. Sur la trajectoire de l'Homme, il y a la merde. La merde est là, à découvert, ponctuant l'immense trottoir, on ne voit qu'elle, elle lance des appels désespérés pour que l'Homme la contourne, la franchisse. Et pourtant ça ne rate pas. Alors même que l'Homme la voit, car il ne peut en être autrement, la merde est impossible à ignorer, elle s'impose, là, déployant tous ses atouts – visuels et olfactifs – pour se signaler... alors même que l'Homme la voit, disais-je, il marchera dedans. Il avait tout pour l'éviter, mais quelque chose l'a inexorablement attiré vers la merde.

Ou bien, Monsieur U., l'Homme a eu un moment d'inattention... Peut-être a-t-il effectivement vu la merde dans toute son évidence, mais le temps de se trouver à sa hauteur il a tourné la tête, absorbé dans ses pensées... Il a peut-être même levé les yeux vers le ciel pour y observer, ou y chercher quelque chose, en oubliant ce qui se trouvait à ras de terre, pile sous son nez. Pardon : sous sa semelle...

Cette éventualité m'a aussi traversé l'esprit. Ce qui a confirmé mon jugement. Quel besoin a l'Homme de chercher des réponses au-delà de l'horizon quand il voit, sait depuis un laps de temps conséquent qu'il est en train de courir vers la merde ? Il s'interroge, il rêvasse peut-être, et pourtant rien ne peut l'arrêter. Comme une aiguille attirée par un aimant, il se jette dans la merde. Il pourrait le faire, ce pas de côté, mais le destin, ou bien le libre arbitre, lui impose de ne pas le faire.

Il faut choisir, Monsieur U. C'est ou le destin, ou le libre arbitre. Ce dernier étant oxymorique avec « imposer ». Je suis sûre que vous y avez songé.

Naturellement. Cela dépend du sujet. Cette agrégation de l'Homme avec la merde est quelquefois, de pauvres fois, due au destin. Mais dans la majorité des cas, il s'agit bien d'une volonté délibérée de foncer dans la merde. N'avez-vous jamais, vous, choisi la merde plutôt que l'effort de la contourner ?

[le regard de Monsieur U., clair, lucide, vrillé dans le mien et celui de l'humanité]

178 personnes ont réagi à votre publication.

Pietro la Porta a commenté votre publication : *Merde alors !*

Aline Pélissier a commenté votre publication : *Je suis de celles qui écrasent systématiquement les merdes ! D'ailleurs, pas plus tard qu'aujourd'hui...*

Sakura a commenté sa publication : *Tu avais le choix, Aline Pélissier. Tu avais le choix.*

Je mange au restaurant.

Seule, comme une vieille pute.

Ça te faisait toujours rire, ça. J'avais l'habitude de dire que manger seule au resto faisait vieille pute : raison pour laquelle j'avais détesté, les rares fois où ça m'était arrivé, voyager seule.

Je me rends compte que si la vie m'embarque dans cette direction, je serai longtemps cette vieille peau aux charmes relatifs, posant son cul esseulé sur une chaise de bistroquet pour avoir l'impression d'une petite fête dans un monde où rien ne songe plus à être gai. Je me traîne la bobine pathétique de la buveuse d'absinthe, avec des gestes de duchesse sous un chapeau de travers, et un regard de chèvre morte qui veut encore se persuader que la vie circule en elle.

S'il y a bien un symbole visuel de la solitude, c'est celui-ci sans hésiter.

La vieille pute du resto.

Et là, c'est moi.

Les yeux vagues, les mains trichant au-dessus des couverts – comédie de l'assurance quand seule l'hébétude conduit le bal – les oreilles attentives – elle pourrait même claquer des doigts, la raclure – à ces interprétations vietnamiennes de « *Besame, Besame Mucho* », « *Quizas Quizas Quizas* » *et* « La Vie en rose ».

Je suis une vieille pute de resto vietnamien.

Ce n'était pas prévu sur mon chemin, ça, non.

Et puis je rentre à l'hôtel, cette vie posée en marge, je fume une cigarette sur le balcon, et je m'installe devant le bureau sur lequel trône le petit Colisée en plâtre. Je regarde chaque soir cette saloperie *made in China* en me disant qu'elle est l'allégorie de mes souvenirs, de mes désirs et de mon mensonge. Elle me flanquerait même la culpabilité à l'estomac.

Mensonge, faute, pénitence. Nul besoin de battre ma coulpe, ma seule présence ici est une punition. Dans cette cellule de moine wifisée et climatisée, où les dernières choses qui m'appartiennent se résument à une charlotte de bain en plastique et un couple de petits flacons de gel douche, je m'arrache des touffes de cheveux en songeant que j'avais un foyer bon sang, un cocon que j'avais tissé pour que les amours chaudes et tendres de ma vie s'y meuvent et y respirent, et qu'il s'en est fallu d'un rien finalement, deux routes creusées de mains féminines devant les pas d'un seul homme, de quelques phrases électroniques et d'un regard électrique, pour que fonde sur moi l'évidence de la dépossession.

Quelques articles de toilette, un Colisée, et un ordinateur pour m'emparer subtilement d'Aline Pélissier.

Madame N. ne se rendait même plus compte qu'elle s'ennuyait ferme dans sa maison Phénix imitation habitat traditionnel – mas provençal en agglo gris, toit asymétrique coiffant une boîte d'allumettes à toutes les autres pareille, consœurs fabriquées en chaîne et posées sur un champ sacrifié. Madame N. avait eu la bêtise de convenir qu'une maison individuelle avec petit terrain adjacent – une balançoire, une haie de troènes, un labrador – équivalait à l'épanouissement suprême.

Il faut bien dire que Madame N. elle aussi était un artefact fabriqué en chaîne. Une brave fille comme une eau stagnante, une ménagère au goût prononcé pour les napperons et les collections de poupées folkloriques.

Quand Madame N. souriait en recevant des mains de ses proches une poupée fagotée couleur locale – Ricordo di Napoli, Benvenidos en Madrid – *elle rêvait d'aéroports.*

Mais Monsieur N. n'aimait pas l'étranger. Ça pue l'étranger, ce n'est pas comme chez nous, tous des voleurs et des pouilleux.

Chez les N. on n'est ni voleurs ni pouilleux. On tient sa maison, on lave son auto. Les serviettes sont brodées, les fleurs artificielles ne s'empoussièrent pas dans leurs vases Arcopal. Les filles, Barbies obèses génétiquement programmées pour la précarité, sont bien élevées et fréquentent déjà des mâles idoines. Monsieur porte la moustache ouvrière, madame épile la sienne, le tout dans les effluves sonores de la télévision.

Est-ce votre dernier mot, Michel ?

Bravo le veau.

Tapez 2 pour éliminer Jessica.

C'est à ce moment-là que les gendarmes se retrouvent face à une scène d'une rare violence.

Faites confiance à Ariel, découvrez les senteurs sensuelles du nouveau gel Canard WC.

Chez les N., les W.-C. ont des senteurs sensuelles, les taches de vin sont éliminées en un seul lavage, Jessica occupe les pages des seuls objets comportant des mots et l'amour n'a pas été racheté. Pulvérisé avec les salissures.

Non. Il convient de se corriger. Il ne lui est rien arrivé, à l'amour. Il n'a simplement jamais été là, confondu avec une acceptation réciproque, un petit couple de plastique au sommet d'une pièce montée, parce que les gens, hein, c'est comme les perruches, ça a besoin d'être deux. Et puis, il faut bien faire des enfants.

(À suivre.)

Pépé le Moko, Krapule, Aline Pélissier et 67 amis aiment ça.

Vous avez 43 commentaires.

Voir les commentaires.

Je suis assez étonnée de constater que mes disciples lisent mes publications jusqu'au bout. Je sais par expérience que quand c'est trop long, ça décourage. Le ruban infini ne sert pas à cela, les propos font généralement mouche quand ils sont succincts et accompagnés de photos, mais j'ai l'impression que les mots de Sakura sont devenus pour beaucoup un rendez-vous attendu et savouré. Le début de l'histoire de Madame N. récolte sa moisson de réactions, petits exergues perplexes, expressions d'une impatience alléchée.

J'ai conscience que tout ce joli monde attend la même chose. Dans chaque foyer que j'envahis de mes récits, on est suspendu au meurtre. Ma centaine de quidams dont fait partie Alien se délecte d'avance d'une mise à mort, et notre jeu est tacite à présent : Sakura doit faire durer le plaisir, mettre en scène l'exécution par le biais de sa savante littérature, et ce sera bon comme un orgasme.

C'est le Colisée personnel d'une petite foule connectée. Pouce dressé, on réclame le sang. On brame de satisfaction quand il gicle, et c'est formidable, inattendu, terrifiant : tout le monde estime que mes assassins ont fait le bon choix, parce que c'est comme ça, la plaie d'amour se cautérise dans le crime, et c'est une sacrée bonne solution.

Dans la vie réelle, quand on parle d'amour, on nous répond que c'est un caprice qui passera comme un rhume, mais derrière les écrans on estime que cela vaut bien un petit meurtre.

Le tout est de ne pas se laisser tenter.

Plusieurs fois par jour, tu m'envoies des messages privés. Je n'y réponds que le soir pour laisser perdurer l'illusion de vacances. Fausses photos, fausse bonne humeur, fausses anecdotes, je me crée mon errance. J'appelle quotidiennement aussi, pour parler à Alex ; des coups de téléphone faits de sacrifices, car je voudrais pouvoir profiter plus longtemps de ta voix, m'en pommader le cœur, y déceler le manque que je laisse, mais je me soustrais bien vite aux tentations de roucoulements par un « Passe-moi Alex » laconique.

Mon oiseau bleu me raconte vos péripéties, le cinéma, la pizzeria, les longues heures à exploser des envahisseurs électroniques, les promenades au bord de la mer ou dans les collines. Je le sens heureux. Il t'a tout pour lui, il en avait oublié le goût ces derniers temps.

Quand je raccroche, j'ai l'estomac retourné comme une chaussette. J'ouvre le minibar et m'anesthésie légèrement en regardant, au-delà du balcon, un paysage qui ne m'appartient pas.

Il m'arrive, bien sûr, de trouver mon entreprise ridicule, de me demander ce que je fais là, rencognée sur un bord du monde dans la glaciation de l'absence, mais Sakura a tôt fait de me secouer, bien sûr, oui ma belle je sais, je travaille au déséquilibre, j'œuvre à la déchéance du nouvel amour, au désir fou du retour, à l'adoration des choses perdues. Je t'imagine dans nos pièces, et cela suffit bien à ce que mon âme t'évoque non pas avec amertume, mais avec tendresse. Sakura encore me gifle : elle vomit ses injonctions à ne pas me laisser attendrir, ne te ramollis pas, imbécile, c'est leur souffrance qu'il faut manufacturer, c'est mettre un océan d'incompréhension entre leurs deux corps, c'est le tordre en lui imposant ce qui ne sera plus, c'est la réduire à un accessoire incongru. Ravale tes bons sentiments, Martha : bois un coup et écris.

On pourrait vivre sans frissons s'il n'y avait la télévision.

La télévision, les magazines, la publicité, les affiches sur les Abribus.

On pourrait se contenter de ce qu'on est, une boîte de conserve emplie d'absence de tempête. Nourrir le chien, passer l'aspirateur, dézinguer les fluides corporels sur les fonds de culottes avec une lessive supersonique, s'assurer qu'il y a trois repas par jour sur la toile cirée à motifs tournesols. On pourrait voir dans la torpeur un repos déjà éternel, dans la tiédeur une solution pour ne pas crever tout de suite, finalement ce n'est pas si mauvais le sommeil, ça évite les courts-circuits.

Madame N. avait barboté pendant quinze ans dans cette lagune, béatement satisfaite de l'immobilité des eaux. Le bonhomme était là, les enfants étaient là, la maison contreplaquée itou, le labrador lui léchait la main, le téléviseur était plat au même titre que l'électrocardiogramme. Elle n'avait jamais réellement prêté attention au harcèlement perpétuel des mots et des images qui la bombardaient au quotidien. Elle en avait seulement saisi la portée matérielle qui la traversait comme une pluie acide

le yaourt qui fait jouir
le désodorisant qui fait danser
la mayonnaise qui fait chanter
le savon qui rajeunit
l'auto qui assure la séduction
le papier cul qui récure en douceur

et dans la maison en carton tout y était, le savon le yaourt le papier cul le désodorisant aux phéromones, Madame N. avait bien travaillé, elle flottait, et clapotait, et sommeillait contente comme un chat sur un radiateur, jusqu'au moment où elle comprit.

Les irradiations sont bien supportées par le corps humain, mais au fil du temps l'accumulation provoque une surdose. Qui se manifesta chez Madame N. comme une révélation divine.

Ce n'était pas le yaourt, la mayonnaise, l'auto, le savon, le rouleau de cellulose ; c'était jouir, danser, chanter, séduire, rajeunir, les promesses de la peau épanouie, du sourire imputrescible, du frisson immortel, et pourquoi pas un récurage en douceur, elle n'avait vu que les objets jusqu'à présent, et soudain elle réalisait que derrière, il y avait un concept.

Il est fort possible qu'elle ne l'ait pas perçu avec ces mots compliqués, mais au fond de ses viscères, l'effet fut dévastateur. Cette vie qui jusqu'à présent avait roulé si sereinement dans l'absence de désirs – abstraction faite des poupées ethniques remuant des envies d'ailleurs inspirées par les publicités pour parfums – commença à claudiquer au rythme d'une drôle de cacophonie. Épousseter les meubles chair supermarché sens Jessica amour La Redoute *baiser les chiens ondulations le plat surgelé sexe Questions pour un champion plaisir lave-vaisselle dernière génération orgasme repas du dimanche rendez-vous, il fallait la voir, Madame N., suffoquant soudain sous les injonctions d'une nouvelle dictature, suante de frustration, envieuse de ces nouveaux produits aux vertus sans cesse vantées, séduction, séduction, la vie ce n'est rien d'autre que ça, l'auto le yaourt le gel douche la mayonnaise le shampooing qui transforme votre foin en soie sauvage l'esquimau qui se suce avec une grimace lascive les céréales qui vous font un cul de marbre le café qui fait mouiller le fromage qui fait tomber les hommes. Madame N. regarda autour d'elle, constata que malgré sa consommation effrénée de toutes ces baguettes magiques elle ne faisait tomber personne, et, par une impulsion bienheureuse, décida d'aller chercher le grand frisson par l'entremise d'un écran d'ordinateur.*

(À suivre.)

Obsession du jour.

Chaque jour une nouvelle. Je veux dire, qui se colle à celle de la veille pour la nourrir. La place entre mes deux oreilles se fait rare. À la queue leu leu, les interrogations, les idées fixes, les souffrances préexistantes ou celles que je me crée parce que tant qu'à faire, hein, j'ai encore des yeux pour pleurer, se faufilent et se tortillent, jouant des coudes pour avoir voix au chapitre.

Aujourd'hui, c'est le hasard.

L'écroulement de ma vie dépend de dix lignes dans un blog de merde.

Si elle n'avait jamais écrit ce putain d'article.

Si, au lieu de disserter élégamment sur la *vitalité iconoclaste et impolie* de ton œuvre, elle s'était rangée du côté de tes détracteurs, déplorant comme eux un *barbouillage hystérique et malsain*, il n'y aurait pas eu…

Si tu n'étais jamais tombé sur cette bafouille, il n'y aurait pas…

Si elle n'avait pas vécu dans notre ville, vous ne vous seriez jamais…

Si sa libido personnelle avait été suffisamment comblée par un amoureux, elle n'aurait pas…

Si la veille de votre café en tout bien tout honneur, je t'avais baisé à t'en laisser exsangue, il n'y…

Si, si.

Tant de si qui m'étouffent et voudraient me faire taper du pied comme une princesse impérieuse, pour que la vie m'obéisse, je veux et j'exige, j'implore le monde à rebours.

Et Sakura vient semer ses mauvaises graines en me tendant des mouchoirs, ses yeux d'obsidienne vrillés sur mon désarroi. Il a bon dos le hasard, stupide petite fille. Tout était écrit dès le début. On semble seule dans une foule au moment de la déflagration, et c'est vrai qu'on l'est, on est l'unique, la toute belle, l'éternelle de carton-pâte, on nous ventouse, on nous épouse, on aime tout de nous et plus encore, nos bouches libèrent des guirlandes de roses et nos hanches sont les autels consacrés, mais il y en a du monde dans les foules, il y en a toute une tripotée d'autres déesses, des qu'on a pas vues, des qu'on a frôlées sans y prendre garde, des bien plus jolies et bien plus fascinantes, eh quoi ma vieille, ça se dévie comme rien un regard, ça se malaxe un idéal, surtout quand notre divinité devient une fade routine et que le son de notre voix ne charme plus autant que la musique des anges. Tu croyais pouvoir le protéger du monde ? Tu pensais que jamais son regard n'attraperait un autre visage dans la multitude ? Qui es-tu pour oser y prétendre, Martha ? Tu as été si appétissante et si jeune, tu as été un rêve de peau et d'esprit, mais tu n'es ni sorcière ni fée, la ligne de ta mâchoire s'est affaissée comme celle de tout le monde, la gangue de tes yeux s'est fripouillée, le dessin de tes lèvres s'est flouté sous les ridules, tu es devenue moins partageuse, moins disponible, moins sensuelle, moins sexuelle. Et tu incrimines le hasard ? Mais l'as-tu vraiment regardée, l'autre ? As-tu laissé de côté ton ego bafoué pour tenter de comprendre ? Elle est aussi jolie que tu l'as été. Elle est plus fraîche encore. Sa conversation est un ravissement et son intelligence plus malicieuse que la tienne. Ce sens de la repartie que tu as pu lire dans ses publications, cet humour, cette vision du monde bondissante et joyeuse, cette soif de sortir, de voir, de s'entourer, de se lier, tu ne les as plus depuis longtemps, si tant est que tu les aies eus un jour. C'est une fleur ouverte et tu es un bouquet fané, Martha, tu le sais bien. Et tu voulais qu'il ne la voie pas ? Tu voulais qu'il se résigne, malgré lui, à s'empoussiérer dans votre relation par idolâtrie pour votre passé ? Il avait peut-être raison, ma vieille. Tu étais peut-être un tremplin qui devait un jour ou l'autre le précipiter vers elle. Elle est peut-être bien l'élue, la vraie, la définitive. Et leur amour ne s'y est pas trompé. Tu n'étais pas si merveilleuse, Martha. Tes sortilèges ont pris du plomb dans l'aile et il ne lui a pas été difficile de trouver mieux que toi. Ça court les rues, les mieux que toi. Tu te forces à faire semblant de ne pas comprendre, mais nous savons toutes deux ce qu'il en est réellement. Dis-le, bon sang ! Crache enfin que l'injure que tu as à la bouche à son propos n'est qu'une défense grossière pour ne pas t'avouer que tout en toi voudrait être elle. Ton idéal, Martha, c'est elle. Souviens-toi de ta pétrification le soir où il t'a parlé d'elle, parce qu'elle t'avait soufflé ton rôle de jumelle et de désir personnifié. Souviens-toi comme tu t'es tordu les mains en l'imaginant, lui, courir vers elle dans les moments secrets, et comme tu aurais voulu être celle-là. Comme tu t'es époustouflée en lisant ses mots, sa manière subtile de le faire tomber par commentaire interposé, phrases malignes enfilées comme des perles et provoquant en lui un ronron convulsif de chat caressé. Souviens-toi des photos de promenade au bord de l'eau, quand en les découvrant tu as hurlé de les trouver si beaux tous les deux, lui si lumineux et elle pas aussi moche que tu l'imaginais, bien au contraire, je le sais bien moi qui étais déjà au fond de ton crâne, tu t'es émue de cette peau sans vagues, de cette amande des yeux pas encore relâchée, de cette carnation qui semblait happer la lumière pour la restituer sans ombres, de ces dents satinées, souviens-toi comme tu t'es sentie merdeuse à ce moment-là, et si ancienne, et si éteinte. Avoue, Martha ! Tu prétends suinter le mépris alors que tout en toi voudrait s'emparer d'elle, c'est un fantasme de possession démoniaque qui t'anime, et je vais te dire ma belle, c'est difficile à entendre mais c'est une évidence, tu serais même capable de la manger pour t'accaparer sa puissance, comme dans ces antiques tribus anthropophages, tu voudrais lui dévorer le cœur pour que le tien s'enrichisse de son intensité, et le foie pour t'emparer de son insolence, et le cerveau pour t'enorgueillir enfin de sa vivacité d'esprit, tout ça parce que tu as absolument intégré sa supériorité sur toi, quoique tu feignes de croire. Pauvre vieille peau ! Te voici à rétropédaler dans les bons sentiments, à rêver de recommencement parce que tu ne veux pas ouvrir les yeux sur la réalité, tu as perdu, tu as perdu parce qu'elle est la déesse que tu as cessé d'être, parce qu'elle est meilleure que toi sous tous les angles et que le peu de souffle qui reste dans ta poitrine ne suffira pas à ranimer les flammes.

Alors redresse la tête, idiote ! Rêve-toi en monstre… Mouche ton nez et hais !

L'envahissante Sakura me prenait de court, m'obligeant à faire face à ce que je ne voulais pas voir. Oui, bien sûr, il y avait beaucoup de logique là-dedans, bien plus intelligible depuis sa bouche que depuis mon cerveau. Elle verbalisait et je devais baisser la tête, acquiescer, esclave devant sa maîtresse. Elle avait raison en tout : cette haine que je croyais avoir faite mienne depuis deux mois n'était qu'une vue de l'esprit. Je ne haïssais pas. Je n'étais qu'envie. D'ailleurs, linguistiquement, jalousie et envie sont sœurs, et ce n'est pas pour rien. Ma jalousie touchait à cette extrémité à présent, qui me scandalisait moi-même. Je voulais être elle. Martha avait aimé être Martha quarante ans durant, aujourd'hui Martha aurait voulu être Aline tout entière, et qu'importent les sourcils épais et les dents en avant. Martha voulait vibrer du charme d'Aline et te faire tomber en un battement de cils conquérant, une de ces pirouettes spirituelles dont elle avait le secret, une promesse de renaissance aussi appétissante que celle qu'elle t'avait vendue, et ainsi tout te serait donné, ta Martha puisque Martha était le commencement et la constance, ton Aline puisque Aline est le futur auquel tu aspires, il fallait donc que je te propose une Martha avec à l'intérieur l'essence d'Aline. De la Martha avec Aline dedans. De la Martha à l'Aline. Avec la pulpe et le plasma. Ainsi j'atteindrais une perfection inimaginable, ainsi tout recommencerait comme avant, moi blottie contre ton soleil, moi blottie contre tout ce que tu as osé laisser dans l'ombre, moi ta vieille toi, ta vieille complétude, et de nouveau nous pourrions nous sourire avec cette innocence sans fard, et les miroirs seraient comme ils furent, transparents et propres, sans trace de cette pollution nocturne qu'ont constituée tes rêves quand tu as fait de Martha une femme différente d'Aline, pour ton embarras, et d'Aline une femme différente de Martha, pour ton désir, oui c'est cela, elle est là la solution, il fallait que je l'absorbe pour que nous nous retrouvions.

J'ai le rire à la bouche, sous le bourgogne aligoté.

Je crois que je suis soûle.

Personne ne pourra m'en vouloir de l'avoir mangée. Ce n'est que de l'amour.

Et l'amour excuse tout.

J'ai quelque chose à te dire
Vas-y dis-moi
Je ne sais pas
Quoi
Tu me plais beaucoup
Tu ne m'as jamais vue
Ta conversation
Quoi
Douce
Et
Je crois que je suis tombé amoureux
Tu ne me connais pas
Tu t'es tellement livrée à travers nos messages
Eh bien
Eh bien je pense te connaître
Tu crois
Assoiffée d'amour
Oui
Si sensible
Moi
Oui toi une princesse
Lol
Je pense à toi jour et nuit

Ah
Je voudrais qu'on se rencontre
Moi aussi
Je crois qu'on est faits l'un pour l'autre
Je sais à peine ton nom
Ça me bouffe je pense à ton corps
Oups
Tu es la femme de mes
De tes quoi
Je n'ose pas le dire
Mais dis
Tu crois
Oui
Alors je vais le dire
Oui
Que tu es
Quoi
La femme de mes rêves
T'es trop chou
Je suis fou
Ah
De toi
Oui
Ce serait bien si
Quoi
On se voyait
Difficile
Je sais que tu as une vie
Oui
On est faits l'un pour l'autre
Arrête
Je sais que tu es belle
Mais non

Si c'est la beauté intérieure qui compte
Lol
Tu es un rayon de soleil une sirène la femme idéale
[cœur cœur cœur]
Aucune femme ne m'a autant convenu que toi
Grâce à toi je me sens une femme pour la première fois
Recommencer une vie avec toi
Gloups
Heureux heureux à en mourir
La vie en rose quoi
Oui
Mais les filles
Tu m'as dit qu'elles étaient grandes
Mais mon mari
Tu m'as dit que c'était un con
Je dois réfléchir
Pas trop quand même
Je dois y aller il est rentré
À tout à l'heure
Oui
Quand il sera endormi
Oui
Je guetterai tes messages
Tu peux
À plus mon amour
À plus mon amour
Je t'aime
Moi aussi
Allez raccroche
OK
Je souffre de te savoir près de lui
Je souffre aussi

À tout à l'heure
[cœur cœur cœur]

Aline Pélissier a commenté votre publication.
Ahahah ! C'est un peu comme ça que j'ai séduit mon nouvel amour !
Sakura.
C'était aussi infantile ?
Aline Pélissier.
En tout cas pendant des mois on a échangé des mails tout aussi crétins ! (smiley)
Sakura.
L'amour peut donc naître d'une diarrhée verbale inconsistante ?
Aline Pélissier.
C'est sur l'oreiller qu'on parlait de choses profondes !
Sakura.
Et aujourd'hui ? C'est toujours aussi profond ou toujours aussi crétin ?
Aline Pélissier.
Les deux ! (smiley smiley smiley)
Sakura.
Ça fait longtemps ?
Aline Pélissier.
Trois mois. (smiley)
Sakura.
Vous vivez ensemble ?
Aline Pélissier.
Oui, depuis un mois. (smiley smiley)

Sakura.

Vous êtes des rapides, vous !

Aline Pélissier.

Deux mois de relation extraconjugale, un mois de vie commune. (smiley smiley)

Sakura.

Tu étais avec quelqu'un ?

Aline Pélissier.

Non, lui. Il était marié. Il l'est toujours (mais plus pour longtemps !). (smiley)

Sakura.

Ouh la vilaine !

Aline Pélissier.

(smiley)

Sakura.

Et ça continue à roucouler par messagerie ?

Aline Pélissier.

Un peu moins.

Ce que Madame N., incendiée, tordue, transfigurée, érotisée, ignorait, c'est que derrière les roucoulades de son amoureux transi il n'y avait personne.

Si. Il y avait Claude, employé de la société New Life, site de rencontres spécialisé dans l'adultère virtuel, lubrifiant pour ménagères insatisfaites.

Ce que Madame N. n'avait pas compris, c'est que c'était son boulot, à Claude, de masser des clitoris négligés, de rallumer des petits cœurs accouplés pourtant mais solitaires, et faire cracher au bassinet.

Six mois de SMS échangés avec Madame N. firent de Claude l'employé de l'année. Avec diplôme enluminé encadré sur le mur d'enceinte de l'open space. Plus de dix-huit mille euros grâce à une seule pigeonne, ça le méritait bien.

Au siège de New Life, parfois, on se regroupait autour de Claude et ses doigts de fée et on se gondolait entre collègues. Quel artiste, ce Claude. Comme il savait harponner les mémères. C'était plus facile avec les femmes, qui bavardaient sans cesse et exigeaient les mots comme les poissons l'eau. Les hommes coupaient court plus vite, pour des raisons physiologiques. Dès que Claude ou ses camarades de travail tapaient deux phrases un peu cochonnes, de l'autre côté de la ligne ça déchargeait rapido et ça se déconnectait. Mais les bonnes femmes, un cadeau des dieux. Et cette Madame N., une poule aux œufs d'or.

(À suivre.)

La porte n'a pas grincé. Sous mon poids plume, le parquet n'a pas craqué. Tel un petit nuage gorgé de pluie, je me suis coulée dans nos pièces, les narines palpitantes d'odeurs que je reconnaissais, tes cigarettes anglaises et ton eau de toilette, et j'ai écouté. Depuis la chambre, ta chanson. La mélodie de ton sommeil, celle-là même que je redoutais si d'aventure je me couchais après toi, parce qu'elle m'empêchait de m'endormir. Est-ce qu'elle aussi te grattouille le mollet du bout de ses orteils en espérant le retour du silence ? Est-ce qu'elle aussi, après de vaines tentatives, finit par te pousser un peu plus brutalement jusqu'à ce que tu te retournes et te taises enfin ? J'écoute et je souris. C'est le monde retrouvé.

Tu as laissé la porte de la chambre entrouverte. T'es-tu rendu compte que j'avais dévissé le verrou désormais inutile ? Je m'introduis à pas feutrés. La lueur du réverbère placé sous nos fenêtres baigne le lit d'argent, juste ce qu'il faut pour révéler ta belle silhouette dans la pénombre, entortillée dans les plis du drap. Rien ne semble avoir changé. Tes vêtements sont jetés en boule au pied du lit, ta bouteille d'eau est posée sur le chevet, toujours ta même bouteille en verre, celle dans laquelle j'ai pris l'habitude de boire la nuit parce qu'elle me rend un peu ta bouche.

C'est précisément cela que je suis venue chercher. Je viens faire semblant d'y croire, au temps à rebours. C'est comme un fix dans un sang qui n'a pas supporté la désintoxication. C'est une douleur vive, accentuée par la culpabilité, mais la douceur qu'elle injecte dans les veines déploie des anges au fond du corps.

Mon amour dans ma maison. Mon mari au creux de notre lit.

Je m'approche. Ton beau visage hâlé, les papillons de tes cils un peu vibrants sous les mouvements des yeux du dormeur, tes lèvres qui suivent, comme une succion de nourrisson, l'entrée et la sortie de l'air qui fait chanter ta gorge. Je suis une voleuse d'insouciances. Si je ne me retenais pas, je me dénuderais là, tout de suite, pour me glisser près de toi et laisser ta chaleur réchauffer ma glaciation.

Mais je suis juste venue regarder. Écouter. Jouer à l'illusion de l'avant.

Tu dors si bien, tu es si détendu que je songe, oh oui je rêve, cela ressemble au repos du guerrier, au naufrage de celui qui a lâché prise et s'abandonne à la paix d'un lieu qui lui a été arraché par les revers de la fortune et vient de lui être rendu. Tout est normal. Tout est harmonieux. Tout n'est pas mort, puisque tu respires ici.

Avant de partir, je me glisse dans la chambre d'Alex et je fais la même chose, je le regarde longuement. Ma famille hors du tumulte. Je pose mes lèvres sur la joue de mon fils, cette joue tiède comme le bon pain, puis je referme la porte derrière moi. Rien ne grince, rien ne craque.

C'est la rue simplement qui pue le tombeau.

Madame N. comprit la supercherie quand elle reçut l'injonction de payer au plus vite, sous peine de pénalités.

Dix-huit mille euros.

Trois-cent cinquante-six mille SMS échangés avec l'employé de l'année.

Il fallut songer à vendre la maison, renoncer au mariage en grand tralala de Jennifer, se haïr entre deux chèques.

Madame N. eut beau insister, supplier que quelqu'un lui réponde, je t'en prie, il faut que je te parle, mes valises sont prêtes, mon amour, ce n'est pas parce que nos conversations étaient payantes que ça change quelque chose entre nous, son prince ne se manifesta plus.

Quand Monsieur N. un beau jour, voyant filer l'auto neuve entre les mains des huissiers, eut le trait d'humeur de la traiter de salope, elle sut enfin quoi faire.

On retrouva Monsieur N. refroidi de deux balles de fusil de chasse dans la nuque. À bout touchant, dans son sommeil, alors qu'il faisait sa sieste devant le Tour de France.

Madame N. a vu pour la première fois le visage de son aimé lors de son procès. Avec une froideur entrepreneuriale, le jeune homme était venu témoigner de la façon dont New Life faisait chauffer la carte bleue des candidates au grand brasier.

Qu'avez-vous ressenti à ce moment précis ? ai-je demandé à Madame N.

Elle a tourné la tête, a regardé un instant au travers des grilles de la fenêtre, puis m'a répondu, d'une voix très douce : Tellement d'amour encore.

Du fait de son abstinence sexuelle, la délicieuse passe son temps sur Facebook. Heures de bureau comprises. Je la sens déconcentrée, peu concernée par son travail. Elle poste continuellement des photos de phares (est-ce le tien qui lui manque ?) et nous gratifie d'un petit coucher de soleil dès que la nuit tombe. Je te félicite, secrètement, de ne pas liker cette soupe. J'en viens à me demander si ce n'est pas un code secret entre elle et toi – bonne nuit mon amour –, mais en déduis que le téléphone est fait pour cela et qu'il serait stupide d'employer de tels stratagèmes. D'ailleurs, ta page est étrangement muette, excepté les petits mots que tu m'envoies. Rien de ta part en réponse à Aline, mais toujours les télégrammes avides de nouvelles de moi.

Oui, tout va bien. Il pleut. Et Alex ?

Tu lui manques. Tu nous manques.

Tu t'assures qu'il se douche bien ? Tu penses à lui laver les cheveux ?

M'enfin.

OK. Raph ?

Oui.

Tu ne la fais pas venir chez nous, au moins ? Tu sais que je pourrais te tuer pour ça.

Ahahaha.

Bonne nuit.

Je t'embrasse. J'ai envie de te faire l'amour.

T'as un bac à douche pour ça. C'est ton vieux copain.

J'adore quand tu es mauvaise.

C'est mon côté vieille pute.

Kliki et Klikette travaillent dans l'Entreprise.

L'Entreprise est belle, propre, elle produit beaucoup, elle emballe beaucoup, elle vend beaucoup, Kliki et Klikette sont jeunes, beaux et dynamiques, ils se plaisent beaucoup, niquent beaucoup et se marient. Le soleil du Sud fait étinceler la blondeur de Klikette, miroiter les biceps dorés de Kliki, paillette les parpaings solides de la Maison avec piscine et la porte automatique du garage qui avale et vomit à loisir la Voiture. La Maison est belle et propre comme l'Entreprise et comme les corps vigoureux de Kliki et Klikette, nourris au bon grain et au Comité d'Entreprise de l'Entreprise qui rend heureux.

Kliki va souvent à la salle de sport et Klikette chez la manucure, les ongles de Klikette n'ont jamais une écaille et le torse de Kliki s'orne de petits boudins élastiques, la Maison non plus ne souffre jamais du moindre accroc, le dessous des meubles est exempt de poussière parce qu'il n'y a pas de meubles dans la jolie Maison, excepté le buffet où s'encastre au millimètre près le home cinéma écran incurvé haut-parleurs tonitruants, le lit solide pour niquer beaucoup, la longue table en verre pour recevoir beaucoup, il n'y a pas de bibliothèque car avec le home cinéma le PC les tablettes l'iPad le smartphone la manucure la salle de sport et l'Entreprise personne n'a de temps à perdre en futilités.

Kliki et Klikette ont les mains moulées en bakélite en forme de pince, dans lesquelles se clipsent les accessoires essentiels d'une vie propre et belle et saine, le smartphone dernier cri qui vous actionne à distance les volets roulants et vous mesure le pouls, la télécommande du home cinéma, la souris du PC, le volant de la Voiture, le verre de rosé-pamplemousse et les anses du sac Gucci, des mains qui ne servent pas à grand-chose si ce n'est à composer sur un écran tactile les phonèmes phonétiques engendrés par un besoin compulsif de communication et à exhiber les dorures d'une alliance.

La vie de Kliki et Klikette est simple, belle et propre, grâce à l'Esprit-Entreprise, au Succès-Entreprise, à l'Entreprise-Attitude.

Puis vient le jour où Kliki et Klikette se reproduisent. L'Enfant bien sûr est blond, sain et propre, Klikette a bien décoré la chambre et fait beaucoup de sport pour retrouver sa ligne, elle a le temps parce qu'elle a décidé de mettre l'Entreprise de côté, et Kliki fait lui aussi beaucoup de sport pour oublier que dorénavant il y aura moins de rosé-pamplemousse et de gentil comité de collègues invités autour de la grande table en verre pour leur permettre de s'extasier sur la jolie Maison avec piscine et garage et murs blancs d'où rien ne dépasse, dorénavant ça niquera moins dans le grand lit solide, et le vernis de Klikette s'écaillera davantage parce que l'Enfant est chronophage, bringuophage, niquophage et Klikettophage. Heureusement pour Kliki, il y a l'Entreprise. Et surtout, à l'intérieur de l'Entreprise, il y a un succédané de Klikette, la même avec un prénom différent, c'est peut-être Jessica ou Jennifer ou Mégane ou Alizé, mais nous l'appellerons Bombinette. Facile, mais ad hoc.

Bombinette elle aussi étincelle de blondeur et de vernis fuschia, elle est dorée et saine et nourrie au bon grain et au Spa, elle n'ignore rien de l'Entreprise-Attitude, son cerveau sous les beaux cheveux propres est formaté de colonnes de chiffres inhérents aux Ressources Humaines, formatée est l'échancrure de son chemisier sur une gorge ornée d'un cœur en or, et sa main aussi est moulée dans la bakélite de telle sorte qu'on peut y clipser l'iPhone la souris de l'ordinateur la raquette de squash et le sexe d'un homme. Depuis de longues années Bombinette reluque les boudins élastiques sous la chemise Celio et la veste anthracite itou de Kliki et à chaque fois ce qui entre en éruption en elle est un mélange de désir, de caprice, d'envie, de compétition et de ce qu'elle appelle Amour, elle ne comprend pas tout à fait ce qu'il se passe entre son cœur en or et son cœur du dedans mais cela ressemble fort à une ferme intention de s'unir à Kliki.

Bombinette sait quelle démarche adopter (non pas en termes de marketing mais bel et bien de balancement de hanches), quelle œillade couler, de quel sous-entendu enrober les échanges, elle le veut son Kliki d'autant plus que Klikette n'est plus entre les murs de l'Entreprise pour faire barrage, elle y croquerait volontiers à ce fruit défendu qui se défend de moins en moins, il a tout à y gagner Kliki, à ne pas se défendre, il y gagnerait un corps juteux à étreindre dans le cagibi entre la machine à café et le bureau du comptable, un corps avec un ventre encore bien dur et des seins qui ne se refusent pas sous prétexte qu'ils sont devenus des garde-manger, avec une bouche faite pour la préhension et non pas réduite à l'émission de berceuses, elle est encore bien laquée cette Bombinette, il est tout pour elle maintenant ce Kliki, ils se clipseraient merveilleusement sous le soleil doré, sous une vie dorée, et qu'importent les familles et les enfants, la vraie vie n'est-elle pas dans l'inconstance fiévreuse, la vraie intensité, plutôt que dans les épousailles qui mollissent...

Kliki et Bombinette se clipsent donc à hue et à dia, derrière le parking, dans les toilettes aux remugles doucereux, sous le bureau à l'heure de la pause déjeuner, dans les ascenseurs, dans les entrepôts, de l'entre-peaux vraiment, puis Kliki regagne chaque soir la Maison, il est ému devant Klikette et Klikounet si bien clippé entre les mains de sa mère, il est ému et voudrait que les belles images de cette réussite entre le garage et la piscine de la Maison immaculée soient éternelles. Mais le souvenir de l'entre-peaux le ronge et le poursuit, il pourrait ne plus manger ni dormir ni sourire mais une absence totale de scrupules n'altère ni ses nuits, ni son appétit, ni sa bonne mine, il est important pour son équilibre d'avoir à la Maison une Klikette avec son Klikounet pour l'amour qu'ils lui portent et une Bombinette à l'Entreprise pour y tremper sa langue de chat.

Lors du procès, Kliki dira qu'il avait toujours été très clair là-dessus. Pas de divorce, pas de sacrifice. Le cœur du dedans toujours palpitant pour sa Klikette, celui du dehors proposant sa turgescence à Bombinette. C'est comme ça, ce n'est pas un problème, l'Entreprise-Attitude vous forme à jongler avec des emplois du temps et des réunions de dernière minute, et puis le sexe c'est un produit de consommation comme les autres finalement, au même titre que l'abonnement à la salle de sport et le crédit pour le home cinéma, ça détend comme un séjour en jacuzzi sans porter à conséquence, il le dira par la suite Kliki, hagard à la barre des parties civiles, il n'imaginait pas le moins du monde que Bombinette aurait pu prendre tout cela au sérieux, c'est bien là la preuve de sa naïveté. De sa bêtise. De sa folie. Elle aurait dû comprendre dès le début qu'elle n'était qu'un sex-toy.

Quand sans crier gare un jour funeste Klikette disparaît, personne ne croit à un éloignement volontaire. Une épouse amoureuse, une jeune maman, ça ne s'éclipse pas comme ça, abandonnant Klikounet à la crèche et son sac à main dans la Maison. Personne, sauf Kliki. Il se dit que Klikette a pris ses cliques et ses claques. Il en est sûr, Kliki. Elle reviendra. Qu'elle le quitte est une chose ; qu'elle parte sans l'Enfant, c'est autre chose ; qu'elle parte sans son iPhone, c'est encore autre chose. On quitte les maris volages, mais on ne quitte pas les iPhone. Elle doit bouder quelque part. Dans trois jours, ce sera une affaire réglée.

Trois jours ne se sont pas écoulés que le corps de Klikette est retrouvé dans le coffre de la Voiture stationnée dans le garage de la Maison. Elle a été battue à mort et étranglée. Près d'elle, quelques affaires fourrées en vrac dans une valise.

Bombinette le dira, dans le box des accusés. Elle aurait voulu faire mieux, trouver de l'aide pour aller brûler en rase campagne la Voiture pleine de Klikette, on aurait pu faire croire à un accident, à une fuite précipitée s'achevant contre un poteau et dans un embrasement purificateur. Mais elle n'a trouvé ni la main-d'œuvre ni le courage. L'Entreprise-Attitude ne vous forme pas à charrier des cadavres, ça tache les chemisiers les cadavres, ça écaille les ongles américains.

Elle finira par l'avouer, à la barre, Bombinette. Kliki n'aurait pas dû. C'est lui qui a fait l'erreur. Il n'aurait pas dû, non, jamais, la baiser, quoiqu'une seule fois, dans le lit conjugal. Dans le grand lit solide, au cœur de la belle Maison si propre, profitant d'une manucure de Klikette. Bombinette avait trouvé la Maison si belle, si propre, avec le home cinéma et la piscine et le garage et la chambre de l'Enfant si bien décorée, et elle avait estimé que c'était à elle que tout cela devait revenir. Ils s'étaient clipsés dans ce lit : ce lit était à elle. C'était normal, c'était légitime. Il fallait juste régler le détail de la femme qui y habitait.

Alors, un bel après-midi de printemps sous le beau soleil doré du Sud, pendant que l'Enfant était à la crèche et Kliki à l'Entreprise, elle est venue frapper à la porte.

Bon. Réactions habituelles de mes courtisans avides. Des moufles, des chiens qui sautent avec une gueule extatique, des chats qui se grattent la tête, des jeux de mots minables. Mais pas que. Une fois de plus se lit, entre les lignes de la bien-pensance du quidam racolé sur le réseau, une sauvagerie inconsciemment revendiquée. Chacun y va de son opinion : qui aurait assassiné Kliki (pauvre Klikette, elle n'y était pour rien *finalement* – un *finalement* qui m'électrise l'échine), qui concède beaucoup de circonstances atténuantes à Bombinette (faire place nette, c'est quand même diablement compréhensible), qui estime que le plus logique aurait été une Klikette lavant l'insulte dans le sang. Je fais mes petites statistiques : sur les cinquante réponses rédigées, trente-cinq déclarent, plus ou moins explicitement, que la vraie justice aurait consisté en l'élimination pure et simple de la maîtresse. Pour avoir eu le dossier de cette affaire entre les mains, je sais qu'au procès l'expression de « crime passionnel à l'envers » avait été proférée. Il y a donc une norme tacite. Le fait qu'un époux ou une épouse trucide la pièce intruse semble aussi normal qu'un commerçant braqué tirant une balle dans la tête de son agresseur.

Répréhensible devant la loi, soit, mais c'est comme ça, l'humain a quelques petites faiblesses et ses moments pulsionnels. En revanche, l'amant accomplissant un geste similaire est désigné comme le monstre. Ce fut le cas pour Bombinette. Quant à moi, rassurée, je me félicite de me sentir aussi *mainstream* dans ma vision des choses meurtrières.

Il y a moi, il y a les autres, et il y a Aline Pélissier.

Je me plais à l'imaginer, avec sa petite bouche dentée, ses gros sourcils froncés dans une application scolaire, alors qu'elle cherchait la phrase idoine qui ne tarde pas à apparaître sur mon fil.

Une tempête de cerveau accouchant d'une évidence.

Ce sont les femmes trompées d'habitude qui se débarrassent des rivales... Mais quand un couple se délite et qu'une autre amoureuse apparaît dans le paysage, il est de bon ton que la vioque s'efface : un peu d'élégance, quand même...

Elle ponctue d'un smiley tirant la langue.

J'arracherais bien toutes ces langues envahissantes pour les dévorer comme celles des bœufs.

Qu'elle s'efface ou qu'elle tue, Aline Pélissier ?

Le fait de ne pas vouloir s'effacer peut l'amener à tuer. Il y en a qui continuent à s'imposer contre le gré des autres. Quand plus personne ne te veut, un seul mot d'ordre : dégage !

S'imposer malgré les autres, est-ce se battre pour sauver ce que l'on a ?

Bof. Si l'un des époux est allé butiner ailleurs, c'est qu'il n'y a plus rien à sauver.

Je vous trouve bien péremptoire, mademoiselle.

Je pars du principe que personne n'appartient à personne.

Donc tu pars aussi du principe que l'amour est une gigantesque salle de bal où tout le monde passe de bras en bras sans conséquences ? Et si on venait, aujourd'hui, prendre celui que tu aimes, tu songerais OK, il ne m'appartenait pas, je ne lui appartenais pas, amen ?

Ah non ! Je tuerais !

Smiley.

J'hésite entre *Mdr* et *Ahahahaha*. J'opte pour l'onomatopée.

Il y a une pause. Les ongles de Sakura, suspendus au-dessus du clavier, attendent la suite.

On continue en MP, Sakura ?

Ça marche.

C'est bizarre ces histoires que tu postes. Elles sont vraies ?

Absolument.

D'où tu les tiens ?

De beaucoup d'observation.

Tout est toujours tellement troublant… D'habitude je ne lis pas les trucs trop longs mais toi, je te dévore.

Martha et Sakura sourient de concert.

Tu as un rapport professionnel avec la justice ou avec les faits divers ?

J'hésite. Il me faut inventer sur-le-champ, ne pas trahir Martha sous les oripeaux de Sakura.

Je suis chroniqueuse judiciaire. Je passe mon temps à voguer d'un procès à l'autre.

J'aime beaucoup la manière que tu as de sublimer les choses.

Merci.

Tu as un univers très baudelairien.

Quel compliment !

Je me ressers un verre. Mes mains tremblent, ma forteresse est ouverte aux quatre vents, l'intrusion me tord. Un silence s'installe encore, comme si elle désirait quitter la conversation, et je ne saurais dire quelle partie de moi voudrait qu'elle reste, quelle partie de moi qu'elle prenne congé. Prise à l'hameçon de Sakura, Aline Pélissier m'apparaît torturable à loisir. Sur l'écran de Martha, il se pourrait que la bourrelle ne soit pas celle que l'on croit.

Un trait de flèche, un sourire de chat devant une souris. Les points de suspension annonçant la naissance d'une phrase ondulent dans le cadre.

C'est que je suis tellement fragile au niveau amoureux, depuis quelques jours… Souvent tes mots me mettent en colère, c'est comme un vertige, et en même temps je sais que ce ne sont que des mots. Enfin voilà, c'est bizarre.

Je croyais avoir compris que tu nageais dans le bonheur en ce moment.

Des hauts, des bas. Là, je suis au fond.

Aïe.

Mon cortex mouline frénétiquement. Lui tirer les vers du nez ? Ne pas la pousser à se refermer en me montrant trop insistante ? Saurais-je me montrer suffisamment subtile pour avancer à pas feutrés ? J'opte pour l'attente. Elle a trouvé en Sakura l'oreille attentive qui peut-être lui faisait défaut, je la sens prête à vider son sac. Face à une inconnue, les choses sont si simples. L'écrit dans le silence permet tout. L'anonymat planqué sous des pseudos et la certitude de routes qui ne se croiseront jamais ont autant de pouvoir qu'une cuite à un comptoir de bar. À la différence près qu'il n'y a personne pour vous flanquer dehors par le fond du pantalon.

J'attends donc.

Points de suspension mouvants.

Je crois que le miracle est fini.

Devant mon écran, je me redresse. Ma nuque sous des chatouillis d'aiguilles.

Il est rentré chez sa femme.

Ouch. Je comprends pourquoi tu t'es troublée devant l'histoire de Kliki et Klikette.

En fait il est rentré chez son fils. Enfin, c'est compliqué. Elle est en voyage et la situation fait qu'il a été obligé de retourner chez eux pour s'occuper du gosse.

Ah ! Rien de grave, alors. C'est temporaire...

Une semaine. Je la soupçonne d'avoir préparé tout ça pour l'arracher à moi.

Peut-être, mais lui t'aime, et c'est plutôt normal de s'occuper de sa famille. Enfin, je dis ça mais je ne connais pas votre situation, alors...

Je n'ai rien contre elle, elle n'a pas fait d'histoires pour le laisser partir vers moi, mais je pense qu'elle ne perdra pas une occasion de me faire souffrir.

C'est quelqu'un que tu connais bien ?

Pas du tout, je ne l'ai même jamais croisée. Mais elle me fait flipper. Je crois qu'elle est loin d'être idiote et qu'elle est en train de concocter une bonne petite revanche.

Du genre plat qui se mange froid ?

Du genre shakespearien.

Tu te penses en danger ?

Elle est silencieuse et invisible mais elle est toujours entre nous.

Comme un fantôme dans le placard ?

Comme un fantôme hors du placard. Elle plane partout. Elle est au fond de ses yeux à lui toute la journée. Je le vois, l'écran entre lui et moi. Il a le regard flou. Tourné vers elle.

Si tu me dis qu'il a une famille, un gamin, c'est peut-être vers ça qu'il est tourné.

Non. Je suis persuadée que le fait d'avoir choisi de se séparer d'elle a eu l'effet contraire de ce qui était prévu. Je crois qu'il s'est remis à l'aimer.

Ma tête tourne. J'hyperventile. Sakura, Sakura, respire. Martha, maîtrise le tremblement de tes mains. Les filles, buvez une gorgée. Allumez une cigarette. Réprimez ces sanglots, ne soyez pas ridicules. Privilégiez le venin.

Ou bien il n'a jamais cessé de...

Pourtant c'était tellement clair au début... Notre rencontre, cette évidence... Un incendie... Faut voir comme il me parlait de son mariage, ce couple fini, cette femme pour qui il n'avait plus aucun désir, parce qu'elle n'en avait plus pour lui non plus, bon sang, il l'appelait La Nonne ! Quand il devait rentrer à la maison, il disait « Je rentre au monastère ! »... On se séparait en pleurant, même si on se retrouvait le lendemain, c'était... un putain de feu d'artifice ! Il ne l'aimait plus ! Il me disait que c'est moi qu'il aimait comme il n'avait jamais aimé. Et depuis qu'il est chez moi, tout a changé. Il ne pense plus qu'à aller les retrouver, elle et le gosse. Et quand il revient à la maison, il est sombre et silencieux.

Je suis désolée de te le dire aussi abruptement, Aline, mais de l'extérieur ça ressemble à un homme qui s'est trompé. C'est mon humble avis, hein, on est bien d'accord, je ne connais pas vos histoires...

Un peu de poison à dose homéopathique n'a jamais tué personne.

Elle s'accorde une pause, puis voici qu'apparaît dans sa bulle une face de crêpe éplorée. Je lui ai coupé la chique, c'est bien. L'œil de Moscou m'en apprend bien plus que ce que j'aurais pu espérer, mais il me faut dès à présent ménager mes effets. Prendre congé, tendrement, un peu cruellement, pour éviter de tomber dans le piège d'un dévoilement malencontreux.

Je dois y aller maintenant. Tiens-moi au courant.

Salut Sakura.

Ah au fait... J'ai suivi ton conseil la dernière fois avec mon bonhomme. Les plats épicés.

Et alors ?

Un putain de feu d'artifice.

Et je ponctue d'un smiley coiffé de cornes de diable écarlate.

Quant à mon doigt, celui qui est devenu si habile sur un clavier, il sait précisément dans quelle plaie il faudra fouiller dorénavant.

Jouer à celle qui revient est un peu plus difficile que jouer à celle qui s'en va.

Coucou mes amours !

Je le hurle, bien fort, voix de cabaret travaillée jusqu'à l'ultime trille, et c'est une revanche, il fut un temps où ce cri de Sioux ponctuait chacun de tes retours.

Coucou mes amours ! Et Alex fond, d'abord dans mes bras puis en larmes, les larmes d'amour fou (si tu savais mon Raph combien je sais les identifier celles-ci) et de soulagement que mon absence cesse enfin (et comme je sais bien sûr la douleur de l'absence) et je te regarde, tu es debout dans le hall à reconnaître ma présence comme un pacte de la vie qui a, tout naturellement, ce souffle de l'évidence.

J'ai travaillé, bien sûr. La mine hâve de la voyageuse, la frange en bataille, l'air d'avoir écumé le monde. J'ai échafaudé à l'avance une épopée aéroportuaire faite d'étiquettes de culotte qui sonnent aux portiques et de perturbations par-dessus les nuages. Il faut que je bavarde. Alex m'écoute en me regardant comme un chaton qui attend ses croquettes. À l'extirpation du

Colisée, il rugit et file dans sa chambre pour lui trouver une place sur son étagère à souvenirs.

Tu m'enlaces. Tu cherches ma bouche. Interloquée – ou pas tant que ça – je te la refuse, puis te la concède. Ce n'est pas un baiser amical de couple divorcé qui s'attendrit. C'est un premier baiser de rencontre folle.

Sakura m'ordonne de couper court. Mords-le ! Écrase sa langue entre tes dents ! Réveille le goût du sang au fond de ta gorge ! Martha la gifle à toute volée. Martha fond entre les bras de son amoureux magnifique, approfondit le baiser, les lèvres réépousées sont douces, gourmandes, joueuses, incendient les bas-ventres.

Martha, il faut que je te parle.

Rentre chez toi, Raph. Rentre chez toi.

Martha, ce n'est pas chez moi là-bas.

Tu t'es laissé bercer par l'illusion. Va retrouver ta princesse lumineuse. Elle doit déjà être à poil dans votre lit.

Sakura vient de reprendre ses esprits ; elle m'a mis la main sur la bouche pour m'empêcher de l'offrir de nouveau et de la laisser débiter des sottises énamourées.

C'est la rentrée demain. Tu emmèneras Alex à l'école. Je t'attends à sept heures.

D'accord.

Va lui dire bonsoir. Va lui dire que tu files à l'atelier pour la soirée.

OK.

À demain.

À demain, Martha.

Ce soir, entendre le decrescendo du ronflement de ta moto le long de la rue m'a semblé plus déchirant que jamais. Parce que je savais désormais que tu ne roulais pas vers quelque chose qui te rendait heureux.

Simple curiosité. Oui oui, vraiment.

Je me connecte dès ton départ, et j'attends. Sakura attend.

Elle sait qu'Aline lui enverra un message pour lui raconter vos retrouvailles. La facilité avec laquelle Aline est passée aux aveux, s'épanchant face à une mystérieuse inconnue à l'oreille très fraternelle, lui laisse présager l'arrivée de quelques nouvelles.

Alex couché, moi enveloppée de lainages entre les bras du canapé, je veille.

Le temps passe. Le silence s'étire. Aline n'est pas connectée.

Parce qu'elle fait l'amour. Parce qu'il y a une scène. Parce que volent les assiettes ou que boudent les bouches. Parce que ça bouffe, parce que ça parle ou parce que ça se tripote dans la mousse chaude de la baignoire, un verre de champagne à la main. Parce que ça pleure.

J'ai tout mon temps. Le temps n'a plus vraiment de sens à mes yeux, tout comme l'amour d'ailleurs, tout comme la haine. Martha et Sakura ce soir s'accordent encore sur une impression commune, l'incompréhension.

L'incompréhension d'un drôle de sentiment inconnu jusqu'alors. La pitié.

Elles ont pitié d'Aline.

Pourtant elles devraient exulter, les deux merveilleuses, savourer encore et encore, comme un souvenir de jeunesse heureuse, le goût de la bouche de l'homme aimé, la saveur passée de langue à langue qui est aussi celle de la victoire, mais elles ont cette étrange tristesse au fond du corps.

Martha connaît bien Sakura et imagine que cette dernière aurait dû s'écrier Souffre, connasse ! Souviens-toi du vase de Soissons ! Mais Sakura halète dans son coin, chienne épuisée. Elle écoute Martha songer que ce n'est pas beau la souffrance, que c'est un gâchis lamentable, un chaos sans panache, toutes ces peines ajoutées les unes aux autres qui n'auront jamais le pouvoir de reconstruire ce qui a été brisé.

Elles attendent.

Elles finissent par s'endormir.

Au très petit matin, ouvrant les yeux, elles découvrent que le fil de Sakura s'est orné, sous le doigt-plume d'Aline Pélissier, de l'image kitschissime d'une femme pleurant des larmes de diamants.

Tu es arrivé comme prévu, très tôt. Tu as posé ton casque, retiré ton blouson de cuir, gestes robotisés guidés par une grande fatigue. Une grisaille inhabituelle brouillait ta peau ; en te regardant accomplir chaque mouvement, tendu, concentré, je pouvais voir les larmes de diamant encore accrochées dans le creux de ton cou.

Je te souriais avec une élégance de déesse comblée.

Tu sembles avoir besoin d'un café, amour.

Oui, s'il te plaît.

Alex dort encore.

Martha, il faut que je te parle.

Bois ton café d'abord.

Il me fallait le temps d'enjoliver l'espace, d'onduler jusqu'à la cuisine, dans les frous-frous soyeux d'un peignoir asiatique laissant apparaître, sage tentation, ma nuisette très ajourée. Le temps de t'effleurer, une fois, deux fois, d'une hanche affairée, d'une chevelure brillante, d'un bout de sein insolent. Bien. Le café est sur la table, entre toi et moi. Nous sirotons sans bruit. C'est comme une scène déjà vécue, toi raide et blême sur le canapé, moi agenouillée japonaisement de l'autre côté de la table, mais il est évident que les rôles sont inversés, le vaincu n'est pas l'être qui s'apprête à écouter.

Tu voulais me dire… ?

J'ai quitté Aline.

Dans la nuit ?

Oui. Je n'ai pas dormi. Nous n'avons pas dormi.

Moment agréable ?

Arrête, s'il te plaît.

Je me disais simplement que tu es rompu à l'exercice en ce moment. J'espère juste que tu n'as pas été aussi brutal qu'avec moi.

Puisque tu me le demandes, oui, ça a été très brutal.

Bon. Concrètement, qu'est-ce que tu attends de moi ? Que je plaigne la demoiselle ? Que je vous plaigne ? Que je me réjouisse d'avoir eu raison depuis le début ?

Martha, écoute-moi.

Je t'écoute.

Et je t'ai écouté, mon Raph. J'ai tout bien écouté et tout bien compris. Ton erreur. Les fourvoiements de ceux qui doutent, bêtement, parce qu'ils se sentent vieillir peut-être, ou renaître peut-être, parce qu'ils ne savent plus voir qu'ils ont les mains pleines de trésors. Ton amour pour la vieille chose que je suis, le beau le vrai, pas les envies de voyages lointains des marins curieux. J'entends ces choses qui auraient dû rester entre elle et toi, même si dès le début je les avais verbalisées pour te mettre en garde, ton immédiate déception, la découverte candide que les frétillements de la nouveauté n'avaient eu qu'un temps et que sous la jumelle d'âme se cachait en réalité une personne que tu ne connaissais pas. Et l'impression soudaine d'être perché sur un coin du monde que l'on ne comprend pas et qu'on n'a, fatalement, pas envie de comprendre.

Mais tu n'as donc jamais été heureux là-bas ?

Peut-être les premiers jours. Heureux, non. Je ne pouvais pas être heureux en te faisant aussi mal. Content.

Flatté d'être adoré ? Croulant sous les gâteries comme un enfant à son anniversaire ?

Mais avec un trou au fond du ventre.

La culpabilité ? La désillusion ?

Non. Toi. Toi comme la seule personne avec laquelle j'ai envie de vivre, la seule personne pour qui j'ai envie d'ouvrir les yeux le matin, toi et Alex, mes deux seules certitudes.

Dis-moi les choses simplement, Raph.

Martha, je veux revenir. Permets-moi de revenir. Recommençons tout depuis le début. Mes affaires sont là, dans la cage d'escalier. Je n'attends qu'un seul mot de toi.

Je regarde le sol autour de moi, le parquet poli qui vient d'attraper les premiers éclats de soleil. Il n'est pas droit. Il moutonne. J'ai le mal de mer et m'agrippe à la table pour redresser la barre. Quelque chose s'échappe de moi, que je considère sans réagir. Un flot de sang, une rivière, cette ombre qui s'évase depuis les pans de mon peignoir, grues sacrées et fleurs de cerisier baignant à présent dans la poix rouge qui s'évase, je ne sais pas ce que c'est, je ne sais pas si c'est le sang de la vie ou si c'est là, voilà, le moment où je viens de mourir pour de vrai.

Mon amour, mon amour, mon amour… Il faut qu'à mon tour je te parle, mon amour… Tu attends, je vois bien que tu attends… Tu attends mon oui. Un oui solennel et contractuel comme devant le maire ou le curé. Tu attends que je rugisse, ou que je dégueule les sanglots bloqués au fond de ma poitrine depuis tant de mois, tu attends que je te submerge et que je te dévore là, sur le canapé, heureuse, heureuse à en crever, soulagée parce que la guerre est finie, parce que les bombardements sont finis, parce que cet hiver sans fin a été chassé par une chaleur retrouvée, parce que la croûte de gel qui recouvre le monde vient d'être lézardée par des bourgeons insolents, tu attends mon éclat de rire, tu viens de me demander ma main et tu attends que je te la donne, cette main suspendue le temps du carnage et à présent prête à se reglisser au chaud de la tienne pour qu'on reprenne notre route lumineuse… Mais je ne ferai rien de tout cela, Raph. Rien, mon amour.

Je ne le ferai pas parce que aujourd'hui je me suis tellement habituée à la souffrance qu'elle n'est plus scandaleuse. Elle me garde vivante. Je peux continuer à faire avec. Et parce que ma longue lutte m'a ôté toute force. Une outre vide, voici ce qu'il reste de moi. Un bloc de douleur avec un sac autour, mais d'une faiblesse méprisable.

Que ferait une femme forte ? Une plus forte que moi, une vraie amazone, une qui n'a peur de rien ? Une qui se passerait simplement, sur le front, une main qui aurait la faculté d'anéantir les plaies ouvertes, une mangeuse de feu ? Elle dirait peut-être viens mon amour, oublions et recommençons. Ou plutôt n'oublions pas, gardons ça dans notre histoire pour en tirer les leçons, je saurai m'en sortir, je saurai me laver, je saurai te réaccepter et pardonner, je conviendrai qu'un cœur ça peut se nettoyer à grands seaux d'adoration, qu'un esprit même subtil peut parfois s'éparpiller en désirs irrépressibles, elle dirait, cette femme, j'ai compris que ce n'était pas moi, mais que c'était l'autre, j'ai compris que c'était l'appel des sirènes, une tentation à en crever qui pour autant n'a pas terni notre monde, viens, te dirait-elle, je vais te faire oublier cette belle personne en me faisant plus belle encore, je t'ouvrirai tout ce qui est sublime en moi et te ferai voguer à loisir sur le plaisir, et nous rebâtirons un futur radieux. J'aurai mal par moments, il me faudra pleurer encore en secret, et parfois des envies de haïr me chatouilleront le creux de l'âme, mais en guerrière de velours je combattrai l'outrage, précipiterai les démons en enfer, ravalerai un fiel malvenu, recoudrai l'hymen d'un vieil amour pour qu'il retrouve sa virginité et redevienne une première fois bouleversante.

Mais je ne suis pas cette femme. Je suis fatiguée, Raph. Je suis mutilée, Raph. L'entreprise est trop lourde pour moi. La bataille que j'ai menée pour que tu ne partes pas m'a laissée exsangue. Cette bataille, je l'ai perdue, au prix d'humiliations supplémentaires. Tu m'as regardée m'avilir avec indifférence, en continuant à organiser ta fuite. Tu jouissais dans notre lit, tu te gavais de mes spectacles, puis tu filais la consacrer de mots d'amour auxquels Elle seule avait droit. Tu m'as regardée maigrir, pourrir, m'offrir sans même la décence de me dire d'arrêter. Je me suis crue merveilleuse, je n'étais que pathétique. Je ne peux pas pardonner ça. Je ne peux rien pardonner. Je ne peux pas pardonner la duplicité, le mensonge, le calcul. Je ne peux pas pardonner que tu m'aies touchée avec la main trempée dans la cyprine d'une autre. Je ne peux pas pardonner que tu aies touché ton fils avec cette même main. Je ne peux pas pardonner que tu aies distordu le monde au point que, pendant que je te regardais avec mon éternelle sérénité amourachée, avec mes yeux comme une coupe emplie de soleil, tu me regardais avec le désir d'un monde sans moi et sur la langue un cœur qui n'était plus à moi. Je ne peux pas. Je ne peux pas pardonner tes annonces légères, je bois un verre ce soir avec Tartempion et Trucmuche alors ne m'attends pas, rassuré par la solidité de cette confiance qui, sous la souillure, n'était plus rien d'autre qu'une crédulité bienvenue de cruche. Je ne peux pas pardonner m'être entendue dire, alors que je gémissais de souffrance parce que tu m'arrachais ma seule raison de vivre, que tout cela était un caprice diablement judéo-chrétien, et qu'il aurait fallu que je me montre un tantinet plus moderne, en acceptant que c'était comme ça la vie, personne n'appartenant à personne et à chacun le droit absolu de partir suivre le vent. Et puis il y a autre chose que je ne pourrai jamais pardonner, Raph, c'est le soir où tu as franchi la porte. Comme si tu partais faire des courses, juste un peu plus chargé.

Aujourd'hui tu me demandes de te rouvrir cette porte franchie. Tu te fustiges de ne pas avoir pris l'aller-retour, bah, ça ne coûtait pas tellement plus finalement. Tu voudrais que ce foyer que tu as vandalisé redevienne le tien. Tu voudrais que cet amour que j'ai répandu à tes pieds et que tu as contemplé comme un déchet, avec son goût de vomi, son odeur de vomi qui importunait tes narines, retrouve tout son lustre de tapis de roses. Tu voudrais t'entendre dire que ce n'est pas grave tout ça, il suffit de ne plus songer au passé et se faire cahin-caha notre petite résilience d'humains faillibles, la fleur au fusil et la culotte en étendard. En un mot, tu voudrais m'avoir tuée et bénéficier à présent d'un fantôme au cœur chaud. Je n'ai plus de cœur, Raph. Tu l'as mangé. Vous l'avez mangé à deux, vous en avez fait un festin de rois.

Tu me demandes de faire table rase et de tout recommencer, comme si c'était un jeu. La seule idée que tu oses l'exprimer me donne envie de hurler, m'enfonce une fois de plus la tête dans la boue.

Tu songes vraiment que la femme à qui tu as assené que la vie qu'elle t'offrait n'était plus assez bonne, à qui tu as affirmé que tes sentiments pour elle n'étaient que du pipi de bergère comparés à la grande cosmogonie charnelle et spirituelle dans laquelle l'autre t'emportait, serait susceptible de te réaccueillir à bras ouverts dans ce monde que tu as souillé ? Tu sais ce que tu es en train de me demander, Raph ? D'accepter d'avoir peur. Tu me demandes d'avoir le courage d'avoir peur tout le temps, comme si je n'en avais pas assez bavé. Je ne suis pas habituée à la peur, tu ne l'avais jamais engendrée avant. Qu'est-ce que tu me proposes, en définitive ? De ne plus être cassée, d'être la Martha d'avant, celle qui était si stupéfiante que tu voudrais la retrouver intacte, cette Martha légère, solaire, alanguie, douce si douce, petite mère tranquille avec ses plaisirs cérébraux, sœurette en connivence qui accompagnait ta création en te facilitant la vie, celle que tu pouvais oublier des soirées entières parce que tu devais peindre, et travailler, et exposer, celle qui ne t'a jamais fait le moindre reproche si tu rentrais dans la nuit, celle qui s'endormait dans un grand lit vide sans se plaindre, qui n'a jamais éprouvé la moindre once de jalousie parce que tu semblais tellement connecté à elle que le diable se taisait, tu veux retrouver ta Martha de toujours, ta muse discrète, ton éternelle avec un peu plus de dentelles autour, mais ce n'est pas celle-ci qui se tient devant toi, Raph. C'est une harpie malade qui ne pourrait plus jamais être tendre…

Je vais te faire le portrait de notre nouvelle vie, mon ange. La vie après l'attentat. Une première phase, d'abord, trop joyeuse pour être honnête. Des affaires qui reprennent leur place, des tiroirs qui se remplissent à nouveau, tour de passe-passe, revoilà les chaussettes et les pinceaux. Des corps qui se désaltèrent mais qui ne se désassoiffent pas, des soupirs de conquérants, des mots d'amour. Enfin, des mots d'amour dans ma bouche seulement, parce que toi, tu ne peux plus. Tu as un peu de dignité, tu ne veux pas te vautrer dans le ridicule, tu as bavassé tant de « je t'aime » à la fille de l'air que tu ne peux plus me les donner, tout est galvaudé peut-être, ou bien ces mots n'ont-ils plus de sens… Martha, elle, attend que tu le lui dises. « Je t'aime ». Parce qu'elle est morte de trouille, Martha.

Que tout ça ne soit qu'une dernière traînée de fièvre. Que ce soit la voix de la raison qui t'ait remis son nom comme une puce à ton oreille, Martha, finalement, c'est la famille, c'est l'appartement, c'est l'enfant, ce n'est pas la passion mais tant pis, la passion c'est encombrant, Martha c'est l'habitude, ça rassure les habitudes, alors Martha voudrait que ces mots viennent de nouveau la caresser comme quand elle avait vingt ans mais ça ne vient plus, tu es devenu impuissant du « je t'aime », et alors Martha se sent toujours, malgré tout, comme une créature de seconde zone, une qui sera éternellement moins bien que l'autre puisqu'elle ne mérite pas ces mots. Elle les attendra, non pas comme un chien sa pitance mais comme un poumon son oxygène. En plus elle sait bien, Martha, qu'il y a un spectre dans sa maison. Tu le lui diras un jour, quand elle te posera une question malvenue, avec cette franchise qui t'arrange bien quand il le faut, tu lui diras qu'on ne doit pas se mentir, on ne peut pas vivre une telle histoire d'amour avec une femme pour l'oublier en un clin d'œil, elle sera par conséquent définitivement dans ton cœur avec une place de choix, tu penseras toujours à elle puisqu'elle a été si importante, donc Martha devra s'y faire, se dire que ce cœur que tu lui réoffres n'est pour elle qu'à moitié, et que l'autre morceau lui échappe. Alors Martha tentera par tous les moyens de te la faire oublier… Elle se fera belle comme jamais, elle t'asticotera les sens, elle te recréera un paradis de carton-pâte entre nos murs, elle te montrera un visage clair et lisse sous la poudre, et le cil-papillon te chatouillera sous la cuirasse, mais tout sera en toc, chaque geste sera étudié, chaque déhanché un chef-d'œuvre de mise en scène, chaque mot tourné sept fois dans la bouche, et quand elle se jettera sur toi à peine l'enfant endormi ce ne sera peut-être pas par désir, mais par combat. Tout sera combat de cocottes, compétition de Miss, l'une réelle face à toi, l'autre très envahissante quoique lointaine. Chaque fois que je tendrai mes lèvres, que je te dévoilerai mes jambes, que je dénuderai mes seins, ma taille, mes hanches, mon sexe, que je creuserai mes reins et la ligne de mon dos sous tes yeux ou tes baisers, je me demanderai si je le fais mieux qu'elle, je tremblerai que mes appas soient d'une beauté inférieure aux siens et que tes caresses se teintent de nostalgie, secrète perpétuation de l'adultère. Quand tu fermeras les paupières en me baisant, j'aurai toujours la crainte que ce soit pour enclencher la bobine du vieux film, pour que son corps se substitue au mien et que tu en jouisses plus fort. Et parce que tu m'as fait descendre si bas, si profond dans la boue, il me sera impossible de me concevoir en haut du podium. Je garderai à jamais cette impression d'être moins, d'avoir moins, de mériter moins. Je finirai par avoir plus peur de moi que d'elle. Où sera-t-elle, la belle spontanéité de Martha, ce qui faisait d'elle ta chérie du début de l'humanité, ces bouderies jolies et ces éclats de rire, et les pas traînés de zombie de fin de journée qui t'amusaient tant, et la poche sous l'œil qui racontait une soirée de bon vin, et l'humeur massacrante du lever trop tôt, et le poil rebelle qui s'est installé et dont on se fout éperdument, et le jean ramolli du dimanche, où sera-t-il tout ce naturel qui fait l'amour, pendant que toi, flatté, émoustillé, émerveillé, tu contempleras cette poupée de plastique épilée jusqu'au trou du cul pour égayer ta main et ta langue, satisfait d'avoir en un coup de baguette magique transformé une femme à ton image, comme quoi il suffit de tordre quelqu'une et de la faire mourir de terreur pour qu'elle se métamorphose en objet ronronnant et consentant, et peut-être qu'effectivement tu l'aimeras de nouveau, cette presque vieille peau rapetassée, cette épouse au sourire élastiqué, et tu seras tellement occupé à t'en repaître que tu ne verras rien. Rien de ce qui se passe dessous. Tu ne verras pas, sous le rouge, les dents serrées comme des barrages aux reproches, ni les yeux gonflés sous le fard parce que ta créature a pleuré en secret, tu ne verras pas que ton bureau a été fouillé en vue d'y déceler une trace subsistante de la présence de l'autre ou quelques mots griffonnés, reliques que tu continuerais à adorer en douce, tu ne verras pas que chaque mois la facture de téléphone est passée au crible dans la crainte que le contact demeure, tu ne verras pas la hargne, travestie en grâce mutine, qui accompagnera chacun de tes infimes retards, chaque « je sors me balader », chaque « je ne rentrerai pas tout de suite parce que je vais boire un verre avec un pote », chaque « ne m'attends pas pour manger à midi », tu ne te rendras même pas compte que si je m'impose à nouveau dans ton univers, t'accompagnant aux vernissages dans ces galeries boursouflées pour assister à des performances pitoyables, ce n'est pas pour l'élévation de l'esprit mais bien pour occuper le terrain, pour éviter les retrouvailles fortuites, comme une forteresse sur talons aiguilles prête à en découdre au cas où. Tu ne saisiras même pas cette définitive colère contre ta messagerie électronique, arme consacrée de mon massacre, que, par habitude, par incurie, ou par muflerie consciente, tu continueras à protéger derrière un mot de passe, réorganisant dans cette pièce de notre maison un espace inviolable susceptible de perpétuer les duplicités, un endroit d'où tu m'exclus et qui par conséquent me blesse et souffle sur les braises de ma méfiance. Peut-être ne remarqueras-tu même pas cette légère épouvante qui zébrera mes iris quand tu t'attarderas dans le bureau, devant ta machine, à l'heure d'aller se coucher, parce que le mauvais génie blotti au fond de mon cerveau m'aura soufflé que tu attends mon endormissement pour t'adonner de nouveau à des échanges enflammés avec elle… Ce même mauvais génie qui m'aura expliqué que, si je n'ai rien vu venir la première fois, il n'y a aucune raison pour que je voie venir la prochaine. Mais surtout, tu seras si flatté par la générosité de mes élans que tu te montreras incapable d'entrevoir qu'au fond de moi, au fond de cette amante qui porte ton nom, il n'y a plus rien de cette foi en toi, ni en l'amour, ni en l'avenir, ni en l'éternité, et que je te regarde comme on regarde une éphémère fleur de printemps, une branche de cerisier, comme quelqu'un qui est là aujourd'hui mais qui demain pourrait encore passer la porte, quelle qu'en soit la raison, parce que ma peau s'est trop flétrie ou qu'une maladie handicape mes tortillements, parce qu'une autre inconnue est passée entre le fromage et le dessert en te promettant monts et merveilles, une autre ou la même – puisque tu as été très clair, elle est encore au fond du placard – et que non, je ne peux plus m'abandonner comme avant, je ne vois plus quand je ferme les yeux nos deux vieillesses côte à côte, parce que tu m'as arraché ce qui faisait mon unicité, cette certitude de fille qui a vu la Vierge un soir de ses vingt ans et qui depuis nage dans l'irrationnel, c'était ça ma beauté pure, ça et pas mes guêpières pourpres, et vous vous êtes mis à deux pour la déraciner. Tu auras l'impression fallacieuse que tout est reparti mon kiki avec ta Martha retrouvée, mais tu ne verras pas que ce n'est pas Martha, ce visage qui te fait face, c'est un monstre tapi en forme de Martha, un monstre de jalousie, de mensonge, d'artifice, un ange exterminateur attendant son heure pour perpétrer le massacre de ceux qui l'ont bafoué.

Alors voilà.

Alors je te dis la chose la plus terrible de ma vie. De la tienne, peut-être. Je sais ce que c'est que la douleur de la fin, c'est donc ma première revanche.

Je ne te veux plus, Raph.

Je ne te rouvre pas ma porte.

Et je me fous de savoir si tu viens de tout perdre. Maintenant, pour de vrai, tu es seul.

Je ne saurais dire si, en cheminant jusqu'à toi, ces mots t'ont anéanti. Je l'avoue, j'avais envie qu'ils t'anéantissent. Pour moi, c'était fait. Un tison ardent enfoncé dans ma bouche. Le sang charrié par chaque syllabe, menaçant de jaillir de mes lèvres et de couler sur mon menton, la ligne de mon cou, ma jolie robe. Tu gardais les yeux baissés, le teint couleur de craie.

Tu as murmuré : Je te comprends.

Je ne fais pas ça pour me venger, Raph. Tu en as conscience.

Oui.

Quand je te disais que tu avais foutu en l'air nos vingt années précieuses, ce n'était pas une parole hasardeuse.

Je sais.

Partir ne t'avait posé aucun problème, parce que tu restais au chaud, passant d'un cœur à l'autre. À présent tu connais la vraie douleur de l'expulsion. J'en suis à la fois satisfaite et navrée. Satisfaite parce que je me sens moins seule dans l'insoutenable, parce qu'il était très injuste que je sois la seule à sombrer. Navrée parce qu'en vingt ans je n'avais jamais songé qu'un jour je pourrais te faire mal. Tu vois, je te disais bien que j'étais devenue un monstre. Et puis, tu as encore une marge de manœuvre… Tu vis encore là-bas, rien n'est irréversible, tu peux prendre ton courage à deux mains et essayer de l'aimer pour de vrai, qui sait, ça peut marcher… Cette harmonie miraculeuse, souviens-toi, cette interpénétration des planètes, ce n'était pas que du flan, tout de même… Tu finiras bien par lui trouver un minimum de qualités…

Il faut que j'arrête. Le fiel me défigure. Je ne peux réprimer un glissement de mon corps vers le tien, vers le sofa près de toi, pour t'enlacer et laisser se blottir ton visage dans mon cou. C'est notre dernière étreinte. Je t'aime si fort que je vais disparaître. Je te le souffle, je te le grave, je t'embrasse les yeux. Je t'aime, Raph, oh mon amour, mon amour perdu, ma vie fracassée.

C'est à la prison que la nouvelle m'est arrivée.

Un mot m'attendait à l'entrée. Mme Delombre doit rappeler urgemment l'hôpital Saint-Julien.

Bien sûr, le sang qui tombe comme une bombe à eau dans le bas du corps. J'ai pensé à Alex, un accident à l'école, c'est à peine si j'ai réussi à composer le numéro sur mon portable alors que je courais aveuglément vers le bus.

Mais non, ce n'était pas Alex, c'était toi.

Pas de panique, hein madame, il va bien, il est vivant, il est en un seul morceau, il a juste pris un choc important au niveau de la tête, heureusement qu'il avait son casque, mais il est encore inconscient et on surveille.

Tu t'étais fait rentrer dedans par un abruti grillant le feu au moment où, encore sous l'émotion de notre conversation, tu roulais vers Dieu sait où. Vers le magasin, peut-être. Ou vers chez elle. Ou sans but.

Une seule idée, obsessionnelle, pendant le trajet. Je n'aurais pas dû te laisser prendre ta moto compte tenu de l'état dans lequel tu étais. Le choc avait été trop violent, une cuite sans alcool. Alors j'imagine, les mains qui tremblent, la vue brouillée, les réflexes en berne, la carcasse ramollie, incapable d'anticiper les dangers. Puis le connard malvenu, le hasard, la collision.

Je suis coupable. J'aurais dû te subtiliser les clés de la moto. Te garder près de moi. Attendre que tu dessoûles de la saloperie de la vie.

Sur le lit blanchâtre, tu bipbipes, la tête enrubannée. Je me sens en deuil d'un cheveu. C'est dans une brume hébétée que je reçois les informations données avec une main sur mon épaule, avec un sourire exhortant au courage, pas trop de casse, pronostic vital non engagé, ah il y en a qui ont de la chance. L'autre type est salement amoché.

Le jargon technique m'enivre. Traumatisme crânien léger, hématome sous-dural, pression dans le cerveau, pas de dommages majeurs a priori. On verra quand il se réveillera.

Alors je m'assois, et j'attends.

Bien sûr, il y a ma vie entière dans cette attente. La mienne, la nôtre, le grand ballet des choses perdues. Il y a le souvenir de certaines larmes de diamant, de gens qu'on veut puis qu'on ne veut plus, qu'on aime toujours *mais*, qu'on n'aime plus *mais*, des histoires d'appartements qui ne savent plus retenir personne, de stupides je t'aime dont les destinataires se sont embrouillés, de familles qui ne tiennent plus debout, de blondes et de rousses qui ont déchiqueté une chair adorée à force de se la disputer pour finalement devoir y renoncer et l'abandonner ici, dans la puanteur d'un service de soins intensifs. Dans mon attente il y a tout ce que je t'ai dit ce matin. Les mots de Sakura, sa revanche sanglante, ce flot de mots que Martha prononçait dans l'ébahissement de la possession.

Et puis il y a cette question. Que vais-je faire de toi ? Pas plus tard que cette nuit, tu t'es congédié d'elle, pas plus tard que ce matin, je t'ai congédié. Tu es un apatride, un homme à la rue. Il y a fort à parier qu'aucune d'entre nous ne te reprendra, qu'importent les blessures, qu'importe la compassion. Je pense à ça, c'est fou. Je pense davantage à la cohabitation à venir qu'à ton hématome. Où te mettre. À part dans mon cœur mort.

En venir à songer qu'il aurait peut-être mieux valu que tu meures ?

Mon deuil aurait alors un sens.

Il faut que je supporte qu'on me montre des radios de ton intérieur. C'est presque obscène. Je me souviens de cette lampe que tu avais faite avec des clichés de mon crâne, et ta plaisanterie, il y a quelque chose de pornographique là-dedans, aller voir tellement au fond d'une personne. Nous contemplions cette lampe qui, une fois allumée, dévoilait les subtilités de ma boîte. Nous nous disions : tu te rends compte que dans tout ce bordel il y a ce qui nous fait sourire, et pleurer, et parler, et aimer, et nous souvenir. Aujourd'hui je regarde les plaques qu'on m'exhibe et je me dis que là-dedans il y a les choix, et les renoncements, et les tergiversations, et les routes croisées, moi, elle, Alex, et tout le reste, beaucoup de douleur surtout, beaucoup de douleur.

Il y a aussi une contusion qui fait froncer les sourcils à tout le monde. On ne sait pas encore. Pas très grave, mais il faut attendre que tu te réveilles. Quand ? Dites-moi, on a une idée ? Certainement dans pas longtemps. Rien qui expliquerait un long coma. Quelques heures. Quelques jours. Ne vous inquiétez pas, madame, on est loin du coma définitif qui transforme les beaux messieurs en belles au bois dormant.

Je tue le temps en téléphonant à droite et à gauche pour trouver une solution pour Alex. Sylvie est d'accord, elle ira le chercher à l'école, le gardera pour la nuit. Je ne dois pas me gêner, je peux compter sur elle. Malo et Lina seront ravis d'avoir un petit compagnon pendant quelques jours.

Solitude dans un hôtel, solitude au restaurant comme une vieille pute, à présent solitude dans un hôpital à te regarder m'échapper. Tout ça, c'est sa faute.

Je ne sais plus si je dois rire aux éclats de sa triste destinée ou avoir encore envie de la savoir morte.

Je trouve non loin de l'hôpital un cybercafé, et je me connecte.

Aline Pélissier déborde comme un fleuve en crue.

Je n'aurais jamais pensé que, dans des moments pareils, on ait comme premier réflexe de s'ouvrir le ventre et d'exposer sa tripaille, toute palpitante et gluante d'humeurs, au nez de centaines d'inconnus. Mais Aline Pélissier ne semble pas s'en inquiéter. Foin du filtre social. Au diable la pudeur. Des posts longs comme le bras, écrits la bave aux lèvres, crachent dans les assiettes des braves gens ses malheurs de femme rompue, de victime de la bassesse d'autrui, de pauvre chose abandonnée. Aucune insulte ne nous est épargnée. J'en prends plein la gueule, autant que toi. Nous sommes les diaboliques. Nous sommes une association de malfaiteurs des sentiments. Au moins, unique délicatesse rémanente, ne prononce-t-elle pas nos noms.

J'écris.

Des choses qui font mal, avec la douceur cyanurique d'une confidente fidèle en empathie.

C'est l'estocade.

L'infirmière trouve ça mignon. Il a dit : Où est ma femme ? Premier mot depuis son réveil. Il a dû rêver de vous pendant qu'il était dans les alléluias.

Mais tu me regardes avec effarement.

L'infirmière plaisante encore : C'est bien vous sa femme ? Vous ne vous êtes pas trompée de chambre ?

J'en arrive même à me dire que je ne suis peut-être pas la femme que tu attendais. Celle de tes rêves de coma.

Et puis tu murmures : Martha.

Oui, mon chat.

Ma main sur ta joue rugueuse, tes lèvres sèches.

Tout va bien, Raph. Tu te réveilles doucement, prends ton temps.

Tu lèves la main vers ta tête de sultan et palpes le bandage d'un air perplexe.

Ma tête ?

Oui, elle a morflé. Mais ça devrait aller.

Comment…

Tu t'es planté à moto.

À moto ?

Encore un regard incrédule, cherchant dans le mien une bribe de réponse.

Tu ne te souviens pas de l'accident ?

Ta tête d'ampoule branle de droite à gauche.

Quoi, tu ne te souviens pas de la moto ? Tu ne te souviens pas que tu as une moto ?

Mouvement négatif.

Du jour de l'accident ?

Mouvement négatif.

Des derniers jours avant l'accident ?

Négatif.

Des derniers mois ?

Négatif. Une vague de froid me couvre de grésil.

De ton nom ?

Tu grimaces. C'est un effort surhumain, puis tu laisses retomber ta tête, vaincu.

De moi ?

Martha.

Qui je suis ?

Ma femme ?

Tu en es sûr ?

Une obscurité passe au fond de tes yeux.

Tu n'en es pas sûr ?

Tu murmures.

Ton visage.

Mon visage ? Tu veux dire quoi ? Que tu le reconnais ?

Tu poses la main sur ta figure, comme pour y coller un masque d'oubli.

Tu ne le reconnais pas ? Tu ne te souviens pas de mon visage ? Juste de mon nom ?

Ta main reste là où tu l'as mise.

Mais nous deux ? Tu te souviens de nous deux ?

Ton masque oscille. Il dit non.

Un traumatisme crânien peut provoquer une amnésie temporaire. C'est ainsi qu'on me l'explique. D'abord je me fais gronder – Mais enfin madame il ne faut pas le fatiguer – et pousser hors de la chambre. On me fait attendre dans le couloir. Après un long moment, le docteur m'invite à entrer dans son bureau et me fait asseoir. J'ai l'impression d'être une toute petite fille devant son instituteur.

Puis on m'explique. J'écoute. Distraitement.

L'attente dans le couloir m'a donné le temps de bien saisir que quelques jours plus tôt, je t'excluais de ma vie, en te mettant à la rue, toi et ta moto, toi et ton petit sac à dos, celui-là même que je récupérai à l'hôpital avec tes effets personnels, que j'ouvris, que j'explorai. Dedans, il y avait cet essentiel que tu avais transvasé chez Aline, papiers officiels, un lot de fringues, tes gants et tes lunettes, ton appareil photo, tes clés USB, tes affaires de toilette au grand complet. Ce jour-là, tu avais fait le chemin à rebours. Tu étais rentré à la maison pour de vrai. Et je t'en avais chassé.

J'avais jeté notre vie par terre et je l'avais brisée sous mes talons en minuscules fragments irrécupérables. Je nous avais suicidés.

Une attente infinie, juste bonne à ranimer des souvenirs, des déchets enfouis sous le temps. Un des mauvais jours après l'aveu fatidique, alors que j'errais dans des limbes poisseux, traînant mon désespoir comme une mendiante son pied bot, et que j'avais songé à me jeter sous une voiture. Pas complètement, juste pour être amochée, juste pour que tu restes. Tu ne m'aurais pas abandonnée blessée. Tu serais resté à mon chevet. Temporairement, du moins : mais c'était de la demeure. Je ne l'ai pas fait, bien sûr. Il est moins terrifiant de se battre à coups de satins et de bas à coutures qu'en s'automutilant.

C'est moi qui te quitte à jamais. C'est toi qui exploses en vol.

Je ne te pense pas capable de l'avoir fait exprès. Mais je suis là, à ton chevet. Et je ne peux pas t'abandonner. Aline n'est plus. Tu n'as plus de maison. Il me faudra rester près de toi, maternellement, jusqu'à ce que tu sois capable de tenir debout et de recommencer ta vie.

Le destin a vraiment décidé de nous coudre l'un à l'autre. De sacrées sutures, nom de Dieu.

Et puis le docteur me coupe dans mes cogitations et me met sous le nez des radios et des mots savants. Je comprends tout : je fais partie du même monde.

Je comprends que tu as tout oublié.

Et Alex ?

Tu te contractes comme la chair d'une huître sous le citron.

Tu te souviens que tu as un fils ?

Oui.

Alex ?

Oui.

Mais pas de son visage ?

Non.

La maison, tu la revois ?

Non.

Ton métier ?

Non.

Tu travailles dans un magasin de couleurs. Tu vends des peintures, des pigments, des pinceaux, des liants, des huiles. Une petite boutique, à côté du Palais de justice. Et tu es peintre. Tu te souviens de tes tableaux ?

Non.

Tu es un bon peintre. Tu exposes pas mal. On parle de toi dans les magazines.

Tu regardes tes mains.

Tu es Raphaël Delombre, né à Paris, père prof aux Beaux-Arts, mère archéologue, tous les deux retraités.

Tu as deux sœurs plus jeunes, et trois neveux et nièce. Je suis Martha Delombre. Nom de jeune fille, Martha Dalmunzie, originaire de Spittal of Glenshee, Highlands du Sud, Écosse. Père écossais, mère française. Tous deux décédés. Deux frères. On s'est rencontrés il y a vingt et un ans et des poussières. On s'est mariés en 2003, quand on a commencé à songer à la possibilité d'un enfant, à acheter un appartement. Tu as quarante-trois ans, moi quarante-deux. Alex est né en 2004. Il a presque neuf ans maintenant. Il a tes yeux.

Tu souris pour la première fois.

C'est pas mal pour un début, non ? Tu retiendras ?

Je n'ai pas tout oublié quand même. Ma famille, c'est bon.

Mais ça s'arrête à un certain moment ?

Non. Ça fait des trous. En fait je ne sais pas. C'est de la charpie. Ça va revenir.

Oui, ça va revenir. C'est juste l'hématome. Ça va revenir.

Et tout au fond de moi, je prie pour que ça ne revienne jamais.

Le grand ponte a estimé bon que tu voies Alex. Il illumine tout le service dès qu'il y pénètre. Tu lui as tellement manqué qu'il a les larmes au bord des cils, les gestes folâtres, le babil ensoleillé. Les infirmières le papouillent, comme c'est joli un enfant qui retrouve son papa blessé, un papa qui retrouve de son fils le visage tombé dans l'imprécision.

Le soleil aussi dans ton expression quand tu découvres ce petit toi qui trottine jusqu'à ton lit. Vous ne vous dites rien. Vous vous serrez, simplement. Tu sembles être retraversé par un souffle d'air pur.

J'aime te regarder regarder Alex. Tu le bois. Tu absorbes intensément les détails de sa peau au fond de ta rétine. Tu fais sa connaissance.

Puis il prend confiance, comprenant que tu n'es pas abîmé, que tout va bien, ce n'est pas si grave un papa avec le cerveau un peu de travers. Il te parle du chat. Tu ne te souvenais plus du chat. Tu demandes son nom et Alex s'en amuse, il te dit des bêtises, « Hervé », « Sale Bête », « Gros Con ». Tu t'offusques pour de vrai, les yeux brillants.

Mais non, papa. Michel-Ange.

Le chat s'appelle Michel-Ange ? Rien que ça ?

Nos éclats de rire alertent les infirmières. Il ne faut pas abuser, quand même. Tu as besoin de repos.

J'ai quelque chose au bout de la langue. Parfois ça chatouille si désagréablement que ça risque de sortir malgré moi. La tentation de te demander Aline, ça te dit quelque chose ?

Mais je ne le ferai pas.

Autour de toi, il n'y a que nous.

Il faut que je fasse une pause. Ça fait plus de deux heures que je parle devant cette caméra, le repas devant moi est froid, la viande est engloutie depuis longtemps, il ne reste qu'une gelée coagulée au fond de la marmite. Je me sens rassasiée de mots et de chair. Mais j'ai mangé – c'est le principal. Toi aussi, ce soir, avant de te connecter sous mon ordre, tu as dégusté le dîner qui t'attendait sur la table, heureux de ces saveurs de curry et de miel qui emplissaient ta bouche, qui coulaient au fond de ta gorge flattée, et finissaient leur voyage bien au chaud dans ton estomac.

Notre vie est là, Raph. Les derniers mois de cette entité qui s'était contentée, satisfaite, de glisser sur le monde. Les soubresauts chaotiques du hasard, des passagers aléatoires qui hélas ne font pas que nous frôler, mais happent pour broyer – même si leurs intentions premières étaient douces leurs mains malvenues n'ont fait que déchiqueter.

Nous en sommes là, amour.

Munis d'une vie à réinventer, nous rentrons à la maison.

Ton retour, je l'ai soigneusement préparé.

J'ai remis en place, sur tes étagères, dans tes tiroirs, le contenu de ton sac à dos. J'ai fait le compte de ce qui aurait pu manquer dans le paysage, pour te raconter l'histoire autrement, une histoire sans heurts, sans rupture, sans désamour, sans fuite. J'ai pris ton appareil photo et ai appuyé sur l'onglet « Effacer toutes les photos ». J'ai parcouru ton portable et anéanti toutes les conversations avec Aline, avant d'effacer son numéro de la mémoire et des contacts. J'ai acheté une dizaine de caleçons, de T-shirts et de chaussettes que j'ai lavés plusieurs fois pour qu'ils aient l'air déjà vieux, complété le tiroir masculin de la salle de bains avec des produits vidés à moitié – une existence en suspens, l'illusion d'un départ n'ayant jamais eu lieu. Une entreprise sûrement imparfaite, Dieu sait ce que tu avais emporté là-bas, mais à présent je pouvais compter sur le vide.

J'ai donc fait mon shopping, mes lessives et mon rangement, en apnée, mécaniquement, tentant de repousser, dans la tornade des gestes domestiques, cette sauvage culpabilité qui me tordait.

Si un temps tu avais eu le front de me mentir, le mensonge que j'étais en train de bricoler dépassait l'entendement.

Folie pure. Viendrait le jour où tu comblerais brutalement les pointillés de tes souvenirs. Et à ce moment-là, il n'y aurait plus que la mort pour nous apaiser. Bien sûr, je le savais. J'étais en train de créer de toutes pièces le tourbillon qui nous emporterait, mais j'étais prête.

Au soir je me suis assise devant l'ordinateur du bureau. Démarrage. Écran d'accueil. Ma session – en réseau avec mon e-book, mot de passe *Hanairezumi01* – ta session – mot de passe inconnu. Dans cette caisse plate, cette saloperie s'ouvrant comme un écrin de bague de fiançailles, était tapie la bombe qui exploserait un jour ou l'autre. C'est l'objet de mon épouvante.

Redrum redrum redrum.

Dès que mes yeux s'y posent, c'est une musique de film d'horreur qui explose dans ma tête. La machine maudite, le Grand Satan, celle qui finira par nous avaler tout crus. Si je parvenais à y pénétrer, j'effacerais tout. Il me fallait trouver un moyen de purger l'animal au même titre que ton cerveau, expulsant seulement les fluides nauséabonds et préservant les jolies choses. Mais l'écran d'accueil, toujours agrémenté de ses chats coiffés de toasts, me présente obstinément la barre clignotante qui attend ton sésame. J'essaie encore, dix fois, vingt fois. Les mots de ton cœur. J'essaie même *aline*, mais rien à faire. Quoi qu'il en soit, même si je savais le déverrouiller, il me faudrait recommencer à tâtonner pour débusquer le code de ta messagerie et de ta connexion à Facebook. J'ai déjà fait ça tellement de fois, aux premiers jours de douleur, que je sais que c'est illusoire.

Je finis par prendre la décision la plus simple. Allez hop, poubelle. Rien ne me dit que tu te souviendras avoir eu un ordinateur dans cette pièce (le mien pourra très bien faire l'affaire). Ou bien, si tu t'en souviens, la raison de sa disparition sera facile à expliquer : oh zut, j'ai renversé un verre de vin sur le clavier et paf, plus rien.

Alors je le débranche, je lui tire la langue, je le fais glisser au sol, je monte dessus, je l'écrase, je le tords, je le massacre, je l'anéantis. Je me venge. Je fais voler en éclats métalliques les trahisons, les mensonges, les secrets qu'il digère encore, je m'en fous, il y a peut-être des jolies choses sur moi dedans aussi mais vraiment je m'en fous, je liquide la bête. Je m'en fous, j'ai du fric, on en rachètera un autre, un puceau, un tout innocent, un tout tendre, un qui n'a pas de regard torve ou moqueur envers moi.

Tout est bon pour que je récupère notre vie.

Est-ce que tu comprends ce que j'ai fabriqué alors ? Si, quelques jours plus tôt, j'avais annihilé tout espoir d'une deuxième chance, parce que le seul fait qu'Elle ait existé dans ton cœur, même pour quelques mois, rendait notre futur impossible, ton amnésie changeait la donne.

Aline avait disparu pour de vrai. Disque dur dématérialisé. Virus pulvérisé. Pureté originelle restaurée.

Restaurée, et, pourquoi pas, réécrite.

Il a été beau de te voir faire tes premiers pas dans notre maison.

Il a été beau d'organiser l'instant comme on le ferait d'une inauguration, ruban rouge, ciseaux solennels, en te demandant de fermer les yeux, attends une seconde, ne bouge pas, voilà j'ouvre la porte, tatâââââ !

C'est chez toi.

C'est pas mal chez moi !

Tu souriais, mais je sentais bien que ce n'était qu'une façade. Au fond de ton regard stagnait une inquiétude qui ressemblait à celle d'un prisonnier découvrant sa cellule. Il y avait une notion de long, très long séjour dans cet accouplement d'un corps et d'un mur. Je suis sûre que tu avais dû te demander, parce que tu étais toujours Raphaël Dolombre malgré le flou, si cette demeure qui était la tienne, la nôtre, correspondrait à ton sens de l'esthétique. Toujours, au fond de toi, le beau, le bon. Je t'aurais bien reconnu là.

Papaaaaaaa ! Viens voir ma chambre !

Tu te laisses entraîner, on verra le reste après. Alex te submerge, accapare ton peu d'énergie. Il commente tout, ouvre ses boîtes, désigne les choses sur les parois. Je pourrais le réprimander, un peu de calme s'il te plaît, papa est fatigué, il ne peut pas tout assimiler en même temps, mais tu te prêtes au jeu avec tant de tendresse qu'il me semble que c'est le début idéal. Tu as rencontré désormais l'intégralité des constructions en Lego auxquelles tu as participé, tu connais à présent ces tableaux peints spécialement pour sa chambre sur des médaillons de bois, il y a des années de ça, en quelques soirées sur un bout de table : ta main guidée par la perfection, les textures admirablement posées, le trait ironique à point, pour tirer le portrait du doudou préféré à la manière de Mirò ou celui du chat à la manière de Picasso. Tu restes longtemps dans l'antre de ton fils : la reconnaissance se teinte d'une émotion que seul le sang peut concevoir.

Tu as parcouru la pièce à vivre en hochant la tête, moins silencieux. Oui, ça te parlait. Il y avait des choses… Des choses fixées, mais encore un peu comme si tu les avais rêvées. Et puis les odeurs. On n'oublie pas les odeurs. Ce mélange de tabac et de parfum de roses anciennes exhalées par les bougies de l'île de Skye, du coton frais des grands rideaux, du teck du vaisselier. Le bout de ton doigt curieux glisse sur le dos des livres. Oui. Tu les as lus, tu en es certain. Ça reviendra. Ça reviendra. On ne lit pas tout ça pour que ça retombe dans le rien.

Oh mon Dieu, pourvu que les choses laides restent dans le rien.

Des jours, et des jours, et des jours. Il a fallu que je reprenne le travail, que je quitte la maison au matin en priant pour qu'au soir je ne te récupère pas bouleversé de souvenirs toxiques. Je t'abandonnais à ton repos, tremblante comme si j'abandonnais un tout petit enfant, pour te retrouver, soulagée, à la fin de la journée : tu vois ? tout s'est bien passé. Tu me regardais avec une fierté de garçon qui s'est bien tenu. Tu allais chercher Alex à l'école. Tu faisais semblant de ne plus être très sûr du chemin du retour pour qu'Alex se sente responsable de toi et en tire un incommensurable orgueil. Les premières semaines, c'était bien cela : comme si tu étais l'enfant et Alex le père, et moi la mère, et qu'il fallait t'accompagner dans ta formation d'être à part entière.

Le soir, on se lovait.

On parcourait les albums.

Je te racontais notre vie.

On en a mis du temps, à refaire l'amour.

J'étais une inconnue. Tu savais que tu m'aimais, tu savais que j'étais Martha, mais tu devais encore apprendre à me reconnaître. Avec une timidité d'étudiants, nous avons vécu, vingt ans après notre union, notre première fois. Lentement, inquiètement, tu m'as effeuillée, dénudant l'une après l'autre de fines zones de peau sur lesquelles ton regard s'attardait – il fallait intégrer que tout cela était à moi, et très à toi, offert, bois, ceci est mon sang. Tu semblais déballer un cadeau exotique. Quand tu as découvert mon dos, cette fresque infinie, tu en es resté fasciné, le parcourant du bout du doigt comme tu l'avais fait avec les livres. Il t'a fallu des heures pour me lire entièrement. Puis, sans te brusquer, je t'ai guidé dans nos gestes habituels, mais l'instinct ne se trompait pas.

Est-ce que tu me désires ?

Oui.

Est-ce que tu aimes mon corps ?

Oui.

Tu les aimes, mes fesses ?

Hein ?

Laisse tomber. Tu n'es pas déçu par ce que tu viens de trouver ?

Tu es si belle. Tu es parfaite. Je t'aime.

Ne l'oublie jamais, ça.

C'est juste que… Je suis étonné. Il faut que je grave ton visage. Je suis déjà fou de ce visage mais je dois m'y habituer, me dire que c'est celui que je chéris depuis des temps immémoriaux. M'en persuader. Je sais que pour toi ça doit être cruel, et si injuste. Tu dois avoir l'impression que je t'ai trahie.

Je souris, depuis le fond de mon secret.

Oh non, mon amour. Ce n'est pas ça la trahison.

Martha ?

Oui.

Est-ce que j'apprécie particulièrement les… artifices ? Les dessous affriolants ?

Je veux, mon n'veu.

Parce que je m'en souviens, de ça. Je sais que ça fait partie de ma sensualité. Mais je ne sais pas pourquoi, ça m'évoque quelque chose de triste.

Ta mémoire te joue des tours. Tu es sacrément voyeur et un tantinet fétichiste. Avec beaucoup de joie. Oui, crois-moi, de la joie débordante et tellement lumineuse qu'elle en serait presque enfantine.

Wow. Je souhaite à tout le monde de se taper une bonne amnésie pour avoir de si bonnes surprises…

Nous rions. Comme avant. C'est merveilleux, les hématomes.

Le regard du surveillant portait cette frisure traduisant le mélange d'épouvante, de pitié et d'amusement qui accompagnait d'ordinaire l'ouverture de la porte entre moi et les cas difficiles.

Ma p'tite chérie…

Quand il m'accueillait avec « Ma p'tite chérie », il fallait toujours envisager le pire.

Ma p'tite chérie, je vous souhaite bien du plaisir. C'est du lourd, ça.

Je sais, Gérard. J'ai bien étudié le dossier.

Je mentais. Je n'avais pas lu le dossier avec toute l'attention requise. Parce qu'il y a dans la vie des moments plus compliqués que d'autres où, même avec la meilleure des volontés, on ne peut que se braquer face à l'abominable, le fameux fusible qui saute pour protéger l'intégrité du système.

Le cas était si délirant que c'en était presque improbable. Vingt-huit ans. Vingt-huit ans, bordel, et une détermination dans le crime qui laissait pantois. Le passage à l'acte avait été un coup de maître ; la suite beaucoup moins, ponctuée de gaffes de débutant qui avaient réduit la tentative de cavale en un pauvre bruit de pétard mouillé. Et moi j'étais là, vaincue d'avance, prête à fuir et pourtant dans l'impossibilité de le faire, tendue comme une corde de contrebasse, non pas pour tenter quelque chose, ou réparer ce qui ne pouvait l'être, mais bel et bien pour essayer de comprendre, moi. Pour ma propre collection de monstres à méditer.

Une peur bleue.

Je m'apprêtais à me retrouver face à un blanc-bec à peine sorti de l'adolescence et je tremblais dans mes bottes comme une stagiaire.

Je m'entretenais depuis des années avec des dévoreurs de foies, des mères infanticides, des étrangleurs de petites filles, des empoisonneuses et des tueurs de femmes, aussi sereinement que si j'avais dû enseigner le yoga, et aujourd'hui je pouvais à peine supporter l'idée de rencontrer Petit Narcisse.

Petit Narcisse avait posté une vidéo sur BestGore. Visionnée par des milliers d'internautes avant que l'alerte soit donnée, que le film soit retiré en catastrophe et qu'un mandat d'arrêt international soit lancé.

Cette vidéo, je l'avais vue. Les forces de police avaient estimé que le psychologue qui hériterait du cas devait pouvoir se rendre compte concrètement de l'ampleur du désastre. On pensait peut-être que la pauvre thérapeute que j'étais aurait fait sa chochotte et aurait vomi son déjeuner dès les premières minutes du visionnage. Mais je n'ai pas vomi. Je n'ai pas hurlé de terreur avec déjà, debout sur le quai, des cauchemars prêts à voyager vers mes nuits. J'ai tout regardé. Plusieurs fois. En hypnose, en apnée, bouche bée, yeux écarquillés, ventre plein de papillons.

C'était un petit film bien monté, bien réalisé, aux images très nettes qui poussaient l'élégance jusqu'à s'accompagner d'une bande-son – chanson *new wave* un peu dépassée. Un travail de cinéaste en herbe assez correct ma foi, sauf que ce n'était pas du cinéma.

Petit Narcisse s'était immortalisé en train de ligoter, bâillonner, massacrer à coups de pic à glace, démembrer, violer et manger en partie un amant chinois raflé sur un site de rencontres gay.

Dans cet ordre-là.

Je me souviens encore de la une des journaux : « Le nouveau visage du diable ». C'est sûr, ça en jetait ; d'autant plus lorsque cette phrase choc légendait le visage en question, portrait en noir et blanc d'un garçon aux traits fins, ovale parfait, yeux glacier aux cils recourbés, nez délicat, bouche ourlée et légèrement luisante, comme s'il venait de la mordre. Un éphèbe poseur posant devant un objectif amoureux. J'ai su par la suite qu'il s'agissait d'un selfie. Il était donc vraiment question d'amour.

Plus tard, en ouvrant le dossier qu'on m'avait confié, épais comme un parpaing, j'avais eu tout le loisir d'admirer le nombre incalculable d'autoportraits qui y figuraient. À ceux-ci s'étaient ajoutés, au fil de mes recherches, ceux qui s'étaient retrouvés publiés sur le Web. Petit Narcisse n'avait pas moins de soixante-douze pages Facebook et presque autant sur d'autres réseaux sociaux. Sur chacune, il n'était question que de chanter ses louanges.

Ses propres louanges. Les policiers qui avaient travaillé sur l'affaire avaient découvert que les centaines d'internautes qui laissaient des commentaires enflammés sur les différentes pages de Petit Narcisse ne faisaient qu'un : Petit Narcisse lui-même. Il posait les questions et écrivait les réponses, se coulant dans la peau de fans aussi hystériques qu'avaient pu l'être les premières groupies des Beatles, dans le seul but d'alimenter son fantasme obsessionnel.

Car Petit Narcisse vivait pour une seule et unique chose : être adulé. Il n'était ni artiste ni mannequin, rien d'autre qu'un pauvre type doté d'une gueule charmante menant une vie de merde dans un endroit merdique du monde. Une petite gouape, un giton pour chiottes de bar, un *couch-potatoe* à la fesse douce, rêvant d'être une star à tout prix et par n'importe quel moyen.

Ce gamin n'existait pas. Lors de l'enquête, il avait été prouvé qu'il n'avait même pas d'amis en chair et en os. Il avait donné naissance à une foule de courtisans virtuels, pour se façonner une aura de célébrité aux compétences inexistantes. Ce type était fait d'air. Un produit constitué de bulles invisibles ; le crime les avait révélées, en y pchittant au spray un nuage de sang.

Fruit typique, quoique paroxystique, de la civilisation écrantisée à l'extrême, il avait été à la fois créateur et créature du monde des illusions.

C'est exactement ce à quoi je pensais en pénétrant, chancelante, dans la salle d'entretien. Devant moi ne se tiendrait pas un monstre, mais un produit. Un rouage logique de la blogosphère comme terrain contemporain d'existence. Un gamin normal, à peine moins, qui n'était pas parvenu à exister à la verticale, dont l'estime de soi s'était tissée en deux dimensions numériques.

Car le problème, c'est de ne pas exister, bien sûr.

De ce garçon, en compulsant le dossier, j'avais vu le corps dans les moindres détails. Je connaissais son postérieur et son sexe aussi précisément que les centaines de visages dont il s'était affublé. Brun, blond, les cheveux en brosse ou longs jusqu'aux épaules, maquillé comme une midinette ou la peau métrosexuellement nue, très fille, très mec, écartelé dans des poses fétichistes ou pudiquement enveloppé de draps angéliques dans une lumière cucul la praline à la David Hamilton, la bouche toujours glossy, le cil toujours provocant, grimé en *executive man* pervers ou en cupidon effarouché, il multipliait à tel point les aspects physiques qu'au fil de mes observations il ne m'était resté qu'une idée imprécise, une impossibilité de me dire qu'il s'agissait d'une seule et même personne. Comment pouvait-on exister, effectivement, quand on n'était jamais soi ? Quel était donc le vrai visage, celui du miroir du matin, celui qui ne faisait jamais plaisir, celui qui ne flattait nullement et qu'il fallait bien accepter parce qu'il serait notre véhicule éternel, avec ses rayures et ses pocs, ses dérutilances et ses taches de rouille ?

Petit Narcisse, en ce sens, était frère de Sakura. Sans corps déterminé, il n'était que pur esprit. Un esprit démoniaque pénétrant des enveloppes : comme dans les films d'horreur qui s'achèvent sur des scènes d'exorcisme. Ce type n'avait peut-être pas besoin d'une psy, mais d'un prêtre. Pourtant, à la différence de Sakura, qui s'était matérialisée dans un flot de mots, il avait choisi d'exister dans un flot de sang.

Derrière la paroi vitrée de la salle d'entretien, deux gardiens veillaient, nombre exceptionnel. Malgré la tension qui m'habitait, j'y suis allée de ma petite plaisanterie – Oh franchement, les gars, ce n'est quand même pas Hannibal Lecter – mais c'était ainsi : quelqu'un qui avait bénéficié d'un mandat d'arrêt international, qui avait occupé les flics de cent quatre-vingt-dix-neuf pays, et dont le forfait avait fait les gros titres dans le monde entier avait droit à sa cohorte.

La personne qu'on a introduite en ma présence ressemblait si peu à l'homme des autoportraits qu'un instant j'ai cru à une erreur. L'éphèbe érotomane avait disparu sous une terne pelure de trentenaire cerné, à la peau imparfaite. Une démarche lasse, un ventre relâché sous un T-shirt échancré qui aurait voulu faire l'effet d'une tenue de basketteur mais qui ici, imprégné de détention, prenait l'allure d'un débardeur de bouliste. Il tenait sa tête un peu rentrée dans les épaules, la bouche crispée sur le sourire légèrement tressautant de celui qui gobe quelques cachets chaque jour. La lecture du dossier me l'avait indiqué : il fallait parer à d'éventuels épisodes délirants.

Du garçon qui était devenu l'incarnation du diable, je ne reconnaissais que le regard dur, d'un bleu réfrigérant qui, si je n'avais pas été rompue à ce genre de rencontres, m'aurait collé des frissons.

Le voici qui s'installe face à moi, secoué d'un petit rire silencieux.

À un mètre se tenait donc cet ange déchu qui, après avoir dépecé et goûté le corps de son esclave sexuel, s'était débarrassé du tronc et des jambes dans la poubelle de son quartier, avait enterré la tête quelques kilomètres plus loin sur la rive d'un cours d'eau, et avait expédié par colis les mains et les pieds à diverses institutions de la République, dont une école et quelques sièges de partis politiques, avant de tenter la cavale. C'est bien cette personne-là qui me regarde avec un air de petit garçon malade. Ce n'est pas la star virtuelle pomponnée et avide d'amour. C'est le meurtrier borderline du miroir matinal.

Qui êtes-vous ?

C'est la première question qui me vient à l'esprit. Ça cohabite sec là-dedans, une vraie auberge espagnole. Comme pour m'adresser à un démon enfoui dans le corps d'un possédé, il me faut déterminer qui est là aujourd'hui, parvenir à le nommer.

Eh bien je pense que vous le savez déjà, je suis Lucas Perotta.

Non, je ne crois pas. Ce n'est pas votre nom de naissance. En tout cas, pas celui qui se trouve sur les certificats.

J'ai pris le nom de ma mère. Perotta.

Mais votre vrai nom est Éric Lapierre.

Ce n'est rien d'autre qu'un nom. Aujourd'hui, sur mes papiers, c'est Éric Lucas Perotta.

Tout dépend du papier. On a découvert chez vous plusieurs passeports où figurent des identités différentes. Lors de votre cavale, vous avez pris l'avion sous le nom de Ronald Lecter. C'est plutôt gonflé.

Il se marre, la bouche pincée. Quelle bonne blague.

Lucas, comme Henry Lee Lucas. Lecter, comme Hannibal. On a trouvé aussi Théo Bundy et Geoffroy Dahmer. Chacune de vos identités comme un hommage à une star du crime, réelle ou fictive. Des gens qui sont entrés dans l'histoire, en somme.

Tant qu'à faire, autant que ce soit prestigieux, non ?

Mais Éric ? Qu'est-ce que vous pouvez me dire sur Éric Lapierre ?

Il hausse les épaules, se tortille sur sa chaise puis me regarde avec ravissement.

Je suis content d'être avec vous. Vous êtes une belle femme. Passer un moment avec une belle femme, c'est en soi une distraction.

Merci.

Il se penche légèrement vers moi et me scrute avec amitié.

Vous avez un joli nez. C'est le vôtre ?

Pardon ?

Vous ne l'avez jamais fait retoucher ?

Non.

Ah. Remarquez, il est peut-être un peu… bombé, là… Vous y avez songé ?

À quoi ?

À une opération.

Non. Mon nez me convient tel qu'il est.

Il n'est pas parfait.

Je ne suis pas forcément à la recherche de la perfection. Vous si ?

Oui. Je l'ai toujours cherchée. Quand on peut se l'offrir, il faut se l'offrir. Si j'étais vous, je me ferais retoucher légèrement le nez, et je tenterais le minilift. Vous avez quel âge ? Quarante ?

Quarante-deux.

Sans vouloir vous heurter, c'est le moment.

À quel âge avez-vous commencé les chirurgies esthétiques ?

Quinze ans.

Racontez-moi.

Il se tend davantage vers moi et ses doigts se mettent à voleter sur les traits de son visage. Le nez, bien sûr, qui avait une petite bosse, alors on l'a raboté et affiné. La bouche : trop fine, la bouche. Il a fallu la repulper. Et un petit coup sur les paupières pour relever le regard.

C'est réussi, vous ne trouvez pas ? J'étais déjà mignon à l'époque, et ça m'a rendu très beau.

Il se recule soudain sur sa chaise, assombri par une amertume.

Il fallait bien que je sois très beau. Sinon, quel ennui la vie.

Ça ne vous a pas rendu la vie plus facile, il me semble.

J'ai eu une belle vie, madame. De fêtes et de paillettes. J'ai eu de l'argent à ne plus savoir qu'en faire et on m'a admiré pour ma beauté. Je ne vois pas ce que j'aurais pu espérer de plus.

Bien. Mais si on arrête un instant de se mentir, si on reprend des éléments du dossier, on découvre que vous avez évolué très loin d'Hollywood, qu'en guise de fêtes et de paillettes, vous avez surtout connu la prostitution, et que votre extraordinaire beauté n'a pas réellement marqué les esprits.

La plupart des gens ont de la merde dans les yeux. À son époque, on dénigrait le Caravage en lui reprochant de mal peindre. C'est comme ça.

C'est la raison pour laquelle vous n'avez pas percé, selon vous ?

Il affiche un sourire gamin.

Percé ? Tout dépend de ce que vous entendez… On peut même dire que j'ai… crevé… l'écran. Non, je plaisante. Vous voulez jouer la carte de la sincérité ? Oui j'ai vécu de mes charmes, je n'ai aucun problème de ce côté-là.

Loin de moi l'idée de vous faire la morale.

Avez-vous une idée du nombre de gens qui rêvent de faire ça en toute dignité ? Vous parlez de prostitution, c'est un vilain mot, ça évoque les bosquets et les trottoirs. Moi j'ai été escort, madame. J'ai donné du plaisir à des gens très bien dans des draps en satin. J'ai nagé dans le champagne. On a parsemé mon lit de billets de banque. Des millionnaires m'ont baisé les pieds. Et je me suis éclaté comme un fou. J'ai été un artiste, moi. On m'a même interviewé.

Dans une émission consacrée au porno, sur une chaîne pour adultes.

Oui. Je suis aussi très fier d'avoir été une star du hard.

Je souris en feuilletant distraitement mon dossier.

Vous étiez… très précisément… pardon, mais c'est un univers dont je ne maîtrise pas le vocabulaire… *fluffer*. Voilà, *fluffer*, c'est le mot. C'est-à-dire que vous n'étiez pas acteur de film X, mais qu'on vous utilisait pour empêcher les acteurs de débander entre deux prises. Vous étiez boute-en-train, en somme.

À mes débuts seulement. Ensuite, j'ai joué dans quelques films porno-gay. Je vous le concède, ce n'était pas à la hauteur de mes attentes.

Vous n'avez pas eu plus de chance dans le mannequinat…

Pas officiellement, non, mais aujourd'hui a-t-on vraiment besoin des magazines pour être célèbre ? Ils ont décidé de se passer de moi, je me suis passé d'eux. Ça n'a pas empêché le monde de me découvrir et d'apprécier la beauté de mon corps.

Il palpe rêveusement le petit pneu sous son T-shirt, comme navré de constater les trahisons du temps.

J'ai un peu pris depuis que je suis cloué ici. Heureusement qu'il y a la salle de gym…

Vous y allez souvent ?

Chaque jour. C'est chouette d'être avec les gars. Il faut que je me surveille…

Vous vous entendez bien avec les autres détenus ?

Ici, c'est une grande famille ! Ils m'ont pris sous leur aile… Je crois qu'ils me voient comme un ange tombé là pour embellir leur quotidien.

Je reconsulte mes notes en douce. C'est écrit là, noir sur blanc : Petit Narcisse, depuis son arrivée, refuse obstinément de quitter sa cellule, tant la présence des autres l'emplit de terreur. Ce en quoi il a sûrement raison : qui sait le sort que l'on réserve ici aux meurtriers cannibales.

Un peu plus tard, j'ai quitté la salle de consultation sous le regard interrogateur de mes gardiens. Tout va bien, les garçons. Nous avons juste parlé chiffons.

Je t'ai trouvé assis, pensif, devant mon ordinateur qui à présent occupait la place du mort sur ton bureau.

Je ne me souviens plus. C'est con.

De quoi ?

De mon code.

dalmunzie68.

Tu as tapé, ta session s'est ouverte. Non : je me corrige. La session créée de toutes pièces par mon ingéniosité s'est ouverte. Page d'accueil : le château de Dalmunzie sous la neige, cloué sur la pente de la montagne.

Tu connais aussi le code de ma messagerie ?

Bien sûr. Chacun connaît les codes de l'autre, au cas où il oublierait.

Tu t'es mis à rire : si ce n'est pas de la clairvoyance, ça…

On a même un carnet où tout est écrit. Le carnet de codes. Pas seulement l'ordinateur, mais tout le reste aussi, les numéros des cartes de crédit, des comptes bancaires, les mots de passe pour les achats en ligne, les PIN des téléphones… Je me suis toujours dit qu'on était tellement esclaves de ces chiffres aujourd'hui qu'il ne fallait pas risquer de les oublier… Je sais pas toi, mon loup, mais moi je me souviens d'une vie sans codes. Le numéro de sécu et basta. Mais depuis quelques années on fonctionne comme des coffres-forts.

Bien joué. Ma messagerie ?

michelangelasalebête

Sérieux ?

Bruit sec et rapide de tes doigts sur le clavier. Tu tapes vite. Il n'y a rien de mieux qu'un adultère pour vous faire faire des progrès en saisie informatique.

Je m'éclipse. Je sais très bien ce que tu trouveras sur ta boîte, puisque c'est moi qui l'ai configurée. J'ai l'esprit en paix.

Puis ta voix s'insinue jusqu'à moi.

Ben dis donc, je n'ai pas grand-chose…

Tu effaçais tout au fur et à mesure. A priori pas besoin de garder, ça ne te servait pas pour le boulot : au boulot vous êtes deux, vous vous dites les choses de vive voix. Quelques copains, des newsletters, des confirmations de commande… Et tu n'as jamais opté pour les factures en ligne. Donc…

Et Facebook ? J'y étais ?

Oui. Sous le nom de Raphaël Delombre, code de connexion *martartan*.

Quoi ?

Martha sans h, tartan. L'Écosse, toujours.

En fait, tu as toujours su mes codes ?

Tu as toujours su les miens aussi. On ne s'est jamais fait de cachotteries. Rien qui ne puisse être partagé. Quel intérêt…

Ma voix aurait pu se mettre à trembler alors que je prononçais ces mots avec une feinte désinvolture. Mais j'avais travaillé.

Je reviens vers toi ; baiser malicieux sur le front, pirouette séductrice.

Et ne t'avise jamais de verrouiller tes sessions, je pourrais très mal le prendre…

Entendu, mon capitaine.

Je repars. Il me semble naturel que tu consultes ta page Facebook tout seul, dans cette illusion d'intimité préservée. À ce sujet-là non plus je n'ai pas de craintes, ayant au préalable reformaté ta vie numérique, épousseté les scories de ton avant, supprimant de la liste de tes amis tous ceux qui auraient pu avoir un lien quelconque avec une certaine Aline Pélissier. D'ailleurs, le jour où je m'étais attaquée à cette entreprise délicate, j'avais pu me rendre compte qu'elle avait pris les devants : elle n'apparaissait déjà plus dans ta liste, t'ayant de façon très naturelle banni de son univers.

Il n'y avait plus que sur la page de Sakura qu'elle figurait encore. Et ce qu'elle partageait avec mon autre moi-même restait particulièrement édifiant.

Car c'est ainsi, j'avais gardé Aline Pélissier sous le coude. J'aurais pu, bien sûr, mettre un terme à cette histoire, puisque selon toute vraisemblance la vie avait repris sa place. Tu étais là, j'étais l'unique, tu réapprenais à me découvrir avec la gourmandise émerveillée d'un enfant qui ouvre ses cadeaux de Noël. C'était le recommencement dont tout le monde rêve, cette première fois avec la même personne, dénuée de souvenirs empoisonnés ou de l'impression de lassitude qui ronge les vieux amants. Tout ce qui t'avait poussé vers elle, la sensation de nouveauté, d'intensité, de renaissance adolescente, d'une possibilité d'ailleurs, c'est avec moi que tu le vivais aujourd'hui. C'est mon corps que tu apprivoisais au fil des nuits, ma voix que tu goûtais comme une surprise de miel, et toute notre histoire que tu apprenais en t'étonnant. Nous avions vingt ans. Cette réécriture avait miraculeusement fait disparaître les signes du temps sur nos enveloppes. Bien sûr, ils étaient là : les fils blancs dans ta barbe et à la frontière de tes tempes, la ligne rosée de la césarienne au-dessus de mon pubis, nos paupières relâchées, les sillons d'araignée comme des bijoux inamovibles au coin de nos yeux. Mais on ne les voyait plus. Oui vraiment mon amour, nous avions les vingt ans de notre coup de foudre.

Toi, à présent que tu prends connaissance, au fil des minutes, de ces révélations qui, je n'en doute pas, doivent te tordre et t'ôter le souffle, tu peux me comprendre. Tu comprends tout. C'est une procession de lumignons qui traverse ta conscience, une flamme après l'autre, une illumination après l'autre. Chacune de mes motivations t'apparaît avec une clarté scientifique. Tout se met en place, chacun de nos jours retrouvés, chacun de mes gestes, nos papillonnements autour de la machine. Tu prends conscience que mon amour était vraiment un amour fou, un amour à lier, lancé sur des rails hasardeux, mais tant pis si on bascule, tant pis si on s'écrase. *Mon Dieu, mon Dieu, mon Dieu, laissez-le-moi, encore un peu, mon amoureux...*

Je te regarde dormir. Encore.

Je t'ai déjà regardé dormir en goûtant avec abomination la certitude de ton départ. J'ai déjà regardé cette masse corporelle tellement adorée mutée en poids mort sur des draps ne sentant plus l'amour, quand c'était elle qui t'avait pris tout entier. J'ai déjà regardé l'homme vaincu, celui qui pensait n'être là que pour quelques jours de paternité assumée et que la beauté d'un monde qu'il croyait ne plus désirer avait, sorcière de souvenirs et de parfums, plongé dans le sommeil serein de l'enfant rassuré. Aujourd'hui je regarde l'homme revenu, celui qui grogne au cœur de ses rêves en reposant sur mon corps, poids de tes bras sur mon torse et de tes jambes enserrant les miennes, comme un chat crocheté de ses griffes à sa maîtresse déifiée. Je pourrais te regarder avec insouciance, pourquoi pas avec triomphe, ou avec la foi idiote des croyants. Mais déjà, je pressens la noirceur.

Parce que peu à peu, avec le velouté appliqué d'une marche de funambule, des souvenirs reviennent.

Raconte-moi notre rencontre.

Tu me supplies, après avoir feuilleté pour la énième fois le gros album de notre jeunesse. C'est une lecture que tu veux quotidienne, elle t'est douce et elle t'émeut. Tu contemples tes boucles châtains sur ton front et tes épaules, ta maigreur d'artiste affamé, ce petit air de Jim Morrison qui avait attiré mon regard dans les lumières tamisées de ce pub où, pour la première fois, nos trajectoires s'étaient télescopées. Tu souris, émoustillé, en retrouvant mes taches de rousseur sur mon visage lisse et le rideau enflammé de mes cheveux caressant ma taille. Tu nous manges des yeux. Tu revisites les bouts de ces appartements miteux que l'on devine dans les cadres, ces niches d'étudiants, et parfois tu as l'impression que ça te dit quelque chose. Oui, les habitats, tu t'en souviens. Pas tout, pas exactement, mais il y a cette piaule dans laquelle nous sommes restés longtemps, juste avant mon premier poste et mon premier vrai salaire, juste avant que tu trouves ton travail à la boutique de couleurs et que tu commences à vendre correctement tes tableaux, ce duplex sous des toits ébouillantés par l'été qui nous donnait l'impression d'être enfin des grands, oui, celui-ci tu t'en souviens, il t'arrive même d'en rêver la nuit. Mais comment savoir si c'est une recréation fantaisiste de l'esprit ou un calque de la réalité ? Alors tu me racontes ton rêve, cet escalier raide comme celui d'une tour médiévale, la fenêtre de la cuisine ouvrant sur les montagnes là-bas, tout là-bas, les marches craquantes menant à la chambre, les poutres, la lumière. Oui, c'est ça. Notre première maison qui avait eu l'air d'en être une, après des années de studios incommodes.

Raconte-moi.

Encore ?

Oui. Je cherche, mais je ne trouve pas.

Bien sûr, mon amour, tu ne trouves pas. Je l'ai inventé. À quoi servirait l'amnésie si c'était pour l'encombrer de souvenirs banals, à quoi servirait notre exception si on ne l'enjolivait pas de ressorts romanesques ? Puisque j'ai l'occasion d'améliorer la toile, touche après touche, comme le faisait Léonard, en dissimulant sous le repentir divin la première main un peu trop humaine, pourquoi m'en priver ? Alors je sors ma broderie et je raconte encore. Ce pub, ce concert, toi avec tes amis, moi avec les miens, c'était le jour de la Saint-Patrick et on avait eu envie, chacun dans sa vie encore solitaire, de Guinness et de musique irlandaise. Comme le voulait la tradition, j'avais mis une robe verte. Une robe très courte, une Courrèges qui avait appartenu à ma mère, d'où surgissaient, jolis animaux qui t'avaient sauté au cœur, mes jambes de naïade chaussées de bottines en cuir. Toi, tu n'avais pas songé à l'obligation du vert ; et comme encore le voulait la tradition, pour te punir je t'avais pincé. Gentiment, légèrement, oh, pas pour te faire mal, juste pour que tu me regardes. Entreprise inutile : tu m'avais déjà vue. Au moment où tu étais entré dans ce pub enfumé, tu avais saisi ma silhouette, ma minceur, mes longues pattes, mes cheveux qui rougeoyaient sous les spots, l'élégance de ma robe au milieu des pulls tricotés main. Quant à moi, par-dessus ma pinte, je l'avais saisi aussi, ce beau garçon sans vert, avec ses cheveux d'artiste et ses grands yeux sombres, les lignes sèches d'un corps animal – oh oui c'est galvaudé ce mot, animal, mais c'est bien cela, tu m'étais apparu comme ces poulains aux muscles présents mais discrets, pas encore ostentés par l'exercice, et j'avais eu envie de poser ma main sur tous ces pleins et ces déliés. Pas de vert ? Je te pince. Tendrement. Tu attrapes ma main. Tu poses un baiser dans sa paume. Tu te laisses entraîner par ta bande de copains, moi par la mienne. Seulement les corps. Les yeux, eux, restent aimantés. J'étais partie, cette nuit-là, avec la sensation d'être tombée, me fustigeant de ne pas avoir poussé l'approche davantage, quelques mots peut-être, un rendez-vous… Tu m'avais raconté par la suite qu'il en avait été de même de ton côté, désormais aiguillonné par le souvenir de la fille en vert que tu avais eu la bêtise de laisser filer dans la nuit de printemps.

Ça, c'est vrai. C'est la suite que j'ai écrite comme un roman.

Et puis ? Il a bien fallu qu'un jour je te rattrape…

Qui te dit que c'est toi qui m'as rattrapée ? Je t'ai cherché. Je n'ai pas voulu m'estimer vaincue par les hasards des rencontres éphémères. Tu comprends ? *Je ne sais rien de lui et pourtant je le vois... Son nom m'est familier et je connais sa voix... Souvent dans mon sommeil, je croise son visage, son regard et l'amour ne font plus qu'une image...*

Tu ris. Chante encore !

Non. Je te raconte. Je t'ai cherché. Tout en me sentant si stupide de songer que la ville, la foule te replaceraient sur mon chemin. Je suis retournée au pub, souvent. Toi aussi, de ton côté. Mais un sortilège méchant faisait que ce n'était jamais aux mêmes heures. J'en sortais, tu y entrais par l'autre porte. Un autobus passait entre nous deux au moment où on aurait pu s'apercevoir sur le trottoir opposé. Comme dans les contes de fées, avant le coup de pouce des farfadets. Je n'en dormais plus. La seule chose que j'avais retenue du garçon sans vert, c'était qu'il m'était destiné, et que le souffle retraverserait ma poitrine au moment où nous nous unirions enfin. J'avais mis mes amies sur le coup : retrouvez-moi le garçon sans vert ! Mais c'était l'époque encore où les portables n'existaient pas, et il est arrivé qu'une de mes copines te croise, mais comment me contacter d'urgence ? Et puis il y avait les études... Les partiels arrivaient à grands pas, j'étais une étudiante modèle, psycho-crimino, rate de bibliothèque insatiable et passionnée. C'est pourquoi je me suis résignée à laisser tomber ma quête, du moins à la différer, me persuadant que c'était peine perdue, qu'il y avait de ces parenthèses enchantées dans une vie qui resteraient éternellement en suspens, un émerveillement, un petit miracle de quelques secondes, une bulle qui éclate au moment même où elle se forme. J'ai passé les examens, haut la main, puis l'été est arrivé et je suis partie. Chaque été, en famille, la même destination. Nous partions en Écosse. Mon père aimait retourner sur ses terres, parler un peu sa langue, retrouver ses couleurs. Nous passions quelques semaines au château de Dalmunzie, que mon oncle et ma tante géraient depuis la mort des grands-parents. Mon père ne quittait pas le parcours de golf, ma mère donnait un coup de main à sa belle-sœur pour s'occuper du château. Elle était comme ça, ma mère. Une psychiatre reconnue qui s'éclatait à jouer à la maison de poupée dès qu'on la plongeait dans les boiseries et les têtes de cerfs en médaillons ; elle entretenait le feu dans la cheminée, décrottait les rangées de bottes en caoutchouc déposées dans le corridor d'entrée, désherbait les allées de jonquilles, vêtue d'un tablier à pois, les cheveux relevés. Je la vois encore avec des guirlandes de jonquilles dans les cheveux… Mon père lui récitait « *The daffodils* », le poème de Wordsworth,

For oft, when on my couch I lie
In vacant or in pensive mood,
They flash upon that inward eye
Which is the bliss of solitude ;
And then my heart with pleasure fills,
And dances with the daffodils.

avec une main sur le cœur et l'autre qui essayait de lui voler les fleurs de sa chevelure, c'était son truc, ça aussi, à mon père, dès qu'il était en Écosse il récitait à pleins poumons des poèmes, sa terre débridait son lyrisme, il chantait des chansons de Robert Burns, il braillait *Ye Jacobites by name* sur les sentiers, les bottes alourdies par la tourbe, le club sur l'épaule…

Il devenait bizarre. J'avais vingt ans et déjà je sentais que quelque chose ne tournait plus très rond chez mon père. Aujourd'hui je sais que ma mère avait compris, bien sûr elle avait toutes les compétences pour faire un diagnostic précis, mais elle se taisait, concentrée sur ses jonquilles. Elle ne voulait pas nous alarmer… On vivait donc en se disant que notre père était un doux dingue, faute à ses racines, faute à son tempérament, faute à sa profession, et puis il était drôle, que demander de plus… Quand on était à Dalmunzie, il nous forçait, chaque matin, quand les flancs des Cairngorms peinaient à se débarrasser de la brume, préférant à l'acidité de leur vert une imprécision d'aquarelle, à sortir sur le perron du château, à nous tourner vers les montagnes – et gare à qui aurait décollé ses yeux des rangées de sapins – et à l'écouter déclamer :

My heart's in the Highlands, my heart is not here,
My heart's in the Highlands, a-chasing the deer.

Il récitait, nous nous tenions à carreau, puis il filait vers son parcours de golf, en chantant. Tout seul. Ce qui lui importait, c'était de sillonner la terre, de franchir les ruisseaux, en rêvant de chasser le cerf. Et notre mère le regardait s'enfoncer dans les bois avec une inquiétude que nos antennes filiales parvenaient à capter.

Mes frères, eux, pêchaient la truite dans le Loch Duu. On aimait ce nom, Loch Duu, ça nous faisait marrer, c'était un nom digne d'un monstre de Lovecraft. Moi, à part la pêche à la truite de temps en temps, et les jonquilles avec ma mère, j'aimais rester près du feu dans ce décor improbable, les canapés d'un beau violet profond et les fauteuils en tartan, l'argenterie, le vieux billard. J'aimais y lire, j'aimais toucher les objets qui me ramenaient si loin dans mes racines, qui me raccrochaient à un monde perdu, un peu comme un rêve de prestige qui ne m'était plus destiné. Parfois je rêvais, je me disais que j'avais peut-être fait le mauvais choix, m'acharner à devenir psychologue criminelle alors que j'aurais pu être là moi aussi un jour, à travailler dans le château des ancêtres, avec mon oncle et ma tante qui ne crachaient jamais sur un petit coup de main, me faire une vie de sourires à d'adorables clients, de défroissage de couettes en plumes, de chocolats chauds à la guimauve servis dans des pots en argent sur des guéridons cirés et d'observation des troupeaux de daims venant tortiller leurs petits culs blancs sous les fenêtres du salon à whisky… Bref, bichonner des personnes normales et heureuses d'être là, pas des assassins cinglés. Entourer des gens de calme, de luxe et de volupté, au cœur des Highlands, dans un cadre idyllique… J'avais conscience qu'il ne s'agissait que d'idées de vacances, de celles qui te viennent quand le repos te fait voir le monde autrement, et que tu confonds l'éphémère avec les possibilités d'une île… Puis je me mettais à sortir de ma tête des balances imaginaires et je foutais tout sur leurs plateaux, d'un côté la perspective de n'être qu'une hôtesse charmante chaussée de bottes pour la boue et coiffée de bonnets à rabat pour lutter contre le froid permanent, à vingt kilomètres du premier village, écrasée par la solitude immense des montagnes et des couloirs hantés de la demeure, tu vois, finalement, la perspective de devenir une servante éternelle même si racée, même si classée au patrimoine, avec comme préoccupation première l'éclat de l'argenterie et la virginité des tapis pour égayer l'œil des bourgeois en week-end campagnard, et de l'autre ce monde que je ne connaissais pas encore mais que je fantasmais, un métier prestigieux dans une grande ville avec des boutiques, de beaux appartements contemporains, des cinémas des musées et des théâtres, des cafés pour aller bavarder après le travail avec les grands pontes du ciboulot, et un homme fascinant dans mon lit… Je pesais, et la Cendrillon enkiltée volait en éclats.

Et puis après ces quelques jours, nous repartions, encore plus loin, encore plus au nord, de l'autre côté du Royaume, encore une idée de mon père… On embarquait à Ullapool, tout là-haut, pour les Hébrides, l'île de Lewis, où nous avions la maison de la plage. Oui oui, celle-ci, celle que tu as tellement vue en photo. Dalbeg. Le cul du loup. Le plus bel endroit sur Terre.

Tu as vu les images de notre maison, ce cottage isolé, à quelques mètres de l'écume. Cette maison toute seule, comme menacée par la folie de la nature autour d'elle, par la colère de l'océan, par la déraison des couleurs. Elle semble si fragile et pourtant on sent sa sérénité, sa résistance tranquille, bien ancrée au bout du chemin de la plage, surveillée par les moutons et les fous de bassan, toute blanche, toute pure, loin des hommes et bien aise de l'être.

Mon père avait acheté la maison de la plage après un long séjour à Stornoway, quand j'avais quinze ans. Il avait été invité par le Lews Castle College des Hébrides pour un cursus de littérature et de langue gaéliques, car il n'y avait pas énormément de spécialistes dans le monde comme tu peux t'en douter, et durant les six mois de sa résidence il n'avait eu de cesse de parcourir l'île, pour approfondir sa spécialité mais aussi et surtout pour le plaisir. Et un jour, il avait découvert Dalbeg. La lune de sable d'or enchâssée dans les falaises du *machair*, sertie de ses rochers rouges, battue par l'océan qui, en venant lécher le rivage, s'habillait de brun, de bleu hystérique, de vert émeraude, de jaune paille, de terre de Sienne, bref, il en avait connu des rivages mais d'une telle splendeur, jamais, il nous avait raconté son émotion, les sanglots qui l'avaient secoué tout le temps de sa promenade, puis l'heure du départ comme un arrachement, pour mieux revenir le lendemain, et le surlendemain encore, tout son temps libre à Dalbeg, et tant pis pour les pierres dressées de Callanish un peu plus loin, tant pis pour les cercles druidiques d'Achmore, sa folie naissante l'avait ancré à Dalbeg et il devait y installer sa famille.

Il ne nous y a pas installés. Ma mère avait refusé à grands cris de tout plaquer pour aller vivre sur une île inhospitalière à l'extrême nord de l'Europe au milieu des moutons et des bateaux de pêche, changer de langue, abandonner les capitales, mais mon père a quand même acheté la maison de la plage. La seule maison. Le nombril du monde.

C'est pour te dire qu'on est toujours accrochés à quelque chose de fragile, une équation de hasards qui finira par nous déterminer. Mon père aurait pu ne pas être lié à ces terres-là par le sang et la profession ; il aurait pu, en étant plus fainéant, ne pas être ce spécialiste reconnu de sa matière qu'une université du cul du loup avait convié pour un semestre ; il aurait pu être raisonnable, et ne pas avoir cette sale habitude de tout faire sur des coups de tête et des idées farfelues ; il aurait pu, cette année-là, ne pas bifurquer sur le chemin de Dalbeg et s'enticher d'une autre maison, d'une autre plage ; il aurait pu tout simplement ne pas avoir l'argent disponible pour se payer sa bicoque. Mais vois comme les actes, même dictés par la dinguerie, des pères ont la faculté de se répercuter sur le destin des générations suivantes… La maison de Dalbeg, donc, notre lieu mythologique.

Mois d'août, nous partions nous y entasser. Ainsi que tu l'as vu sur les photos, à défaut de t'en souvenir, la plage de Dalbeg n'est pas, même au plus profond de l'été, le paradis des bronze-culs. Ce n'est pas une plage de baigneurs ; c'est une plage des débuts de l'humanité. C'est une planète lointaine et brute, c'est le monde qui fait sa petite affaire en s'entendant entre éléments, c'est l'eau le sable et la pierre et le vent qui fricotent dans leur coin, complotant certainement pour éloigner autant que faire se peut le bipède emmailloté. Quinze degrés à tout casser, la tempête la plupart du temps, le fracas des vagues comme bruitage immuable, et l'humidité, le linge qui ne sèche que par miracle, jusqu'au café dans les tasses qui prend une saveur salée tant la mer s'insinue partout. Et puis, exceptionnellement, une journée méditerranéenne vient exiger de l'eau qu'elle se calme et des falaises qu'elles se mettent à étinceler, et du sable qu'il exhibe ses couleurs folles, ce sable dur qui n'est jamais uni mais incisé de veines ressemblant à celles d'un corps humain, ou à des branchages tombés. Alors, dans un silence précieux, on peut entendre la rivière qui coupe la plage en deux rouler ses galets rouges comme un ruisseau de montagne, cette artère sanguinolente de fer fait pierre qui vient déverser l'eau du Loch Dhail Beag dans l'océan et qui nettoie les guirlandes de varech jusqu'à transformer leurs boules noires en perles d'anthracite.

Les quinze jours que nous passions à Dalbeg étaient un drôle de paradoxe entre enfer et paradis. Je crois que seuls des amoureux de la nature comme nous pouvaient supporter ce séjour, pour tout ce que je viens de dire, pour cette beauté rageuse et inhospitalière, et cette impression que nous partagions, tous les cinq, de profiter d'un privilège qui, par définition, n'était pas donné à n'importe qui. Un peu comme le type qui vient d'arriver au sommet de l'Everest et qui regarde autour de lui, épouvanté et orgueilleux d'être là, au cœur de quelque chose que si peu de pieds ont foulé qu'on pourrait même douter de son existence. Et pourtant, pour un instant, ça t'appartient.

L'intérieur de la maison, dont les fenêtres donnaient d'un côté sur la plage et de l'autre sur l'étendue moutonneuse – dans tous les sens du terme – du *machair*, était entièrement blanc. Une idée de ma mère, qui avait fini malgré ses réticences par tomber amoureuse. Un camaïeu de blanc, partout. Les murs, les rideaux, les jetés de canapé dans le living-room, les housses de couette, les coussins, les étagères, les abat-jour. Elle avait voulu développer un concept. La couleur était dehors, si changeante que parfois on en arrivait à ne pas croire que l'herbe soit verte et la mer bleue. Dedans, nous n'avions besoin que de lumière. On évoluait dans une piscine aveuglante, comme la fameuse lueur qui accueille les morts en route. Nos corps ressemblaient à des figurines de papier découpées et collées sur ce fond incolore. J'aimais ça. Tout semblait essentiel. Les seules couleurs qui accrochaient la rétine étaient celles des livres et des pots de crayons qui envahissaient l'espace, et le jaune vif de nos cirés pendus à la porte d'entrée. L'or liquide d'un Laphroaig ou d'un

Dalmore dans sa bouteille ornée d'une tête de cerf, seule petite fantaisie alcoolisée que se permettaient mes parents les soirs de tempête, au coin du feu, blottis dans la blancheur.

Les jours de déchaînement, nous restions dedans, il n'y avait rien d'autre à faire. Nous lisions, nous dessinions. Mes frères jouaient aux cartes. Je vernissais des galets pour leur rendre leur aspect mouillé et leur couleur d'origine. Les galets ne sont faits que pour être mouillés, sinon ce ne sont que des bouts de pierre. Aux beaux jours, nous tentions le bain d'eau ou de soleil, une entreprise héroïque, ou nous nous promenions sur notre demi-lune pour enfermer dans nos yeux ce petit Everest qui nous suivrait toute l'année au fond de nos rêves. Je prenais beaucoup de photos. Avec mes crayons, je recherchais la réalité de toutes ces textures mais c'était peine perdue. De temps en temps, nous allions nous ravitailler à Stornoway, on en profitait pour manger dans un des rares restaurants de la ville et pour flâner sur le port. Mon père se régalait à bavarder en gaélique avec les pêcheurs. Il découvrait toujours un mot qu'il ne connaissait pas ; il se faisait enseigner les noms des poissons et des outils. Il consignait tout sur un petit carnet.

Abrège, Martha.

Oui, pardon. Nous en étions à nous. Mais ne sois pas pressé, tout est lié. Le sable, le vent, les galets, le ruisseau de fer, tout est l'attache de notre histoire, tout est l'organe qui lui a donné la vie. C'était un jour d'ouragan. Un ouragan de mes vingt ans, sur la plage de Dalbeg. Nous étions pelotonnés dans notre blanc, nos plaids et nos pulls à torsades. C'était le milieu de l'après-midi, et le ciel était si coléreux qu'il avait fait tomber un voile sombre sur le jour. Je m'étais fait un café et, le mug à la main, j'étais allée le boire dehors, mes pieds bottés de jaune plongés dans le ruisseau pour entendre sa chanson. Et je ne sais pas pourquoi à un certain moment je me suis tournée vers la terre, et le chemin menant à la route. J'ai aperçu la moto qui descendait en direction de la petite aire de stationnement située juste avant notre clôture. Tiens, un visiteur pour mon père. C'est ce que j'ai songé en premier lieu. La moto s'est garée, le motard en est descendu, il avait l'air frigorifié malgré l'armure de son blouson, puis il a retiré son casque. De loin, très loin, j'ai vu les longues boucles voler dans la poussière et retomber sur les épaules du motard, une vision fugitive me faisant penser qu'il s'agissait peut-être d'une femme. Ah non, c'est un homme. Jeune. J'ai douté que ce fût une connaissance de mon père. Je l'ai observé, curieuse. Un touriste perdu ? Un visiteur averti ? Un local ? Un étranger ? Il s'est avancé sur le sentier, contournant notre maison pour se diriger droit vers la plage.

C'était toi.

C'était le garçon sans vert du pub de la Saint-Patrick de notre ville et de notre pays, de l'autre côté de la mer à l'extrémité d'un autre pays.

J'étais enracinée du bout de mes caoutchoucs jaunes dans une rivière d'or et de sang. Le ciel était noir. La maison, blanche, les moutons, sales. Le *machair*, phosphorescent. L'océan, indéterminé. Dans ma tête, une explosion psychédélique de couleurs, comme un flash d'acide, ce n'était pas possible, je devais rêver, confondre, m'embrouiller, avoir oublié, recréer au fil de mes désirs, ce ne pouvait pas être le garçon sans vert pour qui j'avais sollicité mes amies, que j'avais cherché dans des rues quotidiennes, deux pays plus bas, alors j'ai fermé les yeux, ce devait être tout simplement le fracas de la rivière qui me jouait des tours, j'avais peut-être chopé la fièvre dans toute cette humidité, puis je les ai rouverts, et c'était toujours toi.

Tu t'étais approché, sans me voir, peut-être n'avais-tu même pas fait attention à l'être humain qui se trouvait là, bouturé dans le ruisseau, et soudain ton visage s'est tourné vers moi, et quelques secondes plus tard il trahissait le même ébahissement que le mien.

Tu me l'as raconté par la suite, c'était exactement le même. La fille en vert. La rousse du pub. La pinceuse. Deux pays plus bas.

Nos corps qui s'aimantent. Et l'électricité statique de l'orage approchant n'y était pour rien.

Vous ici.

Je sais, c'est très con comme entrée en matière. Mais je t'ai dit : Vous ici, parce que ma langue était collée à mon palais et que j'étais brusquement devenue très stupide. Tu m'as répondu :

J'en ai fait du chemin pour me refaire pincer par vous.

On souriait comme des crétins. Bien sûr, dès la deuxième phrase, nous avons cessé de nous vouvoyer…

Tu étais parti faire le tour de l'Écosse à moto avec un certain Frank, comme on le fait quand on n'a pas vraiment le sens des réalités et qu'on ignore le climat de ce pays. Une tente sur le porte-bagages, un igloo plus précisément, qui depuis une semaine avait été tellement malmenée par le vent qu'il n'en restait plus grand-chose. Les déconvenues s'étaient accumulées : le froid, la pluie en continu, et pour couronner le tout, au nord de l'île de Skye, à Uig, la moto de Frank avait fini par planter. Il avait préféré écourter son voyage et se rapatrier. Tu voulais continuer malgré tout, pousser plus loin, vers les Hébrides, profitant que tu étais à Uig et qu'en un trait de ferry tu pouvais rejoindre Harris et Lewis. Ta moto était en pleine forme, toi aussi, tu avais grandi à la montagne et étais capable de tout supporter en matière de climat, quant à la démantibulation de la tente, qu'importe, tu trouverais certainement à te faire héberger. Tu voulais voir Callanish. C'était un rêve de gosse. Tu ne pouvais pas tout plaquer, si près du but, à cause de la moto de Frank.

Tu avais débarqué à Tarbert et tracé vers le nord, vers Lewis, bifurquant ensuite vers la côte ouest. À un certain moment, un moment T, tu t'étais retrouvé devant un croisement, appelons-le le croisement C. Tu en avais ignoré des centaines, de croisements, de petites routes insignifiantes qui ne t'avaient pas attiré, mais celle-ci, appelons-la la route R, celle qui descendait vers la plage de Dalbeg, tu l'avais prise. Sans y penser. Juste parce qu'elle était là. Et au bout de cette route, il y avait la fille en vert.

Il fallait que tu aies l'idée d'aller en Écosse avec Frank. Il fallait que tu aies l'idée d'aller jusqu'à Skye. Il fallait que la moto de Frank le pousse à déserter. Il fallait que tu aies l'idée de t'embarquer pour un monde perdu juste parce que depuis des années tu voulais voir un cercle de pierres dressées. Il fallait que quelque chose d'inconscient te fasse bifurquer vers la plage de Dalbeg, une drôle de conjonction entre l'instant T, le croisement C et la route R. Pour me trouver.

Je ne me souviens de rien, Martha.

Ça reviendra. Et puis même si ça ne revient pas ce n'est pas grave, je suis ta mémoire. Tu as juste besoin de savoir que nous deux, c'est une conjonction miraculeuse de T, de C et de R.

Prédestinés ?

On le serait à moins.

Bon sang, comment ne pas se souvenir de ça…

Tu te prends la tête entre les mains, tu la frappes de tes poings.

Ça m'attriste d'assister à ton désarroi. J'aimerais tellement que tu t'en souviennes, mais comment serait-ce possible, ça n'a jamais existé.

La maison de Dalbeg, puisqu'elle n'a jamais été à nous, juste un lieu admiré lors d'un voyage familial. Toi dans les Hébrides, puisqu'à aucun moment tu n'y as mis les pieds. Nous deux nous retrouvant sur cette plage, et nous reconnaissant, puisque les choses sont bien plus terre à terre, bien moins romanesques, nous nous étions tout simplement revus au pub, quelques jours après notre première rencontre, et séduits l'un l'autre avec nos gros sabots, un peu ivres.

Mais j'ai le pouvoir de créer les légendes.

Il s'est pomponné pour moi. Ou plutôt, puisque je doute que ce soit réellement pour moi, il s'est pomponné pour lui face à un autre être humain. Un jean, un T-shirt propre datant certainement de ses heures de gloire digitale, trop étroit sur l'embonpoint naissant. Il tente l'œil de velours mais l'iris est bien trop glaçant, glacé, pour faire illusion.

Parlez-moi de cette phrase, écrite au marqueur sur le mur de la scène de crime… De votre domicile, donc. *Si vous n'aimez pas le reflet, ne regardez pas dans le miroir*. L'aviez-vous écrite avant votre passage à l'acte ? Avant même de l'avoir prémédité ? Après ? Avec le corps démembré encore chaud dans votre lit ?

Non, elle était là depuis très longtemps.

À qui était-elle destinée ?

À moi-même.

Parlez-moi de ce reflet. Quand vous regardiez dans le miroir, voyiez-vous quelque chose d'agréable ?

Oui.

Précisez…

Je voyais la Beauté.

Avec un B majuscule ?

Je ne sais pas. Sûrement. Il y a une différence ?

Les majuscules font toujours la différence.

Je voyais ce que les autres voyaient. Un corps sublime. Un visage trop beau pour être vrai.

Trop beau pour être vrai… Y avait-il de la vie sous cette enveloppe ?

Y a-t-il de la vie sous une image de papier glacé ?

À vous de me le dire.

Dessous, il y avait…

Il cherche, en mordant sa lèvre modelée à l'acide hyaluronique. Je l'abandonne dans son silence. Il finira bien par trouver.

Dessous… Dessous, je ne sais pas. Il y avait peut-être quelque chose, mais je ne vois pas quoi.

Éric ?

Non, non. Éric, ce n'était que de la laideur.

Il cherche encore.

Rien.

Pardon ?

Il n'y avait rien. Je crois que j'avais fait en sorte qu'il n'y ait plus rien.

Pourquoi ?

Parce que c'est beaucoup plus simple. Parce que l'être humain est fait pour travailler à se débarrasser de la douleur. Vous n'avez jamais, vous, repoussé de toutes vos forces les douleurs, pour rétablir le vide, comme un appartement vide, comme une place vide, comme un cahier vide, comme un livre blanc ?

Il ne s'agit pas de moi.

Mais vous me comprenez, n'est-ce pas ?

Je ne suis pas là pour vous comprendre, mais pour que vous commenciez à vous comprendre, vous.

Alors je préfère arrêter tout de suite.

Pourquoi ?

Parce que ce serait insoutenable.

Aline Pélissier poste des emojis pleurnichards. Aline Pélissier meurt d'envie que la communauté connectée partage son chagrin, et fait cela avec art. Tout au long des deux mois qui se sont écoulés depuis que tu as retourné, dans un même élan, ta veste et tes neurones, elle a affiné sa technique de pêche à l'empathie, passant de l'insulte de poissonnière à la lamentation de pauvre petite victime mourante. Elle manie l'implicite, l'allusion détournée, l'ellipse et la litote. Il semble que son plus grand désir soit de recueillir le maximum de commentaires consternés, pour se créer une cour de camarades désolés. C'est ainsi que la foule apprend qu'Aline Pélissier n'a pas réussi à sortir de son lit, aujourd'hui, parce que le quotidien est insurmontable. Qu'Aline Pélissier ne parvient plus à se concentrer sur un livre ou un film parce que son cerveau est trop sollicité par la souffrance. Qu'Aline Pélissier voudrait partir très loin pour s'arracher aux souvenirs de sa dignité bafouée. Elle pousse parfois l'expédient littéraire jusqu'à l'épure : un nuage pluvieux, comme ceux que l'on trouve sur les sites de météo, suivis de trois lignes de points de suspension. Ça marche – la coquine. Le fil se déroule en un flot de commentaires tout aussi nébuleux, mais quantifiables.

Sa page Facebook ressemble à une cérémonie funèbre, de celles où on évoque le défunt du bout des lèvres, en branlant du chef sous le poids de l'affliction, sans pour autant le nommer ou s'attarder sur les détails de sa vie.

Les centaines d'amis d'Aline Pélissier, dont la plupart ne l'ont jamais vue à part en peinture, savent qu'elle a été plaquée comme une chienne abandonnée sur l'autoroute un jour de chassé-croisé entre juillettistes et aoûtiens, et constituent un chœur grec se frappant la poitrine à coups de faces de lune baignées de larmes.

J'ai passé tellement de temps à me mettre à la place d'Aline Pélissier, les mois précédents, faisant miennes les lèvres que tu embrassais, les oreilles dans lesquelles tu déversais des mots d'amour, les anfractuosités que tu comblais, que je joue encore à me glisser dans sa peau. Mais il y a quelque chose qui coince. Je ne comprends plus. Je ne comprends pas l'impudeur, celle-ci du moins. Je comprends, à la limite, l'exhibitionnisme enjoué des gamines, de ces natives digitales qui n'ont jamais connu autre chose que cette manière de se placer sous les feux de la rampe, en tout et pour tout, petites sœurs de Petit Narcisse ; elles n'y sont pour rien, elles sont tombées dans le chaudron dès leur naissance. Mais comment est-ce qu'une femme de plus de trente ans dont l'écrasante majorité de l'existence s'est déroulée sans ces outils, une de celles que les hommes trouvent intelligentes, une qui se dit cultivée, métier pas merdique et choses à faire dans la vie, en arrive à rendre communautaires les images de sa propre table d'autopsie ? Est-ce un statut social, si nouvellement apparu dans les rapports humains que moi, déjà trop vieille, je ne parviens pas à concevoir ? Regarde-moi, j'existe parce que je souffre, parce que ma déconvenue sentimentale fait de moi le personnage de roman que je ne serai jamais, au même titre que le plat de lasagnes que je partage. Écoute-moi, même si tu ne dois dialoguer avec mon désarroi qu'à coups de phrases primitives auxquelles seuls les stickers parviennent à imprimer un ton. Sujet verbe complément + petit chien qui chiale : compassion. Sujet verbe complément + démon grimaçant : indignation. + disque qui tire la langue : ironie. + cœur : exhortation au courage, allez ma belle, on est avec toi.

Sakura a décidé d'être un coryphée privilégié, ne hurlant pas avec les loups mais intervenant dans la conversation avec une dureté feutrée. Pas de stickers, pas de ces commentaires insignifiants lâchés comme des hoquets, par inadvertance, que je soupçonne d'être, eux aussi, une manière d'exister. Sakura, comme à son habitude, écrit. Il faut prendre son temps pour lire les propos de Sakura, ce poison sucré qui reste dans l'organisme pour le ronger progressivement. Ou bien, pour que la corruption soit encore plus sournoise, Sakura publie des photos sous forme de jeu de piste cruel.

Un gros plan du creux de ton cou, endormi au creux de notre lit après l'amour. Mes pieds entremêlés aux tiens, dans le moment de paix qui vient après la jouissance. Ton ombre, spectrale sur un pan de mur – toi ici, à jamais. Nos deux tasses de café sur la table. Nos sous-vêtements épousés en boule sur le sol, juste après que nous nous sommes épousés, nous, sur le même sol.

Car évidemment, ce n'est pas parce que la vie a repris sa logique originelle que Sakura s'est éclipsée. Le jour où j'ai demandé qu'on me la grave dans le dos, je me la suis attachée éternellement, courbant l'échine sous la puissance de son entreprise de destruction. Pendant que Martha travaille peu à peu à te reconstruire, Sakura achève de défaire Aline Pélissier.

Comment allez-vous, Monsieur Perotta ?

Très bien, et vous ?

Non, je veux dire : hormis l'absence de rhume ou de mal aux dents. Réellement. Là. Ici et maintenant, après ces quelques mois de détention.

Bof. On fait ce qu'on peut, dans ce trou à rats. Il faut composer avec le dénuement de la cellule.

Vous fréquentez toujours le gymnase ?

Ah, vous avez remarqué ? Je suis en train de reprendre ma forme initiale.

Ce disant, il soulève son T-shirt pour me présenter son abdomen avec le triomphe de la satisfaction. La chair est molle et blanche, comme un ventre de poisson. Je connais cette mollesse : c'est celle qui déforme les corps en cage, les corps de neuf mètres carrés. Pour avoir dialogué avec les surveillants, je sais que les choses n'ont pas évolué depuis le début de nos entretiens : Petit Narcisse refuse toujours de quitter sa cellule, et si on veut l'y obliger, il hurle et se débat avec le diable dans les yeux, à tel point qu'on ne peut revenir au calme qu'en lui administrant une poignée de pilules. Il n'y a que vers moi qu'il accepte de cheminer. Parce que moi, je ne suis pas un mastard en survêtement qui lui annonce, d'un geste du pouce sous la gorge, qu'il bouffera bientôt du psychopathe.

C'est la première fois que je demande un coup de main au personnel. Je me rends bien compte qu'il n'y a rien de très éthique dans cette démarche, je ne devrais compter que sur la parole du patient, et la mienne qui la guide comme une baguette de chef d'orchestre. Mais je sais que j'ai affaire à un menteur compulsif, et il me semble bon de pouvoir mettre la réalité dans la balance. La façon dont Petit Narcisse tricote ses mensonges me parle autant que le seul son de sa voix. Et puis, soyons honnêtes : ce type a besoin de moi comme une grenouille d'une Mobylette. S'il ne meurt pas en prison, il mourra au fond d'un hôpital psychiatrique, là où, en mon for intérieur, j'estime qu'est sa place. Il est flingué, comme bon nombre des mecs que je fréquente ici : comme Monsieur T., qui ne pouvait pas croiser une femme sans la massacrer à coups de poing parce qu'il était maraboutée et que les démons l'y exhortaient ; comme Monsieur A., qui ne m'aurait pas mangée, moi, parce qu'il m'avait mise dans une boîte avec de l'amour. Lors de son procès, Petit Narcisse avait invoqué la présence des voix dans sa tête. Tue. Tue cet homme entravé et consentant qui se tortille dans ton lit. Tue-le, c'est un espion. Ils sont partout. Ils nous écoutent. Il est des leurs ! Tue ! Cela n'avait convaincu personne, même s'il s'avérait que déjà, lors de son adolescence, Petit Narcisse avait été interné pour des bouffées délirantes. Les voix avaient bon dos. Tuer est une chose ; dépecer, se masturber avec un bras coupé et filmer le tout pour que le monde entier y assiste, c'en est une autre. D'autant plus avec cette jolie petite gueule-ci.

C'était vrai. Toutes proportions gardées, Petit Narcisse était beau, l'avait été du moins. Pas complètement naturellement, soit, mais cela suffisait à installer un malaise supplémentaire que personne ne lui avait pardonné. Être un assassin épouvantable, une bête sauvage barbouillée de sang, on l'accepte davantage d'êtres contrefaits, parce qu'il faut bien que chaque mythologie ait ses monstres. C'était beaucoup plus difficile à concevoir de la part d'un minet peroxydé au petit nez de marbre et à la couille fraîche. Par conséquent – c'est mon sentiment profond – l'effroi du jury populaire avait accueilli l'idée que Petit Narcisse méritait le jugement des hommes, et non pas la camisole de force. Il fallait un exemple cathartique.

C'est la raison pour laquelle je me sentais, ici, bien inutile. Et pourtant, Petit Narcisse commençait à me passionner. Je ne pouvais rien pour lui ; lui, il pouvait peut-être quelque chose pour moi. Car il me tendait un miroir. *Si vous n'aimez pas le reflet, ne regardez pas.* Je me regardais, contrainte et forcée. Et ce que je voyais ne me plaisait pas.

Qu'importe. Il ne s'agit pas de moi.

Bordel de Dieu, il ne s'agit pas de MOI.

Comment occupez-vous vos journées ? À part la gym ?

Je regarde la télé. C'est assez fascinant. J'y vois mes semblables. Je les trouve très beaux. J'en arrive à me dire que c'est cela qui me manque le plus, du dehors. Toutes ces stars qui ont un avenir, comme moi, avant. Ces gens qu'on filme et qu'on regarde. Ils ont le monde à leurs pieds.

Qu'est-ce que c'est pour vous, exactement, avoir le monde à ses pieds ?

C'est quand on vous déroule le tapis rouge. Quand le champagne coule à flots. Quand on ne peut pas sortir de chez soi sans escorte parce que des admirateurs hystériques se jettent sur vous. C'est les avions, les cocktails, les lunettes noires pour faire semblant de ne pas vouloir être reconnu. Tout le monde veut être reconnu. Les lunettes noires sont des mensonges éhontés.

Vous étiez des leurs ?

J'y étais presque.

Vous parlez bien sûr de toutes ces personnes sans compétences qui peuplent les plateaux de téléréalité…

Ce ne sont pas des gens sans compétences. Ils sont beaux. Les garçons ont des pectoraux en béton et les filles des seins énormes. Ils ont des looks formidables. Les gens se passionnent pour leurs propos, leurs chamailleries, même pour leur bêtise. On ne leur en demande pas plus. Juste occuper l'écran et déambuler. Être pris en charge au quotidien par des coiffeurs et des maquilleurs, dans des villas de luxe sous les palmiers. Pourquoi alors se casser le cul à apprendre un art, à répéter, à souffrir à l'étude ou à l'entraînement, quand on peut atteindre la même notoriété que Marilyn juste en se mettant en maillot et en bavardant sur un canapé ?

Mais la dignité ? Vous avez songé à la dignité ? Au fait que si une infime partie de la population, disons les adolescents désœuvrés, admire ces gens-là, le reste les trouve stupides et méprisables ? Ou tout simplement insignifiants ? Et au fait que cette notoriété dont vous parlez n'est qu'une question de mois, et qu'ils sont destinés à retomber dans l'anonymat aussi rapidement qu'ils ont été balancés dans la lumière ?

C'est comme la vie. La vie ça passe et personne ne s'en alarme.

Je crois que vous vous trompez. C'est justement le grand problème de l'existence, la vie qui passe.

Non, madame. Le problème, c'est de ne pas exister.

Nous deux, derrière le verrou, nos deux corps encore attachés, ta bouche dans mes cheveux.

Je crois que je me souviens de la fille en vert. Je me souviens des Beaux-Arts, des amis. Plus qu'un souvenir : ça a repris sa place. Mais je ne me souviens pas de l'île de Lewis. Il faudra y aller cet été.

Tu le sais, nous n'avons plus la maison. Mes frères et moi l'avons vendue à la mort de nos parents.

Juste pour passer devant. Les photos ne m'aident pas. J'ai besoin d'être plongé dedans. Peut-être que tous ces bruits dont tu me parles feront réaffleurer les souvenirs. Et les couleurs… Elles me guériront certainement, les couleurs. Je crois avoir compris que ma vie entière est une histoire de couleurs… Dans ma tête, il y a tout jusqu'à notre rencontre au pub, mais c'est confus, je me revois des mois plus tard en train de t'embrasser dans ce même pub, avec comme un goût de première fois. Puis il y a tout le reste. Nous deux comme deux perruches inséparables, nous installant ensemble, mon cœur tout dingue de toi, l'incroyable de l'amour, les copains, les études, les fêtes. Tout ça c'est clair. Mais il y a un trou qui reste. Les Hébrides, Dalbeg : rien.

J'essaie de ne pas me tendre. Tu es si serré contre moi que je m'interdis de tressaillir. Les choses sont en marche. L'ombre commence à cheminer vers notre lit.

Pourtant tu m'as dit que tu revoyais Édimbourg, Tu te souviens très bien de cette voie ferrée sublime entre Glasgow et Fort Willliam. Et la dernière fois, tu t'es parfaitement revu lors de nos excursions sur l'île de Skye.

Oui, c'est vrai. Comme si c'était hier.

Tu vois ? Pas de panique. C'est peut-être parce que le lieu est beaucoup trop imprégné de sentiments qui déroutent encore par leur puissance.

Il n'y a pas que ça. Il y a plein de choses dont tu me parles et qui me semblent immatérielles, comme des histoires qu'on aurait lues dans des livres. Qu'on peut concevoir, qui sont familières mais qu'on sait n'avoir jamais vécues.

Raph, détends-toi. Qu'importe. La vie est devant.

C'est que je me sens handicapé.

Tu ne l'es pas. Tu es là, tout entier, avec nous.

Aujourd'hui je veux retourner à l'atelier. Je veux voir mes tableaux. Viens avec moi.

Je me tortille et me déclipse de tes bras. Oui, je t'accompagnerai dans ces retrouvailles avec ta peinture, inquiète, sur le qui-vive. Quoi de plus réfléchissant que ta peinture, cet endroit particulier où depuis plusieurs décennies tu traduis l'impalpable qui te traverse, cet endroit où, bon sang je m'en rends compte soudain, Elle se tient peut-être, visible seulement à tes yeux, silhouette griffonnée à l'encre sympathique attendant que tu la regardes pour éclore en pleine lumière. J'ai eu tellement à faire pour le reformatage, jonglant avec des programmes informatiques et des reconfigurations, pénétrant dans des intelligences artificielles vicieuses – *redrum redrum redrum* – que j'en avais perdu de vue l'humain, le concret, le séculaire : la pièce secrète. Celle dont on n'a pas la clé et qui renferme peut-être les épouses équarries.

Ma main, encourageante, serre la tienne. Puis tout à coup je la retire – mais quel est ce geste idiot, imprégné de mes propres angoisses ? Toi, tu souris. Tu t'apprêtes à ouvrir la porte sur cette réalité enthousiasmante qu'est le retour vers un toi à redécouvrir.

Je n'avais plus mis les pieds à l'atelier depuis des mois, voire des années, j'ai perdu le compte. D'abord excitée par l'acquisition du lieu, dix ans auparavant, j'y avais traîné mes guêtres, heureuse de voir ton travail, mais discrètement, parce que tu aimais de moins en moins un regard extérieur sur les œuvres en création. Le *work in progress* était devenu très à la mode : cela t'était insupportable. Puis Alex, et les journées tirées au cordeau, m'avaient éloignée de l'endroit. C'était ta bulle, ton sas, ta respiration privée. Un accord tacite s'était dessiné avec le temps : de même que je ne t'aurais pas convié à mes colloques, je m'étais faite absente de ton antre.

Était-ce ça, la fameuse bifurcation de nos vies dont tu avais parlé le soir de l'écroulement ? Avais-tu été secrètement déçu que je ne m'impose plus, comme une preuve de mon implication totale et passionnée dans ton travail ?

Le local s'ouvre sous ton trousseau et nous clignons des yeux dans la lumière, si franche malgré les stores. Me voici en train de me battre contre une nouvelle envie de pleurer : l'as-tu emmenée ici, pour remplacer le corps de femme qui n'y venait plus ? Lui as-tu écarté les cuisses sur ce vieux sofa destiné aux microsiestes et aux épuisements ? Lui as-tu, un jour, demandé de poser pour le plaisir de la croquer ? L'as-tu croquée, d'ailleurs ? Croqué les traits de son museau ? Croqué sa nudité agressive ? Croqué ses intimités en les consacrant comme origines du monde ? L'as-tu immortalisée du fusain ou de l'appareil photo, dans des poses sages – beauté de la personne que j'aime – ou parfaitement indécentes – jeu de l'amant explorateur – comme tu l'avais tellement fait avec moi ?

Cette main qui vient de lâcher la tienne est comme l'exhortation que l'on fait à un enfant qui se lance pour ses premiers pas. C'est pousser quelqu'un vers l'avenir. Je regarde cette fébrilité qui avance sur tes jambes, ce bonjour que tu accueilles de la part de ta matière. L'atelier est tel que je l'avais abandonné à la naissance d'Alex : révélateur d'un désordre que tu ne laisses pas paraître dans ta petite organisation maniaque à la maison. Ici, c'est le chaos. Les murs où tu fixes les toiles sont éclaboussés de couleurs qui, avec le temps, ont fini par se mêler de façon inquiétante, dénuée d'harmonie. Les bidons de peinture coulent dans les coins. La vieille porte que tu as posée sur des tréteaux pour faire office d'établis croule sous les pots de crayons, de pinceaux, de feutres et de divers matériaux de récupération. Je plisse le nez, comme je l'avais toujours fait, sous l'odeur chimique qui nous saisit dès que l'on entre. Ensuite, on s'y habitue. Comme moi à la prison. Tout d'abord l'insupportable de la puanteur, puis le cerveau accepte et oublie.

Adossés contre la paroi du fond patientent les tableaux achevés, ceux qui n'ont pas trouvé preneur lors des expositions, ou ceux qui sont en attente d'accrochage. C'est vers eux que tu te diriges. La main légèrement hésitante, comme le plongeur qui retient son corps déjà arqué une fraction de seconde avant de se lancer dans le vide, tu retires le vieux rideau qui les recouvre. Cape de torero souillée de peinture, il claque dans la lumière en faisant voler la poussière, livrant à nos regards un paysage de cadres de différentes dimensions, depuis l'immense panneau jusqu'au médaillon plus modeste. Tu t'agenouilles, on dirait que tu t'apprêtes à prier, mais ce n'est pas cela bien sûr, c'est toi qui t'abaisses à leur niveau, qui te fais tout humble devant leur puissance, et tu tends la main pour les toucher.

Tu rayonnes. Moi, je pleure, enfin. Tes retrouvailles avec nos murs, nos meubles, ton enfant, avec ta conviction de ton amour pour moi, avaient été un bouleversement intense ; mais il y a quelque chose de plus dévastateur encore à te voir reprendre le contact avec ton art perdu, et je ne sais pas, à cette seconde précise, si en toi se déploie le soulagement de tout retrouver tel quel, tel que ton âme, ou l'ébahissement de recevoir l'inconnu.

Cette expression là, je l'ai déjà vue, tu avais la même en découvrant le visage d'Alex le jour de sa naissance, l'évidence, tu te souviens ? Oui c'est bien lui, c'est évident, il n'y a même pas besoin d'une rencontre recueillie, d'un moment pour s'habituer, il était là depuis si longtemps, il avait juste pris un peu congé de l'existence pour se laisser créer, mais on le connaît depuis toujours et il vient de rentrer au bercail. L'évidence. C'est bien le mot. Tu regardes tes tableaux, l'un après l'autre, faisant coulisser devant toi chaque panneau, prenant le temps pour saluer chacune de ces images qui avaient juste pris congé et qui rentrent sereinement l'une après l'autre à la maison, et l'évidence encore se dessine dans tes yeux. Si fort que j'en ai peur. J'ai peur que tu fasses le lien avec une période maudite.

Bordel de Dieu.

Quoi ?

Je me souviens de chaque mouvement de ma main sur ces toiles. De chaque atermoiement, de chaque repentir. Je pourrais encore te dire quelle musique accompagnait le moindre centimètre carré de couleur. Je me revois en train de tirer les photos pour les collages. De découper, d'organiser, de composer.

C'est formidable. On a eu raison de venir.

Ma voix tremble.

C'est juste…

Juste ?

Que je ne sais plus pourquoi.

Tu t'es retourné vers moi, cherchant des réponses. Le jour vient de décliner ; la lumière qui se retire de la pièce emporte avec elle ce qui brillait dans ton regard, ou bien n'est-ce qu'une illusion d'optique, qu'une question d'angle.

Je ne comprends pas le but. Ce qui m'animait. Le processus. L'intention. Je ne sais plus. C'est le travail de quelqu'un d'autre. J'ai l'impression que c'est un autre que moi qui a fait ça. Un Ghost Painter. Ma main, seulement ma main. Je ne sais plus où est passée ma tête. Une chose, seulement. Je ressens une seule chose. C'est qu'il y avait beaucoup de tristesse à ce moment-là. Un deuil intense.

Je me blottis contre toi, mon bras passé autour de tes épaules, mon visage enfoui dans tes cheveux. Je ne dois compter que sur le silence.

Martha, qu'est-ce que j'ai perdu ces derniers temps ?

Rien, mon amour. Tu n'as rien perdu. C'est juste le temps qui passe. C'est la tristesse du temps qui passe et de nous qui grandissons.

Aline Pélissier a changé les paramètres de son profil. Dorénavant, elle s'appelle Miss Aline.

Sakura aime ça. Enfin. Virtuellement. Car Sakura trouve ça banal, ringard et galvaudé.

Miss Aline a changé la photo de son profil. La demoiselle est à présent concrétisée par un cliché de coucher de soleil. Sakura ricane. Je t'en foutrai, du déclin. Moufle.

Mais Miss Aline, malgré son nouveau nom, malgré son crépuscule, continue à poster ses pleurnicheries racoleuses. Miss Aline est devenue, en deux mois, un nombril gigantesque, l'entonnoir de son propre ego, avec une obsession qui frise la dinguerie.

Je sais, ma belle, je connais ça. Je sais combien la douleur pilonne du lever au coucher, je sais la déchirure comme une ouverture chirurgicale qui ne se referme jamais, et le suintement, et les morphines invisibles qui ne font jamais effet. Je sais un être qui s'éteint et les gesticulations vaines pour tenter de le rallumer. Je sais tout du vide, moi. Je t'en plaindrais presque.

Plaindre quelqu'un est une brèche miraculeuse pour lui faire encore plus mal. La fausse compassion, l'empathie de théâtre, le choix des mots en exécution capitale, avec subtilité, est un vice délicieux.

Sakura parcourt la littérature de Miss Aline en s'émerveillant de ce que deux personnes qui ne se sont jamais vues puissent se suturer l'une à l'autre, ironie du destin, de façon que l'ascension de l'une, parce que la nature a horreur du vide, provoque la décadence de l'autre. Un tape-cul humain. Tu montes, je descends. Tu chatouilles les nuages de ta langue insatiable, je m'enterre vivante. Je me recatapulte au paradis, tu te retrouves, prostrée, sur les rives du Styx. Je te ferais bien passer de l'autre côté, à grands coups de pied dans le derche.

Non. Moins violemment, moins vulgairement. Avec classe et dignité. La légendaire classe de Martha, l'éternelle dignité de Martha, la perversité de Sakura.

Qui ne peut résister aujourd'hui au message privé. Tout comme elle avait osé pénétrer dans ma bulle un jour, en m'envoyant une missive personnelle, voici que j'entre chez elle sur mes stilettos de velours.

Coucou Miss Aline. Ça n'a pas l'air d'aller très fort. Je viens aux nouvelles. Si tu as envie de parler, n'hésite pas.

Je suis tellement malheureuse que je pourrais en mourir.

Voyons voyons... On ne meurt pas si facilement... Dis-moi tout ? Peines de cœur ?

Je reçois un disque verdâtre aux larmes dégoulinant en cascade.

C'est bien ça alors... Le prince charmant dont tu parlais ? Ce miracle soufflé à une autre femme à coups d'épices et de ronrons ?

Tu es dure !

Moi ? Oh pardon. Je ne disais pas ça pour dénigrer ta position, je suis de tout cœur avec toi, mais parce que j'ai cru comprendre qu'il s'était mal comporté.

Je me corrige : *Qu'Il (majuscule) s'était mal comporté.*

Il ne veut même plus me voir !

Tu as donc été si vilaine ? (*smiley smiley smiley* à l'œil cligné)

Il est retourné chez sa femme. Putain ! Quand je pense que j'ai cru à ses salades pendant plus de quatre mois ! Est-ce que tu sais ce que c'est, des mots d'amour vingt-quatre heures sur vingt-quatre, des rendez-vous parce qu'on n'en peut plus de vivre sans être ensemble, et cette victoire de leur séparation, et le bonheur fou de s'installer ensemble ?

Oui, je sais ce que c'est. Je l'ai.

En fait, ce n'était que du vent, des mots !

Il faut toujours se méfier des mots. Il n'y a rien de plus facile que le bavardage. Tu ne t'es pas méfiée ?

Il me semblait tellement droit, tellement entier... Ce qu'il disait était tellement justifié... La fin de son amour pour elle, le désir de recommencer une nouvelle vie avec enfin la femme qu'il lui fallait et qu'il lui avait toujours fallu, l'ébranlement que j'étais pour lui... Comment est-ce que ça peut disparaître du jour au lendemain ?

Je comprends. Tu t'es sentie... mise à la poubelle.

Oui !

Trahie.

Oui.

Humiliée.

Oui...

Jouet pour chien en attendant la pâtée.

Bon.

Incapable de faire le poids, merde infime, boute-en-train. Fluffer.

Points de suspension qui ondulent. Non, ma belle, je ne te donne plus la parole. J'embraye.

Bien sûr, je comprends. Tu étais devenue une princesse lumineuse, une déesse incontestée, avec en sus la satisfaction toute personnelle de l'avoir pris à une autre, parce que ça te grandissait encore plus. Tu as même dû songer que tu étais un peu enchanteresse, un être irrésistible qui sait détourner les destins d'un regard de biche. Et puis soudain, le noir. L'ampoule qui grille. La citrouille qui s'affaisse mollement sur la route parce que les roues se sont dématérialisées. Tu as cru ton cul devenu une inspiration pour poète, et maintenant tu le vois comme un réservoir crasseux. Oh, comme je te comprends… Oui, effectivement, il y a de quoi toucher le fond… Mais il faut résister, ma chérie. Il faut renaître. Ce ne sont pas ces sales types qui peuvent nous abattre, n'est-ce pas ?

Les points de suspension continuent à se trémousser. J'attends.

J'attends encore. Les points disparaissent. Ça pleure peut-être, au-dessus de l'autre clavier.

Il faut peut-être aussi te demander ce que tu espérais apporter de plus que l'autre… Tu sais, les hommes qui quittent leur femme du jour au lendemain, parfois, c'est surtout une question d'ego. Un besoin de se faire chatouiller le poireau par une créature toute neuve, pour changer de paysage, avoir l'impression de voyager, ou de savoir séduire encore. Mais l'amour, le vrai, ça, c'est une autre histoire. Tu t'es fait avoir comme une bleue… Rhôôô, vraiment, vraiment, je compatis…

Bon, je me déconnecte, mon homme nous a préparé un dîner en amoureux, je vais me faire belle. À plus !

Et je conclus d'un petit chien hideux sautillant d'allégresse dans une apothéose de fleurs.

J'en conviens, ce n'était peut-être pas très élégant. Mais l'idée qu'au fin fond du cloud mon assassine était sûrement en train de ressasser l'insignifiance de son être actuel venait de me donner une folle envie de faire la fête.

Parlez-moi du vide, Monsieur Perotta.

Lequel ?

Le vide d'Éric. Celui que vous avez essayé de remplir avec les illusions, les frasques et le meurtre.

Vous n'y allez pas par quatre chemins.

C'est que le temps presse. Et puis je ne vous apprends rien. On va gentiment remiser les pantoufles et y aller enfin avec nos gros sabots. Ça fait des heures et des heures, des jours et des jours, que j'essaie de vous faire parler de votre vide et vous me répondez par la comédie de l'autosatisfaction. On n'avance pas.

Je n'y suis pas obligé.

Moi non plus. Écoutez, c'est vous qui avez exprimé le désir d'aller mieux. Moi, tout va bien. Je n'ai pas encore massacré qui que ce soit ni bouffé ses couilles aux petits légumes, alors on va essayer d'être honnête l'un envers l'autre.

Que voulez-vous que je vous dise ?

Le vide, Éric. La non-existence. Celle qui vous a poussé vers la chirurgie esthétique alors que vous n'étiez encore qu'un enfant. Cette conviction que vous avez qu'on n'est quelqu'un que sur un écran, dans un simulacre de vie publique et grâce aux détails de son enveloppe corporelle.

C'est vous qui faites un jugement de valeur. Votre ton est méprisant. Avez-vous l'impression d'être plus vivante que moi ?

Il ne s'agit pas de MOI.

Si si. Vous pontifiez, vous pontifiez. Je le sens à votre voix, à votre irritation. Pour vous, je ne suis qu'un pauvre taré lamentable.

Je n'ai jamais dit ça. Et puis, vous n'êtes pas plus délicieusement dingue que tous les autres que je vois ici. Si c'est une nouvelle gloriole que vous attendez, permettez-moi de vous le dire, vous vous posez un peu là en matière d'éclat.

Regardez-vous ! Regardez-vous, madame le docteur ! Vous êtes belle comme un cœur, vous en avez dans la tronche, vous avez le pas assuré qui claque sur le sol comme des balles, vous vous présentez devant moi sanglée dans un Burberry sublime que vous avez spécialement choisi ce matin dans votre dressing parce qu'il est la caution de votre sérieux, de votre compétence et de votre place dans la société, l'ondulation de votre chevelure colorée ne souffre pas d'un seul faux pli, votre fond de teint est parfaitement indécelable, vous êtes travaillée, apprêtée, fausse de la tête aux pieds au même titre que moi, et vous voulez me faire culpabiliser d'avoir, comme tout le monde sur cette Terre, prêté une attention particulière à mon image ?

Il ne s'agit pas de MOI.

Mais oui, il s'agit de vous comme de moi comme des autres. Il s'agit qu'on nous a posés là un jour en nous faisant croire qu'on nous attendait, mais c'était un mensonge depuis le début, car notre unique fonction ici-bas est d'être une chiure de mouche parmi des milliards d'autres chiures de mouches, une chiure de mouche pas trop encombrante surtout, elles doivent bien rester à leur place les chiures, alors pour vous faire rester à votre place on fait semblant de vous éduquer, la famille, l'école blablabla, abus de pouvoir sur abus de pouvoir, surtout ne pas faire de vagues, grandir en silence vivre en silence et enfin crever en silence, on veut nous faire croire que c'est ça exister. Eh bien non, moi je ne l'ai pas voulue la vie de chiure, est-ce que vous savez au moins ce que c'est la vie de chiure, avec votre joli petit manteau et votre joli diplôme et votre jolie bouche en colère, naître comme une merde avec le mensonge au cul, pousser comme une merde avec de moins en moins de mensonges polis pour justifier votre existence, parce que quand vous êtes tout gosse on vous sourit un peu pour vous faire gober que vous servez à quelque chose, puis en grandissant c'est fini tout ça, vous devenez un objet interchangeable, vous pouvez être là ou pas là tout le monde s'en fout, il y a juste un moment où votre présence a de l'importance, c'est quand on peut vous taper sur la gueule ou vous fourrer sa bite dans la bouche.

Vous êtes incohérent, Monsieur Perotta. Calmez-vous.

Vous avez des enfants, madame ? Est-ce que vous avez des enfants ?

Il ne s'agit pas de moi.

Vous avez des enfants, c'est sûr. Il y a un scoubidou accroché au zip de votre sac à main. Vous avez des enfants et je suis persuadé que vous les réveillez le matin avec des tas de mots gentils, et des petits noms à la con comme mon lapin mon chaton ma pupuce, vous les regardez pendant qu'ils croquent leur biscuit en songeant qu'il n'y a rien de plus beau que ce petit connard qui croque son biscuit, vous savez, moi, comment mes parents m'ont appelé tant que j'ai vécu dans leur entourage ? Toi. Jamais Éric, encore moins mon chaton, juste Toi. Toi, viens ici. Toi, dégage. Toi, ferme ta gueule. Et je ne vous parle pas du reste des adultes qui ont eu autorité sur moi, parce qu'il a aussi fallu que j'entende : Toi, suce-moi. Vos enfants ont des prénoms, vous, vous avez un prénom, moi je suis Toi. Je suis Toi. Alors quelle importance de mettre sur le papier Éric, ou Lucas, ou Théo, ou Geoffroy. Dans le miroir, seulement Toi, l'autre. Vous voulez que je vous parle du vide ? Retenez-le, le nom du vide. Toi.

Regarde-moi, Raph. Qu'est-ce que tu vois ?

Une femme floue qui est la mienne et que j'aime avec surprise.

Pourquoi tu m'aimes ?

Parce que tu m'as dit que je t'aimais depuis tellement de temps. Alors je te crois.

Tu ris. Tu me serres, mais je t'échappe. Je ne trouve pas ça drôle. J'ai décelé tant de mauvaises choses dans le miroir.

Mais maintenant ? Est-ce que tu as vraiment ton cœur qui explose pour moi ou est-ce que tu t'es juste rangé tel un nouveau-né confiant à ce que je t'ai raconté ?

Martha, tu es bizarre. Tout s'est bien passé aujourd'hui ?

J'en sais rien. Je suis sur un cas difficile. Je suis fatiguée.

Viens là

Tu forces un peu sur ma rigidité cadavérique pour me déplier, m'allonger, m'exhorter au repos. Ta caresse est comme un massage bienfaisant, et je m'étonne, comment un homme qui a pu être, il y a seulement quelques mois, d'une cruauté dépassant l'entendement, peut-il se montrer si rassurant, si entièrement tourné vers mon bien-être ? Notre route finie. Ta vieillesse, ma sage branche. Ta chair froide et celle de l'autre, comme une coulée de lave. Non, bien sûr, c'est que tu as oublié…

Martha… Tu as l'air plus inquiète pour moi que je ne le suis pour nous. Je ne souffre pas de mon black-out. J'aurais presque tendance à le prendre comme un petit brin de ménage. Si j'ai oublié certaines choses, alors que d'autres me reviennent, c'est peut-être parce qu'elles ne me servent à rien. Même Dalbeg, notre mythe fondateur. Si je ne m'en souviens pas, j'imagine que c'est parce que j'ai sélectionné le plus important. Nous après. Tout le reste de l'amour. Je ne veux pas que ça te tourmente. Ça n'a rien à voir avec toi.

Tes baisers comme des cailloux étincelants qu'on dépose sur un chemin.

Oui, Raph.

Je me suis endormi et je me suis réveillé dans un paradis inespéré. Oui, ça a été très déroutant au début. Je ne te connaissais plus. J'ai eu du mal à connaître Alex. Mais je m'en fous. Vous êtes là et vous êtes à moi. Je ne veux rien d'autre.

Ce sont les tourments de mes nouveaux jours. Depuis la redécouverte de ta peinture et le creux au ventre qu'elle t'a fait retrouver, j'ai peur que tu débusques la supercherie. Alors je te sonde. Je pousse même le zèle, certains soirs, à te faire asseoir à mes côtés devant une feuille de papier, avec comme excuse de faire marcher ta tête. Je suis impérieuse – allez, Raph, le cerveau c'est comme les tablettes de chocolat, ça se muscle – et j'impose mon aura de psychologue pour te pousser à me parler. Tu t'y plies parfois de mauvaise grâce – Martha, tout va bien – puis tu finis par céder, moqueur, parce que tu aimes bien que je m'occupe de toi.

Le papier, le stylo, la frise chronologique.

À ce moment-là, une semaine après tes tableaux, quelques jours après le pas de géant dans le travail avec Petit Narcisse, c'est là que nous en sommes : une clarté quasiment totale tout au long de ton enfance et de ton adolescence, ni plus aiguë ni plus imprécise que tout le monde, sous forme de long ruban effiloché. Le lycée, le bac, les Beaux-Arts, la vie de bamboche de l'étudiant insouciant, parfaitement fixés. Nous, le pub, la fille en vert et le garçon sans, tout y est. Les Hébrides n'y sont pas, bien sûr. Mais comme tu as vu un nombre incalculable de photos de Dalbeg et de sa folie chromatique, tu continues à y croire, à confondre vrais souvenirs et souvenirs induits – oui oui, je me le rappelle, il y avait des oies sur le chemin, et une brebis avec ses deux petits, quand on passait elle nous observait avec un air doux et inquiet, on lui disait Ne t'en fais pas ma belle, on ne va pas faire de mal à tes agneaux, on les regarde juste parce qu'ils sont tellement beaux. Oui Raph, c'est ça, la brebis et les agneaux. Mais nous, alors ? Nous ? On tombait amoureux. On faisait connaissance. Mon père avait bien voulu que tu restes trois jours parmi nous, il aurait été inconscient de te laisser planter ta tente sous un climat pareil, alors on t'avait ouvert le canapé du salon. Oui oui, mon père était comme ça, il ouvrait sa porte à un parfait inconnu, n'oublie pas qu'il était fantaisiste, et puis va, tu nous avais tous séduits avec ta belle gueule à la Jim Morrison, et cette sérénité qu'ont les artistes, cette sérénité faite de vagues soucieuses. Nous dessinions tous les deux et on passait un temps précieux à regarder l'océan, à escalader les rochers, on rentrait au cottage trempés de la tête aux pieds et on se réchauffait au coin du feu dans cet univers blanc inventé par ma mère, on faisait une foule de trucs perchés sur notre nuage, mais on ne se touchait pas. Puis tu es parti, en me donnant rendez-vous, à mon retour, dans notre pub.

Oui, oui. On s'y est retrouvés et on s'est fougueusement embrassés. Et le soir même j'ai posé mes valises chez toi.

Les amis. Allez, Raph, la liste. Les amis de nos années d'études. Ceux qui sont restés, ceux qu'on a perdus, ceux avec qui on s'est brouillés, les indésirables qui nous collaient aux basques, ceux qui sont morts.

Tu écris. Ils sont tous là.

Nos coups durs. Nos deuils.

Tu écris.

Nos appartements.

Sans fautes.

Nos voyages. Allez. Au boulot.

Irlande – Rome – Venise – Lisbonne – New York – Espagne – Grèce – Prague – Suède – Angleterre.

On y est, Raph, on y est. Le dernier ?

Écosse. Mais pas les îles. Édimbourg, Glasgow. Et le super trip dans le Shropshire, au retour.

La date ?

Fuck.

Alex né ou pas ?

Non. Putain ! Plus de huit ans alors ?

Dix.

Voilà. C'est ça qui m'embrouille. C'est le temps. Et puis plus rien, tu es sûre ?

Seulement des séjours balnéaires. On a loué plusieurs années d'affilée une maison sur la plage, dans les Cyclades. Tu te souviens de la maison de la plage ?

Pas plus que celle de Dalbeg.

Je soupire, feignant le découragement alors que c'est un soulagement. Si tu as oublié l'été dernier, nous sommes sur la bonne voie. Nous sommes très loin d'Alien.

J'ai épluché les sites qui parlent de moi, figure-toi. Ça m'a fait très bizarre. Finalement, les gens aiment mon travail… Mais je serais incapable de me souvenir des expos auxquelles ils font allusion. Pourtant, ça a dû me tenir à cœur.

Quels sites ?

Les fils d'actualité, les blogs. En bref, j'ai saisi « Raphaël Delombre » sur Google, et j'ai laissé venir.

Les blogs…

Tu savais qu'un de mes triptyques avait été acheté par une grande galerie new-yorkaise ?

Ben, évidemment.

Et que, si j'ai bien lu, je devrais être à Montréal dans six mois ?

Pareil.

Mes tableaux, c'est comme toi. C'est la révélation soudaine, après un long sommeil, que je suis un privilégié de l'existence. C'est la satisfaction de se réveiller avec l'étonnement d'être le plus veinard des hommes. Aux innocents les mains pleines.

Et tu ne peux pas savoir à quel point cette phrase me déchire.

Cette nuit-là, tu as crié. Tellement fort que par instinct – ne pas réveiller Alex à côté – je me suis violemment retournée vers toi pour te cogner. Tu étais blême. Les yeux fous, dans le noir approximatif de notre chambre, tu as balbutié.

Martha, est-ce que tu m'as quitté, un jour ?

Mais enfin non, Raph, non, jamais. Qu'est-ce qui te prend ?

Parce que j'ai fait un rêve. Moi tout seul. Une vie sans toi. Un vide terrible. Une sensation de mourir. Et c'était tellement réel… La fin, Martha. J'ai rêvé de la fin.

Un beau jour, vous vous êtes mis à faire du mal. Les chatons. Vous n'aviez pas accompli d'actes sadiques auparavant, dans l'enfance, comme beaucoup d'autres. Ça vous est venu d'une façon tardive, brutale, et très particulière. Vous avez filmé vos actes de torture sur ces pauvres bêtes pour les balancer sous les yeux de la multitude.

C'est plus radical pour se faire reconnaître qu'écrire un bon bouquin ou savoir chanter comme un dieu.

Mais c'est gratuit et inutile. C'est lâche et médiocre. Quel plaisir peut-on prendre à apparaître publiquement comme un sous-homme ?

Ah. Madame s'est encore levée du bon pied, à ce que je vois.

Il ne s'agit pas de moi. Les chatons.

Un apéritif, madame. L'envie de tuer était déjà si impérieusement là, il fallait bien que je trouve quoi.

Vous employez une formule neutre de chosification. *Quoi.* Et non pas *qui*.

Ah parce que pour vous les animaux sont des êtres humains ?

Votre phrase est absurde. Nous parlons d'êtres vivants, à défaut d'êtres humains. Mais ce que vous avez dit juste avant est très intéressant. Est-ce que ce *quoi* se rapporte également à votre victime humaine ?

Sûrement. Sûrement.

Était-il une chose ?

Il était un médium.

Un médium pour votre désir de tuer ou pour votre désir d'apparaître ?

Et si nous parlions de mon désir tout court ?

Et si nous cessions de jouer sur les mots ?

OK. Les chatons. J'ai pris des chatons, j'aurais pu prendre des chinchillas ou des ratons laveurs. Ce que j'avais sous la main, en somme. Ces belles petites choses si douces qui te regardent avec leurs yeux mouillés et implorants pendant que tu les mets à mort.

Qu'avez-vous éprouvé ?

Rien. Quelle question. C'est abyssal, le vide du non-épr… non-éprouv… éprouvement ? Ne rien sentir, hormis une sourde jouissance, être pour une fois présent à soi-même, accroché à l'immédiat comme un enfant qui tète, ne rien sentir de grave, ni de l'ordre de la compassion ni de l'ordre de la peur, le vide donc, comme celui qui… remplissait… ? Mais merde oui, le vide ce n'est pas uniquement quelque chose de remplissable, c'est aussi quelque chose de remplissant, de déployé, ça fout le bien-être à l'intérieur, après toute la merde, un moment de repos… Je disais, comme le vide qui remplissait ceux qui m'ont torturé, quand moi je les regardais exactement comme ces putains de chatons, avec mes yeux pleins d'adoration épouvantée et de supplication, est-ce qu'ils éprouvaient quelque chose, eux, quand ils me tapaient sur la gueule ou qu'ils me défonçaient le fion, ALLEZ VIENS LÀ TOI, est-ce qu'il y avait autre chose en eux que le vide absolu du côté du cerveau et l'ivresse de la toute-puissance du côté des tripes, alors oui, les chatons. Vous me suivez. Hein. L'inversion des rôles. Les chatons, c'était moi. Et moi, pour une fois, j'étais le tout-puissant. Même chose avec Li-Peng. C'est tombé sur lui, pas de bol, ça aurait pu être n'importe quoi d'autre. Vous ne me demandez pas pourquoi les vidéos ?

Non merci. Les vidéos, au niveau psy, c'est d'un banal, mon bon monsieur… Je n'ai pas besoin de vous embêter avec ça. Pour moi c'est clair comme de l'eau de roche.

J'avais prévenu. Que la prochaine fois, ce ne serait pas des animaux. Vous voyez, je suis un homme de parole.

CELA NE SERT À RIEN DE DONNER À CEUX QUI NE SAVENT PAS RECEVOIR.

En lettres capitales. La pensée du jour de Miss Aline, digne d'un papillon fourré dans un biscuit chinois. Ébahie, je contemple la verbalisation de la médiocrité. J'en suis presque outrée, comme une enseignante découvrant pour la première fois une très mauvaise copie provenant d'une élève prometteuse. Voyons voyons, mademoiselle, vous êtes capable de beaucoup mieux.

La cour se déchaîne.

Juliette des Esprits : *Désolée pour toi, je pensais que celui-ci serait le bon.*

Pupuce d'Amour : *Te prends pas la tête. Si ça n'a pas marché c'est qu'il y en a un mieux qui t'attend quelque part.*

Hélène Girard : *Oui t'inquiète ce qui ne tue pas rend plus fort.*

Florence XXL : *Courage ma belle tu trouveras mieux.*

Sakura : *Puisqu'il était à quelqu'un d'autre c'est peut-être qu'il n'était pas pour toi.*

Miss Aline : *Sakura, tu n'as jamais eu envie de rayer quelqu'un de la surface de la Terre ?*

Sakura : *Si. Tu ne peux pas imaginer à quel point.*

Miss Aline : *Je les ai suivis il y a quelques jours. La jolie famille. J'aurais bien fait un carnage.*

Sakura : *Bah. Pour quel résultat ?*

Miss Aline : *Pour me faire du bien. Juste pour effacer le sourire béat de ces connards. Le gosse compris.*

Sakura : *Mais nous avons des filtres, n'est-ce pas ? Une bonne éducation ?*

Florence XXL : *T'as raison je veux bien les tenir pendant que tu les égorges ahahahaha.*

Hélène Girard : *Et lui couper les couilles à lui par la même occasion !*

Miss Aline : *Et elle, je lui fais crever son mouflet devant ses yeux avant de l'achever.*

Pupuce d'Amour : *Tu le violes juste avant !*

Juliette des Esprits : *Et tu te fais baiser par le grand au cœur du charnier encore chaud ! Avant de lui arracher yeux et langue !*

Florence XXL : *Tu as aussi l'option du kidnapping qui finit mal pour les faire souffrir jusqu'à la fin de leur vie !*

Miss Aline : *Ah, ne me tente pas !*

Hélène Girard : *Je comprends pas pourquoi t'as pas tenté le chantage au suicide. Ça marche à tous les coups.*

Pupuce d'Amour : *Non Hélène moi j'ai essayé une fois ça a eu l'effet contraire, il a trouvé ça méprisable.*

Hélène Girard : *Je comprends pas pourquoi. C'est une façon d'occuper le terrain et de les faire psychoter, ces connards. Et s'ils ont un peu d'élégance ils reviennent s'occuper de toi.*

Miss Aline : *Mais ça ne les pousse pas à vous aimer de nouveau. Bon pour tout vous dire les filles, j'ai tenté de lui envoyer des mails d'appels au secours, genre je vais crever de désespoir, mais c'est resté lettre morte.*

Hélène Girard : *Ah ça je comprends pas le vrai connard quoi !*

Miss Aline : *Non je veux dire que ça m'est revenu comme mail non distribué. Il a changé son adresse.*

Hélène Girard : *Le connard !!!!!*

Juliette des Esprits : *Et par téléphone ?*

Miss Aline : *Pareil, le numéro n'est plus attribué.*

Sakura : *J'espère que ça t'a bien fait comprendre combien tu étais devenue indésirable...*

Sakura se tient là dans son fauteuil, les jambes, deux sinueuses routes résillées, croisées haut et ondoyantes, spectatrice époustouflée de la bassesse quotidienne et des petites révélations honteuses de Miss Aline, Messaline en claquettes brésiliennes ; Sakura, dont la nuque se met à brûler en apprenant qu'elle a été filochée, à son insu, violentée de nouveau dans son intimité, et ardemment souhaitée en cadavre. Sakura, fumant lentement une cigarette et sirotant un verre de chablis, les yeux réduits à deux fentes serpentines, comprenant brutalement que désormais la plus grande précaution serait de rigueur. Sakura se déconnecte. Quelques secondes plus tard, Raph pénètre dans la pièce. Il sourit à Martha. Martha sourit en réponse, lui tend les bras. Il s'y coule. Les longues jambes se referment sur l'homme comme des pédipalpes arachnéens. Il est l'heure de nous dévorer, mon amour.

Le souvenir de l'échange avec les hyènes a occupé une longue partie de ma nuit. Sa bêtise crasse y était certainement pour quelque chose ; des propos de sales bêtes manucurées, exempts de filtres, la même décomplexion face au meurtre que face au racisme et à la haine, telle que les réseaux sociaux ont su la modeler. Le meurtre, donc. Toujours lui. Sakura le savait bien, cela. Depuis des mois ses textes déchaînaient des réflexions – non, pas des réflexions, des pulsions – légitimant le passage à l'acte. Bon. Le petit dada de la psy crim. Mais tu le comprends, il n'y avait pas que ça dans mon insomnie. Il y avait le danger qu'elle représentait, elle, Messaline. Je l'avais sentie prête à tous les débordements.

Elle nous avait suivis, bon sang.

Elle pouvait surgir à tout moment sur notre route, plantée comme un poteau indicateur à la racine de nos promenades, pourquoi pas devant l'atelier, ou la boutique, pourquoi pas à la sortie de l'école. Putain, elle avait parlé d'Alex.

Même moi, au temps des jours de merde, je n'avais pas osé vous emboîter le pas.

Ah si. Pardon. J'oubliais. Devant son studio, avec elle au resto bobo, sous ma perruque d'Américaine.

Les chiennes sont donc légion, truffe au vent.

Je me suis mis à lire. Vous voyez, j'avais toujours pensé que lire, c'était bon pour les malades et pour les taulards, pour occuper le temps qui nous sépare de la mort, eh bien là, pour de vrai…

Vous grelottez, Monsieur Perotta.

Je grelotte toujours. Ce sont les médicaments. On m'en a donné beaucoup ce matin. J'avais trop de choses dans ma tête.

Les voix ?

Les images. Je ne sais pas si ce sont les livres, mais les images sont revenues violemment depuis quelque temps. Pardon, est-ce qu'on peut fermer cette fenêtre ? Je ne veux pas qu'elle nous regarde.

La fenêtre ?

Non. La dame derrière.

Drôle de réflexe : je me retourne vers la fenêtre, entrouverte pour laisser passer un peu d'air frais. Un étage élevé, une brèche sur la grille rendue duveteuse par la poussière sans âge et les plumes de pigeons : et comme une conne, je vérifie l'absence de la dame.

Elle vous fait peur ?

J'ai peur qu'elle me prenne.

D'accord.

Je me lève pour fermer la vitre.

Merci, madame. Remarquez, je sais que c'est dans ma tête, mais il y a des choses qui ne se raisonnent pas.

Parlez-moi de vos lectures.

La mythologie. J'en avais de vagues souvenirs de classe, mais c'était il y a si longtemps, et puis j'ai très peu retenu de mes années d'école. Je suis content de pouvoir creuser un peu la question. C'est assez passionnant. Je suis très étonné de découvrir que tous nos mythes fondateurs, à nous pauvres choses qu'on veut formater et cadrer hors du moindre acte malveillant, soient un ramassis d'événements gore, de meurtres effroyables, de vengeances et de châtiments qui dépassent mon entendement. Et pourtant, moi, on peut pas dire que je sois bégueule en matière de découpage…

Il ricane, toujours secoué de tremblements.

Remarquez, la Bible, c'est pas mieux… Vous croyez en Dieu, madame ?

Il ne s'agit pas de moi.

Mais vous croyez en Œdipe, en Narcisse, en Prométhée, en Icare… Sinon vous ne seriez pas là…

OK. Disons que je crois en Zeus.

Narcisse…

Son regard se perd, rêveur, quelque part entre ses mains et le métal de la table.

Vous croyez que, sur l'eau de la flaque, il y avait écrit *Si vous n'aimez pas le reflet, ne regardez pas dans le miroir* ?

Selon vous ?

Je pense que oui. C'était la mise en garde. Mais il aimait le reflet, lui. La tentation était trop grande.

Quand vous êtes seul, quand vous avez tout perdu, il ne reste que votre reflet. C'est un ami, il fait du bien.

Mais la punition a été sévère…

Non. Non, je ne trouve pas. Être transformé en fleur, c'est plutôt gratifiant. Ça ne me dérangerait pas. Je crois que je m'aimerais mieux.

Parlez-moi d'un épisode que vous appréciez particulièrement.

Hier soir, j'ai lu cette histoire. Procné. Vous connaissez Procné ?

Je dois dire que tout cela est très loin pour moi aussi. Racontez-moi.

Il y a deux sœurs, Procné et Philomèle, filles de Pandion, roi d'Athènes. Bien sûr à cette époque-là c'était la merde et Athènes avait été secourue par un type, Térée, un Thrace. Pour le remercier de son coup de main, Pandion lui donne Procné en mariage et le couple part s'installer en Thrace. Dès le début, les choses vont mal. Pas entre eux, non, mais à cause des auspices. Si j'ai bien compris, Héra et ses copines n'ont pas fait ce qu'elles auraient dû faire lors de la bénédiction de ce mariage, ou alors elles se sont trompées, bref, elles ont brandi des torches de convoi funèbre au lieu de celles censées protéger les unions. Malgré tout, Procné et Térée ont un fils, Itys. Et le temps passant, Procné a la nostalgie de sa sœur, qu'elle n'a pas vue depuis des années. Elle demande donc à Térée de se rendre chez Pandion et de revenir accompagné de Philomèle. Je vous le donne en mille : paf. Dès que Térée voit sa belle-sœur, il en tombe amoureux. Mais cramé cramé, pas juste envie de conter fleurette, hein, un désir… une véritable obsession sexuelle… Il ne pense plus qu'à se la faire, avec ou sans son consentement. Pandion se doute que quelque chose cloche, il supplie Térée de ne pas repartir avec la belle mais peine perdue, les filles ont tellement envie de se revoir que Philomèle se met en route avec son beau-frère. Un véritable salopard, le Térée. Dès qu'il arrive dans son pays, il entraîne Philo dans une étable, la séquestre et la viole. Comme elle hurle et promet de révéler ce qu'il lui a fait, il lui coupe la langue et la viole encore. Et à ce moment-là, il se rend compte qu'il ne peut plus l'emmener auprès de sa sœur, parce qu'il s'est sacrément mis dans la merde. Donc, il décide de la garder prisonnière pour assouvir régulièrement ses pulsions, et il rentre chez lui en racontant à Procné un tas de salades épiques pour expliquer que Philo est morte pendant le voyage. On a donc d'un côté Procné qui pleure sa sœur, et de l'autre Térée qui va régulièrement violer sa captive, super tableau, non ? Mais Philo est une petite maligne : elle se met à tisser une étoffe blanche dans laquelle, imperceptiblement, elle intercale des fils rouges formant un texte qui révèle ce qu'elle subit, et fait passer le truc à Procné par une servante. Procné déroule le tissu et découvre le message. Elle court en douce délivrer sa sœur, l'emmène au palais sous un déguisement et promet de la venger. Mais le premier qui passe… c'est son fils, Itys. Qui ressemble tellement à son père qu'elle voit rouge, le tue, le découpe et le fait bouillir pour le servir en ragoût à Térée avec de grands tralalas. Térée bouffe, se régale, puis demande où est passé son fils. Alors, Procné lui dit un truc du genre « t'inquiète pas pour Itys, plus proche de toi tu meurs », et à ce moment-là Philo entre et balance sur la table la tête du gamin. Térée, épouvanté, poursuit les filles pour les massacrer mais elles se transforment en oiseaux pour lui échapper : l'une en rossignol, l'autre en hirondelle. Voilà.

Et ?

Eh bien je ne comprends pas vraiment ce que tout cela veut dire.

Ce qui est important, c'est comment vous l'appréhendez, vous.

Je ne sais pas. C'est troublant. Autant je suis horrifié par le geste de Procné, autant je frémis de contentement. Un crime aussi horrible – je veux dire, la séquestration, le viol et la mutilation de Philo – méritait une punition exemplaire. L'infanticide est la pire des punitions, non ? Il y en a une autre, comme ça : Médée. C'est bien ça ? Mais ce qui m'embête, c'est que ça me fait jubiler. Je ne devrais pas, normalement. Ricaner de satisfaction parce que c'est une putain de vengeance géniale, de te faire bouffer ton gosse. Non ?

Ça vous embête parce que vous auriez espéré une justice des hommes, légale, et non pas un acte fou guidé par la vengeance. C'est ça, votre malaise. Justice, pas vengeance. La vengeance est toujours très troublante. Et en même temps, vous jubilez parce que c'est une juste revanche des victimes. Philomèle est la représentation de l'oppression des femmes par la tradition patriarcale. C'est celle qu'on a voulu faire taire, en lui coupant la langue. Pour étouffer sa parole et ne pas déranger le pouvoir de l'homme. Mais la parole peut surgir à tout moment. Elle a surgi du tissage, du fameux fil rouge. C'est pourquoi l'histoire ne soumet pas les deux filles au châtiment. Leur métamorphose, c'est un peu comme les circonstances atténuantes lors d'un procès. C'est la prise en compte de leur statut de victime, avant même leur statut de meurtrières.

Et pourtant je me dis qu'elles auraient dû être punies. Itys est une victime innocente.

Vous savez que dans le mythe, le petit garçon renaît sous forme de chardonneret ?

J'aurais bien aimé me voir transformé en oiseau, ou en n'importe quoi d'autre, pour échapper à mon destin.

C'est un peu ce que vous avez fait. Vous avez essayé de fuir en prenant l'avion.

Mais ça n'a pas marché. Me voici condamné à pourrir dans cette taule jusqu'à la fin de mes jours.

Parce que vous, vous n'avez aucune excuse. Et que c'est la justice des hommes qui s'est occupée de vous.

Bref. J'aurais préféré qu'elles massacrent le connard. Pas l'enfant.

Et vous ? Vous ne vous en êtes jamais pris à un être innocent ? Parlons cinq minutes de Li-Peng. Était-il coupable de quelque chose ?

Je ne sais pas. Je ne vais pas vous dire qu'il était coupable d'avoir éveillé du désir en moi, ou quoi que ce soit de ce genre. Je n'en étais pas à un désir près. Je passais mon temps à me faire des mecs à mon goût. Je n'ai jamais eu peur du corps, du désir, de la sexualité. Je n'ai rien à voir avec ces tarés qui découpent des filles dès qu'ils en croisent une, parce que leur féminité les terrifie. J'ai grandi dans le sexe tarifé, le sexe fun, à pratiquer sans complexes, aussi simplement que de boire un verre d'eau.

Je sais. Vous n'êtes pas un tueur sexuel. L'acte sexuel dans votre histoire vous a seulement servi à attirer et entraver votre victime.

Je ne suis pas un tueur sexuel. Non. Je suis un tueur… un tueur quoi, finalement ? Dites-le-moi, vous. C'est vous la psy.

Vous êtes un tueur triste, Monsieur Perotta.

De retour de la prison, je t'ai trouvé assis devant l'ordinateur, perplexe.

La perplexité est chez toi une nouvelle composante intellectuelle ; ce flottement, conséquence de l'oubli. Et moi, chaque fois que je t'y trouve, je m'électrocute. Un éclair comme un aiguillon de fer et de feu me traversant du sacrum aux omoplates. Cette convulsion, c'est celle du voleur à l'étalage qui sonne au portique, de l'ado qui se fait prendre avec une cigarette interdite. C'est la sainte trouille de la révélation. Viens-tu de recevoir Messaline en plein cœur ? La boîte de Pandore s'est-elle brutalement ouverte, déversant dans ton incompréhension des images de rendez-vous brûlants, d'adieux empruntés dans le goulot d'une cage d'escalier, de l'érotisme effréné de la dissimulation ? Alors je m'approche, toute petite, toute douce, résignée à l'écroulement précédant le châtiment. Mais non. Ce n'est qu'une fausse alerte. C'est un lieu que tu cherches sans le retrouver, le nom de quelqu'un, la place d'un objet. Je te guide, tu me gratifies d'un sourire lumineux – merci, mon amour.

Mais aujourd'hui, dès que tu me vois franchir la porte, tu as ce geste étrange, de ceux certainement que tu faisais du temps du mensonge mais que je ne décelais pas, tu fermes d'une main résolue le clapet de la machine. Et si tu me tends joyeusement tes lèvres, je le vois bien, moi, qu'il y a cette sorte de trouble, une question qui peut-être te brûle la langue mais que tu n'oses pas poser, la réception de quelque chose que tu as décidé de garder pour toi.

Ce n'est pas juste. Ce n'est pas bien. Je dois être, dans cette histoire, l'unique menteuse. Parce que mes mensonges à moi sont ceux du bon, du beau, de la résurrection.

Me voici tendue tout au long de la soirée. J'en fais des tonnes pour tenter de détourner ton attention, je sors les armes que j'ai appris à manier, les poudres, les lacets et les transparences. Je te consomme dans la cuisine pendant qu'Alex est dans son bain. Mais tes sourcils restent froncés sans que tu t'en rendes compte, fronçant les miens en jeu de miroir, et je sens qu'un silence vient de lézarder l'instant.

Alors j'attends que tu te sois endormi et, comme une espionne sans ombre, je me coule devant la machine, chamade à la poitrine, pour inspecter ton historique.

Je cherche un long moment : et soudain, ouvrant ta boîte mail, je comprends.

Le concept même du destin est fait pour ça, finalement : on ne peut pas y échapper. Et puis, tout est fait de cycles dans ce bas monde : le cycle des saisons, le cycle infini de la lune et du soleil, le cycle du sang, et celui, impitoyable, de la vie et de la mort qui sans cesse se tissent et s'épousent et se font des pieds de nez. Le monde est rond, la vie est ronde, il n'y a jamais de segments, de droites parallèles, de rubans lancés vers l'infini. Il n'y a que des cercles qui se mordent la queue comme des serpents ivres.

Nous sommes revenus au début de l'histoire.

De : Raphaël Delombre
À : Aline Pélissier
Objet : Merci
Bonsoir, je viens de découvrir cet article que vous avez écrit en août, concernant ma dernière exposition, sur votre blog. J'ai mis un peu de temps pour réagir, pardonnez-moi, pour des raisons extérieures à ma volonté. Mais je tenais à vous envoyer ce petit mot pour vous remercier de tout cœur pour votre bienveillance. Très cordialement.

De : Aline Pélissier
À : Raphaël Delombre
Objet : Crève connard.
Tu te fous de ma gueule, sale ordure ?

Martha, est-ce que j'ai des choses à me reprocher ?

J'essaie de prendre un air détaché malgré le frémissement de ma tartine. Toi, tu ne touches pas à la nourriture, mais tu viens de te servir ton troisième café, signe imperceptible de ton malaise.

À quel niveau, chéri ? Non, vraiment, je ne vois pas.

Je veux dire : il y a des gens qui m'en veulent ?

Pas à ma connaissance.

Mais est-ce qu'il m'est arrivé de faire des trucs pas bien ? Professionnellement, par exemple ? De manquer à mon devoir… De vexer quelqu'un à mort… même involontairement…

Bah. On a peut-être tous un ennemi caché sans même s'en rendre compte. Qui sait comment les gens réagissent à nos actes… Pourquoi ?

Parce que je crois que j'ai fait une gaffe. J'ai écrit un message à une nana d'un blog et je me suis fait envoyer sur les roses. Très vertement. Tu es au courant d'un quelconque dissensus que j'aurais pu avoir avec des blogueurs ?

Je ne maîtrise plus la confiture qui s'évade, molle et tremblante, de son radeau de pain.

Tu sais, tu as plus l'habitude de me parler de ton art que des relations interhumaines… Oui, c'est possible, mais vraiment, ça doit être très anecdotique parce que ça ne me dit rien du tout… S'il s'était passé quelque chose de grave, tu l'aurais dit, quand même… Mais maintenant que tu en parles… Je crois qu'effectivement tu avais eu des échanges très tendus avec une petite conne qui t'avait ciré les pompes dans un article mais qui après t'avait grillé auprès de quelques galeries…

Une certaine Aline Pélissier ?

La tartine tombe, je te le donne en mille, du mauvais côté, sur mon kimono. Son nom. Son nom dans ta bouche. Vérification alarmée, scrutement féroce : ouf, ouf. Tu ne t'émeus pas. Aline Pélissier, ces syllabes viennent de traverser tes cordes vocales comme tu dirais Lagarde et Michard. Sans le moindre affect.

Possible, possible. Ouais, c'était peut-être une erreur de la recontacter, mais tu ne pouvais pas savoir.

C'est très embêtant, tu crois ? Je fais quoi ? J'envoie un autre message pour m'excuser ? Parce que vraiment, ce qu'elle m'a répondu est très injurieux.

Nooooon. Laisse tomber. Ne va pas remettre de l'huile sur le feu pour de vieilles histoires. Ce serait la directrice de *Beaux-Arts Magazine* ou de la plus belle galerie du pays, ça vaudrait la peine de s'excuser. Mais une blogueuse…

OK. Tu as raison.

Tu te ressers une tasse de café.

Pensif.

Mais tout de même… « Crève connard »…

Tu vois, Raph, raison de plus pour l'ignorer. Un de ces jours, si tu veux, je te ferai une liste de ceux qu'il faut éviter et de ceux avec qui tu as l'habitude de travailler en toute confiance. Mais ce truc, là, *Maison et Décoration*, c'est vraiment un blog pourri. Ça réduit le travail des artistes à des bibelots pour baraques de bourgeois. Fuis. Fuis le plus loin possible.

La journée commence donc sur le fil du rasoir. Je suis heureuse de ne pas avoir à aller à la prison aujourd'hui, et que pour toi ce soit un grand jour : la reprise du travail. Je t'accompagne à la boutique, histoire de m'assurer que tu reconnais bien le chemin et que personne ne nous suit : À ce soir. Oui, amour, à ce soir. Tout se passera bien.

J'ai filé vers la maison, vers le bureau, vers l'ordinateur. Il y a fort à parier que Messaline est en train de hurler à pleins poumons à travers son écran, mortifiée, salie, défigurée de rage à cause de tes mots innocents. Bien sûr : elle a pris cela comme une moquerie d'une bassesse dépassant l'entendement. N'importe qui le prendrait ainsi. Et rien n'est moins prévisible que la réaction à l'outrage. Médée en a égorgé les fils de Jason, Procné en a cuisiné celui de Térée. Moi-même, au cœur du tourment, j'ai senti le goût du sang dans ma bouche. Je dois trouver une solution. Pour tempérer les ardeurs de la grande putain, ou, simplement, pour la surveiller de près.

Il y a à présent, dans notre vie, un furoncle à pleine maturité prêt à éclater. Les solutions qui se présentent ne sont pas nombreuses : ou le panser en attendant qu'il se résorbe de lui-même, ou appuyer un peu fort pour que, salissant et nauséabond, le pus gicle, nous souille, et que la poche ainsi vidée cicatrise au plus vite.

C'est ce jour-là que je me suis rendu compte à quel point j'étais fatiguée. C'est une chose qu'on oublie facilement, la fatigue, quand on est dans la lutte quotidienne, quand chaque matin au réveil le corps est déjà échauffé comme celui d'un athlète, l'esprit prêt à tisser son étoffe de folie, et qu'avant même la douche matinale on se retrouve perché sur le plongeoir olympique – ou ça passe, parce que l'envol et la trajectoire auront été accomplis avec la précision d'un poil de pinceau, ou c'est le plat létal. Avec l'épuisement arrivent les idées noires. Je suis allée trop loin, je veux lâcher. J'ai la mort aux trousses, je cours, je cours, un mensonge après l'autre, chacun destiné à dissimuler le précédent, un entassement de briques bancales cimentées avec du vent, des larmes, de la peur, comme ces faux coupables en cavale aspirés dans un vortex d'erreurs accumulées dans le seul but de sauver leur peau. Arrimé à son aiguille, mon pied s'apprête à faillir. La meute de loups que représentent nos machines connectées, qui il y a peu avaient cessé de hurler, est de nouveau enragée. La terreur numérique est revenue me hanter. Je n'en peux plus. Je veux lâcher. Le crime parfait n'existe pas. L'amour parfait, celui que j'avais voulu bricoler en geôlière taiseuse et sucrée, ne pouvait avoir qu'un temps. La créature n'allait pas tarder à échapper à sa maîtresse, Dr Frankenstein en bas de soie, coupable d'avoir voulu rivaliser avec Dieu pour redonner vie à ce qui ne pouvait pas renaître.

Je sais que c'est le chant du cygne. Je sais que tout est compté.

Alors je m'assois. Je te regarde. Comme au début, quand je m'efforçais de graver dans ma rétine chaque détail de ta personne que je savais sur le départ, je t'absorbe. Je grave le grain de ta peau sous mes doigts. Ta barbe douce, les petites routes au coin de tes yeux. L'échappée d'une de tes boucles derrière ton oreille. Ta démarche, la mécanique de tes hanches quand tu te déplaces. L'attache de tes épaules, les tendons solides qui ficellent tes poignets. L'élégance antique de tes cuisses. Et tout le reste. Tout ce cadeau qui m'avait été fait et qu'un amusement enfantin, une inconstance insouciante, a précipité dans un vide irrémédiable.

Icare, Icare, tes ailes ne tiendront pas. Deux misérables points de cire ne permettent pas d'aller chatouiller les anges.

Je nous regarde. Dieu comme on était beaux… Dieu comme notre fils est beau, comme son corps est chaud lové contre nos torses, Dieu comme c'était bon toute cette évidence… Mon Dieu, mon Dieu, mon Dieu… Laissez-les-moi encore un peu…

Je regarde notre maison.

Je regarde les souvenirs d'une présence sur Terre de trois personnes au sang mêlé.

Je sais que tout s'en va. Je sais que je m'en vais.

Et cependant, je m'y refuse. Pas tout de suite. Pas avant d'avoir tout nettoyé.

Pourquoi ne l'avez-vous pas mangé ?

Comment ça, pourquoi ?

Vous avez mimé devant la caméra l'acte de consommer une partie du corps de Li-Peng. Tout le monde y a cru. L'autopsie a révélé que, exception faite de la découpe pour détacher les membres, aucune partie de chair n'avait été prélevée. Vous avez ensuite, au fil des interrogatoires, admis que vous n'aviez pas commis d'acte de cannibalisme. Alors pourquoi le mimer ?

C'était amusant.

Vous aviez le cœur à vous amuser ?

Tout était un jeu. Vous le savez très bien. Du début à la fin, tout était un jeu.

Je ne vous crois pas. Pour vous parler franchement, cela fait bien longtemps que j'ai cessé de vous croire.

Alors parlez à ma place.

Je ne suis pas là pour ça.

Bien sûr que si.

Ma tête s'incline, mes mains croisées sur le bureau voient leurs jointures blanchir sous la contracture.

Monsieur Perotta, ça fait plus de dix ans que je travaille dans cette taule et j'ai rencontré plus de tueurs anthropophages que vous ne pourriez imaginer. Des vrais, je veux dire. Le dernier en date a bouffé le foie de son codétenu en étant persuadé que c'était son cœur. Pour chacun d'entre eux, manger l'autre était la traduction de leur mépris, la chosification suprême. C'est la négation dans toute sa splendeur, l'outrage le plus affirmé – vous en conviendrez Monsieur Perotta –, on ne peut pas tomber plus bas. C'est refuser à l'autre ce que j'appellerais la moindre des choses, l'intégrité de la dépouille. Il y a à mon sens deux dégradations post mortem qui nous racontent la même histoire : la nécrophilie et la nécrophagie. La première, vous vous en êtes rendu coupable. Puis, vous avez mis en scène la deuxième dans une petite chorégraphie de cabaret. Ce que j'aimerais comprendre, c'est pourquoi vous n'avez pas eu le courage d'aller jusqu'au bout.

Parce que je n'avais pas spécialement faim, peut-être ?

Il rit de sa pirouette, les épaules tressautantes, la main pressée contre la bouche dans un geste qu'il voudrait aristocratique. Mais je ne m'en laisse pas conter : l'œil, comme à son habitude, est réfrigérant.

Non, madame. Je ne pense pas qu'il y ait eu de mépris de ma part. Je ne le haïssais pas. Je ne lui voulais pas réellement de mal. Je l'aimais bien. C'était un garçon délicieux. Si joli, si gentil. Tout au long de la soirée, j'ai pu goûter l'agréable de sa conversation, son charme, son sex-appeal. Les rapports sexuels que j'ai consommés avec lui ont été un hors-d'œuvre succulent. Si les voix ne m'avaient pas poussé…

Les voix dans votre tête ?

Tue-le. Il est des leurs.

Monsieur Perotta, vous voulez nous faire gober depuis le début cette histoire de voix. Ça vous arrangerait bien, de passer pour un psychotique, ça vous dédouanerait de beaucoup de péchés. Il n'en demeure pas moins que vous aviez tout organisé à l'avance : la caméra prête à tourner, le pic à glace sous le matelas, les sacs-poubelles fraîchement achetés, le matériel de découpage et j'en passe. *La prochaine fois, ce ne sera pas des petits animaux*, vous vous souvenez ? *Quand on a connu le goût du sang, on ne peut plus s'en passer*, vous vous souvenez ? Vous n'êtes pas un psychotique qui se noie dans le rouge explosant dans son cerveau. Vous êtes un psychopathe organisé, un assassin nécrophile à l'affectivité congelée. Mais cela ne répond pas à ma question : pourquoi avez-vous mimé le cannibalisme ?

Pour le film. Rien que pour le film. Tant qu'à produire le film le plus épouvantable de l'histoire de l'humanité, autant y mettre tous les ingrédients. Et puis je dois vous avouer qu'à la base je n'avais pas prévu ce geste-là : c'est venu avec l'improvisation, avec le lâcher-prise. Comme quand on fait l'amour avec un amant formidable, dans le paroxysme de l'excitation, et qu'on veut tout, qu'on fait tout, qu'on en demande plus encore. Le cahier des charges n'est pas écrit à l'avance.

Vous étiez dans le paroxysme de l'excitation ?

Oui. Je ne me suis jamais senti aussi vivant qu'avec ce corps mort à ma merci. C'est bon comme la révélation que cette putain de barbaque qu'on se traîne autour des os depuis qu'on vous a collé de force sur cette Terre n'est pas uniquement là pour faire joli. C'est la vie qui coule, vous savez ? C'est l'éruption solaire à l'intérieur. Vous devriez essayer, un jour. Moi ça y est, je l'ai vécu, c'est bon, maintenant je peux mourir et je m'en fous.

Dans l'avion qui l'emportait vers la cavale, il a pleuré. Je le sais, j'ai des témoignages.

Lors du procès, quand le film a été diffusé en salle d'audience, il a été le seul à le regarder. Tout le monde s'était retourné du côté opposé, ou tenait les yeux solidement arrimés au sol, mais lui, il a regardé. Le cil ne papillonnait plus à ce moment-là. C'était un regard grave, froncé, fuyant quand les images devenaient trop insoutenables. À diverses reprises, il a été tordu par l'envie de vomir. Puis, quand la vidéo s'est achevée, dans un silence de cathédrale, il s'est levé, a vacillé et s'est écroulé.

Si vous n'aimez pas le reflet dans le miroir, ne regardez pas. Il a regardé.

Pas pour le sang, pas pour le meurtre, pas pour le viol. Il s'est regardé vivre. Vivre tellement surhumainement, miracle à jamais passé, qu'il n'a pas pu le supporter.

Bien sûr, il pouvait mourir désormais. N'importe qui peut mourir quand il sait que le meilleur est derrière, intense et unique comme un souvenir d'enfance, et ne se renouvellera jamais.

L'information m'est parvenue par téléphone au soir de notre dernière entrevue. Petit Narcisse avait, pour la première fois, accepté de se joindre aux autres pour la promenade. D'abord timide, grelottant comme à son habitude, la tête rentrée dans les épaules, il s'était lentement agrégé au groupe d'hommes. Puis, sans crier gare, il avait fondu sur l'un d'eux. Le gars n'avait rien vu venir, personne n'avait rien vu venir, d'ailleurs, tout s'était passé en une fraction de seconde, les dents, la chair du cou qui se déchire, le sang qui coule, la mastication, la déglutition. C'est seulement au moment où Petit Narcisse s'était écarté du type, la bouche rougie, le regard triomphant, ouvrant les bras comme un messie qui se livre, que les surveillants avaient eu le réflexe de réagir et de sonner l'alarme. Mais il était trop tard. L'homme mangé avait brutalement repris ses esprits et s'était jeté sur Petit Narcisse, suivi par les autres en une meute vengeresse, et quelques secondes plus tard, du nouveau visage du diable, il ne restait plus grand-chose, à peine une compote grumeleuse sur laquelle surnageait une paire de lèvres pulpeuses. Quant au reste du corps, il était désormais indiscutablement mort.

Il a fallu que je t'explique, ce soir-là, pourquoi je pleurais en infini ruisseau. Je t'ai dit : ne t'inquiète pas, c'est juste qu'il ne m'était jamais arrivé d'être confrontée à la mort d'un de mes patients ; c'est juste l'horreur de la chose. Je n'ai pas envie d'en parler. Les médias ont pris la parole à ma place, faisant la part belle, dans le journal télévisé, au meurtre d'Éric Lucas Perotta, le Dépeceur au Visage d'Ange. Il y eut d'abord simplement une allusion au fait qu'il avait « agressé » un codétenu et que l'autre s'était défendu avec une violence létale. Puis, heure après heure, tout commença à filtrer : la nature de l'attaque, le bout de chair dévoré, le lynchage fatal. En revanche, pas un mot sur ce qui avait semblé évident à tous les témoins, que ce n'était rien d'autre qu'un suicide.

Il a fallu que j'explique à des journalistes insistants, dès le lendemain matin, que non, je ne désirais pas m'exprimer sur l'affaire. Secret professionnel. Oui, j'avais bien Perotta en consultation régulière depuis deux mois. Oui, c'était un cas difficile. Oui, je l'avais estimé flingué dès le début. Irrécupérable, voilà, c'est le mot. Je n'en dirai pas plus. Fichez-moi la paix.

Ma bobine dépitée, posée sur la toge de la respectabilité, est tout de même passée à la télé.

Il a fallu que je me convainque que non, ce n'était pas ma faute.

Il a fallu que je ponde à la chaîne la tonne de rapports conclusifs qu'exigeait le protocole. On ne pouvait pas laisser Petit Narcisse mourir en paix : il était indispensable que je nomme, avec des mots qui resteraient à jamais gravés dans le marbre au fond de cases verrouillées, la dernière pulsion de mon patient, le passage à l'acte ultime, comme une preuve supplémentaire de l'impossibilité de rédemption chez de tels individus. J'ai essayé d'être la plus sincère possible, malgré les flots de doutes qui continuaient à me vriller l'estomac. L'emprisonnement de Petit Narcisse n'avait été que le remède social indispensable à la protection de la population et la juste réponse aux attentes de la famille de la victime. Néanmoins, rien, ni l'enfermement, et encore moins les petits rendez-vous avec moi – simple psychologue, même pas psychiatre – n'auraient suffi à reformater un esprit aussi déviant. Petit Narcisse était un bloc de glace au milieu duquel ne palpitait que le nombril. Comme chez tout bon psychopathe qui se respecte, de graves traumatismes subis dès l'enfance, l'absence d'amour, les viols à répétition, avaient construit son monde affectif sur des bases mortifères. Rien de très nouveau dans tout ça. Ce n'était que la fameuse partie visible de l'iceberg. Mais au fond, tout au fond, venant bourrer le vide comme des détritus débordant d'une poubelle, gisait le grand cimetière des écrans. Le monstre inqualifiable à la bouche barbouillée de sang n'était pas si différent de ses congénères : jeune homme grandi comme un zombie sans la compagnie des mots, sans la ouate apaisante du son du silence où l'on peut se retrouver, étranger à toute notion d'effort et de long pèlerinage amenant à l'accomplissement personnel, si épouvanté par le verbe être, exception faite de la première personne, qu'il privilégiait le verbe avoir, sur fond assourdissant d'écrans hurlants, dictatoriaux, exigeants, maîtres à penser à gueule plate, professeurs de la futilité promue au rang de la primauté, magiciens de l'apparition étoilée. Comme les autres, ni plus ni moins. Aveuglé de fausses promesses et de mensonges pervers. Confondant le bavardage avec le propos, l'occupation de l'espace avec l'existence. Attention les gens : le bataillon s'arme nuitamment. Dans l'ombre des maisons, des lycées et des plates-formes numériques, on invente sans faillir d'éclatantes manières d'exister.

Je conclus, pour mettre un terme au cas Perotta, que l'issue de l'aventure était, à mon sens, absolument prévisible. Si on prenait en compte l'escalade médiatique des actes commis, depuis la chirurgie esthétique dès le berceau, en passant par les tentatives de devenir quelqu'un à travers la téléréalité, le mannequinat, la pornographie, les profils innombrables sur les réseaux sociaux, la torture sur animaux diffusée sur le Web, jusqu'au snuff movie le propulsant au rang de star incontestée du vomitif, le choix de sa sortie de scène était d'une logique enfantine. Petit Narcisse ne sera pas mort, oublié de tous, à l'issue d'une perpétuité discrète. Il aura occupé, quelques jours encore, la une des journaux qui lui dérouleront post mortem un tapis rouge de sang frais : son beau museau à jamais juvénile, sa bouche repulpée minaudant au-dessous d'un petit nez manufacturé, ses yeux givrés dans leur écrin de franges noires, accompagnés du titre honorifique qui le suivra dans l'Histoire des hommes. « Le Dépeceur au Visage d'Ange lynché dans sa prison après avoir dévoré un codétenu. » On oubliera jusqu'à son nom. Ce gars n'a jamais eu de nom.

Si, un seul : *Toi.*

Vous voulez que je vous parle du vide ? Retenez-le, le nom du vide. Toi.

Elle l'a posté le jour même, heureuse de sa basse trouvaille, boursouflée d'une arrogance de collégienne.

PAS ÉTONNANT QU'IL AIT BOUFFÉ SON POTE AVEC UNE SALOPE DE PSY COMME MARTHA DELOMBRE.

En commentaire d'un article glané sur un site d'information. Un article écrit à la va-vite, à chaud, pellicule de faits non vérifiés, où mon nom apparaissait fatalement, donnant de moi l'image d'une naufragée, sur un radeau fait de tonneaux, en plein milieu de la tempête, ayant vainement tenté de ramer à l'aide de deux cuillères en bois.

Les courtisanes avides s'étaient déjà précipitées.

Tu la connais ?

Je veux mon n'veu, c'est la femme qui m'a pris mon amoureux. L'aurait mieux fait de s'occuper de son patient au lieu de tortiller du cul pour allumer mon mec.

Je glisse, acide : *SON mec.*

Écolière en roue libre, elle renchérit : *Ouais, mais il était à moi.*

Je m'émerveille qu'une femme adulte, mise dans une situation de dépit, en arrive à raisonner avec une logique de tirage de couettes. Et je me souviens d'un midi ensoleillé où, collée contre elle sous ma perruque bouclée, j'avais trouvé sa conversation plutôt intéressante. Le désespoir aussi, ça rend con.

Je ne résiste pas : *Il était patatoi.*

Sans smiley, comme ça, brut. Mépris et colère, dénués de malice.

Mais elle, elle s'en amuse. Elle est sur sa lancée, bien décidée à faire de moi, aujourd'hui, la reine incontestée de ses attaques.

Eh les filles, matez-la, la psy de mes deux.

Et soudain, ça apparaît.

C'est la photo que j'avais glissée dans tes affaires en transit, pour que tu emportes chez elle un petit bout de moi. Juste un peu, juste de façon purement illusoire, juste ma grande jeunesse et ma grande beauté d'alors, un souffle de souvenir comme celui d'un jeu d'enfant. Un cliché en noir et blanc, où je me présente agenouillée comme une geisha mélancolique, les yeux baissés, deux papillons très cillés posés sur un visage de marbre que le temps n'a pas encore tiré vers le bas, la bouche sereine. Mes cheveux, assombris par le contraste, ont l'air noirs, et barrent le front d'une frange très courte. Je suis dénuée de tout vêtement, exception faite d'un corset en cuir qui étrangle la taille et dévoile les hanches. Ma position, très sage, ne laisse pas entrevoir mon sexe. Mais je me souviens qu'il était bien là, consentant, attendant que tu poses ton appareil. De mon corps offert, on devine la courbe de la fesse, et le haut des cuisses tranché net d'un coup de jarretelle de soie.

La voici. C'est la nouvelle image fixe. Je te raconterai tout à l'heure comment je l'ai récupérée, comment elle peut se retrouver aujourd'hui, au cœur de mon film, exposée une fois de plus à des yeux d'inconnus, mais pas les cent petits amis de Messaline, non, on parle à présent de millions de voyeurs au souffle court.

Mais à ce moment-là, c'est comme si brutalement une main de tueur venait de se refermer sur ma trachée.

Messaline possède cette photo. Ce moment d'intimité si pur, si vieux, si jeune. Elle avait dû fouiller. Elle avait dû grincer des dents, t'en vouloir de m'avoir transvasée jusque dans son salon, dans sa chambre, parmi ton petit linge. Elle avait dû profiter de ton absence, un jour de travail, pour feuilleter l'album de ta vie d'avant, rageuse de ne pas y être encore, jalouse du temps où elle n'existait pas. Et dans un geste incompréhensible, une pulsion masochiste peut-être, ou une option bien calculée sur un futur revanchard, elle avait subtilisé cette petite moi encadrée de blanc pour la cacher à son tour dans un enfer personnel.

D'où l'exhumation d'aujourd'hui.

Le moment idéal pour me livrer aux bêtes.

Elle avait attendu presque trois mois pour arriver à ses fins. Qu'avait-elle fait de cette image pendant tout ce temps ?

Me voici nue sous les yeux d'une entière cour de récréation qui bat des mains en crachant par terre.

Respire, Martha. Laisse l'air te retraverser et réemménager dans tes alvéoles. Relativise. Tu es très belle. Rien à redire, pas un défaut. Tu es comme ces mannequins ou ces actrices que l'on dévoile juste un peu trop pour en faire des déesses, des Vénus au bain ou des nymphes des bois. Ce n'est peut-être même plus tout à fait toi. Pas aujourd'hui, la mise à mort.

Voilà. L'air. Mes doigts volettent un instant au-dessus du clavier, puis se lancent.

Sacré morceau. La concurrence a dû être rude. (*smiley*)

Et c'est à ça qu'on confie l'équilibre psychologique des assassins !

Quoi, à une belette de vingt ans ?

Naaan, c'est une photo de jeunesse... Maintenant elle est vieille. Tu ne l'as pas vue à la télé hier soir, Sakura ?

Pas le temps de regarder la télé.

Trop heureuse qu'elle se soit fait tordre. Ça va sûrement lui coûter sa place. (petit mammifère qui saute de joie)

Tordre ?

Tu vis sur une autre planète ? Ils en ont parlé toute la soirée aux infos. Elle avait en charge la thérapie du Dépeceur au Visage d'Ange. Et hier il a été massacré par des codétenus après avoir dévoré une partie de l'un d'eux. Elle a été interviewée et elle n'a rien pu dire, elle était juste blafarde et mortifiée devant les caméras. L'image même de l'échec.

Donc tu penses que si un tueur tue, c'est la faute de son psy ?

En tout cas elle n'a pas contribué à lui calmer ses ardeurs, au loup-garou. Au contraire ! Ça a dû plutôt le chauffer. (disque verdâtre qui dégobille)

J'allume une cigarette. Mes doigts refermés sur le cylindre seront ainsi moins attirés par les lettres du clavier. Ne pas répondre. Observer encore, ne pas rentrer dans le jeu qui défile sous mes yeux.

Les courtisans de nouveau se frayent leur chemin dans l'échange.

Tu te rends compte où passent nos impôts !

Avec tous les enfants qui souffrent dans ce monde on utilise les psys pour ces tordus qui ne devront jamais sortir de taule

Le problème c'est que souvent on les fait sortir

Putain elle est belle la justice

Et alors on croit que parce qu'on leur a fait raconter leur enfance sur un divan ils vont redevenir doux comme des agneaux

Mais où va le monde !

Et en plus gratuitement ! toi quand ça va pas et que tu as besoin d'une thérapie c'est tout pour ta poche

Ouais c'est vrai ils ont tout en prison maintenant c'est le Club Med ils ont la télé

Et la salle de sport et on leur permet même de voir leurs familles

Eux ils ont leurs familles et celles des victimes alors elles ont plus personne

Ces mecs il faudrait les tuer

Comme ça ça ferait de la place pour les autres et ça coûterait moins cher à l'État

C'est tous des irrécupérables ces tarés

Ben tu vois tant mieux si en prison ils s'entre-tuent comme ça on est débarrassés

T'imagines s'il avait bouffé la psy ?

Hein Miss Aline, tu aurais apprécié

Une bonne brochette de grognasse

Là ta revanche tu l'aurais eue

Le connard qui doit vivre avec l'image de sa femme chérie boulottée par un cannibale

De quoi lui faire regretter d'avoir retourné sa veste

Tu crois que ça aurait été quoi le meilleur morceau le cul ou le minou

Hein Miss Aline t'en penses quoi ?

Je pense que j'aurais bien voulu participer au festin
Qu'elle crève
Ouais qu'elle crève
De toute façon ma revanche je vais l'avoir bientôt parce que je lui réserve un chien de ma chienne
Allez raconte
Non non, surprise, mais leur joli couple va exploser en vol dans quelques jours
(emoji en forme de diable cornu)

Il y a au fond de mon ventre comme un nouvel organe, une excroissance née subitement, qui palpite avec violence.

Comme quand Alex bougeait, là-dedans, il y a neuf ans. Quand vrilles et coups de pied provoquaient ces vagues visibles à l'œil nu, ressac d'un petit animal à l'étroit vivant tout seul sous ma couenne.

Mais cette fois ce n'est pas une case avec de l'amour. C'est tissé de peur et de douleur, ça cogne et ça donne chaud, ça fait apparaître des étoiles là où il ne devrait pas y en avoir.

À cet instant précis, toute la suite m'est apparue très clairement. Au moment où je parcourais ces phrases qui éclosaient, comme des fleurs pressées, au rythme délirant d'une par seconde. Quand je me suis retrouvée telle que je viens de le dire, enceinte de la Sainte Trouille et parcourue de soubresauts d'agonisante, mutique, lecture faite et digérée, sachant exactement où je me placerais désormais.

Cela faisait six mois que j'avais dû faire la connaissance de cette femme à travers tes mots et composer avec le scandale de son existence. Jusqu'ici, je l'avais laissée vivre en paix. Je n'avais cherché à la détruire ni en direct dans la vraie vie ni par ordinateur interposé, on ne pouvait pas faire plus arrangeante, quand même, je t'avais même livré en cadeau, orné de ton petit sac à dos en guise de bolduc de Noël, parce que je lui avais accordé la victoire. J'avais même poussé la grandeur d'âme jusqu'à lui trouver des qualités, alors que n'importe quelle femme bafouée n'aurait eu que le mépris à la bouche – sa mâchoire charmante, son rire carillonnant, ses propos finauds. Jusqu'ici.

Et à présent, je regarde l'ordinateur, la bouche des Enfers trônant dans ma jolie pièce, et j'en viens à me demander pourquoi on a encore des pièces, pourquoi cet acharnement à croire encore à la toute-puissance des murs, ces prisons à l'envers destinées à nous protéger de l'extérieur, alors que nous vénérons, acéphales, des chevaux de Troie sur le point de mettre bas, ces juments gonflées d'avortons merdeux, monstrueux, armés de griffes et de crocs, qui à peine expulsés mettront à sac nos places fortes. Il y a de l'épouvante dans mon regard. Il y a toute la fin qui avance, la conclusion du chaos.

Je ne m'étais jamais sentie plus déterminée qu'au moment où, doigts virtuoses comme ceux d'une pianiste, j'ai cliqué sur *Miss Aline* (ouverture de la page) puis *contacter*.

Salut ma belle, comment tu vas ? J'ai l'impression que tu as ressorti la tête de l'eau ! C'est cool ! Raconte !

Tu as vu ce que j'ai trouvé sur cette pétasse ? Cette fois sa réputation est faite.

C'est ça, le chien de ta chienne ?

Non ! J'ai mieux !

Des trucs croustillants ?

La fin de leur couple, assurée.

De quoi le récupérer, lui ?

Non, je ne pense pas, flingué pour flingué...

Juste de la vengeance, alors ?

C'est ça.

Vas-y ! Tu me mets l'eau à la bouche !

Je suis en cloque.

La bulle bleue éclabousse l'écran comme un champignon atomique de dessin animé. Quatre mots. Quatre minuscules mots moches, plats, quotidiens, les mots déjà sont dénués d'âme, derrière eux il n'y a ni tendresse ni émerveillement, il n'y a qu'une giclée de sperme qui a fait des petits, et des dents qui s'aiguisent. Quant à moi, je ne sais pas si je tombe ou si c'est la chaise, crac, les quatre pieds – quatre mots, quatre pieds – qui se brisent sous le souffle de la détonation. Tout d'abord c'est le noir : certaines explosions sont trop vives pour la rétine. Je me plaque une main sur les yeux, il faut attendre qu'ils me reviennent, et quand la lumière se réinsinue entre moi et le monde je réalise que non, je ne suis pas tombée, la chaise est intacte, je suis juste en train de regarder ces quatre mots dans leur bulle céleste, vulgaires et catastrophiques.

Je comprends immédiatement ce qu'elle prépare. Je suis rompue, désormais, aux positionnements stratégiques.

Tu es sûre ?

De trois mois. Pas de doute, j'ai fait la première échographie.

Tu viens de le découvrir ou...

Oh non, je l'ai su dès le début. Je te dis la vérité : je l'ai voulu dès le début. C'était tellement merveilleux, ce qui se passait entre nous, que j'ai arrêté de prendre la pilule.

Tu as été assez inconsciente pour t'envoyer en l'air avec un homme marié sans prendre tes précautions ? (Je tempère de quelques emojis tendrement ironiques.)

Qu'est-ce que ça vient faire, marié ou pas ? À ce moment-là il ne l'était plus que sur le papier.

Ça vient faire que ce sont des situations à la con qui parfois ne basculent pas dans le sens attendu. La preuve...

Je regrette juste que ça ne soit pas arrivé plus tôt... ça a marché pile lors de nos dernières fois, pas de bol ! La malchance, putain... si ça s'était accroché tout de suite, je suis sûre qu'il ne m'aurait pas quittée.

En fait tu voulais tomber enceinte juste pour le retenir ?

Non, pas « juste ». Enfin, si, un peu. (Diablotin. Diablotin, nom de Dieu) *Tu vois ce que je veux dire ? J'ai trente-cinq balais, j'ai toujours eu des histoires foireuses, alors si je voulais un jour avoir un gamin...*

Et lui, c'est ce qu'il aurait voulu ?

Tu sais quoi ? Je m'en foutais à l'époque et je m'en fous encore complètement aujourd'hui. Je fais ce que je veux avec mon corps.

Et après tu prétends que c'est lui qui t'a bafouée !!

Mon doigt fou de colère frappe sur la touche d'envoi. Merde. Ne pas se laisser aller à ses basses pulsions, ne pas se mettre à découvert. Impossible de revenir en arrière. Il ne me reste plus qu'à poster une nouvelle bulle vomissante de faces de crêpe enjouées. C'est trop tard. La réponse fleurit illico.

Mais finalement, tu es de quel côté, Sakura ?

Un blanc.

Ploup ; elle enchaîne.

Ah, tu rigolais ?

Oui, je rigolais. Je ne suis d'aucun côté, Aline. Je ne vous connais ni l'un ni l'autre, je n'ai pas à prendre parti. Je suis juste un peu perplexe devant ces stratégies... Mais ne t'inquiète pas ! En tant que femme, je te soutiens. Et je suis sûre que ce bébé ne va pas juste te servir à prendre ta revanche. Parce que évidemment, comme tu le dis si bien, ça va provoquer un carnage...

Quand elle va le savoir, la vieille, elle va regretter les doux moments où elle croyait s'être débarrassée de moi.

Comment tu comptes t'y prendre ?

Je vais aller le voir demain et le mettre devant le fait accompli. Tu vas être père, la mère c'est moi que tu le veuilles ou non, je ne te demande pas de reprendre ta relation avec moi mais tu vas cracher au bassinet toute ta vie comme un gentil papa bien responsable.

Je te trouve très naïve. Il refusera peut-être et rien ne pourra l'y forcer.

Il y a des lois pour ça. Je me suis renseignée. Quoi qu'il en soit j'occuperai le terrain tant et si bien... Tu sais quoi ? Quand on était ensemble, il passait tous les soirs et tous les week-ends avec sa femme et son fils. Elle en a profité pour retenter sa chance et remporter le pompon, la connasse. Eh bien c'est mon tour maintenant. Il passera tous les week-ends avec nous.

Vite vite, la caresser dans le sens du poil. Faire en sorte de la décourager d'aller te trouver, de foutre en l'air ces trois mois de couture, de broderie, d'espoir, de recommencement dans le fallacieux jardin d'Éden que j'ai su architecturer, de chaînes, de lourdes chaînes, pour toi mon amour.

C'est malin. (smiley smiley smiley)

Trop. (smiley smiley smiley)

Mais tu sais j'y pense... Ce n'est peut-être pas une bonne idée d'aller le voir, lui.

Pourquoi ?

Parce qu'à ce que j'ai compris du récit de votre histoire, c'est un sacré menteur, non ? Si c'est lui que tu vas voir, il sera capable de tout dissimuler, de mentir à nouveau. Ce ne sera pas la première fois qu'on verra des hommes échafauder une double vie pour ne pas faire de vagues... Et là, tu te mets dans la situation de trouver un appui paternel, soit, mais pas de la fracasser, elle.

Tu veux dire que c'est sa femme que je dois aller voir ?

Ouais. C'est à elle que tu dois parler. Ma cocotte, j'ai un truc à te dire. *Là tu vas faire mal. Tu imagines le mur qu'elle va se prendre dans la tronche ? Moi, si une nana venait me faire ça concernant mon homme, je le foutrais dehors avec pertes et fracas ! Et bye bye la jolie famille ! Net, précis, sans ambiguïté, sans tentation de dissimuler la vérité.*

Tu crois... ?

Appelle-la. Ne fais pas de mystère sur ton identité, montre-toi très calme, très souple, amicale. Dis-lui que tu as une chose très importante à lui annoncer, de vive voix. Tâte le terrain. Si elle a l'air ouverte au dialogue, n'hésite pas.

Elle va m'insulter copieusement ou me raccrocher au nez.

Qui ne tente rien... Et quelques insultes, ça n'a jamais fait de mal. Et puis quel plaisir, tu vas la voir imploser en direct. Moment précieux que tu savoureras toute ta vie ! Tu as son numéro ?

Euh non Sakura, forcément.

Un fixe ?

Oui, je crois qu'ils en avaient un.

Alors fouille. Cherche. Elle a une page Facebook ?

Ah ça oui... Je te dis pas le nombre de fois où je suis allée dessus histoire de me faire du mal...

Efface la photo d'aujourd'hui. Il ne faut pas qu'elle l'apprenne par le bouche à oreille, grouille-toi. Sinon elle ne voudra pas te parler. Demande à une copine de lui envoyer un message sous un prétexte quelconque, un truc professionnel, pour glaner son numéro.

Tu ne veux pas le faire, Sakura ?

Pourquoi pas ! Avec mon expérience des tribunaux, je vais te l'embobiner en deux temps trois mouvements. Je m'en occupe. Je te recontacte dès que je l'ai.

Oh wow Sakura, t'es vraiment une bombe, toi !

À qui le dis-tu. Bisous. À plus.

Je n'avais rien demandé, moi. Je voulais juste vivre en paix. Tu comprends, mon Raph ? Vivre en paix, comme n'importe qui, comme tant de gens autour de nous, n'avoir à affronter que des problèmes de redressement fiscal ou de canal carpien. C'est toute ma vie que j'ai bâtie dans cette intention, avoir la paix. Te trouver, trouver le meilleur, construire brique après brique une existence raisonnable et lumineuse comme ces jolies maisons de Shrewsberry – élégantes et douillettes, porte laquée couleur de bonbon, fenêtres impudiques à travers lesquelles on devine des bibliothèques et des paniers de bois pour le feu –, composer sereinement avec mes spectres, attendre le temps avec indifférence. Juste ça, pas d'ambitions de colonel, pas d'illusion de gloire comme Éric Perotta. Je me serais contentée de peu : de nous, de journées passées à lire, de trains qui partent vers les beaux endroits, de vin blanc frais sous des voilages, de ma main dans la tienne, du rire d'Alex, de la palette changeante des saisons. Je n'avais pas compris, alors. Que ce qui nous semble paisible n'est qu'un sommeil de crocodile.

J'avais simplement oublié qu'il y a d'autres gens posés sur notre balle bleue. Fourmis folles qui dans leur course éperdue se télescopent et finiront bien, un jour, par te heurter toi aussi. Une collision violente, frontale, mutilante, sur une route droite.

À la suite de cette conversation avec Aline, mes yeux se sont ouverts. Jusqu'ici, enfin, depuis le fameux soir de merde, j'étais restée dans l'impression que non, le choc ne m'avait pas défigurée, n'avait pas porté atteinte à mon intégrité. Mes membres fantômes continuaient à me chatouiller, le miroir me renvoyait une enveloppe encore reconnaissable : c'est cela que je m'acharnais à voir de ma vie.

Tu te souviens, cette réaction que j'avais toujours et qui te faisait rire, chaque fois que nous croisions ces vieilles femmes attifées en adolescentes, ces quinquagénaires boudinées dans des robettes de pin-up, et que je te disais, effarée : le jour où je suis sur cette pente-là, s'il te plaît, dis-le-moi… Parce que j'étais convaincue que ces femmes ne s'étaient pas vues décatir, et que, comme atteintes d'une forme particulière de dysmorphophobie, elles voyaient dans le miroir seulement ce qu'elles avaient envie de voir, non la réalité. Le tain leur renvoyait du lisse et du frais, alors qu'il n'y avait que crevasses et bouffissures. Ce que je veux te dire, c'est qu'à ce moment précis, après avoir achevé de chatter avec la grande putain, avec le grain de sable maudit de notre rouage – car tous les rouages rencontrent un jour ou l'autre leur grain de sable, as-tu remarqué ? – mes crevasses et mes bouffissures à moi se sont révélées subitement.

Bon sang, *Le Portrait de Martha Delombre*. Ça aurait fait un joli titre.

Ça puait, tout au fond, si tu savais…

Un tombereau d'ordures saucissonné dans un sac de peau qui n'avait oublié ni le fard, ni les crèmes, ni les huiles adoucissantes, et qui brutalement réalisait ce qu'il était réellement, un sac-poubelle.

Me reviennent alors, flashs aveuglants que je tente de maîtriser en me pressant les mains sur les tempes, parce qu'il ne faut pas qu'ils s'écoulent hors de ma boîte crânienne, toutes les séquences de ce film merdique qu'était devenue ma vie après l'attentat. Martha, il faut que je te parle. Non. Non. Ce n'est pas possible. Mais qu'est-ce qu'elle a de plus que moi. Non. Tu ne peux pas faire ça. Tu ne peux pas faire. Tu ne peux. Allons nous coucher. Parce que j'en crève, mon amour, j'en cr. Je vais me promener, seul, au bord de la mer. Je te reviens, je te reviens. Je pars, je n'ai pas le choix, je l'aime. Je vous maudis. Je vous maudis. Je vous maudis. Je vois Martha, poupée mécanique aux lèvres rouges, grimaçant sa guerre sous son armure de satin. Je vois Sakura, fille de la douleur, naissant des gravures sur mon corps. Je vois la maison de Dalbeg, si bien inventée pour qu'à ton tour tu nous inventes. Je vois tout ça, toute cette merde, toute cette semoule dans laquelle on pédale sans même se rendre compte qu'elle grouille d'asticots.

Je ne m'étais même pas aperçue qu'il n'y avait plus rien de beau.

Je vous maudis. Celle-ci était bel et bien la seule phrase logique. La voix de la raison.

Je vous maudis.

J'ai accepté. Il était temps. Voilà, c'est chose faite. Mes doigts se reposent sur l'ordinateur, contactent Messaline, inscrivent machinalement le numéro personnel de Martha Delombre dans un cartouche en forme de bulle bleue. Un petit pouce dressé ne tarde pas à éclore.

Lift off.

Ce jour-là, j'ai acheté un couteau électrique, de grandes bâches plastifiées, des sacs-poubelles 150 litres – salut mes frères, je vous reconnais.

Ce jour-là, j'ai acheté une profonde marmite à couscous, du curry en vrac. Une caméra numérique. Un magnum de mauvais champagne : une fois n'est pas coutume, c'est le flacon qui importe.

Et un billet d'avion.

Ce jour-là, j'ai marché délicatement dans l'appartement, effleurant d'une main résignée chaque centimètre de nos parois, reconnaissant les menus accidents sous mes doigts – la collision avec un meuble déplacé, une expérience d'Alex découvrant le plaisir de voir la matière s'entailler sous un outil, une goutte de peinture oubliée –, caressant les couleurs, observant les miroitements de la lumière du soleil sur les surfaces. J'ai regardé longtemps par les fenêtres, pour m'emplir de mon paysage. J'ai mis de la musique. Pieds nus, peau à peau avec le bois du parquet, j'ai laissé mon corps épouser son décor, son écrin, son tombeau.

J'ai ouvert toutes les boîtes. Dans les boîtes, il y a ce qui appartient au passé, ce qui fait notre présent – les choses en train –, ce qui est projeté dans le futur – les choses à faire encore. Dans les boîtes, il y a le temps.

Je me suis glissée à ta place dans le lit, côté fenêtre. J'ai respiré.

Je me suis assise au milieu de la chambre d'Alex. J'ai pris les yeux d'Alex et je me suis regardée avec. Je me suis pardonnée.

And I'm floating in the most peculiar way.

J'étais en paix. Oui, je crois que je peux le dire ainsi. *Thought I'm passed one hundred thousand miles, I'm feeling very still.*

Je ne sais pas pourquoi je me suis sentie si légère. Il est possible que ce soit l'acceptation, ou bien la redécouverte, après tant de mois, d'un esprit qui enfin sait précisément ce qu'il fait. *And I think my spaceship knows which way to go.*

Savoir où l'on va. C'est une chance merveilleuse.

Il faut fêter ça. Je me sers un verre de chardonnay. Je me souviens de mon plaisir à commander, dans les restaurants anglais, parce qu'il n'y a rien de plus beau à prononcer, *a large glass of chardonnay.* Je le sirote en dansant, parquet tiède sous la plante de mes pieds, buée fraîche entre mes doigts, velours dans les oreilles. Tu as toujours aimé me regarder me trémousser un verre à la main, les soirs d'été, parce que c'était à tes yeux l'image du bien-être, et tu refusais toujours en riant la main que je te tendais, non mademoiselle, je ne danse pas. Et avec nos yeux nous nous parlions de la douceur de nos vies et des lendemains faits de riches surprises, de toutes les choses que nous pourrions faire… Tu as peut-être oublié. C'est peut-être un rêve fugace. *And we'd sleep, oh so close, but not really close our eyes, 'tween the sheets of summer bathed in blue…*

Je chante à tue-tête, de ma voix bluesy, mes cheveux couleur de whisky dénoués dans la lumière tout aussi ambrée de la fin du jour, je sais que tu aimerais ça, oh comme tu aimerais me contempler reprendre vie, et rire de ma joie, tandis que mes épaules se balancent et que ma croupe chaloupe, ivre de désir et de mort.

L'ordinateur est posé sur le bar, je ne le quitte pas des yeux. Entre deux pirouettes je m'aperçois qu'elle a répondu, une phrase m'attend dans sa bulle, je la rejoins en chantonnant, *Oh my love, Aline.*

Merci Sakura ! Je l'appellerai ce soir.

Mais de rien ma belle, juste un truc, quand tu l'auras au bout du fil, surtout ne propose pas de la rencontrer dans un café : elle se sentirait parfaitement légitime pour faire un esclandre, en trouvant un public, dans un spectacle où bien sûr c'est toi qui aurais le mauvais rôle. Choisis de la rencontrer chez toi. En fait, ne lui laisse pas le choix. Il ne faut pas qu'elle se sente en terrain conquis tandis que toi, tu dois être dans ta zone de confort. Ça te mettra en position de domination.

Bien vu ! Bon allez, je prends mon courage à deux mains et je l'appelle !

Je te dis merde ! Tiens-moi au courant !

Spy, spy, pretty girl, I see you see me through your window, je lui tire la langue, je me déconnecte, le vin est bon et je suis reine de l'Olympe, je suis Héra aux bras blancs, au corps odorant d'onguents délicieux, la protectrice des couples légitimes, la pourfendeuse des affronts, l'exécutrice des bâtards. Je suis celle qui sait et peut tout du haut de son nuage, de son *wireless cloud*, je suis une sculpture de chair sublime et corrompue, *and there's blood on my nose, and my tissue is rotting*, et je danse, *my head is full of murders where only killers scream, so now you would spend the morning talking with me quite amazed*, je danse, jardin des Hespérides gravé dans le dos, je danse parce que pour la première fois depuis si longtemps je n'ai pas envie de crever.

Aller cueillir Alex à l'école, faire le dîner, attendre ton retour. Les tâches quotidiennes auraient dû me ramener sur Terre, réinjecter un peu de chaleur, mais par chance je suis restée froide. Héra, trop à l'étroit désormais tout au fond, commençait à traverser la barrière de ma peau pour statufier mes membres, me durcir tout entière, contenir sous sa croûte de marbre les tentations d'humanité. Vous seuls avez failli m'attendrir. Il m'a fallu me faire violence.

Vous ne vous êtes aperçus de rien ; le langage de vos corps disait le quotidien, le doux, l'habituel. Alex faisait le clown, pépiait, nous appelait pour nous voir nous extasier devant ses nouvelles constructions. Je ne regardais pas les constructions, je le regardais lui, petit nous avant la connaissance de la douleur, et Héra me concédait au moins ceci, déborder silencieusement d'amour. Toi, tu te perdais dans les pages des livres, dans les tranches des disques, tu posais les galettes sur la platine en t'émerveillant – ben merde alors, celui-ci je l'avais oublié – tu me racontais ta journée en te félicitant de ne pas avoir fait trop de gaffes bien que certains automatismes ne soient pas encore revenus, et tu souriais en m'effleurant une hanche, un poignet, une mèche de cheveux.

C'était une soirée comme une autre. C'était l'illusion de la continuité, comme il y a quelques mois, quand c'était moi qui vaquais sereinement à mes occupations, encore pure et lumineuse, réchauffée par mes lainages, le chignon flou sur la nuque, les mains occupées à décrocher du sapin les décorations pour les remiser au fond des boîtes – la boîte du futur en attente, persuadée qu'il y aurait d'autres Noëls – et la bouche à bavarder, sans m'apercevoir que le regard que tu posais sur moi alors était tendu et dur, dénué de futur, lui, et que tes mains à toi venaient de quitter un échange passionné qui encore te faisait mal en creux. Quelques minutes plus tard, la déflagration – *Martha, il faut que je te parle* – et l'univers entier qui se voyait précipité vers l'irréparable. Le vase Ming qui se pulvérise.

Je nous regardais vivre avec le mensonge au creux des reins.

S'il n'y avait pas eu le mensonge, et la fin en attente, on aurait atteint, ce soir-là, la perfection. C'est à croire que les choses gagnent en beauté quand elles épousent des agonies invisibles… Vois où se cachent les revanches : le soir où tu m'as tuée, tu n'étais pas beau, et la scène non plus n'était pas belle. La grisaille avait tout envahi ; la maison était sombre ; on rangeait Noël dans des boîtes ; Alex avait passé l'après-midi à regarder les rennes et les étoiles disparaître sous des couvercles ; tu n'avais pas quitté le canapé, comme puisant dans sa mollesse le courage de laisser les mots s'imposer ; même moi, j'avais le blues, j'étais laide, fatiguée par l'hivernage. Tu avais été prompt à coucher Alex – il fallait vite, vite, comme une dernière goulée d'air avant de plonger de la falaise, enlever du milieu le témoin gênant et s'assurer le tête-à-tête tant attendu – et j'ai souvenir qu'il avait un peu chouiné parce qu'il te réclamait une dose supplémentaire de câlins que tu n'avais pas eu le temps de lui donner. Oui mon amour, ta scène finale n'avait pas été une réussite.

Je dis scène finale, pardon, parce que cela avait signé la fin de moi. Mais en réalité c'était juste le prologue de notre petite tragicomédie intime. C'est ce soir que se joue le dernier acte. On le sait, c'est toujours le plus beau.

Alors, avec moi comme metteuse en scène de cette ultime ligne droite, les choses ont bien plus de panache. Tous les éléments ont concordé pour proposer une scénographie touchant au sublime. La lumière pénétrant entre nos murs est tiède et dorée ; tu as choisi, en partition musicale, deux merveilles fraîchement acquises, le dernier Nick Cave et le disque mythique de Sixto Rodriguez : tout coule dans les oreilles comme de l'hydromel. J'ai débouché un bon chablis. Alex vient de sortir de son bain, il est venu se blottir contre toi en caleçon orné de Dark Vador, vous regardez ensemble un bêtisier sur les animaux et vos éclats de rire sont en parfaite harmonie. Dans le four, un rôti grésille. J'ai enfilé à même la peau une robe de satin vert sur laquelle tes yeux, par moments, se posent comme des baisers – je parie que tu y revois, légende vivante, la fille du pub que j'avais été.

Tu sais, il n'y a point de malice de ma part dans mon récit. Ce sont juste mes mots, ici et maintenant, qui te semblent froids, désincarnés par le calcul. En réalité, à ce moment précis, alors que le soir tombait sur nos réussites malmenées, j'étais épouvantée. Je m'apprêtais à rejoindre mes monstres, à bifurquer sur ce drôle de chemin – encore des histoires de routes qui s'entrecroisent –, à me priver de vous, à vous priver de moi. Passant à travers ce prisme, tout était vêtu, ce soir-là, d'une splendeur surnaturelle : vous deux, comme des dieux ; la lumière caressant le parquet, un or précieux ; chaque placard que j'ouvrais, un coffre aux trésors ; chaque étoffe que je touchais, un saint suaire. C'est ce qu'il y a de bien dans les catastrophes annoncées : on prend conscience des miracles.

Et voici qu'au cœur du miracle, mon portable se met à sonner.

Je crois que les millions d'oreilles suspendues à mon histoire ont envie de savoir ce que nous nous sommes dit. Je pourrais l'éluder, dire en quelques mots expéditifs que rendez-vous fut pris alors, moi tapie au fond de la chambre, le son de ma voix couvert par la musique, moi Sarah Bernhardt dans son plus grand rôle, onctueuse et menteuse, presque gaie, non, gaie assurément, puisque c'est moi et seulement moi qui tirais les ficelles de plusieurs existences accrochées à mes syllabes.

Tout le monde veut savoir. Toi surtout. Je le dévoilerai donc.

Messaline, *voix chevrotante* : Allô ? Je parle bien avec Martha Delombre ?

Martha, *faussement interrogative* : Oui ?

Messaline, *mal assurée* : Aline Pélissier à l'appareil.

Martha, *ironique, feignant l'étonnement* : Ah ben ça alors… Je ne me serais jamais attendue à ce que…

Messaline, *respirant fort sous le coup de l'embarras* : Martha, je voudrais que vous ne me raccrochiez pas au nez, je sais que c'est ce que vous devriez faire normalement…

Martha, *bonbon acidulé* : Non non, je n'ai pas l'intention de raccrocher. Je trouve gonflé et courageux que vous me contactiez, je pense en effet que ça ne doit pas être facile pour vous…

Elle s'assoit sur le bord du lit, vaguement alanguie, et inspecte, satisfaite, le galbe de sa jambe.

Martha, *mutine* : Il fut un temps où je me serais laissée aller à vous agonir d'injures, mais ce temps est fini. De l'eau a passé sous les ponts, vous savez…

Messaline, *mortifiée* : Merci…

Martha s'étonne de ce que des propos melliflus aient la faculté de désamorcer les bombes et désarmer les mauvaises filles.

Messaline, *imprudente* : Enfin, je vous appelle parce que j'ai besoin de vous rencontrer.

Martha, *joueuse* : Me rencontrer ? Vous croyez vraiment que nous avons des choses à nous dire ?

Messaline, *résolue* : Oui. J'ai quelque chose de très important à vous annoncer.

Martha, *avec une perplexité de comédie* : Quelque chose qui ne se dit pas par téléphone ?

Messaline, *désarçonnée* : En effet.

Martha, *dans un rire très cinématographique* : Et vous n'avez pas peur que je vous saute à la gorge ?

Messaline, *arrogante* : Vous en avez l'intention ?

Martha, *ronronnante* : Je plaisante. Vous ne risquez rien. Est-ce que vous voulez qu'on se donne rendez-vous dans un café ?

Messaline, *obéissante* : Je préférerais chez moi, si ça ne vous dérange pas.

Martha, *amusée* : Quelle drôle d'idée… Bon, d'accord.

Messaline, *professionnelle* : Je vous donne mon adresse…

Martha, *piquante* : C'est inutile. Vous vous imaginez bien que quand Raph a emménagé chez vous je me suis renseignée pour savoir où le trouver au cas où…

Martha se lève, fait quelques pas et s'approche du miroir pour vérifier la courbe parfaite de son sourcil.

Messaline, *s'éclaircissant la gorge* : Effectivement…

Martha, *impérieuse* : Demain quatorze heures ? Ça vous va ?

Messaline, *hésitante* : Oui.

Martha, *cynique mais toujours gentille* : Eh bien nous pourrons discuter entre filles de ce que nous avons en commun…

Messaline tousse.

Martha, *légère* : À demain, alors.

Messaline, *vaincue* : Oui.

Le destin tragique des petites filles qui disent trop souvent oui.

Le hasard des emplois du temps fait parfois bien les choses. Ce n'est pas moi qui avais décidé du jour, de l'urgence, mais tout collait parfaitement à nos agendas. Cela m'a permis d'économiser quelques mensonges et autant de torsions temporelles.

Journée *off* pour moi – on m'en avait concédé quelques-unes après la mort de Petit Narcisse, histoire que je me *remette du choc* –, journée de travail pour toi, suivie d'un rendez-vous à la Galerie de l'Aube qui te ferait rentrer à la maison plus tard que prévu ; quant à Alex, tu l'aurais déposé au centre aéré puis la maman d'Arthur l'aurait emmené à l'anniversaire d'un copain d'école jusqu'à l'heure du dîner. Point rapide sur mon organisation : tout devait être accompli avant vingt heures. Si je continuais à me montrer efficace, pointilleuse, calme, comme un robot parfait – mécanique et sans âme – les choses seraient réglées avec une précision d'horlogerie. Le coucou suisse du grand ménage.

Ce matin-là, donc, je joue à la poulette ensommeillée qui s'agite autour de ses poussins, bisous mes amours, ne prends pas froid, n'oublie pas ta casquette, à tout à l'heure, prends tout ton temps chéri je m'occupe du repas. Gestes habituels, où je m'étonne d'être sincère malgré tout, moelleuse et caressante, généreuse encore d'une vie qui s'acharne. C'est que la rigidité sculpturale d'Héra, à l'intérieur, a cimenté la plupart de mes organes exception faite du cœur. Mon cœur, il est à vous. Chacun de mes sourires, ce matin, est une façon de me l'arracher par petits bouts pour le déposer à vos pieds. Ça fait joli, sur le parquet : ça ressemble à des pétales de roses.

Au moment où vous quittez la maison, je sais que j'accueille une solitude incurable. Je ne m'en alarme pas outre mesure : c'est une sensation que j'ai connue pour la première fois le soir où tu m'as fait asseoir sur le canapé pour m'annoncer que nos vies allaient se séparer avec un écœurant bruit de ventouse.

Je prépare mon baluchon.

Je n'ai pas pris la voiture depuis très longtemps parce qu'elle aurait été plus encombrante que pratique, enkystée dans le trafic tentaculaire de la ville. Aujourd'hui cependant je n'ai pas le choix, et je décide de partir bien en amont de mon rendez-vous pour multiplier les chances de trouver la place de parking qui conviendra le mieux à mon organisation. C'est pourquoi je passe dix fois, quinze fois devant son immeuble. Je ne l'avais jamais vu, hormis sur Google. La résidence avec balcons m'est familière, et je me surprends à grincer des dents avec ironie – comment une architecte peut avoir le mauvais goût de vivre dans un bâtiment d'une telle médiocrité ? Pas plus de charme ou de cachet qu'un hôtel de Vintimille. Un environnement *cheap* pour une fille *cheap* : il y a de la cohérence là-dedans.

Comme un coucou, j'attends mon nid. Enfin, une voiture quitte le sien à quelques mètres à peine de la porte cochère, et je m'y glisse en un créneau parfait. Mes mains ne tremblent pas, mes jambes ont l'assurance de celles des chevaux d'apparat. Un sourire de façade en contemplant la sienne, qui fera longtemps, je le sais, les unes des journaux.

J'ai dans mon élégant fourre-tout en cuir le couteau électrique et les sacs-poubelles, ainsi qu'une tenue de rechange entière, depuis la robe jusqu'aux chaussures. Je tiens à la main, nonchalamment, la bouteille de mauvais champagne. Je suis ravissante.

J'arrive, ma belle. Je viens te prendre. Mes lèvres retroussées sur mes dents siéent merveilleusement à l'ogresse de velours que je suis et qui glisse, d'un pas de danseuse, le long des trois mètres de trottoir entre l'auto et la porte.

Aline Pélissier. C'est écrit sur le tableau de sonnettes. La lecture de son vrai nom, après de longues semaines à correspondre avec Miss Aline, me fait l'effet de troubles retrouvailles. Quand mon doigt presse le bouton, le grésillement de moustique malade sonne à mes oreilles comme les trois coups annonçant l'entrée en scène dans les théâtres poussiéreux.

Ne pas avoir le choix. C'est une sensation tressée de soulagement, d'épouvante et de témérité. C'est l'abandon à une pulsion vitale, et je songe, à ce moment précis, quelques microns de seconde avant que sa voix ne résonne dans l'interphone, à tous mes messieurs chéris, à tous mes monstres attristés, qui ont connu cela bien avant moi, qui n'ont pas eu le choix non plus, quand ils s'apprêtaient à saisir au collet la petite fille qui passait, ou à faire sauter la tête de leur rival à coups de chevrotine, ou à extraire le foie de leur camarade de cellule pour le jeter dans la poêle chaude. L'irruption de la vie comme jamais. Je pense à toi, Petit Narcisse, quand le zézaiement inquiet me parvient à travers un outil de communication si fabuleusement désuet et décisif.

Oui ?

C'est moi. Martha.
Deuxième étage.

Escalier, palier, deux portes, l'une d'elles estampillée elle aussi Aline Pélissier. Je la regarde en me souvenant que toi, mon amour, tu l'as poussée, tes mains se sont posées sur cette poignée, et dans cette serrure à trois points a coulissé un trousseau tout neuf que tu as dû chérir comme un cadeau divin. Je me surprends à haïr cette porte autant que celle qui attend de l'autre côté, tout comme j'avais haï et brisé en mille morceaux les objets nouveaux dénichés dans ton sac alors que tu étais encore hospitalisé et qui te reliaient à ton séjour avec elle : un radio-réveil, un flacon d'after-shave, un stick de déodorant. Cette haine renforce mon courage, et mes dents se découvrent davantage. Je salive.

Mon nouvel objet de rage cliquette et s'entrebâille. J'ai à peine le temps d'apercevoir la petite tête blonde qui s'affiche, d'y lire l'inquiétude et une pointe de provocation, que déjà mon corps entre en jeu, se tend, le bras levé brandissant la massue de verre et de bulles fines

Champaaaagne !

et l'arme s'abat de tout son poids sur ce tendre petit crâne, pile sur le lobe temporal, le bruit que j'entends est-il celui du choc ou celui de l'os qui se brise, quoi qu'il en soit c'est un bruit net, précis, efficace, suivi de près par le son d'un corps qui s'écroule, juste un *pouf* dégonflé sur le parquet, puis c'est le silence.

Est-ce possible ? La question me traverse tandis que je la regarde, étendue au sol telle la serpillière qu'elle n'a jamais cessé d'être, est-ce possible que tout soit aussi simple, aussi rapide, aussi insignifiant, elle était debout il y a quelques secondes à peine et la voici terrassée sans autre arme du crime qu'une bouteille qui, elle, a tenu le coup. Est-ce possible que cette entité destructrice, ce kraken de chair convoitée qui s'était employé pendant des mois à me livrer bataille, soit en réalité un lombric, une petite chose sans armure que je parviens à mettre à terre en un revers de poignet ? Je la pousse du pied pour dégager l'entrée, me faufile, verrouille la porte derrière moi et pose mon sac sur le canapé.

Bien. Elle est là, à ma merci.

Deux doigts pressés sur sa carotide, ça bat toujours. L'enveloppe, à la naissance des cheveux, s'est déchirée sous l'impact et saigne. Pour l'instant, elle n'est qu'anesthésiée, gentiment expédiée au royaume des rêves, l'occasion pour moi de m'assurer le calme et la discrétion.

Je la regarde encore. Et si je lui parlais ? Si elle m'entendait, depuis les limbes ? Si je prenais le temps, à son oreille qui commence à bleuir, de glisser toutes les vérités, tous les entortillements dont elle a été victime, la façon dont Sakura s'est emparée de ses petits secrets, vilaine voleuse numérique d'une intimité stupidement affichée ? Si je lui faisais le récit, point par point, de la façon dont je l'ai déprogrammée d'un cœur en profitant d'une mémoire défaillante ? Sa douleur serait-elle décuplée si je lui disais comment, alors qu'elle s'imaginait que tu vivais avec elle dans le grand chambardement de l'amour, tu venais chez nous pour délacer mes corsets et mes jarretelles avec des gestes déférents ? La tentation est belle, mais le temps presse.

Je dois me mettre à la recherche de la salle de bains.

J'en profite pour prendre connaissance de cet appartement que je m'étais tellement figuré alors, m'étonnant de découvrir à quel point j'avais été loin du compte. C'est étrange, d'ailleurs : la manière dont l'évocation d'un lieu vous force à le faire apparaître en images, bien qu'aucune description précise ne l'étaye. Tu me disais : chez elle, et moi, j'avais construit des cadres, peint les murs, choisi la couleur du canapé, l'exposition du lit, les motifs des textiles. J'avais fait exister du vent. Et maintenant tout est là, différent, concret, plus joli peut-être que dans ma fantaisie, plus douloureux aussi – j'effleure les draps en sachant que dans leurs plis tu l'avais prise, je me tourne vers les fenêtres en y découvrant le paysage que tu avais cru préférer au nôtre, je cale mes fesses au creux de ce fauteuil qui peut-être t'avait fait te sentir, de façon éphémère, chez toi.

J'avoue. J'ai ouvert ses tiroirs et fouillé dans son petit linge. Émerveillement futile… Avec le flan que tu m'avais fait sur la disparition de ma sensualité, me reprochant d'avoir remisé sous l'âge et la maternité les subtiles splendeurs des frous-frous, j'apprends que la demoiselle est une adepte des culottes en coton. Certaines choses vous désolidarisent les bras du corps.

À ce propos… Ça y est, j'ai trouvé la salle de bains. Pas de baignoire, mais une vaste douche à l'italienne, c'est un petit plus grâce à un petit moins, l'absence de rebords qui auraient été gênants pour la suite des opérations.

Elle ne pèse pas lourd, la grande putain en P'tit Bateau. Je la saisis par les chevilles et la traîne à travers la pièce aussi aisément que s'il s'agissait d'une valise à roulettes. Une fois dans la salle d'eau, je commence par la déshabiller ; il est heureux que ce soit l'été et que le tissu soit rare sur le corps. Elle ne porte qu'une petite robe à bretelles et une paire de sandales, des dessous de collégienne. Tout se défait sous mon couteau, et la voici enfin nue.

Je m'étonne de la sérénité avec laquelle j'accueille cette scène déterminante de ma vie. C'est quelque chose, tout de même, quand on y pense… De molles vagues de bien-être lèchent mes doigts de pieds, alors que je suis là, à peine essoufflée par l'effort, contemplant cette petite souris agonisante qui va être mon jouet pendant quelques heures, scrutant les détails de sa silhouette en me souvenant que ce sont précisément eux qu'un temps tu idolâtrais – et je pense que c'est cela qui me tranquillise, une haine qui est allée trop loin et qui, comme un animal braconné, préfère se tapir sous les feuilles pour se faire oublier. Mes yeux courent sur une poitrine tendue, signe extérieur de grossesse, raide comme des boules de riz rigidement posées sur un plat, descendent sur un ventre pas encore gonflé, continuent vers la clé de toute l'histoire, de toute notre histoire, de toute l'histoire du monde, sa petite intimité à présent inoffensive.

Ma pensée répète en boucle la même certitude : elle est inoffensive. J'ai entre les mains l'engin explosif qui menaçait de pulvériser tout ce que j'avais construit et je viens de couper ses fils. Donc, je respire. Ni peur, ni regrets, ni culpabilité. C'est juste bien. Mais il est temps de la faire rouler sur elle-même pour que son corps entre tout à fait dans le bac. Autre aspect pratique, la paroi de verre est mobile ; rien ne handicapera ma chorégraphie.

Je retourne dans le salon m'emparer de mon matériel et reviens en faisant un crochet par la cuisine pour y cueillir un grand couteau bien effilé. Je me presse ; il ne faudrait pas qu'elle se réveille et qu'elle se mette à faire du bruit, m'obligeant à la maintenir fermement ou à lui assener d'autres coups étourdissants. Je ne suis pas une bête sauvage. Je veux travailler proprement, sans torture, je ne suis pas là pour la faire souffrir mais tout simplement pour la désamorcer en douceur. Je songe encore une fois à Petit Narcisse, qui avait pris le soin de droguer Li-Peng pour qu'il ne voie pas la mort arriver. La suite des événements n'avait été qu'équarrissage délicat et presque amoureux.

Je prends une grande inspiration et tranche la gorge d'Aline Pélissier d'un trait d'archet. Ça salit beaucoup. Les bacs à douche sont des alliés formidables. Elle n'a pas bronché, j'ignore encore si les gargouillis qui en ont découlé étaient dus à la simple vidange des tuyaux ou à un sursaut de conscience. J'attends que ça arrête de pulser, assise sur un tabouret ; face à moi il y a le miroir, et ce que je vois dans le miroir me plaît beaucoup.

Nous sommes libres.

Je sais que je suis écoutée par des âmes sensibles, je ne vais donc pas expliquer la recette de bout en bout. Je me contenterai de m'exprimer par allusions et de cheminer en bondissant sur l'élasticité des ellipses. Il y a bien trop de crudité dans ce monde, par conséquent on ne sait plus laisser leur place au mystère, aux images mentales, à la fantaisie. Je veux forer en chacun de mes auditeurs une porte ouvrant sur l'imagination. Tu vois ce que je veux dire ? Érotisme, et non pas pornographie.

Où en étais-je ? Ah oui. Je passerai sur la difficulté de débiter quelqu'un et sur les bruits que l'exercice génère, heureusement couverts par les cris du couteau électrique. La demoiselle est coriace, mais moins que moi. Je passerai sur les détails désagréables, les odeurs, les projections. Là n'est pas mon propos.

En revanche, je ne peux pas dissimuler le plaisir intense que j'ai éprouvé quand j'ai tenu dans ma main le petit poussin écarlate que je venais d'extraire de tout ce fouillis de chair. Je l'ai contemplé, je l'ai lavé, je l'ai réservé, au fond d'un des sacs-poubelles, avec les autres morceaux de choix.

Bien sûr, il m'a fallu trier le bon grain de l'ivraie. Mettre à part les bas morceaux, ceux qui finiraient disséminés dans divers containers à travers la ville, la tête, les bras, les jambes, les viscères. En compagnie du poussin, dans le baluchon qui me suivrait à la maison, les zones tendres et appétissantes, tes petits péchés mignons, la langue, les fesses, les seins, le gras des cuisses, tout ce qui pouvait se détacher du squelette en escalopes fraîches. Et bien sûr, comme tu peux t'en douter, le cœur. Ce cœur tout chaud, tout rond, si fondant d'avoir battu pour toi, avait toutes les qualités d'une bonne viande nourrie au foin bio et élevée en plein air. Un cœur de pouliche caracolante.

Ce qu'il y a de pesant dans le bricolage, c'est qu'ensuite il faut nettoyer les outils. Je m'y suis attelée avec ennui, en me demandant pourquoi je tenais à le faire, puisque rien dans mes plans ne prévoyait une modification de scène de crime. Je n'avais pas l'intention de faire croire qu'elle avait disparu en laissant un appartement impeccable, je n'avais pas l'intention non plus de me dissimuler : le lendemain, la Terre entière saurait que Martha Delombre avait dépiauté Aline Pélissier. Je l'ai fait tout simplement par souci esthétique et pour épargner ceux qui pousseraient, conséquemment, la porte de cette salle de bains. J'ai donc refait le tour de l'appartement, après m'être changée et recoiffée devant ce miroir flatteur, pour vérifier que tout était en ordre et dans l'espoir d'y retrouver un objet oublié, peut-être, dans la précipitation de ton départ. L'idée a été bonne : ouvrant un tiroir, voici que je tombe sur la photo, la petite moi si jeune et si effeuillée. Elle me suivra.

En quelques va-et-vient vers l'auto, chargée de mes sacs, j'ai laissé derrière moi une maison de magazine.

La ville m'a aspirée, et je me suis insérée avec aisance dans la circulation de l'après-midi. Le temps n'étant plus vraiment de mon côté, il fallait que je fasse vite, me réservant ensuite le temps du mijotage. Chacun des arrêts que j'ai faits, prévus très à l'avance selon une curieuse carte du cœur, a été expéditif, un *kiss-and-ride* bien minuté. Je m'explique mieux : j'ai balancé la tête dans le container situé en face de son studio d'architecte ; les jambes, près de la plage où vous vous étiez photographiés – *Martha, je vais me promener seul* –, les bras devant ta boutique, le reste du thorax au coin de la prison. Trois heures plus tard, les éboueurs passeraient. Si la chance était avec moi, si aucune main indiscrète ne farfouillait parmi les détritus, Aline Pélissier ne tarderait pas à se retrouver broyée entre les dents d'un camion poubelle, sa carcasse pulvérisée, le monde enfin nettoyé.

Alors ?

C'est bon. Dis donc, tu en as fait pour un régiment…

Bah, il y avait une promo chez le boucher. On congèlera le reste.

Tu n'y es pas allée de main morte sur le curry. Elle est délicieuse.

Je sursaute.

Qui donc ?

Quoi, *qui* ? Ta recette. Elle est délicieuse.

Les traits de ton visage tremblent dans la lueur sensuelle des bougies. Il faut dire que j'ai mis les petits plats dans les grands, joli chemin de table, vaisselle de jour de fête. Dans nos coupes vénitiennes, le champagne n'est pas si mauvais que ça, finalement. Tu t'es étonné de voir un magnum chez nous qui avons toujours été si peu champagne, mais j'ai inventé une explication plausible, je n'en suis plus à un mensonge près. Une promotion, encore. Je le bois avec délectation. Sur la bouteille, au moment de la poser sur la table, j'ai aperçu un reste de tache de sang sur une portion d'étiquette. Je ne l'ai pas enlevée : c'était d'autant plus jouissif de la voir là, entre nous.

Dans nos assiettes, la viande fume, fondante et parfumée, accompagnée de riz. Un sauté de porc à l'indienne, c'est ainsi que j'ai annoncé la chose. De temps à autre nous tombons sur un petit os, fin et fragile comme celui d'une caille, et il me plaît de te regarder le suçoter d'un air convaincu.

Tu as eu raison de faire manger Alex avant. Il n'aurait pas aimé.

On aura beau faire, il préférera toujours les coquillettes…

Et en quel honneur, tout ça ? Cette belle table, ce repas de roi, le champagne ?

Comme ça. Rien de particulier. Je suis libre en ce moment, je prends soin de toi.

J'ai mis Chet Baker sur la platine. Parfois tes yeux se laissent emporter par la douceur tragique de la trompette et de la voix de cet homme en sursis qui chante comme il aurait embrassé, et ils m'enveloppent d'un amour satisfait. Nos mains se frôlent, nos genoux se touchent, nous sommes toi et moi comme au début de notre vie mais en plus bourgeois et avec un enfant qui dort au bout du couloir, et l'instant sollicite chacun de nos sens, tout est un jeu bien huilé, nous savons tous les deux que sitôt Aline engloutie nous ferons l'amour, peut-être même sur cette table, avec de maigres restes d'elle qui nous observeront depuis le fond des assiettes.

Je te ressers ?

Volontiers.

Aline s'amenuise. Elle descend le long de nos œsophages, s'apprête à passer dans le broyeur de nos estomacs, puis prendra l'autoroute de nos intestins. L'endroit où elle finira, à la fin de la chaîne, est trop vulgaire pour qu'il soit nommé ici, mais c'est bien, c'est bon, c'est sa place.

Et puis, c'est le début de la nuit.

Chacun comprend bien que cette nuit-là n'a pas été une nuit comme les autres, je n'ai pas besoin de m'étendre sur sa description. J'en ai tellement décrit, des nuits, depuis l'attentat. Des sommeils d'oubli aux insomnies d'agonie, depuis la terreur du noir jusqu'aux regards secrets sur la certitude de ta présence ou celle de ton départ, ou la veille glacée de la solitude, ou les corps-à-corps guerriers, j'ai vécu en quelques mois plus de nuits que durant tout le reste de ma vie.

Celle-ci, si particulière, parce que je ne savais pas combien il m'en resterait encore.

La dernière, avec toi.

J'ai eu l'impression de contempler ta dépouille. Alors qu'en réalité, c'était sûrement la mienne que j'étais en train de découvrir, avec un tendre émerveillement.

Juste avant, avant notre festin, j'avais essayé de faire durer la soirée le plus longtemps possible. Je ne me décidais pas à aller coucher Alex. Je le serrais contre moi comme un naufragé sa bouée, j'entremêlais mes doigts à ses boucles châtains, je laissais courir ma paume sur la perfection veloutée de ses joues et j'embrassais la sienne. Il a dû trouver que maman était un peu trop collante ce soir-là. Il ne m'a pas repoussée.

Ce soir-là, pendant ce temps, pendant que je câlinais notre fils en chantonnant des chansons de bonne nuit, Aline mijotait dans la marmite.

Je dis : ce soir-là. C'était hier.

Hier soir, donc, je vous ai aimés d'une façon insupportable.

Quand on avance, quand on chevauche le boulet de canon, on a du mal à concevoir qu'il doit y avoir une fin. Que le boulet s'écrasera fatalement, que les voix s'éteindront et que, bon an mal an, il faudra prendre congé.

Allons, dépêchons-nous. J'ai horreur des adieux. J'en ai vécu bien trop ces derniers temps, je ne veux pas que le mien soit pleurnichard, enrobé de sentences théâtrales. Je veux m'arracher comme un pansement qui colle trop fort à la peau.

C'est ce que j'ai fait ce matin.

Ce matin, nous nous sommes réveillés côte à côte, nous nous sommes enlacés, Alex a bondi dans notre lit pour nous engloutir dans les sables mouvants de ses câlins, nous nous sommes extirpés des draps comme d'habitude, hirsutes et plissés, il y a eu un petit déjeuner, des douches, un sac à dos arrimé sur des épaules, un saut au coin de la rue pour laisser l'enfant devant le centre aéré. Il y a eu de ma part, au coin de cette rue, un sanglot impossible à refréner. Comme tu es beau mon fils, comme tu es tendre, non, je n'en dirai pas plus. Il y a eu ensuite un dernier retour vers la maison, une dernière ascension de la cage d'escalier, une dernière ouverture de porte.

Puis, il y a eu ton départ pour le travail. Tu m'as dit : À ce soir. Je me suis contentée de sourire et de t'embrasser.

Héra avait tout cimenté.

Ça a été ton tour de descendre. Je me suis souvenue de cette fois-là, quand tes pas au fil des étages avaient sonné en moi comme un deuil, quand j'avais attendu que le bruit diminue puis se taise tout à fait derrière une porte claquée, là-bas en bas. De nouveau, la certitude que tout est circulaire dans une existence, et se fait en boucle, comme en ce moment des millions de gens m'écoutent en boucle, comme peut-être tu te passes en boucle ce film, incrédule, épouvanté, écrasé, dévoré.

J'ai fait mon sac.

Oh, je n'ai pas emporté grand-chose. Parmi ce petit rien, un de tes T-shirts, un autre d'Alex, pour m'étourdir de votre odeur.

Puis, j'ai fait réchauffer les restes d'Aline, j'ai branché la caméra, sur son pied face à moi, et j'ai enclenché l'enregistrement. J'ai commencé à parler, tout en ingérant la suite et fin de celle qui fut à l'origine de tout.

OK.

On y va.

Trois heures. C'est le temps qu'il m'a fallu pour arriver à ces derniers mots. À présent, je vais éteindre, puis je vais m'atteler à retravailler légèrement la chose pour y insérer les images fixes, ces photos téléchargées au préalable, et quand mon film sera fin prêt, il me suffira de quelques clics pour le publier sur YouTube.

Ensuite, je vais me glisser hors de l'appartement et déposer les clés dans la boîte aux lettres.

Dans l'avion qui l'emportait vers un espoir enfantin de cavale, Petit Narcisse avait pleuré. Je n'ai jamais bien compris pourquoi. Je doute qu'il faille incriminer le remords ou l'horreur de soi-même dans cette petite inondation. Je pense qu'il s'agissait surtout de la tristesse de quitter à jamais des lieux où, malgré tout, on a été bien.

Moi, dans mon avion, je ne pleurerai pas. Pour pleurer, il faut être plein de quelque chose, il faut déborder, et moi je n'ai plus rien. Seule la projection sur ce que vous allez éprouver, Alex et toi, à l'issue de cette révélation, fera naître en moi des amorces de hurlements que j'étoufferai en me verrouillant. Savoir que je vous ai détruits, que tout ça n'a pas été une histoire privée entre Aline Pélissier et moi mais un typhon qui emportera tout sur son passage, vous les premiers, voilà qui me traversera comme une éruption acide.

Aucun remords, aucun regret, donc. Que veux-tu que je te dise… Il n'y avait plus rien à sauver. Me reviennent tes mots de ce soir-là. Mais enfin, Martha, si on réfléchit bien… Oui mon Raph, si on réfléchit bien, on le sait que le Blitzkrieg était d'ores et déjà déclenché, que le vase Ming venait de toucher le sol, que notre monde venait de se retirer comme se retire la mer avant un tsunami, loin si loin, avant de revenir submerger les hommes grossie d'une vertu divine de destruction massive. Ta perte de mémoire et ce qu'elle m'a permis d'accomplir n'était qu'une bicoque branlante perchée sur de frêles pilotis. Et ce qu'Aline voulait nous dire, à propos de ce petit poulet se nourrissant de ses entrailles, aurait quoi qu'il en soit brisé ces fins roseaux, dévasté ce qu'il restait de nous et que j'avais tenté de protéger en tissant mes mensonges. Mes mensonges, tu sais, comme la toile nouée par Philomèle : traversée par un fil bavard couleur de sang. Tu n'aurais pas tardé à découvrir et à suivre le cheminement de ce fil en t'emplissant de la haine de moi. Puis tu m'aurais bannie pour me châtier. L'exil, je préfère le choisir moi-même, en toute conscience. Je n'aurais pas supporté d'être, encore une fois, abandonnée sur un chemin où tu ne serais plus.

Tu vois, moi, je n'ai aucun espoir enfantin de cavale.

Alors, me diras-tu – non pardon, désormais tu ne me diras jamais plus rien – pourquoi monter dans cet avion, en tapinois, et déplacer ma carcasse vers un lieu mystérieux ? Pour la forme. Pour le jeu. Pour le théâtre. Pour finir en beauté. Sache que je me rends vers un fantasme que j'ai si souvent nommé, un endroit où je pourrais t'attendre, où tu pourrais venir me chercher, comme dans une belle histoire que je t'ai racontée. Tu y es ? Voilà, je suis sûre que tu as compris. C'est là que, patiemment, les pieds dans un ruisseau de fer liquide, j'attendrai de voir apparaître, au bout de la route, entre les clôtures adoucies par les nuages de laine que le vent y a entortillées, des gyrophares et des hommes armés. Mais entre-temps, dans ce faible laps de temps qui me reste, j'aurai goûté le sel de la tempête, et absorbé toutes les couleurs de cette plage du début de l'humanité, et crié à l'océan toute la beauté de cet amour qui fut, et qui sera encore, éternel comme les pierres dressées de Callanish, inoubliable parce que je l'aurai inoculé dans chaque foyer au fil des écrans avides et des partages ébahis. Notre histoire, comme un virus qui infecte la Toile.

OK.

J'y vais.

Noir.

Merci à Poupée Mecanik, pour les éclairages concernant sa profession : on ne s'improvise pas psychologue criminelle auprès des détenus sans garde-fou.

Merci à tous mes compagnons de voyage, amours, amis, éditrices – avec un câlin supplémentaire et bien mérité à Marie, toujours prête à m'écouter jusqu'aux petites heures, autour d'une table de dîner, alors que je cogite en proie à mes doutes narratifs : ton regard est une pépite précieuse.

Merci à Homère, Ovide, William, Guy, Simone, Charles, David, John, Paul, George, Ringo, et à tous ceux qui, ante ou post mortem, ont nourri mon écriture.

Vous tous, je vous ai mis dans une case avec de l'amour.

Je ne vous mangerai pas.

BO

Page 21 : Christophe, « Aline »
Pages 81, 233 : Lee Hazlewood et Nancy Sinatra, « *Your sweet love* »
Page 81 : The Beatles, « *I want you (She's so heavy)* »
Page 81 : The Beatles, « *(For I have got) Another girl* »
Page 81 : The Beatles, « *And I love her* »
Page 81 : The Beatles, « *I call your name* »
Page 81 : Ornella Vannoni, « *L'appuntamento* »
David Bowie, « *Letter to Hermione* »
The Walker Brothers, « *The sun ain't gonna shine anymore* »
Billie Holliday, « *Can't help loving that man* »
Page 235 : The Beatles, « *I'll follow the sun* »
Page 478 : David Bowie, « *Space Oddity* »
David Bowie, « *An Occasionnal Dream* »
David Bowie, « *Unwashed and Somewhat Slightly Dazed* »
David Bowie, « *Janine* »

Composition et mise en pages
Nord Compo à Villeneuve-d'Ascq

Achevé d'imprimer en Espagne
par Liberdúplex
à Sant Llorenç d'Hortons (Barcelone)
en janvier 2020
S30646/01